Journaliste-reporter à la télévision, réalisatrice de documentaires pour les chaînes nationales, auteur d'une fiction pour France 2, Bernadette Pécassou fait partie de ces femmes à l'expérience multidisciplinaire. Elle a notamment organisé pour Arte une soirée Théma très remarquée sur Lourdes, d'où elle est originaire, à la suite de laquelle elle a écrit *La Belle Chocolatière*, suivi par *Le Bel Italien* et *l'Impératrice des roses*. Les trois romans reçoivent un vif succès. Bernadette Pécassou se consacre désormais exclusivement à la littérature, et est aussi l'auteur d'un texte pour enfants, *Le Navire et la coque de noix* (Flammarion, 2004). *La Villa Belza* est son quatrième roman

La Villa Belza

Du même auteur
aux Éditions J'ai lu

LA BELLE CHOCOLATIÈRE

N° 6228

LE BEL ITALIEN

N° 7586

L'IMPÉRATRICE DES ROSES

N° 8359

BERNADETTE
PÉCASSOU

La Villa Belza

ROMAN

J'AI LU

À Orkatz

1

Il l'avait emmenée de Paris dans ce splendide hôtel de Biarritz, et il avait fait en sorte d'arriver de nuit.

Au matin il s'était levé avant elle, lavé et habillé, puis il l'avait attendue car elle adorait passer des heures dans la salle de bains. Il se tenait maintenant près de la haute croisée et, quand elle fut enfin prête dans la jolie robe sombre qui lui allait si bien, il ouvrit grand les doubles fenêtres et s'écarta.

— Regarde, lui dit-il, c'est pour toi.

Il avait les yeux brillants et elle courut à la fenêtre comme une enfant à qui on vient de promettre le ciel.

2

— Tu vois, là ? Dis-moi ce que tu vois.

Il étala devant ses yeux un plan détaillé d'architecte.

Sophie, encore sous le choc de sa découverte, balbutia :

— Euh, des traits. Je vois de gros traits noirs.

Maurice redressa le torse :

— Les gros traits, ma chérie, ce sont des pieux en acier qui s'enfoncent dans la mer sur plus de cinquante mètres de profondeur. Il y en a cent, tu m'entends, cent pieux en acier qui sont ancrés dans une plate-forme sous-marine en béton armé rattachée elle-même au rocher. La Villa est indestructible.

L'assurance de son mari l'interpela, au moins tout autant que le faste de son cadeau. Elle rejeta d'un mouvement de tête la mèche brune qui retombait sur son front hâlé. Sa coupe à la garçonne accentuait chez elle cet air autoritaire qu'elle avait volontiers en toutes circonstances. Question de « tempérament », disait-on à son sujet.

— Du béton ! fit-elle. Mais comment peux-tu être si sûr de toi ? Ce béton, pourquoi tiendrait-il ?

On ne sait pas, ça peut s'émietter avec toute cette eau, à force. Maurice, mon amour, c'est merveilleux ! Une maison à nous, ici, je ne m'y attendais pas. Mais pourquoi sur ce rocher en plein vent, à un endroit si dangereux ? Il y a partout des terrains à vendre et pour une maison, rien ne vaut de la pierre sur un sol ferme.

Maurice ne répondit pas tout de suite. S'il avait construit la Villa en dépit de toute raison à l'extrême bord d'un énorme rocher qui plongeait dans les abysses, c'était pour lui prouver que par amour pour elle il pouvait aller au bout de tout. Même au bout de la terre, juste avant qu'elle ne bascule dans la mer. Maurice était ainsi, toujours à l'extrême bord. Sophie aimait passionnément son caractère étrange et passionné, mais elle sentait confusément ce qu'il y avait d'extrêmement ambigu et parfois même d'inquiétant dans les excès de son mari. Cette Villa, par exemple, c'était trop !

Maurice voulait à tout prix briser chez Sophie cette part qui lui résistait et qu'en dépit de tous ses efforts, il n'avait jamais pu faire plier. « Tu es ma déesse, lui disait Maurice. Je t'aime à jamais ! » Elle l'aimait aussi, il le savait, elle le lui avait prouvé. Mais jamais il n'était arrivé à obtenir d'elle un abandon total. Quelque chose qui ressemblait à une inquiétude la laissait toujours sur ses gardes. Et en cet instant précis, il avait envie de la soulever de terre, de la prendre dans ses bras, de la serrer très fort et de lui dire : « Sophie, aie confiance en moi. Ce béton est plus solide et plus fiable que la pierre la plus dure. » Elle rirait, l'embrasserait et douterait quand même.

« De la pierre pour un sol ferme ! reprit-il en se moquant d'elle. Ce sont des rengaines de vieux paysan tout ça ! Ne parle pas de ce que tu ne connais pas et crois-moi, avant que la Villa risque quoi que ce soit, il faudra au moins que tout le pays soit secoué par un violent tremblement de terre. Et encore la Villa restera debout. Ce sera peut-être même la seule. Allez viens, je t'y emmène. »

3

La Villa dominait la côte Atlantique et on pouvait la voir de n'importe où, que l'on soit à Biarritz ou que l'on se dirige vers la route de la corniche en direction de Guéthary et de Saint-Jean-de-Luz. Impossible d'y échapper, elle était incontournable et chacun pouvait mesurer le défi qu'elle représentait.

Maurice Caron savait que la haute stature de sa maison face aux eaux déchaînées de l'océan provoquait des interrogations effrayées. On attendait le moment où une tempête plus forte qu'une autre l'engloutirait dans les flots. Et, dans son for intérieur, il riait. Le bâtiment, c'était toute sa vie.

Construite sur un énorme rocher gris qui avançait en pointe, la Villa se trouvait comme suspendue au-dessus de l'océan. Sous le rocher, on devinait que les eaux avaient commencé leur lent et inexorable travail d'usure.

Ils étaient là, dans ce salon de la Villa face à la baie vitrée qui donnait sur l'immensité. Sophie imaginait les gouffres liquides sous ses pieds cependant que Maurice fixait l'horizon avec un air de provocation. Il imaginait un cataclysme, le pays dévasté, la ville de Biarritz en ruines et il voyait nettement au milieu des gravats sa Villa qui avait résisté, debout, seule face à la mer en furie. Il inspira longuement et, sûr de lui, sûr de ses pieux en acier, il gonfla ses poumons. Sophie regardait l'homme auquel elle avait lié sa vie avec un mélange d'admiration et de perplexité. Maurice était un entrepreneur audacieux, homme du bâtiment il avait une confiance inébranlable dans les nouveaux matériaux, les nouveaux modes de construction. On avait fait tant de chemin en même pas une décennie. Aujourd'hui, on cassait la pierre jusqu'à en faire du sable si fin qu'en y adjoignant de l'eau et en mettant le tout à tourner pendant des heures et des jours, on obtenait quelque chose de plus dur que la pierre. Le béton, c'était l'avenir. Maurice devait avoir raison.

En se replongeant dans le plan d'architecte qu'il avait emporté, elle fit une autre découverte :

— Et là, ajouta-t-elle en pointant son doigt à l'endroit de la mer juste face à la Villa, qu'est-ce qu'il y a d'écrit ? *Debriaren ziloa*[1].

— C'est juste un vieux nom que les Basques ont donné à ce coin de la baie et qu'on a mis sur le plan pour situer le lieu, répondit Maurice.

— Ah ! fit Sophie. Et qu'est-ce que ça veut dire « *Debriaren ziloa* » ?

— Aucune idée, répondit Maurice.

— Tu n'as pas demandé ? insista-t-elle, intriguée.

— Tu sais les noms basques ici il y en a à tous les coins de rue. S'il fallait que je demande leur traduction à chaque fois ! Ça n'est pas toujours agréable, mais c'est comme ça. Les Basques mangent basque, pensent basque et parlent basque

1. Le Trou du diable.

devant toi sans que tu n'y comprennes rien. Tiens, je suis sûr qu'ils vont jusqu'à respirer basque. De toute façon, comme ceux qui m'intéressent parlent aussi le français et que ce sont de bons partenaires en affaires, moi ça ne me gêne pas du tout. Les gens importants ici sont ceux qui payent et ceux qui payent sont américains, britanniques et espagnols. Pour les autres, fais comme moi, oublie. Quoi qu'il en soit, tu n'auras aucune raison de beaucoup les fréquenter.

Sophie sursauta à ces derniers mots. Pourquoi Maurice disait-il cela ? Elle ne voyait pas comment elle ferait pour ne pas fréquenter les Basques. Ils étaient partout puisqu'ils étaient chez eux et elle n'avait pas l'intention de jouer les recluses dans la Villa. Elle retrouvait bien là son mari. En venant ici, sur les terres de son enfance à elle, elle avait espéré qu'il changerait, qu'il accorderait de l'importance aux gens, aux relations et, qui sait, qu'ils s'installeraient peut-être pour de vrai dans une maison qu'ils garderaient. Mais Maurice aimait la compagnie à une seule condition : qu'elle n'ait pas d'avenir. S'il acceptait les liens que créent les affaires, c'était uniquement parce que c'étaient des liens brefs et, une fois l'affaire finie, sans lendemain. Maurice n'avait plus de famille et n'avait que deux points d'ancrage dans sa vie : sa femme et ses hommes. Ceux qui faisaient les chantiers avec lui. Visiblement, il ne voulait s'embarrasser de rien d'autre. Il bougeait sans cesse. Il achetait des terrains, construisait puis vendait et quittait les lieux sans jamais regarder en arrière. Ainsi, ils en étaient à leur quatrième appartement parisien et ils avaient déjà vécu le temps d'un été à Cannes puis à Nice et à Monaco.

Cette mobilité permanente dérangeait beaucoup Sophie, qui n'en comprenait pas toujours la nécessité. Mais l'amour l'aveuglait, elle aurait pu suivre Maurice au bout du monde. Aussi, quand il lui avait dit qu'ils allaient sur sa terre natale et qu'il avait une surprise, elle lui avait sauté au cou.

— Mon amour, quel merveilleux cadeau, on va dans mon Pays basque ! Je n'aurais jamais cru que tu voudrais y aller un jour.

Elle l'avait couvert de baisers puis avait blotti sa tête au creux de son épaule. Il était fou de ses caresses, de ses gestes tendres qu'elle avait toujours pour lui. Quel contraste entre le don total qu'elle était capable d'avoir pour lui et sa retenue ! Il y avait là un mystère dont il ne pouvait se passer.

Elle avait bien tenté de l'avertir : « Tu sais, si je me retrouve dans mon Pays basque, je risque de ne plus vouloir en repartir. »

Mais il était tranquille. Elle ne sortira pas de Biarritz, se disait-il. Or Biarritz n'était plus une ville basque. Biarritz était international. Biarritz était Biarritz !

À l'extrême sud de l'Atlantique français, la très mondaine station balnéaire ne ressemblait à rien d'autre dans ce pays. Telle une bulle de champagne, pétillante de mille diversités architecturales plus sophistiquées les unes que les autres, Biarritz s'était construite sur ce petit rebord de côte basque après que l'impératrice Eugénie en eut fait son lieu de villégiature favori et que Napoléon III lui eut fait construire un magnifique palais, face à la mer. Biarritz était devenu le diamant des cours européennes et, en ce début du XXe siècle, la folie des grands investisseurs. Anglais, Espagnols, Autrichiens, Hongrois, Russes et Français, toute l'aristocratie y était accourue, suivie dans ces années vingt par les magnats de l'industrie américaine et anglaise, élites des aciéries, rois du pétrole. Des fortunes colossales auxquelles s'ajoutaient celles des banquiers espagnols qui, de l'autre côté de la frontière, créaient des établissements à la fortune fulgurante. On venait de découvrir en Biscaye des mines à ciel ouvert qui possédaient plus que de l'or : un minerai de fer non-phosphoreux qui, d'après le procédé d'un certain Bessemer, permettait d'abaisser considérablement le coût de l'acier. Les hauts-fourneaux et les aciéries poussaient en Biscaye comme des champignons. De moins de 30 000 habitants en 1880, la seule ville de Bilbao en comptait plus de 150 000 en 1920. Des milliers d'Espagnols y émigraient à la recherche d'un travail, formant un prolétariat nouveau. La ville espagnole devint ouvrière et grise. Les riches y faisaient leurs affaires, mais ensuite passaient la frontière et venaient dépenser leur argent dans la très luxueuse Biarritz. La population y était la plus cosmopolite, la plus cultivée et la plus avant-gardiste qui soit, la plus polyglotte. On y parlait indifféremment américain, russe, anglais, espagnol ou français, et on y construisait des villas au luxe invraisemblable. Rien n'avait de limites, l'argent coulait à flots et chacun n'en faisait qu'à sa tête : châteaux moyenâgeux, donjons écossais, tourelles, palais mauresques, piscines sublimes, avions privés, Hispano Suiza, Rolls-Royce… Le déploiement de luxe était considérable.

4

— Mais où vont-ils chercher tout ça ?

— Ne me le demande pas, ils font n'importe quoi. Ah ça, ils en ont de l'argent ! Regarde-moi cette petite tourelle-là, pour madame qui fait la princesse. Ils jouent, ils ont que ça à foutre avec leur pognon. Et pendant qu'ils bossent, leurs femmes sont à l'hôtel et attendent que je les serve. Elles passent toute la journée à courir les boutiques, à fumer, à discutailler. La seule chose qui leur fasse quitter les fauteuils du salon de thé, c'est la balade. Et encore... Quand les play-boys de service ont la force de sortir les voitures.

— Et oui. C'est pas notre vie tout ça.

— Non, et c'est pas plus mal.

Béret sur la tête, mains enfoncées dans les poches de leurs pantalons sombres, deux employés basques s'enfonçaient dans les ruelles derrière le Grand Hôtel du Palais. Peyo, le serveur, celui qui parlait le plus, tapa soudain sur l'épaule de son jeune ami. Il allait oublier l'essentiel :

— Oh Imanol ! Tu sais que la nuit dernière on a été aux pibales. On en a ramené un sacré paquet !

— Déjà ! Mais Vicente m'avait dit qu'il avait rien pris la semaine passée !

— Oui, mais là ça y est, elles sont sorties, on a remonté la Bidassoa du côté de Biriatou...

Qu'ils soient simples serveurs, cuisiniers ou portiers, les Basques quittaient tous les jours à la même heure leur travail à l'hôtel pour s'en aller rejoindre leurs familles à l'intérieur du pays. Ils passaient ainsi d'un monde à l'autre, serviteurs le jour, seigneurs en leur royaume dès que tombait la nuit.

Curieusement, le peuple basque, si fier et si intransigeant quant à son identité, avait accepté sur ses terres la présence de Biarritz. Il avait regardé la ville proliférer de loin, comme une curiosité qu'il daignait laisser exister.

Mais sans que rien ne soit dit, jamais personne ne se risquait hors d'une ligne très précise. Les excentricités de la ville la plus brillante du Sud-Ouest se limitaient à son propre périmètre.

Au-delà, le pays gardait une harmonie de paysages antiques sur lesquels régnait un ordre quasi mystique respecté par tous. Le contraste entre Biarritz et le Pays basque qui l'encerclait était saisissant. On passait d'un monde à l'autre en traversant simplement une route grise qui venait de Bayonne et allait sur Saint-Jean-de-Luz puis filait vers l'Espagne. Les mondains d'un côté, les Basques de l'autre, chacun vivait sur son territoire.

Et si, pendant la journée, nombre de Basques travaillaient dans l'industrie du luxe et du tourisme de Biarritz, souvent comme employés, et si, de temps à autre, les riches mondains faisaient des incursions en voiture de sport dans l'intérieur du pays, les choses rentraient dans l'ordre dès le soir venu. Dans le calme de la nuit, les Basques rejoignaient le pays profond et les riches mondains revêtaient leurs habits de soirée pour se rendre à des fêtes éblouissantes qui se donnaient dans les belles villas. Les préoccupations, les codes et les coutumes des uns et des autres étaient les plus opposés qui se puissent trouver.

Parfois, depuis les collines, il arrivait qu'en sortant prendre le frais devant sa porte après une dure journée de travail, un Basque regarde, intrigué, les lumières de la ville brillante scintiller sur l'océan lointain. Et il arrivait qu'en se tournant vers la nuit profonde qui recouvrait le pays, une élégante étrangère découvre, bouleversée, un ciel d'étoiles d'une pureté absolue. Et l'étrangère se demandait quelle était cette terre basque qui semblait là depuis la nuit des temps.

Deux mondes se frôlaient en permanence et ne se mélangeaient jamais.

Il régnait de ce fait dans l'atmosphère quelque chose de vibrant qui modifiait le comportement des nouveaux arrivants à Biarritz. Très vite, ils comprenaient que l'argent, qui leur ouvrait toutes les portes ailleurs, ne leur servirait à rien dans le monde basque. Et des deux côtés, tous pressentaient qu'il aurait suffi d'une étincelle pour que s'embrasent les deux univers. Mais cela n'arrivait jamais.

Peut-être parce qu'en dépit de tout ce qui les opposait, les Basques aimaient Biarritz qui leur ressemblait si peu, et parce qu'aussi les riches mondains de Biarritz aimaient les Basques. Ils étaient fascinés par ce peuple dans lequel ils percevaient quelque chose d'inatteignable.

Ils aimaient leurs écritures indéchiffrables, les croix rondes dans les petits cimetières et ces chants dans les églises qui les bouleversaient sans que jamais ils ne puissent en comprendre le sens. Mais les mondains sentaient d'instinct que leurs excentricités n'avaient pas le droit de franchir la ligne et ils ne la franchissaient pas. Hors de Biarritz, les Basques reprenaient le pouvoir et rien ne se faisait sans leur totale adhésion.

L'attraction de la ville de lumières n'en était d'ailleurs pour eux que plus fascinante.

Biarritz était une enclave perdue dans un océan d'interdits.

5

Sophie appartenait aux deux univers.

Elle était née sur les terres du Sud-Ouest, mais elle vivait à Paris depuis plusieurs années.

De cet exil loin de ses racines, elle avait compris une chose. On ne quitte jamais le pays de l'enfance.

Sophie aimait son univers mondain de soirées élégantes aux conversations brillantes et même parfois superficielles. Elle s'y trouvait parfaitement à l'aise. À Paris, Maurice et Sophie formaient un de ces couples en vogue. Hommes d'affaires et leurs élégantes épouses mais aussi intellectuels et artistes, tous se pressaient à leurs dîners et soirées. Et pour être à la hauteur des attentes de ses invités, pour briller et éblouir, Sophie ne reculait devant rien. Elle se tenait informée de tous les événements politiques et financiers, dévorait *Le Petit Journal* et le *Figaro*, se passionnait pour l'art et la littérature, ce qui faisait d'elle une hôte et une convive des plus appréciées. Mais elle passait aussi beaucoup de temps à courir les boutiques – elle adorait être à la pointe de la mode –, les salons de coiffure et était toujours en quête de la dernière crème ou de l'onguent révolutionnaire. Cependant, pour chacun des actes, même apparemment dérisoires, qui l'avaient éloignée des siens et l'avaient rapprochée du milieu parisien et cosmopolite de son temps, Sophie avait dû braver des siècles de rites fidèlement entretenus. Elle ne l'avait jamais fait sans peine, et les ancêtres disparus avec leur cortège de méfiances et de recommandations hantaient la plupart de ses choix.

Le soir, quand la nuit tombait sur Paris et qu'elle regardait s'allumer une à une les lumières des grands hôtels, le vent d'Espagne revenait souffler dans sa mémoire et un léger vertige la prenait. Elle revoyait la maison de famille, la lampe posée sur la table et le repas du soir. Elle entendait encore avec une netteté surprenante le bruit grinçant que faisaient les volets de bois quand elle les fermait. À la même heure, toujours. Quelle régularité, quelle évidence dans ces actes éternellement renouvelés sans que jamais il ne vienne à l'idée de ceux qui les font qu'il pourrait en être autrement. Les siens pensaient-ils parfois aux lointaines maisons en terre rouge d'Afrique ouvertes sur le ciel nu ? Aux landes écossaises chargées de fantômes et de vent. Avaient-ils eu des envies de départs ? Sophie ne l'avait jamais su et si elle avait dû en dire quelque chose, elle aurait affirmé que non, jamais les siens n'avaient eu envie de quitter cette terre bénie. Elle-même, avant que sa rencontre avec Maurice ne lui ouvre d'autres horizons, ne voyait rien de plus fascinant que la terre des siens qui s'avançait dans la mer et rejoignait la paternelle terre espagnole. Sophie n'avait jamais su ce qu'elle attendait de ce pays voisin, si proche, et pourtant, sans qu'elle ne se l'explique, quelque chose en elle attendait l'Espagne depuis toujours. Depuis que, toute petite déjà, elle avait compris que de l'autre côté des montagnes on parlait une langue inconnue. Elle savait aussi que beaucoup de Basques, durant une période dure, étaient partis pour l'Argentine. Il lui arrivait de rêver à Buenos Aires car elle adorait le tango et se faisait une idée romanesque des *gauchos* qui, dans les grandes haciendas, conduisaient les troupeaux de bêtes rousses. Mais son rêve d'hidalgos avait tourné court. Elle s'était arrêtée à la première escale, Paris, sur un Français du Nord dont elle ne savait rien ou si peu de chose : Maurice.

Présentés par des connaissances communes, ils avaient eu un violent coup de foudre. Alors qu'ils se connaissaient à peine, Maurice lui avait demandé de l'épouser. Spontanée et un brin téméraire, Sophie n'avait pas hésité à tenter cette nouvelle aventure. Et puis, elle était tellement amoureuse. Dès lors, sa vie avait été une succession de plaisirs et de facilités domestiques, une suite de mondanités, bref, une vie dorée.

Le retour momentané sur la terre du Sud-Ouest était une surprise de Maurice. « Pour te faire plaisir », lui avait-il dit. Mais Sophie n'était pas dupe. Même si elle ne doutait pas des sentiments de son mari à son égard, elle savait qu'une seule chose le guidait : l'argent et les affaires. La côte basque représentait un excellent filon pour l'entrepreneur qu'il était.

6

— Tu es sûr qu'on ne risque rien, que ces pieux en acier vont tenir ?

— Je te le jure !

Maurice regardait Sophie droit dans les yeux. Sa conviction l'apaisa. Elle oublia le nom mystérieux écrit sur la carte, juste à l'endroit de l'océan, tout près des fondations. Maurice l'avait dit, les murs étaient solides, le rocher énorme et hors de tout danger.

Pour Sophie, le ciel de cet été-là fut d'un bleu infini. Elle ne pouvait trouver la vie plus douce. À Biarritz, son appétit pour les mondanités était rassasié, et la Villa, un peu excentrée, était parfaite lorsqu'elle désirait au contraire s'immerger dans des moments de solitude qu'elle affectionnait particulièrement. Après le petit déjeuner, Sophie, en tenue d'intérieur, pouvait paresser toute la matinée en parcourant *La Gazette de Biarritz*. Ou bien elle allait s'asseoir sur un des bancs de la promenade et se perdait dans la contemplation du paysage. Ainsi offerte au soleil, elle se permettait parfois le plaisir secret d'une cigarette. Pourtant personne n'aurait trouvé à y redire. Mais elle préférait le goût du tabac lorsqu'il était associé à celui de la clandestinité.

Depuis un mois qu'ils avaient emménagé, elle n'avait ressenti qu'une seule fois un vague malaise. Quand le temps s'était gâté et que l'océan avait grondé un peu. L'image en coupe des fondations avait surgi, et la vision des eaux fracassant les grands pieux lui était apparue, effrayante. Mais Maurice l'avait immédiatement rassurée :

— Cent pieux en acier, ma chérie ! Cent pieux et une plate-forme en béton armé qui soutiendraient une ville entière ! Tu es bien plus à l'abri que tes Basques dans leur maison au fin fond du pays...

Sophie le coupa net. Maurice en faisait toujours trop.

— Plus en sécurité que dans l'*etxe* ? Ne dis pas n'importe quoi !

Ce mot basque lui était revenu naturellement, sans effort, et elle l'avait prononcé avec une joie visible. Il traduisait la permanence de son amour pour ce pays. Son appartenance à cette terre. Et c'est justement ce mot basque dans la bouche de sa femme qui déclencha la colère de Maurice. Une colère inhabituelle, soudaine.

— Tes Basques, ils me font bien rire, ils peuvent pas parler comme tout le monde ? À quoi tu joues à faire comme eux ? Etche... etchéa... exéa..., leur truc imprononçable. Tu peux pas dire « la maison » ! Tu crois qu'avec des mots tu changes les choses ? *Etxe* ou pas, ça reste ce que c'est : de vieilles baraques qu'il faudrait raser. Et ils les gardent de famille en famille depuis des lustres sans rien changer. Tu trouves ça bien, toi ! Autant te le mettre dans la tête définitivement : ma Villa en béton est plus solide que toutes les maisons de pierre de ce pays !

Sophie n'en revenait pas. Elle était habituée aux salves de Maurice qui s'emportait facilement mais jamais il n'avait pris ce ton avec elle. Il réservait ses colères aux autres. Piquée, elle réagit aussitôt :

— Mais qu'est-ce qui te prend ? ! Tu choisis de venir ici et après tu dis « tes Basques, tes Basques » ! Tout le monde garde les maisons de famille, en Bretagne, en Alsace, à Paris, en Provence, il n'y a pas qu'ici. Où que ce soit, quand c'est possible, tout le monde garde sa maison. On dirait que tu le découvres.

Maurice ne répondit pas tout de suite. Le ton de Sophie et de son « *etxe* » avait réveillé une vieille inquiétude. Il se calma.

— Je ne découvre rien. Regarde, moi, par exemple ! La maison de famille, je l'ai vendue. Et pourtant je pouvais la garder. J'avais toutes les raisons, j'y étais né, mon père me l'a transmise en parfait état, et c'est mon grand-père qui l'avait fait construire. Et à cause de ça, j'aurais dû rester enfermé dans mon pays du Nord à lustrer toute ma vie les mêmes poignées de portes que mon père et que mon grand-père !!! Ou alors m'échiner à la conserver en y engloutissant des fortunes alors que je n'y vais jamais et que je vis ailleurs...

Tout en parlant, posément cette fois car il avait en lui cette force, il ouvrit précautionneusement une magnifique boîte à cigare en bois de citronnier laqué qui trônait sur la grande table.

— C'est vrai, au début ça m'a fait mal. Et puis après, avec le temps, je me suis senti libéré.

Il prit un lourd havane sombre, le tourna et retourna entre ses doigts. Tout était dit. D'un geste précis et sec, il sectionna l'extrémité du cigare avec un petit instrument en argent qui se trouvait dans la boîte de citronnier, puis l'alluma délicatement. Sophie l'observait, encore secouée par la vivacité de sa colère inattendue.

— Des fois, tu me fais peur, Maurice, dit-elle, on dirait que pour toi rien ne compte...

Campé devant la grande baie du salon, une main glissée dans la poche de son pantalon clair, le regard fixé vers le lointain, Maurice tira une longue bouffée de havane, ferma les yeux comme pour mieux communier avec la plante cubaine, pencha sa tête en arrière et relâcha lentement les volutes de fumée vers le haut plafond blanc.

— C'est la vie qui compte, Sophie. Celle qu'on s'invente et celle avec laquelle on joue. (Il marqua un temps d'hésitation.) Ce qui m'intéresse, c'est de ressentir le frisson que mon grand-père a peut-être vécu lui aussi en rêvant sa vie et en montant son entreprise.

Maurice ne parlait jamais de sa famille. Le décès de ses parents avait dû être un choc terrible. Il faisait comme s'il n'y avait rien eu avant lui. Sophie avait cherché à en savoir plus. En vain, Maurice s'arrangeait pour passer à autre chose. Il n'aimait pas parler du passé. D'ailleurs, il changea brusquement de sujet.

— Ce qui me surprend avec tes Basques, c'est ce curieux mélange. Comment peuvent-ils être si dynamiques en affaires, et si archaïques avec leurs traditions ?

Avec Maurice, on ne savait jamais où on en était, s'il jouait, s'il était sérieux. Contrariée par cette volte-face, Sophie explosa :

— Archaïques ! Tout de suite, les grands mots !

— Mais oui ! reprit Maurice convaincu, en ôtant vivement le cigare de sa bouche. Archaïques !

Réfractaires au moindre changement sur des trucs complètement anodins. Tiens, par exemple ! Leur peinture, le fameux rouge basque. Ils sont indécrottables, blanc et rouge basque. Des volets bleus, jaunes, violets, gris. Nous, on connaît, mais pas eux. C'est les vendeurs de peinture qui sont contents. Pour les stocks, c'est l'idéal. Une vraie manne, à vie. Ici, pas de tendances, une seule certitude : du rouge. En plus de cent ans d'entreprise familiale chez nous, on n'a jamais vu ça ! Et pourquoi il serait basque le rouge ? Dis ? Moi je vois pas, le rouge c'est le rouge, un point c'est tout. Mais eux, non. Le rouge, il est basque ! Et pourquoi moi je dirais pas alors le « bleu Maurice » ou un autre truc comme ça ?

Calmé par sa longue tirade sur les Basques, Maurice tira lentement une nouvelle bouffée de havane. Voulant à tout prix convaincre Sophie, il poursuivit le cours de son idée.

— Pense à la chance que tu as d'habiter cette Villa, avec la clarté de sa grande baie, la modernité de l'électricité, le chauffage. Tu te vois entre le feu de cheminée et les lucarnes ? Crois-moi, il y a du boulot pour les entrepreneurs dans les années qui viennent. J'ai bien fait de venir, ce pays a de l'avenir. (Et il conclut, cette fois comme pour lui-même :) Mais bon, il va falloir en bouger des choses.

Son visage s'éclaira. Il se voyait déjà activant les pelles et les grues, nettoyant le pays, réveillant ce monde de constructions anciennes et portant la lumière des grandes baies de verre dans les « vieilleries sombres ». Maurice n'avait qu'un seul mot à la bouche : l'avenir. Et pour ce mot, il était prêt à balayer d'un revers de main tout ce qui précédait sa propre naissance. Les nouveaux territoires, les grandes villes, partout où ça bougeait, Maurice posait ses bagages et montait les chantiers. Une seule chose le tourmentait régulièrement. L'attache viscérale de sa femme pour ce Sud-Ouest teinté d'Espagne qui lui était, à lui, si étranger. Avant de prendre la décision de venir s'installer à Biarritz, sur les terres de Sophie, il avait beaucoup hésité. Une vague crainte. Puis il s'était décidé. Il ne doutait pas qu'au contact permanent des siens, Sophie étoufferait tôt ou tard et voudrait reprendre le large. Il la connaissait bien, ils étaient faits de la même inconstance. Ici, c'était juste une étape. Cinq, six ans, pas plus. L'argent des plus riches familles d'Europe et du Nouveau Monde coulait à flots. Maurice l'engloutirait dans les tonnes de béton qu'il achetait pour rien et qu'il savait revendre à prix d'or. Les richissimes industriels voulaient des villas délirantes pour rêver la vie, Maurice leur fabriquerait des rêves à leur démesure. Sans état d'âme. Il comprenait. Lui aussi jouait avec la vie, et il savait qu'il ne ferait pas long feu dans ces terres du Sud. Juste une dernière nostalgie qu'il accordait à Sophie et après il avait déjà son idée : New York, l'Amérique.

Elle l'observait, vaguement méfiante. Il aimait la sentir ainsi, sur ses gardes.

— Sois en paix, reprit-il alors d'une voix douce. Notre Villa n'a pas besoin d'être millénaire pour tenir debout. Les techniques d'aujourd'hui sont exceptionnelles. Tu verras, la nouvelle urbanisation va changer la face du monde.

Maurice avait mené à bout les chantiers les plus difficiles, il avait construit des routes qui franchissaient des montagnes, il avait fait creuser des tunnels là où tout le monde disait que c'était impossible et il avait élevé des barrages qui retenaient entre leurs bras des milliers de tonnes d'eau. C'était l'un des plus grands entrepreneurs de son temps.

Sophie le regarda cette fois avec un sourire tendre. Elle l'aimait.

7

Au même moment, dans le pays profond, sur une colline pleine de lumière, un homme regardait le ciel.

D'infimes filaments zébraient l'azur. L'homme travaillait à l'intérieur de l'*etxe* familiale quand il avait senti fléchir la clarté par la basse fenêtre, et il était sorti voir. Dans ce pays, on regardait toujours le ciel. On savait y lire toutes sortes de choses. L'homme nota rapidement dans sa tête la quantité, la longueur, la couleur de ces fils de nuages et, après un très léger temps de réflexion, il tourna le dos et rentra dans la maison. Ici, le savoir du passé transmis par les anciens était présent à chaque instant de la vie. L'homme venait de comprendre qu'il y aurait de l'orage les jours prochains, et du coup il avait des choses urgentes à faire.

Dans la pierre, sur le linteau de la porte par laquelle il avait disparu, les symboles des forces cosmiques de la nature semblaient avoir été gravés depuis toujours.

Dos à l'Espagne, l'impressionnante bâtisse faisait bloc contre un ennemi invisible. Pas un décor. Rien qu'une masse. Un vaisseau lourd qui aurait pu contenir tout un peuple et traverser les tempêtes les plus violentes et pas seulement celles du ciel. L'*etxe* était celle de l'homme : il s'appelait Orkatz.

8

Un été et un hiver passèrent.

À la fin de l'automne, Sophie et Maurice étaient rentrés à Paris. Sophie avait retrouvé avec plaisir leur grand appartement au magnifique salon de réception. Ils avaient renoué avec leur rythme habituel, entre dîners mondains, déjeuners d'affaires pour lui, thés et pâtisseries raffinées pour elle. Sophie avait pénétré avec une joie non dissimulée dans toutes les boutiques qu'elle affectionnait et, au cours d'un après-midi de frénésie, avait presque entièrement renouvelé sa garde-robe. L'élégance de sa femme faisait la fierté de Maurice et peu lui importaient les phénoménales notes qu'il devait ensuite régler. Malgré cela, l'océan et la Villa manquaient un peu plus chaque jour à Sophie, qui avait l'impression d'étouffer dans la capitale et dans son bel appartement.

Durant cet hiver, pour protéger la Villa des tempêtes qui faisaient rage sur ce bout de côte proche de l'Espagne, Maurice avait fait clouer sur toutes les ouvertures et sur la totalité des murs des trois façades exposées à l'océan de lourds assemblages de bois et de fer. Le procédé était très efficace et, au printemps, quand on lui avait arraché son lourd manteau de bois, la Villa avait retrouvé ses façades légères.

La première année, tout fut merveilleux, mais dès l'année suivante Sophie et Maurice se rendirent compte que la Villa avait un énorme problème. Certes on voyait la mer de tous les côtés et jusqu'à l'Espagne où, par beau temps, on distinguait nettement le phare de Fuenterrabia. Malheureusement, la promenade côtière de Biarritz passait juste derrière la Villa, et, au fur et à mesure que la population de la ville augmentait, les promeneurs affluaient, toujours plus nombreux, le matin, après le déjeuner et le dîner, et déambulaient fort tard dans tous ces petits chemins creusés dans le rocher. On n'était jamais chez soi. Quand ils arrivaient à hauteur des fenêtres, les badauds, curieux, levaient le nez sans pudeur et s'introduisaient par le regard, à travers les hautes vitres, dans les pièces à l'arrière. Il avait fallu fermer les rideaux et les tentures, et la Villa si lumineuse était devenue plus sombre. Au début, Sophie avait été contrariée. Mais, petit à petit, elle avait découvert que, de ce fait, toute sa maison était encore plus qu'avant tournée vers la grande baie sur l'océan. Matin, midi et soir elle admirait la lumière qui plongeait sur la grande baie de Fuenterrabia et tard, très tard dans la nuit, elle se laissait absorber par les petites flammes qui scintillaient au loin. Maurice, qui craignait qu'elle ne s'intéresse de nouveau à son pays, se demandait ce qui pouvait la fasciner à ce point dans cette baie espagnole de Fuenterrabia et une inquiétude était née en lui.

Plusieurs fois, Sophie lui avait parlé de son amour pour l'Espagne. Il en riait et avait même été jusqu'à lui demander pourquoi elle n'avait pas plutôt épousé un Espagnol : « Comme ça, lui avait-il dit, tu aurais été vivre là-bas et maintenant tu serais espagnole toi aussi. »

Elle ne l'avait jamais démenti. Elle ne s'était jamais récriée. S'il était honnête, il devait s'avouer qu'il aurait bien aimé un : « Mais qu'est-ce que tu vas chercher-là ? » ou « Tu es tout pour moi, aucun Espagnol ne pourra jamais rien y faire ». Enfin, il aurait désiré l'entendre dire quelque chose comme ça. Mais à chaque fois que cela s'était produit, il n'avait jamais pu en tirer autre chose qu'une pirouette ou, pire, un silence qui lui laissait à chaque fois un goût amer.

9

Sophie se plaisait beaucoup à Biarritz, la fête y était permanente et Maurice nouait des relations importantes pour son entreprise de travaux. Il construisait de splendides villas plus somptueuses les unes que les autres et son aura était à son apogée. Pourtant, quelle que soit la beauté de ses constructions, ses admirateurs et commanditaires revenaient toujours à la première de toutes ses réalisations : sa propre Villa.

— Maurice, vous êtes un malin ! Vous avez gardé la plus belle vue du pays pour vous ! Quel emplacement ! Il est unique !

Les plus téméraires n'hésitaient pas à lui demander s'ils pouvaient l'acquérir :

— Dites, si un jour vous voulez vous en séparer, faites-moi signe.

Au début Maurice se rengorgeait. Il aimait sentir la fascination qu'exerçait sa Villa. Mais il n'avait pas prévu la pression que cela créerait. Au bout d'un certain temps, la répétition de ce : « Vous ne voulez pas vendre ? » lui devint un supplice. L'obstination de ses congénères à vouloir s'emparer de la Villa par tous les moyens y compris les plus grossiers avait lassé sa patience.

Le repas venait de se terminer. Tout s'était fort bien passé et les invités prenaient un digestif au salon, sur les fauteuils de velours blanc. Ils étaient là, ravis, s'extasiant tous devant la vue nocturne de l'océan constellé de reflets d'étoiles, quand un grondement sourd les interrompit brutalement. La conversation cessa. Tous, aux aguets, écoutaient ce bruit sourd qui montait d'on ne sait où.

— Que se passe-t-il ? ! s'exclama une jeune femme rousse très moderne, aux yeux de chat.

Maurice jubilait. L'océan venait à son secours. Il évalua rapidement les enjeux qu'il y aurait pour lui à déprécier sa Villa mais il choisit pourtant d'inquiéter ses invités et d'éloigner ainsi les indésirables. Les faire frémir pour que le bruit se répande que la Villa était dangereuse. « Ainsi, se dit-il rapidement, personne ne viendra plus me demander de l'acheter. » Jamais Maurice n'était aussi bon que dans ces moments d'urgence, quand il fallait montrer cette implacable maîtrise de soi qui était la sienne. Calculant son effet, il posa sur la longue console Rulhman de galuchat ivoire le verre qu'il tenait à la main et s'approcha de la jeune femme.

— Ne vous inquiétez de rien, Madeleine, chuchota-t-il d'une voix claire mais suffisamment haute afin d'être entendu de tous, ce n'est que l'océan.

— L'océan ! ! ! Mais que se passe-t-il ?

Maurice posa délicatement son bras autour de ses épaules et, pointant le doigt vers le sol, désignant les profondeurs sous le tapis et le parquet, insistant comme s'il traversait la roche, il dit d'une voix grave :

— L'océan est là, juste sous nos pieds, juste sous votre fauteuil. C'est lui qui gronde. Si ça continue, il pourrait briser les fondations et nous engloutir !

Un cri d'horreur s'échappa des invités. L'humour noir de Maurice avait fait son effet. Madeleine lâcha son verre qui vint se briser sur le magnifique tapis persan que Sophie venait de s'offrir. Le liquide doré coula entre les précieux fils de soie. La merveille persane était irrémédiablement tachée. Horrifiée, la jeune femme rousse tenta d'éponger le désastre avec sa serviette de table. En vain. Maurice rit alors et expliqua que, bien sûr, personne ne risquait quoi que ce soit. Mais le mal était fait. Contrariée, ne comprenant pas ce qui avait bien pu pousser Maurice à effrayer tout le monde, Sophie s'en alla chercher les plans de la Villa qu'il gardait dans son bureau et elle les étala sur la table, expliquant tous les pieux d'acier enfoncés dans la roche. Elle avait bien retenu la leçon de Maurice et elle la récita parfaitement. Rassurés, les convives se mirent à rire de la farce de ce Maurice décidément très imprévisible. Ayant retrouvé ses couleurs, Madeleine éclata d'un rire encore teinté de l'angoisse terrible qui l'avait envahie :

— Mon cher Maurice, fit-elle en essayant de reprendre contenance, est-ce ainsi que vous avez séduit Sophie ? En l'effrayant ?

— Non, chuchota Maurice. J'ai séduit ma femme en l'aimant.

Sophie rougit légèrement. Maurice était capable de dire des phrases inoubliables au moment où on s'y attendait le moins. Séduits, les invités applaudirent, et un jeune homme se mit au piano. Il joua un morceau d'Albéniz. Les notes des parfums de la nuit d'*Ibéria* avaient de quoi étourdir. Le whisky et la musique aidant, la conversation repartit sur les incontournables chemins de l'amour. L'incident fut oublié.

Une fois les invités partis, Sophie s'expliqua avec Maurice de ce mauvais jeu. Comme à leur habitude, ce fut une discussion et pas le moins du monde une dispute. S'ils adoraient chacun le caractère entier de l'autre, ses passions et sa détermination sans borne, s'ils fuyaient les gens ternes et raisonnables, ils savaient aussi que leur fougue, leur emportement pouvaient détruire leur couple. Certes, ils s'enflammaient et étaient souvent victimes de leurs coups de sang, mais ils avaient appris à reconnaître ces moments où il vaut mieux écouter l'autre, poser des questions et non l'accuser. Alors que la jeune bonne finissait de débarrasser, ils s'étaient installés dans le salon. Sophie avait servi un dernier verre de cognac. Tandis que son mari avait préféré rester debout, elle avait enlevé ses escarpins délicats et s'était blottie dans un de leurs confortables fauteuils, acquis par Maurice pour un prix, comme toujours avec lui, excessif. Elle avait replié ses jambes sous elle et laissé le silence s'installer. Quand Maurice lui avait semblé détendu, elle l'avait amené à parler de l'incident et il lui en avait expliqué la motivation.

Dans la salle de bains, enlevant les traces de fard de ses yeux, Sophie repensait à leur bref échange. Tout en faisant maintenant pénétrer du bout de ses doigts longs et fins une crème qui sentait bon la fleur d'oranger, elle se sourit dans la grande glace. Elle était heureuse et aussi, un peu naïvement, fière d'avoir réussi à apaiser son mari. De l'autre côté du mur, dans la chambre attenante,

Maurice se préparait pour la nuit. Il mettait un soin méticuleux, presque maniaque, à se déshabiller. Une sorte de rituel. Sans doute une manière de laisser derrière lui la journée qui venait de s'écouler. Sophie pouvait deviner chacun de ses gestes. D'abord, il dénouait sa cravate, enlevait sa veste et la suspendait. Puis venait le pantalon. Il déambulait ensuite souvent en chemise, chaussettes et caleçon, préparant la journée du lendemain. Puis il fouillait les poches de sa veste et de son pantalon, et en retirait le contenu qu'il déposait alors dans une petite corbeille posée sur sa table de nuit. Tandis qu'elle appliquait un fluide pour préserver la douceur de ses mains, la dernière phase de son rituel à elle, Sophie l'entendit pousser un hurlement de rage abominable.

— Un cauchemar, hurla-t-il. On n'en finira jamais ! ! !

Elle n'eut pas le temps d'aller à sa rencontre. Frémissant de colère, il fit irruption dans la salle de bains, tendant à bout de bras un bristol en lettres dorées.

— Lis, lis... Regarde.

Un très riche industriel que Maurice souhaitait particulièrement gâter car il pouvait générer un gros volant d'affaires du côté de Saint-Jean-de-Luz, ville proche, avait, au cours de la soirée, discrètement glissé dans la poche de sa veste un chiffre colossal suivi de quelques mots griffonnés : « Offre pour la Villa. »

— Je ne suis plus chez moi, hurla Maurice à Sophie cependant qu'éberluée celle-ci lisait le bristol. Voilà des gens qui viennent en invités et qui, au lieu d'apprécier le repas et la conversation, se comportent en pilleurs. C'est inimaginable la pression qu'ils mettent ! C'est indécent, jamais je n'aurais imaginé qu'ils iraient si loin. On va vendre la Villa ! ! !

— Pas question !

Ç'avait été un cri du cœur. Il avait échappé à Sophie malgré elle. En dépit de tous les défauts dont parlait Maurice, et qui étaient réels, elle aimait la Villa. Elle ne pouvait plus se passer de cette vue sur l'Espagne, à Fuenterrabia.

L'extraordinaire point de vue de la baie l'attachait à sa maison plus que n'importe quoi d'autre. Mais ce n'était pas l'océan que Sophie regardait au loin, c'était la pointe de Fuenterrabia. L'Espagne ! Elle devinait l'heure où les bateaux de pêcheurs rentraient dans le petit port et elle savait le long chapelet de lumières qui s'allumait quand, bien alignés, fanaux contre fanaux, les thoniers déchargeaient sur le quai les poissons magnifiques et lourds.

Sophie aimait l'Espagne. Et elle aimait les ports !

Maurice en oublia presque le bristol. C'était bien la première fois que Sophie manifestait un attachement pour une maison. Qu'est-ce que cela voulait dire ? Il ne fallait pas qu'elle se lie définitivement à un lieu. En venant ici, il avait voulu lui faire plaisir mais, en fait, c'était aussi et surtout pour ses affaires, et il avait sous-estimé la puissance d'une terre d'enfance. Il n'avait pas prévu que cette vue sur l'Espagne prendrait une telle place dans le cœur de Sophie. Sa décision de se débarrasser de la Villa n'en fut que plus forte. Sophie ne devait s'attacher à rien ni à personne sauf à lui et s'il devait repartir bientôt il ne voulait pas qu'il y ait le moindre problème.

10

L'esclandre de Maurice avait fait son petit effet.

À la terrasse du Royalty, le haut lieu de rendez-vous matinal des dandys, des belles étrangères et des riches Espagnols, la très rousse Madeleine prenait un apéritif en compagnie de deux amies, Suzanne et Yvonne. Toujours très coquettes, soucieuses de leur image et de leurs tenues, les trois femmes occupaient leurs journées entre les boutiques et les soirées. Entre-temps, elles fréquentaient les cafés où il faut être vu. Leur passe-temps favori était le potin.

— Alors, cette Villa, est-elle si fabuleuse qu'on le dit partout ? demanda Yvonne qui d'ordinaire était la mieux informée en toutes choses mais qui cette fois n'avait pas eu le privilège d'être invitée la première.

Madeleine prit un air inspiré.

— C'est magnifique, un endroit inouï. J'avais le sentiment d'être au milieu de l'océan. Une maison pareille, il n'en existe pas deux au monde. Mais voyez-vous, je ne sais pas si je pourrais y vivre.

— Tiens, fit Yvonne, et pourquoi ?

— Je craindrais les tempêtes.

— Allons donc, Maurice Caron est un entrepreneur réputé. Et il adore sa femme. Il n'irait pas la mettre en danger.

— Oui, c'est juste, Yvonne. Mais le soir, l'océan revêt quelque chose d'inquiétant qu'il n'a pas la journée. Et il paraît qu'il passe sous la Villa.

— Sous la Villa ! Mais non voyons, sous la Villa, il y a le rocher.

— Pas si sûr. Maurice Caron nous a fait une bien curieuse présentation des lieux. Je ne sais pas pourquoi, on aurait dit qu'il voulait nous faire peur.

— Chère Madeleine, vous deviez avoir bu un peu trop de champagne. Monsieur Caron est un vrai gentleman. Je ne le vois pas effrayer une femme pour le plaisir. Il est au contraire très prévenant, du moins à ce qu'on dit.

Suzanne s'agaçait quand Yvonne jouait les connaisseuses. Elle ne fréquentait pas les Caron, il n'y avait aucune raison qu'elle ait un avis. Elle se permit de l'interrompre.

— Vous faites erreur, ma chère Yvonne, dit-elle d'un air pincé. Mon mari traite avec lui en ce moment et il ne le trouve pas si gentleman que ça. Il est même plutôt caractériel quand les choses ne tournent pas comme il le veut.

— Et sa femme, qu'en pensez-vous ? demanda Yvonne en se tournant vers Madeleine pour couper l'effet de Suzanne et son besoin de montrer que son mari était un homme important qui traitait avec l'homme le plus en vue du moment.

— Sophie ! Elle est charmante. Accueillante, gaie, très plaisante vraiment. Et toujours si élégante, elle avait un ravissant tailleur de Chanel.

— On la voit peu. Savez-vous pourquoi ?

— Vous trouvez qu'on la voit peu ? Elle est à tous les dîners, à tous les concerts.

— Oui, c'est vrai. Mais...

— Yvonne veut dire qu'elle ne vient pas souvent le matin comme nous au bar ou au thé l'après-midi. Peut-être aimerait-elle que vous nous la présentiez, Madeleine, elle se lasse de nos conversations à trois.

Yvonne ne releva pas la remarque de Suzanne. À quoi bon se chamailler ? Elles passèrent à d'autres sujets. À Biarritz, on n'en manquait pas.

11

Pour Sophie, les choses changèrent après ce fameux soir.

Sans en parler à quiconque, surtout pas à sa femme, Maurice sillonna la région et dénicha à l'intérieur du pays un terrain vierge de soixante hectares. Tout en haut d'une colline, avec en fond la ligne bleue des Pyrénées, le Pays basque découvrait la douce harmonie de ses collines vertes et le regard s'en allait sans encombre jusqu'à l'océan.

Il y conduisit Sophie une fois qu'il s'en fut porté acquéreur.

— Voilà, lui dit-il, d'ici six mois, on aura une autre maison. Les travaux commencent demain.

Sophie n'en croyait pas ses oreilles.

— Une autre maison ? Mais je…

Maurice, sourire aux lèvres, l'interrompit.

— Ici, ils pourront toujours courir avant de venir coller leur nez au carreau. Fini les gêneurs et les curieux ! (Il étendit les bras, décrivant un cercle qui semblait ne jamais finir :) Tu vois, tout autour, on a soixante hectares !

— Soixante hectares !

Sophie accusait le coup. Maurice avait tout mené dans le plus grand secret.

— Soixante hectares de terres, reprit-il, tout à son affaire. Mais je les laisse en fermage, c'est l'accord. Autour de la maison que je vais construire ici même – et il martela fermement le sol avec son pied – s'érigera un mur d'enceinte de trois mètres de hauteur et sur deux hectares, et je peux t'assurer qu'aucun indésirable ne le franchira. C'est ma faute. Je n'avais pas prévu que ce petit chemin de promenade serait un jour si fréquenté et que notre Villa deviendrait une proie pour tous ces vautours !

Sophie ne l'écoutait plus. Maurice, qui était inquiet de sa réaction, crut la partie gagnée parce qu'elle ne disait rien :

— Alors, heureuse ? !

La réponse claqua, inattendue.

— Je ne vivrai jamais ici.

Il fallut un temps à Maurice pour retrouver ses esprits.

— Voyons, ce n'est pas sérieux, tu dis que tu ne peux supporter ces gens qui passent sans arrêt, et maintenant...

Sophie lui coupa la parole. La réalité de cette nouvelle situation lui apparaissait, effrayante.

— Mais enfin Maurice, tu te moques de moi ? ! Je viens de te le dire. Je reste à la Villa et je ne m'enfermerai pas entre des murs hauts de trois mètres. Mais qu'est-ce que je vais faire, perdue au fond de ce pays, tu y as pensé ?

Maurice avait eu le temps de se reprendre. Sophie ne voulait pas vivre ici, ce n'était pas plus mal. Il suffirait qu'elle reste à la Villa pendant un an et elle serait tellement excédée que le départ pour New York se ferait sans aucune difficulté. Pour autant, il ne la laissa pas gagner aussi facilement.

— Je ne comprends pas, fit-il, pendant des années tu m'as rebattu les oreilles avec ton pays et maintenant que je te l'offre sur un plateau, tu viens pleurer que c'est un trou perdu. Il faudrait savoir !

— Mais enfin Maurice ! Entre aimer son pays et revenir y vivre cloisonnée dans une maison isolée sur soixante hectares, il y a un monde. Tu sais combien j'aime les dîners, les sorties. Je ne me vois pas du tout ici, je te dis. Je n'ai rien à y faire. Rien de rien. Je n'y viendrai pas.

Il n'insista pas.

C'était sa grande force. Il se contenta de dire calmement qu'il serait toujours temps de voir et que, de toute façon, l'achat de ces terres était une affaire excellente. Qu'il revendrait la maison à prix d'or s'ils décidaient de s'en défaire une fois qu'elle serait achevée.

Mais Sophie eut l'impression qu'il ne disait pas la vérité. Il cachait quelque chose et cette double attitude qu'elle percevait maintenant chez lui la dérangeait.

— Pourquoi tu t'obstines ? rétorqua-t-elle. Je te dis que je ne viendrai jamais m'enterrer ici.

Pourtant, Maurice était sincère. Il n'avait aucune intention de finir ses jours sur la colline basque. Il voulait juste y passer un an, pas plus. Très vite, ils vendraient en faisant une considérable plus-value et ils partiraient à nouveau. Il prit

Sophie entre ses bras avec douceur et lui chuchota à l'oreille :

— Ne t'en fais pas, tu sais bien que je ne te forcerai jamais à faire ce qui ne te rend pas heureuse. Cette maison, ici, c'est pour toi que je l'ai voulue, pour que tu ne sois plus ennuyée par ces touristes aux fenêtres. Mais si j'ai eu tort, ce n'est pas grave, je vais la construire et on la louera, ou bien on la vendra. N'y pense plus, viens, on va redescendre à Biarritz. Je t'invite au restaurant du Palais. En tête à tête cette fois. Le travail attendra. Viens...

Parfois, avec Maurice, Sophie ne savait plus où elle en était. L'amour dont il l'enveloppait était si grand qu'elle aurait dû n'avoir aucune crainte et se sentir protégée à jamais. Si elle repensait à ce qu'avait été leur vie commune, elle avait toutes les raisons de lui accorder une confiance totale, il avait toujours tout fait pour elle. Seulement, il y avait cette manie du déménagement permanent qui ne s'arrêtait pas. Sophie avait pensé que cela n'aurait qu'un temps, qu'un jour ils se poseraient quelque part et quand il lui avait annoncé cette venue à Biarritz, elle s'était dit qu'enfin ce temps était venu. Or voilà qu'encore une fois il remettait tout en question.

12

De sa grande famille du Sud-Ouest, Sophie était la seule à avoir franchi la ligne qui va de Bordeaux à Toulouse et au-delà de laquelle, pour les siens, c'était un autre monde. Déjà une sorte de Grand Nord. Cousins, cousines, oncles et tantes, frères et sœurs, tous, ils étaient restés sur la terre d'origine. Dans chaque village, il y avait un lourd portail que Sophie pouvait pousser, une porte à laquelle elle pouvait frapper sans crainte. Son seul nom de famille prononcé et on lui aurait donné immédiatement le gîte et le couvert. Parce que les familles ici s'étendent aux voisins, aux cousins, frères et sœurs, oncles et tantes des voisins, et ainsi de suite jusqu'aux villages tout entiers.

C'est là que ceux de la famille se marient, là qu'ils ont des enfants, là qu'ils vivront toujours et là qu'on les enterrera côte à côte, dans les grands caveaux de pierre gravée. Jamais il ne serait venu à l'idée des siens qu'au-delà de la Garonne le monde soit une chose vivable. Entre le décor des Pyrénées aiguës, la fougue de l'océan et la proximité de l'Espagne, leur soif de romanesque et d'absolu était en permanence assouvie et ils pouvaient vaquer à leurs occupations, sans jamais se sentir enfermés nulle part. Du vent qui soufflait, on disait toujours qu'il venait d'Espagne, et quand il arrivait qu'il dépose sur le pays une mince pellicule de sable doré, on savait que ce sable venait de très loin. Du Maroc et même de l'Afrique. Des grands déserts.

C'est ainsi que cette extrémité de terre, au bout du Sud-Ouest, offrait à ceux qui avaient la chance d'y naître, un paradis pour la vie entière.

On partait parfois, bien sûr, mais on revenait pour les actes essentiels de la vie. Le mariage, les enfants, l'achat d'un bien. Dans le choix de Sophie d'aller vivre à Paris, et surtout d'avoir épousé un homme du Nord, il y avait une certaine incongruité. Comme toujours avec elle, la famille avait été mise devant le fait accompli, obligée d'accepter la chose. Et au début Maurice était venu se joindre aux repas qui les réunissaient régulièrement. Jamais pourtant la famille ne s'était départie d'une certaine méfiance envers lui, à cause de cette manie qu'il avait de bouger sans cesse. Cette mobilité permanente était incompatible avec l'idée qu'ils se faisaient du sérieux. Et puis, un jour, Maurice commit à leurs yeux le crime impardonnable.

Sophie ne pourrait jamais oublier ce jour-là. Cela se passait au printemps, on fêtait les Pâques.

Sur la prairie, devant la maison familiale au pied des Pyrénées, on avait installé les longues tables aux nappes blanches des jours de fête. La mère de Sophie, ses tantes, sa sœur, les cousines, s'activaient toutes entre les fourneaux et la table, courant, organisant les couverts, les plats, vérifiant les cuissons, tendues et fébriles, actives comme de parfaites abeilles qui ne laisseraient rien au hasard. Rien qui ne soit parfait. Ni la cuisson rosée de l'agneau pascal, ni le moelleux des tresses de Pâques qui fondaient sous la bouche. Sophie adorait le goût d'anis qui s'échappait des petits grains qu'elle tenait coincés sous sa dent, et qu'elle écrasait, concentrée sur ce goût unique et toujours renouvelé. Un goût de Pâques.

Sophie n'aimait pas faire la cuisine. Les rares fois où elle avait tenté de s'y mettre, elle avait trouvé que le résultat ne valait pas l'investissement accompli. Et puis, elle détestait se salir les mains et abîmer cette peau dont elle prenait particulièrement soin. Elle préférait éviter les inévitables coupures et brûlures, le gros sel et les passages répétés sous l'eau. Et la chaleur du four et la vapeur qui s'élevait au-dessus des marmites ne valaient rien, ni à son teint, ni à ses cheveux. Elle avait l'impression qu'une fine pellicule poisseuse se déposait sur elle. À la Villa, elle se tenait loin de la cuisine et laissait Faustine, sa jeune bonne, gérer ce territoire comme elle l'entendait. En la regardant de loin s'activer au-dessus des fourneaux, Sophie ne pouvait s'empêcher de penser que la jeune fille ne conserverait pas longtemps cette peau de nacre qu'elle avait presque translucide. Et il y avait bien longtemps maintenant que Sophie l'avait compris.

Quand elle grandit, et cependant que sa sœur s'avérait excellente aux fourneaux, on la rabroua dès qu'elle avait le malheur de s'approcher des cuisines où les femmes s'affairaient :

— Sors de là, tu ne sers à rien.

Elle avait bien noté le ton âcre et amer de sa mère qui prononçait ces mots. Ne pas s'intéresser aux choses de la nourriture était en ce pays un défaut majeur, surtout si on était une femme.

Sophie avait compris que cette pâte que les femmes de sa famille pétrissaient entre leurs mains, que ce jus qu'elles faisaient ruisseler sur le gigot d'agneau en prenant bien soin de le retourner à l'exacte minute, c'était bien plus que du simple jus doré ou de la blanche farine. C'était une mémoire qui passait entre leurs mains. Celle de tout un peuple maternel qui maintenait solidement liés dans sa chaleur vibrante la solidarité de ses membres, l'amour des enfants et des pères. Un ciment si fort que tous ceux qui ont eu le bonheur de le connaître dans leur enfance en sont à jamais marqués.

Jamais pourtant Sophie n'avait eu envie de partager avec elles ce devoir merveilleux qui était de créer pour les siens une mémoire immortelle à travers de simples repas. Les choses étaient ainsi faites.

Quant aux enfants, elle avait depuis longtemps refusé à Maurice de lui en donner un. Elle ne souhaitait pas devenir mère. Elle se voulait femme uniquement. Sophie pourtant aimait les enfants. Pour leurs rires et leurs jeux. Mais, dans les hommes, elle ne voyait jamais le père éventuel des enfants à venir. Elle ne voyait que l'homme.

Maurice en était un, et c'était le sien.

Ce jour de Pâques familiales, elle allait pouvoir mesurer les liens qui l'unissaient à lui.

Quand, inconscient ou provocateur comme il savait l'être, il annonça sans préambule qu'il avait vendu la maison de son père, celle que son grand-père avait construite sur les terres du Nord,

Sophie l'apprit en même temps que sa famille. Il ne lui avait rien dit. Sans qu'aucune nécessité financière ne l'y oblige, Maurice avait abandonné la maison familiale. À l'annonce de cette nouvelle invraisemblable, Sophie sentit immédiatement un froid glacial envahir le cœur de tous les siens. Pour tous les membres de cette famille si attachés à la transmission du patrimoine, aussi humble soit-il, et au respect de la mémoire des anciens, l'effet fut dévastateur. La grand-mère de Sophie, pensant que sa presque surdité lui jouait à nouveau des tours, avait réajusté son cornet et demandé à Maurice s'il s'agissait bien de la maison familiale, celle de son père, de son grand-père. Maurice avait confirmé, et plus personne n'avait rien dit. Définitivement, aux yeux de cette famille, rien n'avait de valeur pour Maurice à part l'argent. Contre le choix des siens et pour la première fois de sa vie, jusqu'alors enracinée dans des valeurs qui lui paraissaient éternelles, Sophie prit le parti de Maurice. Instinctivement, elle se serra contre son mari. En elle, plus fort que le sentiment maternel ou le sentiment de famille, c'est encore l'amour de l'homme qui l'emportait. À l'extrémité de la table, sa mère lui jeta un regard glacé. Aux yeux de cette épouse et de cette mère parfaite, il y avait une indécence immense à n'aimer l'homme que pour lui.

Dès ce jour, Maurice ne vint plus dans les grandes réunions familiales et Sophie resta à ses côtés. Les liens de Sophie avec sa famille étaient pourtant bien loin d'être rompus, simplement c'est elle qui passait les voir seule quand elle était sur la côte. Eux ne venaient jamais. Ça leur semblait dans l'ordre des choses. Et si elle ne leur rendait pas visite, ils estimaient qu'elle était en faute.

Le ciment du clan avait un prix et Sophie le payait de cet isolement, de cette incompréhension. Son père le lui avait dit clairement :

— Tu vis comme tu le veux. Ici tout le monde trouve ça normal, tu le sais. Tu feras toujours partie de la famille et tu seras toujours chez toi, quoi que tu fasses. Mais n'oublie jamais, c'est toi qui pars.

13

— Tu fais une erreur, Maurice ! C'est moi qui te le dis et tu ne pourras pas dire que je ne t'ai pas averti…

Maurice interrompit son chef de chantier d'un geste de la main, agacé.

— Oh ! Qu'est-ce qui te prend ? C'est bien la première fois que tu t'inquiètes ! Si, dans la vie, on ne faisait que ce qui était permis et on ne déplaisait à personne, on ne ferait rien. Tu sais ça, non ? ! On construit ici sur cette colline et un point c'est tout. Avançons, on verra bien, je te parie qu'il ne se passera rien.

Marcel tordit le nez et ravala les mots qui lui brûlaient les lèvres. Il verrait plus tard.

Petit, râblé, Marcel accompagnait Maurice depuis les débuts. Venu des mines du Nord dans la nuit desquelles il s'était enfoncé dès l'âge de huit ans, son enfance était morte à jamais, engloutie dans douze longues années passées à vivre dans l'obscurité totale, comme les rats. Le jour de ses vingt ans, il jura de ne plus jamais redescendre sous terre. Il fit son baluchon et prit la route. Dans sa belle voiture noire, Maurice, qui venait d'avoir le même âge que lui, se rendait sur son premier chantier. La veille, il avait enterré son père et sa mère, décédés dans un accident de voiture et, sans attendre, il avait pris la succession de son père à la tête de l'entreprise familiale de bâtiment. Quand il avait croisé sur la route ce garçon de son âge, visiblement épuisé, il avait fait marche arrière et ouvert la portière sans dire un mot. Marcel était monté, ils avaient à peine échangé quelques phrases, mais ne s'étaient plus quittés. Maurice était ainsi, sans connaître Marcel il lui avait offert la lumière des chantiers grand ouverts sur le ciel et, pour l'enfant de la mine noire, ce cadeau de plein vent ne s'oublierait jamais ! Ils avaient tout créé ensemble et l'entreprise de Maurice était devenue l'une des plus prospères de ce pays.

Quand Maurice allait trop loin et que ses rêves de bâtisseur lui faisaient oublier le sens des réalités ou courir trop vite, Marcel était le garde-fou. Car lui ne rêvait plus jamais. Passé de la nuit à la lumière, il avait atteint son rêve unique et se cramponnait à cette réalité fabuleuse.

Les deux hommes étaient complémentaires. Maurice le plus fou, Marcel le plus raisonnable. Mais ils avaient un point commun. Ils aimaient à dire qu'ils avaient les pieds au sol, dans la boue des chantiers :

— Avec ce qu'on bataille tous les jours dans la caillasse et le fer, il est pas né celui qui réussira à nous gêner, disait Maurice quand il arrivait qu'un conflit l'oppose à un de ces architectes qui venaient, plans en main, vérifier sur le terrain que tout se passait bien. Et Marcel, comme vengé des années noires, riait de l'entendre rabrouer ces hommes qui, pour lui, se contentaient de gratter le papier. L'amitié des deux hommes était légendaire dans la profession. C'était à la vie, à la mort.

Ce matin-là, sur la colline, Marcel était inquiet. Il trouvait que Maurice s'était emballé un peu trop vite et il n'était plus si sûr que ce terrain soit une si bonne affaire. En tout cas, lui, il avait tenté de l'en dissuader. Mais devant son insistance, il avait cédé. Que faire d'autre ? Maintenant, ils arpentaient côte à côte le chantier qu'ils venaient de mettre en route. Les fondations dessinaient une surface imposante. La maison serait une énorme bâtisse. On entendait bourdonner et se cogner entre eux les moteurs des machines qui s'activaient et le roulement de la benne à béton qui n'en finissait pas de concasser et de malaxer le sable et l'eau. En passant près de la benne, Maurice la tapa du plat de la main comme on caresserait un animal familier pour lequel on éprouve une tendresse particulière. Puis il leva le nez vers une grue qui soulevait d'énormes palettes et venait les déposer délicatement au bord du grand trou. Un sourire de plaisir naquit à la commissure de ses lèvres. Il admirait le travail de son grutier, un jeune d'une vingtaine d'années, perché là-haut dans la cabine et qui, le visage concentré, jouait avec les instruments, guidant le long bras de fer avec des gestes d'une précision et d'une finesse inouïes. On aurait dit une danse. Le buste du jeune homme suivait les mouvements en même temps qu'ils naissaient et on sentait tout son être faire corps avec la machine. Comme un animal de chair humaine et de fer. Maurice était heureux jusqu'au plus profond de ses entrailles. Il aimait percevoir chez ses ouvriers cette implication totale. Il aimait les sentir rêver le monde à travers ce qu'ils construisaient ensemble. Maurice était soudé à son équipe plus qu'à tout autre chose au monde. Ses hommes le ressentaient et lui rendaient cet attachement. Ils étaient avec lui depuis les débuts et ils le suivaient partout. Tous avaient conscience de l'aventure incroyable qui s'ouvrait devant eux. Le béton allait faire prendre au bâtiment un tournant décisif et ils se sentaient à la proue de leur temps. Là où naissaient les chantiers, Maurice était leur capitaine.

Marcel s'approcha et déchira le carton qui cachait la marchandise sur l'une des palettes que le jeune homme venait de déposer délicatement. Il esquissa un sourire, satisfait, et appela Maurice :

— Viens voir !

Quand ce dernier souleva le carton, dégageant la marchandise, il hurla de joie.

— Tu l'as eu ! Tu l'as eu ! Le marbre de Campan ! ! Comment t'as fait ?

Excité, tirant de toutes ses forces le carton à deux mains comme le gosse qu'il était parfois, Maurice le déchira complètement, dégageant une grande plaque de marbre rouge.

— Magnifique ! Magnifique ! répétait-il en caressant inlassablement la plaque de marbre pour bien être sûr de ce qu'il voyait. Car visiblement il n'en revenait pas.

Comment avait fait Marcel pour en avoir si vite, et du si beau ? Le plus beau marbre qui soit, le marbre rouge de Bigorre. Le plus rare, celui qui ornait Versailles, l'opéra de Paris et les plus beaux palais de Venise. Celui que les princes se disputaient pour parer le sol et les murs de luxueuses villas. Le seul marbre au monde sur lequel on disait que pouvait se lire la trace des entrailles de la terre : L'enfer et le feu !

Marcel jubilait. Il avait atteint son but. Émerveiller Maurice. Et Maurice, lui, exultait. Il dégageait dans de pareils moments une force rayonnante qui attirait tous ceux qui l'approchaient. À l'opposé, Marcel manquait cruellement de cette assurance. Il était de ces hommes qu'on ne voit que si l'on a besoin d'eux. Heureusement, Maurice avait toujours besoin de lui. Alors, pour cette raison, Maurice était devenu son dieu. Mais, s'il le vénérait, Marcel ne mâchait pas ses mots, une façon d'être tout à la fois son ami et son frère raisonnable. Il crut bon à cet instant de revenir à la charge :

— Je te le redis Maurice, si à cause des Basques on doit démolir ce qu'on est en train de construire pour une raison ou une autre, le marbre est perdu. Et une veine pareille, avec des plaques de soixante-dix, c'est pas demain qu'on en retrouvera. Réfléchis bien. Il est encore temps. On peut poser ce marbre ailleurs. Ne t'obstine pas, tu rachètes un autre terrain à Biarritz et les Basques…

— Ah ! laisse les Basques tranquilles ! hurla Maurice contrarié. Tu me chauffes les oreilles !

Mais Marcel savait tenir tête. Sa voix monta d'un ton.

— Méfie-toi que les Basques, ils nous chauffent pas autre chose que les oreilles. Parce qu'au cas où tu l'aurais oublié, on n'a versé aucune commission à personne sur ce coup-là. Tu trouves pas ça louche toi, que personne ne veuille se sucrer au passage ? Même pas une bouteille, rien de rien !

Crois-moi, ça n'est pas bon signe, c'est la première fois que ça nous arrive.

— Et alors ? fit Maurice. On est tombé sur un cas.

— J'y crois pas, insista Marcel. Les Basques, ils sont comme tout le monde. Crois-moi, je ne suis pas tranquille. Si personne n'a rien pris, c'est qu'il y a quelque chose de lourd derrière. Personne ne veut se mouiller et je ne comprends pas pourquoi.

Maurice ne répondit pas tout de suite. Marcel n'avait pas tort. Les commissions versées aux uns et aux autres, c'était un grand classique du bâtiment. Or, là, pour l'achat du terrain, tout s'était fait dans les règles les plus strictes. Ils avaient payé le prix demandé, pas plus, ni moins. Et ils avaient obtenu le permis de construire. Cependant, il y avait eu un incident dérangeant, à la mairie. En leur remettant les papiers signés et contresignés, le secrétaire avait lancé, d'un ton enjoué :

— Alors, vous allez nous construire une autre Arnaga ?

— Arnaga ? C'est quoi ? avait demandé Maurice, surpris.

— Ah vous ne connaissez pas ? Et pourtant ça a fait du bruit dans le coin quand Edmond Rostand, l'écrivain, l'a construit. Il voulait son Versailles, et il l'a fait. Mais il a fait un Versailles « basque ».

— Un Versailles basque ! C'est quoi ça ?

— Avec tout l'argent qu'il avait gagné avec son *Cyrano de Bergerac*, il avait les moyens de voir grand. Et il a vu grand, mais il a vu « basque ». Il a fait construire une splendide maison à Cambo et…

Maurice en avait assez de cette conversation sans queue ni tête. Il s'était énervé et avait dit au secrétaire de mairie qu'en fait de Versailles, d'Arnaga et de maison basque, lui avait en vue ni plus ni moins qu'un « palais mauresque ». Le secrétaire avait blêmi.

— Un palais mauresque ! !

— Oui, et alors, où est le problème ? avait répondu Maurice surpris de cette réaction.

Reprenant vivement les papiers des mains de Maurice, l'homme s'était alors levé précipitamment et leur avait demandé d'attendre. Il avait enfilé une veste à la hâte et était sorti en disant qu'il en avait pour deux minutes. Effectivement, il était revenu très vite, accompagné du maire du village qu'il était allé chercher sur son lieu de travail, aux champs. Chaussé de hautes bottes pleines de terre, visage accueillant mais grave, le maire les avait fait entrer cérémonieusement dans son bureau, et après s'être assis et qu'ils eussent fait de même, il avait parlé :

— Il paraît que vous avez l'intention de construire un « palais mauresque » sur le terrain d'Ainhoa, avait-il dit en prenant soin de bien détacher les syllabes du mot « palais mauresque ».

— C'est exactement ça, avait répondu Maurice.

Le maire avait pris son temps avant de poursuivre. Des secondes interminables pour Marcel. Penchant sa tête de biais, comme un interlocuteur méfiant, le maire avait ajouté en les regardant tour à tour :

— Et personne ne vous a rien dit à Bayonne quand vous avez déposé les plans ?

— Non. Pourquoi ? Qu'est-ce qu'on aurait dû nous dire ?

Le maire fixa Maurice d'un regard perçant. L'entrepreneur le prenait-il pour un idiot ? Il insista :

— Ça m'étonne beaucoup qu'on ne vous ait pas averti.

Maurice joua les naïfs, il fit deux ou trois moues destinées à exprimer son indifférence et à montrer qu'il était temps d'en finir. Marcel, lui, revivait la scène de la veille à Bayonne. Le chargé du dossier avait effectivement averti Maurice de façon faussement anodine mais très claire selon lui : « Voilà, tout est en ordre. Seulement, attention ! Construisez ce que vous voulez, mais construisez basque, c'est tout ce qu'on vous demande. »

Phrase qui les avait plongés dans une grande perplexité. Une fois dehors, Maurice s'était tourné vers Marcel :

— Elle est pas mal celle-là, c'est la première fois qu'on nous la fait. Il nous dit de construire ce qu'on veut, il signe mes plans de palais mauresque et, juste après, il dit tranquillement : « Construisez basque, c'est tout ce qu'on vous demande. » Non mais ! Où tu as vu ça, toi ? ! C'est quoi, ces Basques ?

Marcel avait approuvé, perplexe. Ils avaient laissé l'incident de côté. Puisqu'ils avaient la signature, ils se moquaient de la recommandation de Bayonne. Or voilà qu'elle « revenait sur le tapis ».

— Avez-vous remarqué, continuait le maire, qu'ici les maisons respectent les mêmes codes ? Des *etxes*, blanches et rouges.

— Euh… oui, peut-être, avait lâché Maurice, sérieusement contrarié par ce dialogue qui tournait à l'interrogatoire.

— C'est pas « peut-être », avait précisé le maire d'une voix plus ferme, c'est comme ça. Ici, tout le monde peut construire sa maison. Mais on construit basque. C'est l'unique règle. Il n'y en a pas deux.

— La règle, quelle règle ? crut bon d'insister Maurice.

— Ne vous obstinez pas, ne construisez pas ce palais.

Sur ces mots, sans attendre de réponse, le maire avait tendu les papiers signés à Maurice, puis il s'était levé. Il leur avait serré la main en souriant, et il était retourné à ses champs.

Dans la rue, quand ils s'étaient retrouvés seuls, Marcel avait tout de suite estimé qu'il serait plus prudent de revendre la parcelle et les terres.

— Tu as compris ? C'est du sérieux, leur histoire. Ça leur tient à cœur, leurs maisons basques. Ils ne vont pas nous laisser faire.

Mais Maurice était plus que jamais décidé. Revendre ? Il ne manquerait plus que ça ! Il était sûr que ça s'arrangerait, tôt ou tard.

— Ils m'ont vendu le terrain, je fais ce que je veux. On est en France, non ? Tu es aussi bien placé que moi pour savoir qu'avec un permis de construire, une fois que les plans sont signés, tu fais la maison que tu veux.

— Ailleurs, oui. Mais ici, je ne suis pas sûr qu'on y arrivera.

— Mais bien sûr que si. Tu montes tout en épingle. Les choses se tasseront. On n'a fait que des constructions délirantes ici, alors une de plus ou de moins…

— Mais on a toujours construit en bord de côte, à Biarritz !

— Eh bien, à présent, on construit à l'intérieur du pays. La belle affaire ! Il faut bien commencer un jour.

Marcel était méfiant. Cette fois, même s'il ne voyait pas très bien où pouvait être le danger, quelque chose lui disait qu'il ne fallait pas y aller. Pour la première fois, ils n'allaient pas avoir à faire à la loi officielle, ni à celle des dessous-de-table qu'ils connaissaient par cœur. Ils se retrouvaient face à une autre loi dont ils n'avaient jamais entendu parler : la loi basque. Et s'il n'avait aucune idée de ce qu'elle était, Marcel avait au moins senti une chose : elle pesait lourd. C'est en vain qu'il tenta de dissuader Maurice.

Alors, il fit ce qu'il avait toujours fait. Il se rangea au désir du patron et, inquiet, il prit le chantier en main.

14

Aucune des trois femmes n'avait jamais senti l'appel du large. La mer à l'horizon était juste la mer. Elle était faite pour les Basques qui choisissaient la mer. D'une lignée ancrée depuis plusieurs générations dans l'arrière-pays, Louise partageait pourtant ses deux fils entre l'océan et la terre. La vieille femme n'aurait jamais accepté de l'avouer, mais elle préférait que ce soit le second, Patxi, qui soit devenu marin. Depuis toujours, et même si elle avait lutté contre ça, Orkatz, son aîné, était son préféré, sa fierté. Si elle disait ouvertement qu'une mère aime également chacun de ses enfants, elle se reconnaissait en Orkatz, elle le comprenait intimement. Et surtout, elle n'aurait pas supporté de le voir partir loin, de le voir s'éloigner sur cet océan si dangereux. Elle le voulait près d'elle. Toujours. Heureusement, Maitena, l'épouse de ce fils adoré, vénéré, avait eu l'intelligence de ne pas vouloir entrer en compétition avec elle et avait accepté de partager son amour. Et avec la naissance de la petite, l'amoureuse Maitena s'était, à son tour, muée en mère. Elle avait alors reporté cette part d'amour, qu'elle avait volontairement laissée à sa belle-mère, sur sa fille. Pour ces trois femmes, l'océan entrait dans la composition du paysage, il était une des richesses de leur pays mais elles l'ignoraient.

À quoi bon rêver aux lointains quand il y avait tant à faire sur place, tant et pour si longtemps qu'il valait mieux se débarrasser tout de suite des choses qui ne serviraient pas. Rêver d'une autre vie, ailleurs, là où d'autres Basques exilés avaient dû partir, derrière la mer ? Cela n'aurait mené à rien sauf à distraire de l'immédiat. À la cuisine, aux champs, auprès des bêtes qu'il fallait nourrir, aux travaux d'aiguille, à l'église qu'il fallait fleurir, elles étaient là, vaillantes et précises. Sans doute Alona, la petite, avait-elle parfois des sortes d'espérances et observait le bleu de l'horizon avec une question dans le regard. Mais ça n'allait pas plus loin. Comme sa mère, Maitena, et sa grand-mère, Louise, elle prenait tout naturellement la suite dans l'*etxe*. Et quand il arrivait que Maitena soit encore à quelque tâche, c'était la petite, du haut de ses dix ans, qui servait son père, Orkatz, et son grand-père, Ramuntcho, qui ne mangeait plus que de la soupe et toujours près du feu. Hiver, été, il fallait toujours faire du feu à cause de lui, à cause de la soupe qui cuisait longtemps et qu'il surveillait.

Alona, Maitena, Louise, elles n'étaient qu'un bloc. Une entité soudée autour de valeurs qu'elles avaient choisies de ne jamais remettre en question. Parce qu'elles avaient le sens des responsabilités et qu'il leur apparaissait évident que leur place était dans ce devoir. Elles se devaient de tenir la maison et de l'entretenir au mieux, d'aimer leurs maris, de vouloir des enfants, et de garder jusqu'au bout les anciens dans l'*etxe* qui les avait vus naître et qu'ils leur transmettaient. Elles étaient le fil qui permettait cette transmission et avaient une pleine conscience de ce rôle majeur.

C'est sans doute cela qui leur donnait cet air si fier, cette façon de se dresser dans leurs habits noirs, et d'employer quand elles s'adressaient à tout étranger, et surtout à leurs femmes, un ton autoritaire pouvant s'apparenter à un vague mépris. Le mépris de celles qui ne reconnaissent pas en vous les mêmes aptitudes. La même hauteur de choix.

Tout n'était pas parfait pourtant, au royaume de leurs âmes blanches, et au confessionnal, monsieur le curé, s'il avait bien voulu creuser la chose, aurait peut-être réussi à leur faire avouer leur plus terrible péché : l'orgueil. Et Dieu sait qu'en elles, il était grand ! Surtout chez Louise, et chez sa belle-fille, Maitena. Seule Alona n'était pas encore façonnée par ce sentiment. Une pureté et une gentillesse baignaient encore son visage enfantin. Il ne portait pas les stigmates de cet orgueil de se savoir tout en haut de la hiérarchie. Car elles étaient les mère, femme et fille de l'homme qui, dans le village, était tout en haut de la plus haute colline. Et cet homme, c'était Orkatz Garay.

Il avait cette allure haute et fière, cette beauté masculine des traits basques de sa jeunesse devenue avec les années encore plus forte parce que plus rude. Taillée, aiguë, sombre comme sa peau. Les vents d'automne, les pluies d'hiver sous lesquelles il fallait quand même continuer à nettoyer les fossés ou les bois, les froids glacés des longs travaux dans les champs, les forts soleils d'été passés à couper les foins qui vous burinaient le visage autant que le faisaient aux marins les champs de mer en plein océan, rien n'avait eu raison de la beauté d'Orkatz. Au contraire, tout l'avait sublimé. Et tous dans ce pays, hommes et femmes, lui portaient, pour cette raison et aussi pour ce léger mystère qu'il gardait en lui, un sentiment particulier d'admiration.

Orkatz connaissait sa beauté, mais il l'oubliait.

La notion de hiérarchie sociale en ce pays était particulière. Le compte en banque ne pesait rien. Seule comptait la masse et la beauté de l'*etxe* posée au sommet de la colline la plus haute et la plus verdoyante. Seules comptaient sa blancheur immaculée et son rouge de sang. Comme celles des seigneurs d'autrefois, l'*etxe* en haut de la plus haute colline était celle du maître.

Selon le point de vue, il y avait soit quelque chose d'archaïque, soit une sorte de grandeur antique dans cette façon de hiérarchiser les choses en fonction des courbes de la géographie, et d'envisager le monde en le limitant au périmètre de son propre horizon.

Mais ainsi étaient les Basques, ainsi étaient Louise, Maitena, et ainsi allait devenir Alona.

Quand Orkatz entra dans la grande cuisine, elles étaient prêtes, le *axoa* était cuit à point. Orkatz enleva sa veste de velours et la posa soigneusement sur le dos de la chaise en bout de table. Puis il resta un instant debout. Le temps de dire la prière quotidienne :

« *Gure aita, zervetan…* »

Ni la moderne cuisinière blanche flambant neuf qui trônait dans la cuisine, ni l'électricité récente, ni le puissant tracteur que venait de s'offrir Orkatz ne semblaient pouvoir jamais changer ce rite venu de la nuit des temps où l'on ne pouvait imaginer manger une seule bouchée de pain avant de l'avoir béni. Avant de s'être incliné devant ce seul seigneur possible. Ce Dieu qu'on priait à l'église et qui, du haut du ciel, veillait sur ces âmes anciennes qui, jamais, ne se seraient agenouillées devant quelqu'un d'autre que lui.

Quand ils eurent ensemble prononcé les mots de la prière et rompu le pain, alors seulement Orkatz s'assit. Maitena, sa femme, se mit à sa droite et Alona, sa fille, à sa gauche. Leurs places étaient toujours les mêmes. Louise ne s'asseyait jamais. Elle mangeait debout depuis toujours. Avant, près du feu où cuisait le repas, et depuis peu près de la cuisinière dont Orkatz avait fait l'achat. Une très bonne chose cet achat pour Louise qui aimait le progrès quand il était utile. En revanche, son fils avait tenté en vain de la faire asseoir à la table. Louise était restée debout, comme sa mère et sa grand-mère avant elle. Elle n'aurait pu rester assise, tout simplement parce qu'elle n'aurait pas su. Mais elle avait insisté pour que sa belle-fille se mette à table :

— Il faut se mettre avec son temps, avait-elle dit. Moi c'est trop tard mais toi et la petite, c'est votre époque. Et c'est très bien comme ça.

Au début, Maitena avait eu du mal elle aussi, mais les choses s'étaient organisées. Louise portait les plats sur la table durant le repas tout en mangeant et, après, Maitena levait les couverts et faisait la vaisselle. La seule chose, c'est que Maitena mangeait plus vite qu'Orkatz et la petite. À peine assise, elle avait déjà terminé. Comme si ce temps passé à table avait été du temps volé, perdu. Il fallait montrer sa vaillance, et traîner à table pour manger n'était pas une bonne chose. Louise insistait : « Ne te dépêche pas comme ça, prends ton temps, je suis là. À quoi ça sert alors que je sois là ? Reste assise, reste assise… » Mais, en son for intérieur, elle appréciait. Elle n'aurait pas vu d'un bon œil que sa belle-fille s'attarde.

Brune, teint mat, Maitena avait été jolie et le restait encore. Avec les années de mariage et son installation à l'*etxe* auprès d'Orkatz, avec la naissance d'Alona, elle avait développé les qualités essentielles d'une épouse et d'une mère. Douce, aimante, efficace. Ayant de surcroît, comme on disait, « son tempérament », elle était la belle-fille idéale. Louise ne manquait pas une occasion de le rappeler à Orkatz.

— Tu as trouvé celle qu'il te fallait. Tu n'aurais pas pu trouver mieux que Maitena. Tu es un bon fils, Orkatz.

Louise était de la très vieille race. Comme son mari Ramuntcho, qui rien qu'au sifflement du vent par la cheminée devinait ce qu'au-dehors préparait le ciel, Louise lisait loin dans le cœur des êtres. On disait même qu'elle était un peu sorcière. De ce fils, elle savait depuis toujours quelque chose qu'elle n'avait jamais dit à personne. Elle l'avait observé en silence lorsqu'il s'asseyait, enfant, au bord du pré, face aux lointains changeants. Lorsqu'il écoutait tomber les kakis lourds dans la terre de l'automne, et qu'il frémissait en regardant le vol des étourneaux. Orkatz aimait le vent, il aimait l'horizon. Et pour la mère qu'était Louise, ce goût-là avait un goût de cendres. Parce qu'il annonçait les départs. Et, dans les départs, une femme comme Louise ne voyait que des ruines. Toutes les mères du monde sont ainsi. Comme toutes les femmes, Louise avait rêvé un jour du voyageur inconnu. Mais, depuis qu'elle avait mis Orkatz au monde, elle ne voulait voir en lui que l'homme qui reste. Elle pensait qu'en ayant accepté de donner l'un de ses petits à la mer, elle en tiendrait l'autre écarté. Parce que si Orkatz était devenu l'homme de la maison, elle savait aussi que, d'une certaine manière, il était le plus fragile de ses deux fils. Paradoxalement, Patxi, le marin, était le plus terrien. Il était de ce genre d'homme qui reviennent toujours. Alors qu'Orkatz donnait toujours l'impression d'attendre quelque chose. Louise avait le sentiment que si elle lui lâchait la main, il partirait un jour. Dans ce combat pour retenir Orkatz près d'elle, la vieille femme avait Maitena pour alliée. Même si elles n'en parlaient jamais, elle savait que sa belle-fille, comme elle, tenait Orkatz pour l'empêcher de s'envoler. Ensemble, elles l'avaient entouré de rites et de viandes rôties, d'odeurs renouvelées de pâtes à gâteaux et Louise ne s'était autorisé qu'un seul conseil à Maitena :

— On retient un homme avec de la bonne cuisine. Ne l'oublie jamais !

« *Jainko eta lege...* »

Dieu, le pain, et l'*etxe*. Dans ce paradis vert et blanc juste au-dessous du ciel, dans ce Pays basque qui avait su garder l'harmonie intacte de ses paysages, les choses se résumaient à cet essentiel : Dieu, le pain et l'*etxe*.

Orkatz mangeait par petites bouchées, pour mieux extirper l'une après l'autre les saveurs de ce *axoa* que Maitena préparait tel qu'il l'avait toujours connu. Saisi et moelleux. Les recettes et jusqu'à leurs odeurs, tout participait de cet univers inchangé qui donnait aux familles de ce pays un sentiment d'absolu. Les choses qui avaient été seraient toujours. Une force en eux venait de cette certitude.

Du coin de l'œil, Louise surveillait son fils. Vieille habitude. Il fallait qu'elle note ce mouvement de satisfaction qu'il avait et qu'avait son père avant lui quand les choses étaient bien faites.

Dans l'*etxe,* les femmes veillaient à tout. Louise remarquait pourtant que les habitudes se modifiaient sensiblement. Les générations passées avaient été plus nombreuses dans les maisons. Aujourd'hui, bien que représentant trois générations, ils étaient seulement cinq. Bien peu, selon elle, pour cette énorme bâtisse qui avait contenu jusqu'à six adultes et sept enfants du temps où elle venait de se marier et où son beau-frère et sa femme n'avaient pas obtenu leur propre *etxe* et où sa belle-sœur était encore trop jeune pour se marier et quitter la maison. La cohabitation avait duré plus de cinq ans et ça n'avait pas été facile pour Louise car la belle-mère était dure. Pour elle-même, et pour tous après elle. Mais Louise trouvait que c'était dans l'ordre des choses et elle n'avait jamais rien trouvé à y redire. Il fallait mener au bout tous les enfants d'une maisonnée et la discipline se devait d'être rigoureuse. Pour tous. Tant que rien n'était sûr pour les uns ou les autres, on ne les lâchait pas dans la vie, livrés à eux-mêmes. On attendait qu'ils aient un métier, un mari, une *etxe* où aller s'installer. Et tous trouvaient ça normal. La maison était à tous ses membres et se devait de les accueillir si les épreuves de la vie le demandaient. Elle n'appartenait jamais à un seul, même s'il en était devenu le maître.

Aujourd'hui, Louise était satisfaite. Tous les membres de la famille étaient installés. Elle aurait bien aimé avoir d'autres petits-enfants d'Orkatz, un petit-fils, mais Alona était si vaillante et si pleine de vie qu'elle se sentait comblée. Les choses étaient en ordre. Pourtant Louise n'avait jamais de quiétude, ou alors si furtive. Elle veillait encore. Les désordres du ciel et de la nature, les maladies, les enfants, il y avait toujours eu tout au long de sa vie des combats successifs, et elle était façonnée ainsi. Méfiante et aux aguets dans l'attente du combat suivant. Elle ne savait pas ce qu'était la paix, jamais elle ne l'avait connue. Pourtant, elle connaissait le bonheur. Celui que donne le sentiment d'avoir bien fait les choses, et d'être là à veiller sur les siens.

On parlait peu dans l'*etxe*. Juste le nécessaire. Les membres de la famille savaient se réunir et se sentir liés dans le silence. Les rites et les habitudes tenaient lieu de parole et de lien.

Pendant que sa mère et sa femme levaient la table et remettaient les choses en ordre, Orkatz sortit, comme il le faisait tous les soirs. Louise le regarda. Elle n'aimait pas cette habitude chez son fils.

— Où vas-tu ? demandait-elle systématiquement.

Comme si, par cette seule question à laquelle il ne répondait jamais, elle avait pu changer le cours des choses.

Après le repas, le père et Patxi s'asseyaient près du feu. Ils fumaient en rêvassant un peu avant de s'en retourner voir les bêtes. Orkatz, lui, enfilait une veste et sortait. Qu'il vente, qu'il pleuve ou même qu'il neige, il marchait jusqu'à l'extrême bord de la colline devant la maison, là où le pré déclinait. Dans ce pays, la nuit était sacrée. La nuit totale. Orkatz aimait sentir monter d'autres univers quand celui des hommes disparaissait. Les étoiles du ciel pouvaient briller alors, ce temps était pour elles. Mains dans les poches, il les regardait. Il quittait à ce seul instant du soir le sens des réalités terrestres et rejoignait l'infini. Orkatz imaginait des mondes. Rigel, l'étoile bleue, Bethelgeuse, la rouge, les galaxies. Il avait lu dans un journal des chiffres qui l'avaient laissé stupéfait. Il y aurait là-haut des milliards et des milliards d'étoiles, des lumières venues de planètes mortes et qui brilleraient encore comme des mondes vivants. Comment cela était-il possible ? À force de scruter la nuit noire, il arrivait à en pénétrer les profondeurs bleutées et à deviner, dans les espaces que son regard ouvrait sur l'infini obscur, des sortes de limbes blanches qui traînaient, filandreuses. Cet univers sans limites au-dessus de sa tête le laissait ébloui et perdu. Il respirait profondément. Il arrivait parfois qu'au moment de rentrer il tombe sur les lumières de Biarritz. Il les trouvait alors violentes, indécentes, comparées à la délicatesse des étoiles furtives dans le grand ciel noir. Mais il s'attardait quand même. Il savait que là-bas on dépensait des fortunes dont il ne pouvait même pas mesurer les montants dans sa tête tant ils étaient abstraits pour lui. Il savait aussi qu'il y avait des voitures de luxe conduites par des chauffeurs en livrées impeccables, et il avait même entendu son voisin Peyo dire qu'un homme d'affaires qui s'appelait Lowenstein atterrissait dans son hydravion privé sur la mer devant sa villa au luxe invraisemblable qu'il avait baptisée

« Bégonia ». Il avait aussi entendu dire qu'un entrepreneur avait construit la sienne sur le rocher qui tombait à pic dans le Trou du diable. Fallait-il être fou pour ne pas accepter de voir les paysages tels qu'ils étaient ? Pour ne pas accepter qu'il y ait un trou là où il y en avait un ? Pourquoi aller construire justement à cet endroit-là ? Que cherchaient ces hommes ? Que voulaient-ils de la vie ? Comme il était loin de ses préoccupations, ce monde qu'Orkatz voyait s'agiter là-bas au rythme des lumières ! Sans envie ni rejet, il songeait à ces gens fortunés qui allaient et venaient sans cesse et de si loin, parlaient des langues si différentes, et qui se retrouvaient dans des réceptions dont il ne pouvait même pas imaginer le faste, au Grand Hôtel du Palais. Ce fameux hôtel dont on parlait tant et où le petit peuple de son Pays basque lavait les assiettes et changeait les draps sales. Servir ! Servir des gens qui, au lieu d'aller dormir quand tombe la nuit, allument autour d'eux des lumières si fortes qu'elles éteignent celles du ciel. Comment pouvait-on ne pas respecter la nuit ?

Jamais dans la famille d'Orkatz personne n'était allé travailler dans les grands hôtels de Biarritz. Sa belle-sœur avait failli y partir parce que la propriété était petite et qu'ils avaient eu, elle et Patxi, des années difficiles. Mais quand il l'avait su, Orkatz avait préféré, pour les aider, et de loin, les sentiers de la contrebande. S'il devait avoir une loi, la loi d'Orkatz était celle des Basques.

15

— Champagne !

La fête se terminait.

Dans la luxueuse salle en rotonde qui donnait sur l'océan, répartis sur de petites tables rondes dressées de longues nappes blanches, les invités de Maurice, élégants et rieurs, fumaient un dernier cigare et leurs femmes, toutes les cheveux coupés à la garçonne, faisaient en bavardant glisser entre leurs doigts de longs colliers de perle qui tombaient sur leurs robes poudrées. Visiblement le repas avait été bon et les verres très bien remplis.

— Une dernière coupe ! lança Maurice en tendant son verre.

L'assemblée applaudit frénétiquement.

Maurice appela le serveur qui se tenait debout derrière lui, prêt à réagir au moindre de ses désirs. Peyo s'avança, impeccable dans sa livrée blanche, avec son petit nœud noir et sa serviette bien pliée sur le bras.

— Le meilleur champagne que vous avez en cave, et pour tout le monde !

— Puis-je vous suggérer du Dom Pérignon ? avança Peyo.

— C'est le meilleur ?

— Euh, non, mais pour une grande soirée avec tant de monde, je pensais que...

— Le meilleur champagne, je vous ai dit, coupa sèchement Maurice. Le meilleur, c'est clair !

Peyo s'inclina :

— Très bien, Monsieur Maurice.

Mais Peyo hésitait encore. Il fit un pas et vint chuchoter à l'oreille de Maurice :

— Cinq bouteilles, ça ira ? Parce que le prix de...

Maurice le fusilla du regard :

— Cinq, six, sept ou dix bouteilles. Mettez ce qu'il faut et veillez à ce que la table de ma femme soit bien servie.

Peyo se confondit en excuses, s'inclina, et glissa vers les coulisses.

— Bon Dieu, ronchonna-t-il entre ses dents, la prochaine fois je lui en mets pour un million de francs de champagne, ça lui fera tout drôle au Maurice.

— Qu'est-ce que t'as à râler, Peyo ? Qu'est-ce qu'ils veulent encore, ils en ont pas assez ? !

— Non justement ! Il veut notre meilleur champagne, et pour tout le monde.

Dans les cuisines, les Basques régnaient en maîtres, comme sur tout le personnel. Ils se connaissaient tous et se tutoyaient dans les coulisses. La hiérarchie professionnelle ne comptait pas. Le maître d'hôtel qui venait de se faire un petit en-cas, avala de travers sa dernière bouchée.

— Ça ne va pas, non ! fit-il. Et la note que je vais lui présenter après, tu y as pensé oui ?

— Oui, je l'ai prévenu, mais il y tient. Tu le connais, y'a pas à discuter.

Le maître d'hôtel essuya ses lèvres d'un revers de serviette et respira un grand coup. Monsieur Maurice, comme on l'appelait, était un client privilégié. Il donnait régulièrement de grandes soirées, ne lésinait pas et payait toujours rubis sur l'ongle. Mais c'était loin d'être un inconscient. Le meilleur champagne pour tous, ça allait faire très cher.

— Qu'est-ce qui lui a pris de faire une telle commande ? Il n'a pas dû se rendre compte, ce n'est pas possible.

— Y a qu'à lui faire le coup du double service, fit Peyo.

Le double service était une arnaque classique. On présentait les meilleures bouteilles à la table du commanditaire et aux deux tables voisines. On faisait sauter les bouchons. Puis, aux autres tables, on servait une deuxième catégorie et on ramenait rapidement les bouteilles en cuisine. Et on faisait payer le prix fort. Mais à l'Hôtel du Palais ce genre de pratique n'avait jamais cours. C'était un établissement de haute renommée, où les clients avaient les moyens. Seulement le maître d'hôtel ne se voyait pas en train de revenir avertir Maurice en pleine salle. Il y avait urgence.

— Oui, on va faire ça, dit-il, mais on n'est pas des voyous. Pas question de l'arnaquer. C'est même l'inverse. On va lui éviter la surchauffe pour rien.

Stylés et efficaces, une dizaine de serveurs s'approchèrent en même temps des tables. Les verres se tendirent dans une ambiance de frénétique gaieté. Les lustres de baccarat brillaient de milles feux et les bulles pétillèrent. Sophie n'aimait rien tant que ces moments où Maurice était le roi de la fête. Généreux, il savait offrir des tournées mémorables qui donnaient aux soirées un sentiment de folie unique.

La fête ! Pour Sophie, elle avait cette couleur-là, brillante, excessive et forcément gaie. De loin, Maurice l'observait en train de se faire servir du champagne. Elle riait et trinquait avec un homme en smoking blanc auprès duquel Maurice l'avait fait placer. Lui si possessif, il était fier de voir cet homme assis aux côtés de Sophie. Tout comme il était satisfait de voir à une autre table cette Coco Chanel, une couturière qui était la coqueluche de toutes ces dames et surtout l'amie intime d'un richissime Anglais pour lequel il comptait bien faire une villa un jour prochain.

— Où va-t-on ? lança l'invité en smoking blanc en reposant sa coupe de champagne.

— On reste ici, lui répondit un autre à la table voisine. Les Russes sont dans les salons et ils dansent déjà. La soirée promet d'être excitante !

— Oh non, Sir Charles ! trépigna une jeune femme au style très avant-gardiste. Changeons, il y en assez des soirées russes, allons danser le flamenco à Ciboure !

— Oui, oui. Tous à La Réserve ! !

— C'est parfait, glissa l'homme en smoking blanc à l'oreille de Sophie. Comme ça je rentrerai chez moi à l'heure qu'il me plaît, et à pied.

— À pied ! Et comment ferez-vous ?

— Je ne mettrai même pas cinq minutes. Ma maison est au bord du quai, à quelques pas de la Réserve.

— Ça alors ! s'exclama Sophie. Je vous imaginais biarrot, comme nous.

Un jeune homme à la corpulence impressionnante, mais sans qu'étonnamment son surpoids n'altère son élégance, se leva de table.

— Ravel, biarrot ? s'interposa-t-il. Allons donc ! Il n'est ni biarrot, ni même parisien, chère Sophie. Il est basque. Et il y tient. N'est-ce pas, Ravel ?

Maurice Ravel approuva. Mince, très soigné, de petite taille et toujours à la pointe de l'élégance parisienne, le musicien de « l'Heure espagnole » et de la très célèbre « Pavane pour une infante » était avec le russe Stravinsky, exilé à Biarritz, le compositeur le plus en vue de sa génération. Né à Ciboure et, bien que vivant à Paris depuis de nombreuses années, Ravel faisait de longs et réguliers séjours sur la côte. Tout le gratin musical du moment s'y donnait d'ailleurs rendez-vous. Arthur Rubinstein, Stravinsky, les Casadesus, Vincent d'Indy, et les célèbres pianistes Joaquin Nin, Francis Planté, Marguerite Long, Ricardo Vines le prodige catalan, la liste des grands du monde de la musique qui se succédaient dans les hôtels et les restaurants de la côte basque n'en finissait pas. Il y avait des concerts en permanence et l'orchestre de Paris passait la saison d'été au casino municipal où se donnaient les premières devant un parterre d'initiés. La proximité de l'Espagne, alors en vogue, la présence d'une communauté russe mélomane, l'argent des riches mécènes et des capitaines d'industrie qui adoraient la compagnie des artistes... Autour de la musique se cristallisait une vie sociale d'une rare intensité. Ravel, l'enfant du pays, était l'invité prestigieux des grandes soirées car tous voulaient l'avoir à leur table.

Henri de Léez, l'homme qui questionnait Ravel sur son attachement au Pays basque, était le rédacteur en chef de *La Gazette de Biarritz* et aussi un chroniqueur musical très érudit. Journaliste, il aimait à montrer à chaque occasion qu'il était au courant de tous les potins qu'il distillait ensuite dans son journal. Potins et informations. Car beaucoup d'œuvres naissaient ou se négociaient sur la côte entre musiciens et mécènes commanditaires. Parler musique à Biarritz en ces années-là, c'était être au centre de la vie musicale la plus créative qui soit. Tout ce qui s'y rapportait passionnait donc le chroniqueur. Et tout naturellement Ravel l'intéressait au plus haut point.

— À propos, fit-il, je me suis laissé dire que vous avez rendu visite au père José Antonio Donostia. Seriez-vous allés en Navarre, chez lui ?

— Pas encore, répondit Ravel, qui ne voyait pas très bien où le journaliste voulait en venir et qui se demandait d'où il tenait l'information. Mais j'irai bientôt dans la vallée du Batzan, dans son monastère à Lekaroz. Les recherches de cet homme m'intriguent.

— Je me suis laissé dire aussi que vous l'aviez longuement reçu dans votre maison près de Paris, à Montfort-l'Amaury. Que diable voulait-il ?

Le ton inquisiteur du chroniqueur ne plaisait pas à Ravel. Mais il ne tenait pas à se le mettre à dos. Henri de Léez avait son influence dans le milieu musical. Ravel répondit donc le plus simplement du monde.

— Le père Donostia est un musicologue. Il venait me parler de ses recherches sur la musique basque. Il a fait un travail remarquable sur le patrimoine, très fouillé.

— Et en quoi des recherches sur cette musique populaire peuvent-elles intéresser un compositeur tel que vous ? insista Henri de Léez.

— Mais tout intéresse un musicien tel que moi. Le père Donostia a fait éditer un recueil unique de cinq cent vingt-trois mélodies : le *Gure Abendaren Ereserkiak*...

— Je vois que vous prononcez parfaitement le basque...

— Oui. Je parle l'euskara.

— Je vois. Vous êtes parti du pays il y a longtemps et...

— On ne part jamais vraiment d'un pays comme celui-là. On s'en éloigne pour des raisons professionnelles, peut-être, mais on ne quitte rien, et surtout pas la langue.

Henri de Léez esquissa un sourire chargé de sous-entendus.

— Mais pour revenir à Donostia, avec son éminent confrère Don Azkue, il a pris part au concours de 1912 lancé par les provinces basques. « Récompenser l'auteur du meilleur recueil de chansons populaires basques » ! Don Azkue a sorti un dossier de 1810 mélodies vocales et instrumentales. Voyez Ravel, je connais mes classiques, même quand ils sont basques. Ceci étant dit, je ne comprends toujours pas en quoi ce recueil de chansonnettes populaires vous concerne.

L'insistance et le ton inquisiteur du chroniqueur agaça Ravel. Il répondit d'un ton sec.

— Curieuse remarque que vous me faites. Pour un chroniqueur musical, qualifier de « chansonnettes » l'expression d'un peuple me paraît bien léger. Je suis Basque. La musique de ma patrie m'intéresse donc au plus haut point. Le père Donostia a mis sur une portée ce qui n'était que de l'ordre de l'oralité. Il a fait un travail de musicologue...

— Un travail de musicologue arbitraire, car il a fait des choix qui prévaudront ensuite...

— Mais qui n'a pas fait de choix ? ! D'où vient la musique des rois ? D'où vient cette musique que j'écris moi-même ? Comme celle des peuples, elle vient de choix ! De paramètres musicaux écrits sur des partitions par des êtres humains qui comme vous et moi ont un savoir que d'autres n'ont pas, et qui donc choisissent à leur place. Ou voulez-vous en venir, Henri, avec ces questions étranges ?

Henri de Léez ne voulait en venir nulle part. Simplement il aimait la polémique. Journaliste, il était fouineur par vocation. Il aimait provoquer, laisser son interlocuteur penser qu'il se méfiait, qu'il savait quelque chose. Il posait donc à chaque fois que cela se présentait des questions où il laissait entendre « qu'il était au courant », « qu'on ne la lui faisait pas », etc. Le nationalisme basque moderne né autour d'un homme, Arana Goiri, et d'un parti, le PNV, créé par celui-ci en 1895, lui fournissait régulièrement matière à suspicion. Et à passion. Il ne s'en privait pas. Sous les airs d'inquisiteur qu'il prenait pour aborder le sujet, Henri de Léez cachait en fait son attirance pour ce monde si particulier des nationalistes d'Arana Goiri. Depuis le temps qu'il naviguait dans le milieu de la musique, les dérisoires luttes intestines des clans divers avaient usé son intérêt. Tout cela manquait d'ampleur. Dans le mouvement basque pour lequel Arana Goiri avait créé un drapeau, l'aristocrate désargenté Henri de Léez retrouvait quelque chose qui lui parlait profondément et qui ne demandait qu'à renaître. Un combat flamboyant tel qu'en avaient connu ses ancêtres quand ils étaient partis sur les routes du monde, à cheval, bannières au vent. Croisés vêtus d'armures de métal.

Henri de Léez confondait tout. La monarchie et le nationalisme, la foi en Dieu et le pouvoir des hommes d'église. Il était un romantique de l'espèce mélancolique mais, parce qu'il était journaliste, il s'obligeait à être rationnel et pragmatique. La polémique et la suspicion lui permettaient de cacher des sentiments profonds que d'ailleurs il ne s'avouait pas. Maurice Ravel n'avait rien d'un nationaliste, *a priori*. Mais il parlait l'euskara, il avait reçu Donostia chez lui, et il parlait du Pays basque en disant ma « patrie ». Pour Henri de Léez, ces éléments constituaient déjà un début de dossier.

— Je ne veux en venir nulle part, Ravel, fit-il, je me demandais juste comment Donostia, qui ne fréquente pas les salons parisiens, avait pu vous rencontrer.

— C'est mon ami Ricardo Vines qui me l'a présenté. Une bonne raison pour le recevoir, vous ne trouvez pas ?

— Ricardo Vines ! Le Catalan ! Eux aussi, là-bas à Barcelone, ils sont combatifs. Que veulent-ils exactement ?

Sophie écoutait, sans en comprendre l'enjeu sous-jacent, cette conversation étonnante. Les invités avaient déjà quitté la salle et les voitures commençaient à partir. Elle sentait Ravel de plus en plus agacé. Elle décida d'intervenir :

— Si vous continuez, fit-elle, les autres vont nous oublier. Allons ! Venez vite ! Mon mari a dû aller chercher la voiture et il doit s'impatienter dehors.

Henri de Léez n'insista pas.

Il observa Sophie dans son long fourreau de soie noire, qui priait Ravel de monter dans l'Hispano avancée sous le porche du grand hôtel. Puis il alluma un cigare avant de partir lui aussi, emporté dans la voiture suivante.

16

— Il se croit vraiment tout permis !

— T'inquiète pas Peyo, ça va se tasser.

— Tu parles ! Le Maurice, on dirait pas, mais c'est un dur.

En cuisine, le service était dans ses petits souliers. Ils avaient cru l'affaire du champagne réglée mais au comptoir, au moment de payer, Maurice avait marqué un temps d'arrêt :

— Pourquoi à la table de monsieur Ravel a-t-on servi un autre champagne que celui que j'avais demandé ?

Pas question de lui dire qu'on avait tenu à lui faire faire des économies. En bon professionnel, le maître d'hôtel avait préparé sa réponse :

— Parce que nous n'avions pas assez de bouteilles en cave et nous n'avons pas voulu vous déranger pour ça. Mais le champagne que nous avons servi à monsieur Ravel est excellent et le prix que nous avons facturé est le bon.

— Je n'en doute pas, répliqua Maurice. Je connais votre réputation. Mais vous auriez dû m'avertir. Parce que s'il y a une table pour laquelle je voulais le meilleur champagne, c'est justement celle de monsieur Ravel. Je n'ai même commandé votre plus grand champagne que pour lui.

Cette fois le maître d'hôtel n'avait pas préparé de réponse. Maurice attendait. Comme si on pouvait lui fournir une autre explication, et qui ne venait pas. Derrière la porte, Peyo, aux aguets, s'avança :

— Ah, Monsieur Maurice, avant que vous ne partiez, je venais vous demander de bien vouloir m'excuser. Vous m'aviez recommandé la table de votre femme et j'ai oublié. Nous étions à la fin du service et, avec toutes ces bouteilles, je ne savais plus où donner de la tête.

Le ton y était, mais l'explication ne convenait pas. Celui-là le prenait pour un idiot. Maurice se tourna vers le maître d'hôtel :

— La prochaine fois, je ne veux plus voir ce serveur. Arrangez-vous comme vous voudrez.

Et il partit sans un seul regard pour Peyo qui en resta soufflé.

Les décisions hâtives, c'était aussi le genre de Maurice. D'autres avant Peyo y avaient goûté.

17

Dans la luxueuse Hispano noire qui roulait le long de la corniche en direction de Ciboure, Sophie emportait avec elle le musicien le plus adulé du moment. Émerveillée de cette circonstance imprévue, elle écoutait la conversation entre son mari et le compositeur. Il était question d'harmonie, d'orchestration, de musique tonale…

Quand le chauffeur avait ouvert la portière et fait monter Ravel, Maurice, qui attendait à l'intérieur de la voiture, avait été profondément troublé. La veille, quand il avait su que Ravel acceptait l'invitation et viendrait à sa soirée, il avait été fou de joie et de fierté. Lui d'ordinaire si à l'aise, il avait bégayé malhabilement un mot de bienvenue. Puis un silence crispé s'était installé. Surprise par cette tournure des événements, Sophie avait mis fin à l'embarras en disant à Ravel que son mari écoutait beaucoup sa musique sur son phonographe et qu'il était un assidu de ses concerts au casino. Aimable comme un artiste sait l'être quand il est en compagnie d'un admirateur, Ravel avait eu un petit mot en se tournant vers Maurice et là, il s'était produit quelque chose de tout à fait improbable. Maurice s'était mis à parler, on ne l'arrêtait plus. Albéniz, Debussy, les jeux d'eaux, les grands bouleversements de la musique occidentale, Bach l'inégalé, tout y passait et Ravel, stupéfait, découvrait l'érudition musicale de cet homme élégant dont il ne savait jusqu'alors qu'une chose, c'est qu'il brassait des affaires et qu'il donnait des réceptions qui coûtaient des fortunes.

— Et pourquoi n'utiliser la dissonance qu'avec tant de parcimonie ? questionna soudain Maurice.

Pour Ravel, c'était le monde à l'envers. Il venait de passer plus d'une demi-heure avec un journaliste musical qui ne lui avait parlé que de Basques et d'identité, et maintenant il se retrouvait avec un homme d'affaires à qui il devait expliquer le choix de la dissonance dans ses partitions. La soirée n'était pas banale.

L'océan brillait, et les étoiles aussi.

Le chauffeur conduisait avec une douceur régulière, et l'odeur de cuir souple des sièges blancs de l'Hispano Suiza se mêlait à l'ambre du parfum de Sophie. Les mains soignées de Ravel marquaient un rythme à deux temps sur un piano imaginaire devant un Maurice fasciné, et Sophie s'interrogeait : « On épouse un homme parce qu'il est fou amoureux, on croit le connaître et puis, à quelques signes, on découvre chez lui des choses insoupçonnables. Pourquoi Maurice s'intéresse-t-il autant à la musique ? D'où lui vient cette passion ? »

Mais l'Hispano Suiza glissait sur la route avec tant de souplesse, et la baie de Saint-Jean-de-Luz qui venait d'apparaître était si élégante dans la nuit ! Sophie oublia son interrogation. Elle ramena autour de ses épaules la longue mousseline noire qui lui faisait un visage de madone et de légers effluves d'ambre se répandirent dans l'air.

Sophie mesurait en cet instant précis le bonheur absolu et puissant que peut donner aux êtres humains l'univers du luxe total.

18

Il ne pouvait laisser faire !

L'affaire était très grave. C'était la première fois que ce pays était confronté à une pareille chose. Iñaki sentait peser sur ses épaules une très lourde responsabilité mais il ne pouvait y déroger. Du moins, pas sans en parler avec les siens. Ce « palais mauresque » allait « défigurer » le pays. Le laisser construire serait une faute grave, le début d'un engrenage infernal. Iñaki avait été élu maire d'Ainhoa. Élu de la République, certes, mais élu par les Basques, chez lui. De son point de vue, c'était à eux avant tout qu'il devait des comptes. Comme ils l'avaient toujours fait du temps des *fueros*, les Basques s'organisaient d'abord entre eux. Les *fueros*, qui dataient du Moyen Âge, étaient les us et coutumes de gestion des territoires basques. Us et coutumes controversés, remis en question régulièrement, ou soutenus à l'inverse, au gré des nécessités seigneuriales successives puis des pouvoirs divers, monarchiques, carlistes ou républicains. Des mouvements d'allers-retours qui avaient fini par faire de tels « sacs de nœuds » que chaque historien pouvait en tirer des conclusions différentes. Les *fueros* valaient-ils statut d'autonomie, ou étaient-ils des privilèges révocables ? Le Pays basque était-il une nation à part entière ou n'était-il que la réunion de provinces espagnoles et françaises ? Les spécialistes se perdaient en conjectures.

Mais chaque Basque en revanche, qu'il soit Français ou Espagnol, avait vécu sa terre dans sa chair et dans son âme comme une réalité tangible, dissociée des réalités administratives. D'aussi loin qu'Iñaki se souvienne, quand on parlait de chez lui, on disait : « Le Pays basque. » C'était une entité définie par une appellation du langage courant. Son pays était donc le Pays basque. Et sa langue maternelle, la première entre toutes, et parlée par tous les siens, était la langue basque. Une langue dont l'origine était un mystère total pour les plus grands linguistes de la planète. Iñaki le savait. Ces marques si fortes d'une culture qui avait traversé le temps et résisté à tant de pouvoirs et d'influences diverses, attachaient tout son être et tout son cœur.

Orkatz était l'ami d'enfance d'Iñaki. Et quand ce dernier avait été élu maire, en cadeau, Orkatz lui avait offert l'Ikurrina. Le drapeau basque créé par Sabino Arana. Joueurs et heureux, les deux amis l'avaient hissé ensemble à côté du drapeau de la République française. En accrochant ce drapeau, ils s'étaient remémoré leurs jeux d'enfance et ils avaient ri à l'évocation des coups qu'ils montaient pour se défier entre villages. La « force », un maître mot chez les hommes de ce pays. Musclé, Iñaki était puissant de nature. Orkatz, plus long, plus fin, avait mis du temps à le devenir.

Aujourd'hui, Iñaki attendait Orkatz. Il lui avait demandé de venir avant les autres. Il regarda le drapeau au mur : Un fond rouge, une croix blanche, symbole de la foi chrétienne, accompagnée du chêne vert de Guernica et de la croix de saint André, rappel de la symbolique victoire des Basques biscayens du Moyen Âge sur les troupes espagnoles du León. Iñaki aimait les deux drapeaux. Celui de la République et celui du Pays basque. C'est pourquoi il avait fait passer dans toutes les *etxes* du canton le message qu'une décision devait être prise en commun, à propos d'un « palais mauresque » en construction sur les terres d'Ainhoa. La République n'y voyait peut-être pas d'inconvénient, mais les Basques, eux, en voyaient très précisément un. L'harmonie d'un peuple résidait, certes, dans la loi qui régissait les rapports civils, mais plus encore dans sa culture commune. La maison, comme la terre, était au Pays basque une chose sacrée. La partie visible des biens de chacun se devait d'être équilibrée et ne devait en rien porter ombrage au reste de la communauté. Une maison trop riche ou trop excentrique, trop différente des autres, était aux yeux d'Iñaki une atteinte dangereuse pour l'équilibre d'un territoire. Bien sûr, certaines *etxes* étaient plus grosses que d'autres, plus haut placées sur les collines, mais de la plus petite à la plus grande, toutes respectaient l'harmonie de cette architecture. Blanches et rouges, simples, impeccablement entretenues. Aucune n'était un « palais », toutes avaient droit au même titre. Elles étaient égales. Dans la prise de décisions importantes pour la communauté, une *etxe* valait une voix. Que vaudrait un « palais » ?

Orkatz entra.

— Un palais mauresque ! murmura-t-il, comme pour lui-même, en repensant à la raison de leur présence en ce jour. Mais… pourquoi le fait-il ici ?

— Va savoir. Tu sais, ils en ont peut-être assez du bord de mer. Ils changent sans arrêt. Eux, ils ne font pas des maisons pour les habiter, comme nous. On dirait qu'ils font des maisons pour jouer. Parce que, pour mettre ta famille à l'abri, tu n'as pas besoin de te compliquer autant. Enfin, moi je sens ça comme ça. Ils jouent au prince turc, à la princesse arabe, va savoir. Il paraît qu'ils font des bals costumés où ils engloutissent des fortunes. Alors les maisons pour eux… Ce que c'est ? Va savoir…

Iñaki et Orkatz furent du même avis. Impossible d'accepter le palais mauresque.

— Il deviendrait un point de mire, une singularité, et après, un autre hurluberlu viendra et fera un château écossais, et le suivant une médina et après…

— Et après, continua Orkatz, lassés, ils partiront jouer ailleurs et nous, il ne nous restera plus qu'à regarder leurs maisons se dégrader peu à peu. Un jour, elles seront fermées, envahies de ronces. Propriété privée. Même le maire, il ne pourra rien faire, on ne saura même pas si elles sont à vendre ou quoi. Les propriétaires richissimes seront partis voir ailleurs et les voisins, eux, ils supporteront les ronces. Et les rats !

Ils furent interrompus par l'arrivée des hommes du village. Pas un ne manquait. Les Basques entrèrent les uns après les autres, grands, massifs. Si larges que lorsqu'ils passèrent la porte, leurs épaules frôlèrent les deux côtés de l'encadrement et ils durent incliner leurs têtes pour ne pas se cogner au chambranle. Quand ils s'assirent, les chaises parurent minuscules.

— Salut !

— Salut !

— Ça va ?

— Ça va.

Si Maurice avait été présent à cet instant précis, quelque chose l'aurait tout de suite alerté : la rigueur et la parfaite maîtrise de comportement de cette assemblée d'hommes. Ils étaient là et ils savaient pourquoi... Pas de bousculades, de paroles intempestives. Ils se saluèrent en basque, brièvement. Avec de surprenantes voix, basses, à peine audibles. Une fois assis, ils attendirent en silence. Iñaki leur avait fait passer l'énoncé du problème et ils y avaient déjà réfléchi. Maintenant ils allaient parler, les uns après les autres. Une *etxe*, une voix, comme toujours. Iñaki prit la parole :

— Cette construction, ce palais mauresque, on laisse faire, ou pas ?

— Non.

— Non.

— Non.

— Non.

— Non...

Chez les Basques, les grands débats étaient brefs et les réponses claires. La chose était entendue à l'unanimité. Le palais ne se ferait pas. La terre des ancêtres devait être transmise aux enfants pour l'avenir, dans toute sa force et dans toute sa beauté.

Tout n'était pas réglé pour autant.

— Comment fait-on si l'homme s'obstine ? questionna alors Iñaki que le problème tourmentait depuis un bon bout de temps. Je l'ai rencontré, je lui ai expliqué la situation et je suis sûr, ou presque, qu'il fera ce qu'il veut.

— Tu lui as bien expliqué ? fit un solide gaillard en se retroussant les manches. Parce que si tu lui as bien dit que son palais, il ne le fera pas, moi je voudrais bien le voir insister. La solution, on l'a.

— Oui, fit un autre. À trois ou quatre, on vide le chantier en moins de deux.

— Ça ne fera pas un pli, confirma Peyo. Mais on y va pas à trois ou quatre ! On prend ceux des villages voisins qui ont des tracteurs. On peut tous se rassembler en un rien de temps, et on te boucle le déménagement de leur matériel en deux heures maximum ! On va pas discutailler cent sept ans !

— Peyo a raison. On agit et le problème est réglé.

— Peyo a un compte personnel avec ce Maurice, répondit Iñaki en se tournant vers l'intéressé. Là, il s'agit d'une agression pour le pays tout entier. On ne mélange pas les enjeux.

— Comment faire ?

Iñaki réfléchissait. Des problèmes de métrages pour des clôtures, des conflits de terres et de propriété, il y en avait parfois et cela finissait par s'arranger. Mais pour l'harmonie des constructions et l'entretien des terres, la discipline était totale. Jusqu'à ce jour, les étrangers s'y étaient conformés. Même le grand écrivain Edmond Rostand avait suivi, pour sa maison Arnaga de Cambo, tous les codes de l'architecture basque. Jamais ils n'avaient été confrontés à un cas pareil : un palais mauresque ! Il fallait donc régler ça rapidement et définitivement. Pour que plus jamais cela ne se reproduise. Comment faire ? Comment respecter les lois de la République et en même temps faire respecter la loi basque ?

Une voix grave, une vieille voix légèrement éraillée, se fit entendre :

— L'affaire est inhabituelle. Nous devons peser ce qu'elle représente. Il faut aller voir cet homme une deuxième fois. Lui expliquer clairement notre position commune. Lui faire comprendre.

Celui qui venait de prendre la parole était le vieux Fernand. Il habitait seul dans une petite *etxe* très ancienne, parfaitement entretenue. À quatre-vingt-dix ans, il coupait encore lui-même son bois à la hache et les stères étaient soigneusement rangés le long des murs blancs. Un grand chêne sombre étalait ses branches en lisière de la forêt proche, et tous les soirs, quand il avait terminé sa journée, le vieux Fernand allait s'asseoir sur un banc, sous le chêne. Il scrutait sa maison dans les moindres détails, au cas où une tuile se serait mise de travers à cause d'un coup de vent. Ou alors son regard portait sur les collines au loin et il rêvait, ou il travaillait encore et pensait aux lendemains comme s'il devait toujours rester vivant. Imanol, son petit-fils, était parti travailler avec Peyo à Biarritz et il venait le rejoindre en fin de semaine. Imanol aimait terriblement cet arrière-grand-père et cette *etxe* qui serait à lui un jour. Le terrain sur lequel Maurice était en train de construire le palais mauresque était sur la colline, juste en face. Le jour du premier coup de pelle, quand Maurice ouvrit le chantier, c'en fut terminé de la paix et du calme. Les bruits du chantier, les gravats, les machines qui s'affairaient, le vieux Fernand ne pouvait plus s'asseoir sous le chêne une fois sa journée accomplie. Il ne s'y faisait pas. Il ne pouvait imaginer un seul instant qu'il allait avoir devant les yeux, jusqu'à la fin de ses jours, une énorme construction mauresque encerclée de hauts murs de béton. « Tout ce gâchis pour une maison qui ne sera habitée qu'un temps par des gens qui ne s'y attacheront jamais ! »

Fernand tenait dans sa main droite un bâton de makhila qui avait dû voir passer de nombreuses générations tant il était usé. Les autres l'avaient écouté. Il se leva mais ne s'appuya pas sur le bâton. Il se dressa, sans l'aide d'aucun, grâce à sa seule force. Il tenait le makhila comme on tient un talisman. Un objet sacré.

— Et si cet homme ne comprend pas, ajouta le vieux Basque, alors, il faut agir fermement.

Puis il reprit d'un ton grave :

— Envoyez-lui Orkatz.

19

Rue Larralde, dans la boutique de celle que tous à Biarritz appelaient Coco, Sophie essayait devant le miroir la toute dernière robe de la collection d'été. Une merveille de simplicité. Beige, unie, avec juste un petit col blanc et taillée dans un jersey si confortable !

— Mais comment personne n'y a-t-il pensé avant ? ! Utiliser ces tissus, c'est une idée extraordinaire. On est si à l'aise, regardez, je bouge, je saute, je fais ce que je veux !

Et Sophie sautillait devant Mademoiselle Chanel tout en s'admirant dans le miroir.

— Pourquoi personne n'y a pensé, je n'en sais rien, répondit la couturière, mais moi je sais pourquoi j'y ai pensé et surtout je sais pourquoi je l'ai fait.

— Ah, et pourquoi ? fit Sophie en cessant de s'agiter.

— Parce que j'en avais assez d'être mal à l'aise. Tout simplement assez de ne pas pouvoir me baisser ou marcher à ma guise, de ne pas pouvoir bouger à cause d'une satanée robe qui vous entrave la taille ou les mollets. Je voulais être libre de courir.

Un homme venait d'entrer :

— Et où veux-tu encore courir, s'il te plaît ?

Le visage de Coco Chanel changea à la seconde même où elle entendit sa voix :

— Boy !

Plus rien ne semblait compter. Elle se jeta dans ses bras. Elle rayonnait de bonheur. Son homme, Boy Capel, était enfin là. Elle l'avait tant attendu, et maintenant qu'il était arrivé, elle ne voyait que lui. Ils étaient seuls au monde et ils s'embrassaient au cœur de la boutique devant une Sophie éberluée. Et quand la dame au petit chien qui venait chercher son pull dernier cri, un jumper comme on disait, ouvrit la porte d'entrée, elle en resta saisie sous son chapeau d'organdi bleu. Boy Capel et Coco Chanel s'enlaçaient pour l'éternité. Ils s'aimaient.

Sophie voyait dans ce couple ce que tous les êtres vivants en ce monde rêvent de vivre un jour. L'amour qui emporte deux êtres au-delà de toute bienséance et de toute raison. Celui dont on dit qu'il abolit toutes les frontières et qu'il submerge tout.

Quel incroyable cadeau que cet amour-là, se disait Sophie en les regardant. Tout le monde le rencontre-t-il un jour, tous les êtres humains ont-ils cette chance ? Et sinon, pourquoi les uns et pas les autres ? Comme s'il n'y avait pas suffisamment d'injustices en ce monde, pourquoi les dieux rajouteraient-ils encore celle-là ? Sophie pensa alors à Maurice ; il était son amour. Mais était-il son Grand Amour ? En cet instant, elle se prit à douter.

Et elle en fut chavirée.

20

— À quoi penses-tu encore ? demanda Maurice quand il rentra le soir et qu'il la trouva face à la baie, le regard perdu vers Fuenterrabia. Elle répondit qu'elle songeait aux bateaux en mer, parce qu'on annonçait une tempête dans les prochains jours. Elle l'avait lu dans le journal. Qu'aurait-elle pu dire d'autre ? Elle ne pensait à rien de précis. En rentrant, elle s'était plongée dans de vieilles photographies, son mariage, des fêtes et divers voyages, et elle était encore baignée de ce sentiment de délicieuse nostalgie.

L'océan grondait. On devinait les blanches ondulations des vagues qui crevaient à la surface, soulevées par les fonds. Ils sortirent dîner à la Pergola. Quand ils ne voulaient pas se compliquer la vie, c'est là qu'ils allaient. Certes, Faustine aurait pu faire la cuisine, elle s'occupait de tout, mais ils préféraient les restaurants. Il faut dire que si la jeune fille se révélait parfaite pour bien des choses, et d'une discrétion que ne cessait de louer Maurice, elle avait encore à apprendre dans le domaine culinaire. Mais ils ne s'y trompaient pas : dans quelques années, toute la noblesse et les fortunes de la côte tenteraient de leur arracher cette perle. Pour l'instant, ils continuaient à dîner dehors. Maurice y rencontrait toujours quelque client et Sophie était heureuse de mettre le nez dehors. Ce soir-là, la salle était pleine, hélas ils n'avaient pas pris la peine de réserver. On s'affairait à chercher une solution quand Henri de Léez qui dînait avec son patron, le directeur de *La Gazette de Biarritz*, les vit. Il les héla de loin.

— Venez, venez avec nous, on va se serrer.

Maurice hésita. Ce journaliste lui posait toujours trente-six questions sur ses chantiers et Maurice n'aimait pas les curieux. Surtout qu'en cette période il convoitait discrètement un des plus gros chantiers qui allait voir le jour. Un projet de golf prestigieux sur une centaine d'hectares de pins et de dunes avec un country club digne d'accueillir une cour royale. Le Chiberta Golf, au bord du lac d'Anglet. L'information était encore secrète mais déjà autour du lac le prix des terrains flambait. Maurice en avait acheté plusieurs bien avant que quiconque ne soit au courant et il avait des investisseurs prêts à construire et à tripler la mise. D'ici que le golf soit terminé, les prix monteraient encore. Maurice attendrait. Il revendrait au meilleur moment, quand le golf serait à son apogée. Une excellente affaire. De celles qui ne vous passent devant qu'une fois dans la vie.

Mais impossible de refuser la proposition du journaliste de dîner avec eux. Maurice accepta.

— On fait le bouclage dans la nuit, leur expliqua Henri de Léez, et pour tenir le coup on vient manger une bonne piperade avec un bon vin de chez nous.

— Ah bon, mais vous êtes obligés d'attendre vraiment le dernier moment ? questionna Sophie qui déployait tout son charme, voyant bien la contrariété de Maurice et redoutant que le journaliste s'en aperçoive. Ce qui serait toujours très mauvais pour les affaires.

— Et comment ! fit Henri en riant. Au cas où tomberait une nouvelle de choc. Je ne sais pas moi, le roi Alphonse XIII qui arrive plus tôt que prévu, ou le shah de Perse qui repart, ou notre cher marquis d'Arcangues qui nous glisse la date de son prochain bal costumé...

— Ou qui nous en donne le thème, le coupa son directeur. Souvenez-vous, Henri, l'an passé, nous étions ici à cette même table et le marquis est venu me glisser à l'oreille que le bal serait russe. On a filé au journal, on a rectifié la une et en dernière minute nous avons titré : « Le Bal Petrouchka » ! Il était un peu soufflé le marquis, on avait éventé son idée. Mais il ne nous en a pas voulu, c'est un homme qui a du savoir-vivre. Il comprend que nous ne faisons que notre travail. Informer.

Les deux hommes paraissaient contents d'eux et semblaient ne mettre aucune malice dans ce qu'ils disaient. Donner le nom des bals et l'arrivée des rois comblait apparemment leurs exigences professionnelles. Si ce n'était que ça ! Maurice se détendit et le repas fut agréable car les deux journalistes étaient riches en potins divers et avaient l'art de les raconter. Ce qui leur ouvrait les portes de toutes les soirées et leur valait des abonnés fidèles.

Pendant que les trois hommes discutaient avec légèreté, tout en faisant honneur à la carte, Sophie jouait avec ses légumes, les poussant sur le bord de son assiette avec la pointe de sa fourchette.

Son regard était aimanté par le rédacteur en chef de la gazette. Tout en parlant, Henri de Léez avalait des quantités impressionnantes de nourriture et il alternait presque chacune de ses bouchées avec une rasade de vin. Son plaisir était immense et évident. Sophie essayait de lutter contre un sentiment de dégoût mais en vain. Être si gras et continuer à manger autant ! Elle ne pouvait s'empêcher d'éprouver un certain mépris. Elle regarda alors Maurice. Quelle classe, quelle allure ! Elle aurait aimé dire qu'elle n'aimait un homme que pour son esprit, mais malheureusement Sophie devait en convenir : elle n'était pas ce genre de femme.

— Et vous, Monsieur Maurice, où vous en êtes de vos chantiers ?

La question tomba à la fin du repas, au moment où Maurice ne s'y attendait plus. L'argent, les extravagances. Plus la somme de la construction était colossale, plus Henri de Léez était ravi. Comme si le poids de l'information était lié au poids du projet. À plusieurs reprises le journaliste avait soutiré, à droite et à gauche, des informations concernant les villas que construisait Maurice. Mais cette fois il s'agissait de bien autre chose. Il avait « un sacré tuyau », comme on disait dans son métier. Et il en voulait confirmation.

— Que voulez-vous savoir ? demanda Maurice, méfiant, et préférant répondre par une autre question.

— Comment avez-vous trouvé Tom Simpson ?

Maurice se retint de mordre. Comment ce fichu journaliste était-il au courant de sa rencontre avec l'élégant aristocrate du Landshire, le plus grand architecte de golf au monde ?

— Ne soyez pas étonné, fit alors le journaliste d'un ton conciliant. Une Rolls-Royce avec chauffeur immatriculée en Grande-Bretagne et qui vient sur les terres de Chiberta, se remarque même s'il y en a beaucoup. Et quand à plusieurs reprises, il y a une Hispano noire avec chauffeur également garée juste à côté, je n'ai pas besoin de beaucoup réfléchir. Vous vous positionnez sur le projet de Chiberta. En amont. Avant tout le monde. Non ?

— Les affaires sont les affaires, répondit Maurice. Il faut s'y prendre tôt pour avoir une chance de s'y retrouver. Comment vous faites pour avoir vos informations ? Vous êtes les premiers sur les coups, ou les derniers ?

Henri de Léez esquissa un sourire. L'affaire du golf n'était pas un si grand secret que ça. Mais il avait usé de ce préambule dans l'espoir d'obtenir l'information qu'il souhaitait vraiment. Maurice était contrarié et donc mûr pour parler. Le journaliste attaqua directement :

— Et la construction que vous démarrez à l'intérieur du Pays basque, ce sera, m'a-t-on dit, un palais mauresque. C'est pour un client, je suppose. Qui est-ce, un Espagnol ?

Pris au dépourvu, Maurice s'entendit répondre trop rapidement :

— Pas du tout, c'est pour moi.

Henri de Léez jubilait, mais son directeur qui venait d'apprendre la nouvelle affichait une tête catastrophée. Il se pencha vers Maurice, posa sa main sur son épaule et lui dit avec une voix d'outre-tombe :

— Ne me dites pas que vous allez construire dans le pays ? Et un palais mauresque en plus.

— Mais si. Le chantier est déjà commencé.

— Vous n'auriez pas dû, vous allez avoir de sérieux problèmes et...

Sophie vint le couper net :

— Cette maison ne sera pas pour nous. Nous avons la Villa. Nous la louerons, mon mari a dit qu'elle est à nous, mais nous n'y vivrons pas.

Elle était visiblement très contrariée.

Les deux journalistes se regardèrent.

— Désolé, crut bon de glisser Henri de Léez, nous ne savions pas que le sujet était brûlant.

Maurice resta impassible. Il appela le serveur et demanda l'addition. Il n'avait pas l'intention de prolonger le débat. Royal, il paya aussi la note de ces messieurs, alla même jusqu'à les remercier pour leur agréable compagnie et, prenant fermement Sophie par le bras, il partit avec elle.

Le directeur de *La Gazette* n'en revenait toujours pas :

— Mais il est fou d'aller faire ça là-bas. Personne ne l'a averti ?

— Si, justement. Mais tu connais les Basques. Ils disent les choses une fois. Si tu entends, c'est bon, sinon tant pis pour toi. Ce Maurice ne sait pas où il met les pieds. À mon avis il doit se dire qu'on exagère, il pense que les Basques oublieront. Il va tomber de très haut.

— Oui, le choc va être sévère et je suis content de ne pas être à sa place. Je me demande bien ce que les Basques vont faire sur ce coup.

— Du lourd. Ils ne savent pas faire autrement.

Henri de Léez mesurait le danger. Sa famille était venue s'installer à Biarritz au siècle précédent.

Il n'était pas Basque puisque ses parents ne l'étaient pas et qu'il ne comprenait rien de rien à cette langue qu'il aurait pourtant tellement voulu parler. Mais il était né ici. Il connaissait la détermination de ces hommes. Une détermination de granit. Sans aucune mesure avec tout ce qu'il avait pu côtoyer.

Henri de Léez se fit verser un peu plus de madiran. Un vin rouge bigourdan de la terre voisine qu'il trouvait divin. Il porta le verre à ses lèvres et ferma les yeux, parcouru d'un délicieux frisson. Enfin, il allait se passer quelque chose de fort.

— Et le golf ? ajouta le directeur soudain inquiet. Ils prennent des hectares de dunes et de forêt. Ils n'ont pas intérêt à aller trop profond dans le pays, sinon...

Henri ne répondit pas et son directeur resta sur cette menace suspendue, hochant la tête, signe chez lui d'une grande perplexité.

21

Sophie n'avait pas fermé l'œil. Maurice ne se rendait pas compte de ce qu'il faisait. Elle lui avait expliqué en long et en large qu'il fallait toujours prendre en compte ce que disaient les Basques parce que, s'ils parlaient peu, ils agissaient vite. Mais il n'entendait pas. Que faire ?

Elle hésita à aller voir son père pour lui demander de le raisonner, mais c'était si incongru. Jamais son père ne parlerait à Maurice de quoi que ce soit. Elle décida donc d'aller sur le chantier et de parler à Marcel et à ses hommes. Elle n'avait pas une idée précise de ce que pouvaient faire les Basques, mais une chose était certaine pour elle qui les connaissait bien : ils ne laisseraient pas construire le palais mauresque. Elle commanda une voiture avec chauffeur et partit pour Ainhoa. Les hommes du chantier devaient tous savoir à quoi ils s'exposaient.

Le chauffeur remonta vers le quartier Aguiléra, traversa la route de Bayonne à Saint-Jean-de-Luz, et prit la direction du pays intérieur. La petite route serpentait tranquillement entre des haies d'arbustes et de buis taillé. Quelques grands arbres ombrageaient le parcours et, çà et là, des barrières de bois ouvraient sur de longues prairies impeccables. Des moutons blancs broutaient à un rythme paisible. Dans le paysage vallonné apparaissaient les maisons qui, dans les lointains, ressemblaient à de petites images. Sophie sentit son cœur se serrer. Son pays était là. Tous ces moments, ces rites réguliers qui avaient rendu son enfance si heureuse et si sereine. Pourquoi Maurice avait-il toujours besoin de faire des choses compliquées ? Construire une villa en déséquilibre en bout de rocher, aller mettre un palais tarabiscoté en pleine terre basque. D'où lui venait cette boulimie de constructions ? Ces excès d'originalité ? Il n'en avait jamais assez !

En même temps, elle devait s'avouer qu'elle n'était pas totalement étonnée. Maurice avait toujours été un homme de défi. C'était d'ailleurs un des éléments de son charme déroutant, une des raisons pour lesquelles il pouvait se révéler dangereusement séduisant. Il ne lâchait jamais une proie. Elle aurait pu le prévoir. C'est elle qui tannait Maurice depuis des années pour qu'ils aillent s'installer dans son Sud-Ouest. Et elle n'était pas assez naïve pour croire qu'il le ferait sans y trouver une contrepartie financière, un marché à développer. En voulant mêler ses racines et les affaires de son mari, Sophie aurait dû prévoir comment cela se passerait. Elle n'aurait pas dû ignorer que la détermination des Basques provoquerait Maurice.

Elle se sentit fatiguée tout à coup. Elle réalisa aussi que, depuis qu'ils étaient à Biarritz, ils n'avaient jamais profité ensemble de cette Villa à laquelle pourtant elle s'était attachée. Ils ne faisaient qu'y passer. Maurice surtout. Leur bonne en profitait plus qu'eux.

Le paysage se déroulait dans une succession de verts. Des verts purs de gazons anglais au cœur des prés, et, sur les bordures, des verts émeraude. Des vert-de-gris plus mats dans les feuillages, et, au creux des haies, des verts sombres, presque noirs. Rien ne venait contrarier cette parfaite harmonie. Sophie avait habité des régions qui avaient dû être très belles autrefois, mais qui avaient attiré tant de constructions diverses et anarchiques qu'elles ne ressemblaient plus à grand-chose. Ici, rien n'avait changé. Il y avait dans les paysages du Pays basque une totale harmonie. Le pays était beau et tonique comme un matin de printemps quand on ouvre les volets à l'aube et qu'on sait que la journée sera pleine de lumière.

— Où on va, madame ? fit le chauffeur avec un fort accent.

— Je ne sais pas exactement. Je vais sur un chantier...

— Le chantier du palais mauresque !

— Vous connaissez ?

— Disons que j'en ai entendu parler.

— Et on vous en a dit quoi ?

Mais l'homme ne répondit plus. Sophie savait que ce n'était pas la peine d'insister. Ils traversèrent le village. Elle n'était pas venue dans un village basque depuis plusieurs années. Le temps avait passé si vite. Elle demanda au chauffeur de s'arrêter. Il se gara le long du mur du fronton, devant la cidrerie. Le fronton était l'endroit le plus fréquenté de tous les villages. C'était un grand mur blanc contre lequel les hommes et les jeunes du village venaient jouer à la pelote. Sophie fit tourner la manette chromée. La vitre s'abaissa lentement. L'air était doux et léger. Il sentait le piment séché. Des enfants jouaient à la pelote contre le fronton blanc. Sous les platanes, assises sur le muret rose en pierre de la Rhune, deux petites filles chantonnaient de leurs voix aigrelettes, tout en berçant leurs poupées de maïs habillées de chiffons : « *Ene Maïtena, ene potiolo*… »

Sophie ferma les yeux. Tout était là. Même cette petite mélodie qui avait bercé sa jeunesse.

« On ne quitte jamais le pays de l'enfance ! »

Comme c'était vrai ! Comme elle l'aimait ce territoire merveilleux, avec ses odeurs, ses rites, ses certitudes. Comme c'était doux de le retrouver tel qu'il avait toujours été. Archaïsme ! dirait Maurice. Peut-être, et quand bien même s'il était le bonheur ! Ces petites filles si gaies étaient aussi actuelles que celles qu'elle avait croisées parfois, tristounettes et ennuyées dans leurs robes empesées, quand on les obligeait à jouer du piano ou à faire deux pas de danse. Certes, il n'y a pas de loi qui définisse le bonheur, ni celui d'un enfant ni celui d'un adulte. Mais Sophie en cet instant était certaine d'une chose. Quand on a été heureux dans les jeunes années de sa vie, on porte le bonheur en soi, et le pays d'où l'on vient vous reste éternellement dans le cœur. Aucun autre jamais ne peut prendre sa place.

La voiture repartit, et bientôt le chantier apparut.

22

Sophie vit Orkatz avant de voir personne d'autre. Il venait d'arriver sur le chantier.

Il était grand, avec des cheveux noirs. Il était calme. À un signe de Maurice, les hommes arrêtèrent le chantier. Le bruit des moteurs cessa. Ne restait qu'une sorte de bourdonnement confus, comme si les sons accumulés étaient encore en suspension dans l'air.

Orkatz parla.

Ses mots étaient clairs, ses phrases courtes.

Maurice évaluait l'homme plus qu'il ne l'écoutait. Encore un qui venait lui faire la leçon. Il décida d'en finir une fois pour toutes avec « ces sermons qui le fatiguaient ».

— Bien, bien, fit-il d'un ton négligent quand Orkatz eut terminé. Mais j'ai changé mes plans depuis la discussion avec votre maire. J'ai suivi ses conseils. Ce sera bien, vous verrez.

Et sur ce, ordonnant à ses hommes de reprendre le travail, il tourna le dos à Orkatz.

Congédié, Orkatz n'eut aucune réaction. Comme si l'attitude blessante de Maurice ne le concernait pas. Il avait accompli sa mission, dire ce qu'il avait à dire au nom des siens.

D'un signe de tête, il salua Marcel et Sophie, puis il s'en alla.

Marcel fut très frappé par cette absence totale de réaction d'Orkatz face au mépris de Maurice. Il se disait que ce n'était pas bon signe du tout, et que, décidément, sur ce coup, Maurice faisait une très grosse erreur.

Orkatz s'en allait par les prés. Sa silhouette se faisait de plus en plus petite. Il disparut derrière la première colline. Seule Sophie avait su déceler sur le visage de cet homme, pourtant impassible, l'impact dévastateur de l'attitude de Maurice.

Sophie courut voir son mari :

— Mais qu'est-ce qui t'a pris ? Au nom de quoi tu traites les gens de cette façon ?

— De quoi tu parles ?

Apparemment, il avait déjà oublié l'épisode et avait replongé dans son chantier. Il héla Marcel qui les rejoignait, songeur.

— Oh Marcel ! Où as-tu la tête ! Pourquoi vous n'avez pas encore monté les coffrages ? Réveille-toi ! Il faut accélérer, on va devoir prendre un autre rythme. Ça traîne, ça traîne !

Marcel n'eut pas le temps de dire que le rythme était celui de toujours, c'est-à-dire rapide, que Sophie se jeta sur Maurice comme une furie :

— Et maintenant en plus du basque, tu te moques de moi ! Mais tu crois que je vais continuer à accepter tes mensonges et faire comme si de rien était ? ! Et passer pour une gourde en plus ! Pourquoi as-tu menti, Maurice ? Pourquoi as-tu laissé croire à ce Basque que tu avais changé d'avis alors que tu sais très bien que tu es en train de construire le palais mauresque ? Tu t'imagines peut-être une seule seconde qu'il t'a cru ?

Pendant qu'il l'écoutait son visage changeait.

— Calme-toi Sophie. (Il n'y avait cette fois aucune douceur dans sa voix métallique.) Que ce Basque me croit ou pas n'a aucune espèce d'importance. Ce que je veux c'est finir ce chantier comme je l'entends et qu'on me fiche la paix. Toi y compris, c'est clair ?

Jamais Maurice ne lui avait parlé de cette façon. Sophie en fut totalement déstabilisée. Marcel, en revanche, n'était pas mécontent. Enfin, se disait-il, Maurice rabrouait cette inutile qui se mêlait de tout et faisait tourner son mari en bourrique.

Sous le choc, face à cet homme nouveau qui la regardait durement, les yeux de Sophie s'embuèrent. Ses jambes tremblaient d'émotion, et elle se trouva stupide. Désemparée, ne sachant comment réagir, elle tourna les talons. Mais elle n'avait plus de voiture puisqu'elle avait libéré la sienne, pensant revenir avec Maurice. Comment allait-elle redescendre à Biarritz maintenant ? Il ne lui restait plus qu'une solution, demander à Maurice la permission de prendre son chauffeur. Elle allait s'y résoudre, mais quand elle se retourna et qu'elle vit le sourire de son mari qui l'observait, elle fit volte-face et partit à pied sur la route.

— Marcel, va dire à Léon de ramener Sophie à la Villa et reviens, on a assez perdu de temps comme ça, fit Maurice. Maintenant qu'ils sont tous partis, on va enfin pouvoir être tranquilles.

Marcel allait s'exécuter, heureux de voir Sophie déguerpir. Il avait horreur de la voir sur un terrain qui, à son avis, n'appartenait qu'à lui et à Maurice.

Une femme n'avait rien à faire sur un chantier. Puis Maurice se ravisa :

— Non. Dis à Léon d'attendre un peu avant d'aller la prendre. Elle marchera cinq ou six kilomètres, ça lui fera du bien. Elle comprendra que pour se payer des voitures, il faut être capable de mener des chantiers sans se laisser impressionner par le premier Basque venu.

À ce mot de « premier Basque venu », Marcel eut un froncement de sourcil. Mais il s'exécuta, trop content de voir qu'enfin Maurice s'opposait à Sophie.

23

Sur la route, Sophie marchait d'un pas rapide. Une fois la surprise passée, elle déchargea sa rage.

Ah ! Maurice la traitait comme ça ? ! Il allait voir ce qu'il allait voir ! Pour commencer, ce soir, il se débrouillerait tout seul ! Ils étaient invités au repas que donnait un certain Cocteau en l'honneur du compositeur russe Stravinsky. Maurice comptait sur son entregent pour faire connaissance avec le compositeur, comme elle l'avait fait pour Ravel ? Eh bien elle ne bougerait pas le petit doigt !

Contente de sa décision, portée par sa colère, elle marcha tête haute pendant deux petits kilomètres. Mais ses fins escarpins en chevreau, délicatement attachés à la cheville par une petite bride boutonnée, commencèrent à lui faire de plus en plus mal. Le frottement du cuir chauffait ses talons et il lui devint impossible de continuer. Elle s'assit sur un talus et enleva les maudites chaussures.

La peau de ses pieds était à vif.

— Quelle poisse ! s'exclama-t-elle en les regardant. Qu'est-ce que je vais mettre aux pieds maintenant ? J'en ai au moins pour une semaine avant que ça passe.

Mais elle n'était pas du style à geindre longtemps. Elle avait même une réelle endurance. Trait de caractère qui plaisait beaucoup à Maurice.

— Bon, après tout, se reprit-elle, ça pourrait être pire. Heureusement, j'ai eu la bonne idée de mettre la robe de Coco ! Enfin une robe qui ne m'empêche pas de marcher !

Sophie portait sa dernière trouvaille. La robe souple de jersey inventée par Coco Chanel la laissait libre de tous ses mouvements. Elle qui avait connu l'atroce désagrément de faire de tout petits pas à cause de coupes serrées aux jambes et de tissus raides, elle bénissait la couturière. Grâce à Chanel, elle pouvait sans problème mettre une jambe devant l'autre. Détail qui en la circonstance s'avérait primordial. Chaussures à la main, déterminée, elle se remit debout et reprit sa marche. Sa colère contre Maurice était encore telle qu'elle se sentait prête à aller jusqu'à Biarritz à pied. Elle mettrait le temps qu'il faut, mais elle y parviendrait. Hélas, il fallut déchanter. Très vite, la plante de ses pieds délicats, plus habitués à la douceur des cuirs souples qu'au rude contact du goudron, fut en sang. Impossible d'aller plus loin. Que faire ? Rien. Attendre qu'une voiture passe ou quelque paysan qui pourrait la redescendre. Elle se trouvait bien bête assise ainsi, pieds nus, sur le bord de la route, et elle priait le ciel pour que personne parmi ses connaissances ne la voie. Au début, elle avait pensé que Maurice lui ferait parvenir le chauffeur et elle s'était dit qu'elle lui renverrait la voiture sans y monter. Mais sa détermination était bien émoussée. Maintenant, elle aurait accepté sans hésiter. Seulement, la voiture ne venait pas.

Assise sur le bord du talus, l'air chiffonné, les cheveux défaits, Sophie mesurait la fragilité de sa situation. Un coup de colère avec Maurice et elle se retrouvait démunie. Sa gorge se noua.

C'est à ce moment précis que l'Hispano noire s'arrêta juste à sa hauteur. Léon en descendit et lui ouvrit la portière sans dire un mot. Léon, de toute façon, ne disait jamais rien. Elle n'hésita pas une seconde. Qu'aurait-elle pu faire ? Elle monta. Léon referma la portière, et sans qu'elle ait besoin de dire quoi que ce soit, il redémarra.

Affalée sur la banquette arrière, Sophie laissait maintenant couler des larmes d'épuisement et de rage.

24

Une fois arrivée à la Villa, Sophie demanda à Faustine de lui préparer un bain. La jeune bonne ne posa pas de question. D'ordinaire Madame préférait une bonne douche, tonique et rafraîchissante. Les bains, réputés ramollir les chairs, ne trouvaient pas la faveur de Sophie. Mais la jeune bonne fit quand même couler le bain. Madame était rentrée dépenaillée, le fard de ses yeux avait coulé sur ses joues comme si elle avait pleuré et elle ne s'était même pas donné la peine de s'essuyer le visage. Sa jolie tenue était froissée et tachée. Elle qui était si attachée à son apparence... Il devait forcément s'être passé quelque chose, se dit Faustine.

Délicatement, elle versa un sachet de sels de lavande dans l'eau chaude. Portée par les vapeurs légères, une délicate odeur se répandit dans la salle de bains. Simple mais très au goût du jour avec ses carrelages aux lignes géométriques, la pièce était fonctionnelle et lumineuse. Comme Sophie aimait. Le seul luxe visible et extravagant était celui des crèmes, shampoings, savons et lotions dont elle raffolait.

Faustine posa de grandes serviettes blanches toutes propres sur le portant chromé. Des serviettes qu'elle lavait chez elle, au village, dans l'eau pure de la rivière et qu'elle faisait ensuite sécher en plein soleil, sur l'herbe des grands prés. Le linge était si blanc, si frais ! Sophie aimait beaucoup sa salle de bains et elle trouvait que Faustine faisait toujours très bien les choses. Elle se laissa glisser dans l'eau parfumée. La douleur de ses plaies s'atténua immédiatement et les traits de son visage se détendirent. Au bout d'un moment, elle s'apaisa tout à fait. Son esprit libéré put alors repenser à ce qui venait de se passer. Jamais elle ne s'était trouvée dans un tel état de dépendance. Ou plutôt, jamais elle n'avait eu l'occasion de réaliser à quel point elle dépendait de Maurice. De son argent, elle le savait, mais de son humeur, elle venait de le découvrir. Quel regard dur il avait eu, et ces mots cinglants ! Que se passerait-il si un jour il devenait odieux comme il l'avait été au chantier ? Et ce Marcel, elle avait bien vu qu'il n'était pas mécontent de ce qui arrivait. S'il allait retourner son mari contre elle ? Cette pensée la terrifia, et pour ne pas y songer davantage elle se laissa glisser au fond de la baignoire en fermant les yeux. L'eau ! La merveilleuse fluidité de l'eau autour de soi !

En sortant du bain, Sophie prit la grande serviette entre ses deux mains et elle la posa tout contre son visage. Puis la respira profondément. L'odeur des herbes coupées inondait les fils de coton blanc. Une odeur unique au monde, une odeur de printemps ! Sophie en cet instant oublia tous ses malheurs et elle bascula de l'autre côté du miroir. Elle se retrouva petite fille, roulant dans les grands prés fleuris de l'enfance, étourdie de soleil. Quand elle n'imaginait pas que le ciel puisse être autrement que bleu. Ce bleu franc qui dessinait un immense rectangle au-dessus d'elle quand, la tête chavirée, elle restait à regarder le ciel. Longtemps. D'où lui venait alors cet immense amour ? D'où lui venait cette joie brûlante qui l'entraînait enfant vers toutes choses ? Vers ces fils de nuages blancs, ces hirondelles vives, cette verte lumière des coteaux ? Elle était comme un jeune animal bondissant sans peur vers l'immensité merveilleuse et il lui semblait alors que les choses du monde seraient toujours ainsi. Simples et pures. Éternelles.

Elle était là, perdue dans ses pensées, quand la bonne frappa à la porte de la salle de bains :

— Madame, il y a une dame qui vient d'arriver avec une fillette.

Surprise car elle n'attendait personne, Sophie répondit à travers la porte :

— Qui est-ce ?

— Elle demande à voir la femme de monsieur Caron. Elle n'a pas dit son nom.

— Elle a l'air de quoi ?

— Euh... de rien, l'air normal.

Sophie releva la tête :

— Bon, faites-la entrer et surtout restez avec elle. J'arrive.

La jeune bonne s'éloigna. Le bruit de ses pas déclina, puis Sophie entendit la porte du couloir se refermer. Qui pouvait bien être cette femme, et cette petite ? Elle prit le temps de se regarder dans le miroir. Il lui renvoya un visage beau, mais soucieux. Tout en s'essuyant, oubliant cette femme, elle pensa à sa propre vie et s'interrogea : Qu'avait-elle laissé en chemin ? Qu'est-ce qui avait disparu de ce mystère merveilleux qui lui donnait, en ce temps de l'enfance, tant d'espoir, tant de confiance dans la vie ? Petit à petit les secrets incessants de son mari avaient grignoté sa paix, et ses colères froides et subites, malgré leur rareté, avaient introduit en elle un doute insidieux.

Quand elle arriva au salon, la femme attendait. Elle était de dos face à la baie, et bien qu'ayant entendu Sophie arriver, elle ne se retourna pas. Sophie ressentit immédiatement un curieux malaise. La femme regardait la mer, tranquillement, comme si elle eut été chez elle et Sophie en éprouva un sentiment d'intrusion. Près de la femme, une gamine d'une dizaine d'années baissait les yeux comme si elle n'osait regarder Sophie. La petite était effacée. On aurait dit qu'elle essayait juste de ne pas se faire remarquer, de devenir invisible. Aucune émotion ne pouvait se lire sur son visage. C'en était dérangeant, presque glaçant. Sans lever les yeux vers sa mère, elle la tira par la manche pour la faire réagir. Dominant ses réticences, Sophie s'avança pour les saluer quand, horrifiée, elle découvrit que la femme avait étalé ses affaires sur le fragile et luxueux canapé blanc du salon. Il y avait pêle-mêle une veste pas très nette et un sac en fouillis d'où débordaient ce qui pouvait être un bout de foulard sans couleur et une poche en papier gras fripée. Horreur ! Sophie prenait tant soin de son canapé ! Mais comment pouvait-on se permettre de faire une chose pareille ! Elle en était soufflée.

— Mon Dieu ! s'exclama-t-elle, très contrariée, en arrachant les affaires du canapé. Après quoi elle scruta le tissu blanc. Heureusement, il n'avait rien. Pas de traces grisâtres, pas de tache. Elle se redressa, soulagée, et la femme qui n'avait toujours pas bougé se retourna enfin.

Dans la façon qu'elle avait eu de prendre son temps, dans cette manière d'avoir posé ses affaires à l'endroit le plus délicat du salon, là où il ne viendrait à aucune femme l'idée de les poser, surtout quand on n'est pas chez soi, il y avait, au regard de Sophie, un très mauvais présage. La femme s'avança et Sophie eut un mouvement de recul. Dans les plis méprisants des lèvres, dans l'horrible soulèvement des ailes du nez, dans l'étroite ouverture du regard en biais étaient inscrites des traces qui n'inspiraient que le rejet et la méfiance.

— Bonjour, oh excusez-moi, mes affaires vous dérangent peut-être ?

Elle avait dit cela avec une étrange voix de miel gluant, une voix fausse qui se voulait gênée. Mais ce qui sortait de ces lèvres fines sifflait et n'avait rien de ce suc léger qui évoque le joli travail des abeilles au printemps. C'était une mélasse trouble dont on sentait qu'elle était trop longtemps restée confinée dans l'ombre rance de placards mal entretenus. Une matière poisseuse qui s'accroche aussitôt à votre palais, à vos doigts, et dont on sent tout de suite le mal fou qu'on aura à s'en débarrasser.

— ... On ne se connaît pas, continua la femme, mais Maurice m'a beaucoup parlé de vous...

Maurice ! Sophie, étonnée, fronça les sourcils et la femme laissa sa phrase en suspens. Tendant une main molle, elle s'approcha de Sophie qui ne put retenir un mouvement de recul. Encombrée de la veste et du sac, elle ne serra pas cette main que la femme tendait. Ce bras nu avait quelque chose de repoussant. Sophie allait demander à la femme de se présenter quand, la devançant d'une seconde, avec un sens de l'effet et un calcul dénotant dans le plus infime détail une perfidie effrayante, la femme lâcha du bout de ses lèvres sifflantes cette information ahurissante :

— Je suis sa sœur.

— Sa sœur ? !

Stupéfaite, Sophie crut avoir mal compris. Maurice ! Une sœur ! Il était fils unique d'un père et d'une mère décédés dans un accident, il n'avait pas de sœur, pas plus d'ailleurs que de famille. Si ç'avait été le cas, depuis le temps qu'elle était mariée avec lui, elle l'aurait su. Le jour du mariage, à part Marcel et les hommes, il n'y avait même pas eu l'ombre d'un oncle ou d'un seul membre d'une quelconque famille. Alors s'il avait eu une sœur ! Elle l'aurait vue. Qui était cette folle qui venait lui dire n'importe quoi ? Retrouvant ses esprits, Sophie jeta la veste et le sac dans les bras de la femme :

— Mon mari n'a pas de sœur, vous avez dû vous tromper de maison. Tenez, prenez vos affaires.

— Ah, fit la femme en détachant ses mots, je m'en doutais ! Maurice ne vous a pas parlé de nous.

Puis, prenant soudain un air peiné et misérable tout en se penchant vers la petite, elle ajouta :

— Oh ce n'est pas grave, je comprends. Il n'aura pas voulu vous ennuyer.

Rien ne pouvait davantage énerver Sophie que ce ton plaintif. Autant l'effet de surprise l'avait déstabilisée, autant face à ce charabia plein de sous-entendus, elle retrouva très vite son tempérament énergique :

— Écoutez, madame, je ne sais pas qui vous êtes ni pourquoi vous faites tout ce mystère, mais si vous avez quelque chose à dire, dites-le. Sinon, partez.

Cette réponse claire et directe agit brutalement sur la femme. Tout son buste se recroquevilla. On aurait dit en cet instant une bête attaquée en pleine lumière et qui cherche l'ombre sournoise des terriers noirs. Ses yeux ne furent plus qu'une fente étroite et ses affreuses narines se soulevèrent. Tout en renouant autour de son cou grêle un mauvais foulard, elle laissa échapper un sifflement aigu :

— Mais… je vous dis la vérité. Je suis la sœur de Maurice Caron, je suis Berthe Caron et la petite…

Elle cessa de tripoter son foulard et posa sa main sur l'épaule de l'enfant, laissant s'alourdir l'atmosphère autour de ses révélations, guettant la réaction de Sophie, attendant que cette dernière, appâtée, demande la suite.

Mais Sophie alla droit au but, comme toujours.

— Eh bien quoi la petite ? fit-elle d'un ton franc. Qu'est-ce qu'elle a ?

— Oh rien, continua la femme brusquée et de ce fait encore plus sifflante. Rien, la petite, c'est sa nièce, ma fille.

Elle avait pris en disant cela un ton fourbe. Cette femme mettait délibérément en avant tout ce qui, en elle, pouvait évoquer le mal. Le moindre de ses gestes, la façon d'utiliser sa voix, de choisir ses mots, tout signifiait sa duplicité. C'était volontaire et Sophie le comprit. Mais pourquoi ? Que voulait cette femme et qui était-elle ? À aucun moment Sophie ne crut ce qu'elle lui disait. Elle ne pouvait être la sœur de Maurice, rien dans les traits de son visage et dans son comportement ne lui rappelait son mari.

— On pensait faire plaisir en venant dire bonjour. Mais ce n'est pas grave, on dérange sans doute, j'aurais dû prévenir, c'est ma faute. On va vous laisser, vous direz à Maurice que nous sommes passées.

Tout en parlant, la femme avait mis sa veste et poussé la petite vers la porte du hall d'entrée. Sophie ne bougeait pas. Ces mièvreries, ces fausses excuses geignardes, elle n'en pouvait plus et n'avait qu'une hâte, ficher cette femme et sa gosse dehors. Justement Faustine arrivait de la cuisine.

— Madame désire quelque chose ?

— Merci Faustine, reconduisez Madame.

À peine furent-elles parties que Sophie ouvrit en grand les fenêtres de la baie. Il fallait aérer. Ne pas laisser la moindre parcelle de leur présence dans la pièce. L'après-midi touchait à sa fin et il faisait un magnifique soleil. Le vent iodé de l'océan d'été s'engouffra dans le salon et Sophie le respira à pleins poumons. Quel horrible moment ! pensa-t-elle, je ne veux plus jamais voir cette affreuse femme et cette gosse ! Quand la bonne revint, elle retourna sa colère contre elle :

— Mais enfin, qu'est-ce qui vous a pris de laisser cette femme mettre ses affaires sales sur mon canapé ? ! Vous savez combien il est fragile ! Et puis vous auriez dû vous rendre compte qu'elles n'avaient rien à faire ici ! Vous n'auriez jamais dû les laisser entrer et surtout vous auriez dû les surveiller.

— Mais madame, je suis venue vous voir et vous avertir.

— Oui, répliqua Sophie, mais j'ai cru qu'il s'agissait d'une de ces dames de mes connaissances. Vous n'y voyez pas ou quoi ? Vous n'avez pas remarqué comment elles étaient attifées ? Qu'est-ce que j'aurais à voir avec une femme comme ça ? Hein ? Rien, rien de rien ! La prochaine fois, soyez vigilante. Je vous avais dit de rester près d'elle.

— Mais la petite m'avait demandé à boire et…

— À boire ! Quel toupet ! Heureusement que vous ne lui avez rien donné. Et ne faites jamais plus une erreur pareille ! !

Injuste, Sophie n'hésitait pas à entrer dans des colères soudaines. Faustine repartit à ses occupations, pas plus contrariée que ça. Elle ne dit pas qu'elle avait donné à boire à la petite et qu'elle était retournée à la cuisine pour laver le verre. À quoi bon ? Madame aurait été encore plus en colère. Faustine avait déjà essuyé des « coups de sang » de Sophie à propos de vaisselle pas suffisamment brillante, de vase pas rangé à la place qui convenait, et elle avait compris qu'il ne fallait pas s'en traumatiser. L'instant d'après, Madame oubliait. Pourtant, cette fois, Faustine était de son avis, cette femme ne lui plaisait pas à elle non plus.

25

En revenant du chantier Orkatz passa à la mairie. Son compte rendu fut bref, concentré sur l'objet de la mission du palais mauresque. À aucun moment, il ne fut question de l'attitude méprisante de Maurice. Pour Orkatz, elle était sans effet.

— L'entrepreneur m'a dit qu'il avait changé ses plans et suivi tes conseils.

— Ah ! fit simplement Iñaki.

— C'est sa parole, continua Orkatz, pas dupe. Il sera temps de voir quand sa maison sera construite. S'il a menti, Maurice Caron saura alors ce que vaut pour un Basque la parole donnée.

Si Maurice y avait assisté, la sobriété de ce compte rendu l'aurait alerté. Car il y avait dans cette brièveté une détermination contre laquelle on se fracasse.

Marcel évaluait cette force des Basques et il en avait des frissons car Maurice était souvent à l'extrême bord. Comme s'il recherchait le danger. Ces derniers temps, il était arrivé à Marcel de penser que la course de Maurice était une fuite en avant. Son ami était-il fort, ou fou ? Toujours plus loin au bout du rocher, ou plus risqué au cœur d'une terre sacrée. Face à l'évidence, Maurice ne cherchait pas à comprendre. Enfermé dans la certitude d'être dans son droit, il allait jusqu'au bout. Alors que Marcel s'interrogeait et doutait, Maurice, invariant, était déjà dans l'énergie suivante. Il écoutait avec délectation se concasser les tonnes de béton dans les énormes bennes. Il hélait son grutier, motivait ses hommes sur les échafaudages et il riait des craintes de son second.

26

Peyo venait de passer une semaine à la plonge et aux épluchages. Après l'épisode du champagne, on l'avait mis au vert le temps que la mauvaise humeur de Monsieur Maurice passe.

Il avait accusé le coup, remisé son bel habit de service et noué un tablier bleu de grosse toile. Mais, selon son expression, « il l'avait en travers ». Ce soir, le travail promettait d'être dur, la salle de restaurant était comble et le repas avait commencé tard. Pourtant, il affichait un grand sourire : c'était sa dernière soirée passée aux cuisines. Demain, il reprenait du service.

Chargé d'assiettes, Imanol, le jeune serveur qui le remplaçait, passa auprès de lui :

— Dis, Peyo, ton copain Maurice est là. Si tu l'entendais ! Il raconte à tout le monde qu'il a roulé Orkatz Garay dans la farine ! Il dit qu'il fera son palais mauresque et qu'il donnera une grande fête à la fin de l'été quand le chantier sera fini.

Un autre serveur, plus expérimenté, entra à son tour, passablement énervé.

— L'histoire de Maurice Caron a fait le tour des tables et les amuse beaucoup.

Cuisiniers, commis, serveurs, maîtres d'hôtel, ils arrêtèrent de travailler en même temps. Ils étaient tous basques et retrouver un des leurs au centre des rires et des conversations mondaines pour un sujet qu'ils jugeaient des plus sérieux n'était pas fait pour les amuser.

— Et ils disent quoi exactement ? questionna Peyo en s'essuyant les mains à son tablier.

— Ils parlent de nos « archaïsmes » ! C'est comme ça qu'il a dit, le Maurice. Et maintenant qu'il a ouvert les vannes, ça y va. Ils ont tous quelque chose à raconter. Mais le plus beau c'est qu'ils parlent en imitant notre accent comme si on n'existait pas. Je vais me moquer de leur accent « pointu », moi, tu vas voir, ça va leur faire drôle !

Soudain, un hurlement de rire en provenance de la salle les interrompit. Visiblement, l'amusement était à son comble. Peyo s'apprêtait à aller voir ce qu'il se passait quand brusquement les portes à double battant qui séparaient la salle de la cuisine s'ouvrirent sur le maître d'hôtel visiblement très contrarié :

— Ce Monsieur Maurice pousse le bouchon un peu trop loin...

Perplexes, tous attendaient l'explication.

— Il trouve qu'on exagère avec nos traditions. « Ici, on dit rouge basque a fait Maurice Caron, alors moi du coup je prends le bleu. Désormais il faudra dire le bleu Maurice. »

— Et alors ? fit Peyo.

— Et alors ça les fait rire. À la table voisine, une jeune femme s'est levée et elle a hurlé : « Moi je prends le rose. Vous direz : le rose Suzette. » Et c'est parti. Ils ont trouvé ça hilarant et c'est à qui aura le vert, le jaune et le reste.

Sidérés qu'une chose pareille puisse autant amuser une galerie de personnalités dont on leur disait sans cesse qu'en matière de clientèle c'était le fin du fin, des amateurs d'art, des mélomanes, de grands hommes politiques, des femmes raffinées, les Basques restaient silencieux. Ils écoutaient les rires, les exclamations. Et ils se demandaient comment des hommes et des femmes, capables d'apprécier les musiques les plus sensibles et d'admirer sincèrement des artistes aussi puissants et nouveaux que Stravinsky ou Ravel, pouvaient se révéler aussi légers face à la profondeur et à la beauté d'une culture autre que la leur.

— Incroyable, s'écria le jeune Imanol, échauffé par ces rires blessants. Je ne les savais pas aussi stupides ! C'est Orkatz Garay qui a raison.

Tous connaissaient la famille Garay. Le vieux Ramuntcho, Louise, et leurs deux fils. Patxi le marin, mais surtout Orkatz. Orkatz, si fier. Chez les Garay, personne jamais n'était allé travailler dans les hôtels ou les restaurants de luxe de la côte. Ils ne portaient aucun jugement sur ceux qui le faisaient. Le complément financier que cela apportait dans certaines familles était parfois indispensable. Mais pour Orkatz, c'était hors de question. Ils étaient quelques-uns comme ça dans le pays. Des irréductibles.

La porte de service venait de s'ouvrir :

— Mais que se passe-t-il ?

Intrigué de ne plus voir un seul serveur en salle et lassé d'attendre le plat suivant, un homme très mince, d'une élégance excessivement raffinée, était venu en cuisine voir ce qui se passait. Sophie l'accompagnait.

— On ne mange plus, on ne boit plus. Et pourquoi j'ai payé si cher alors ? questionna l'homme d'une voix aiguë. Et les crabes ?

Le maître d'hôtel s'excusa. Il expliqua qu'ils avaient pris du retard à cause d'un incident mais que tout était réglé.

— Nous venons, monsieur Cocteau, ne vous inquiétez pas. Les tourteaux vous seront servis dans deux minutes.

Tout en les rassurant, il reprit la situation en main avec un professionnalisme parfait et les dirigea poliment vers la salle, hors des cuisines.

Sophie eut juste le temps de noter le regard sombre que Peyo leur jeta.

Elle regagna sa place. Elle avait finalement réussi à faire ce que Maurice voulait : être à la bonne table, près de Cocteau qui les avait invités. Mais le cœur n'y était plus. Tant de choses s'étaient accumulées au cours de cette journée. Tant de menaces diverses. La veille encore le ciel était d'un bleu pur et, en même pas vingt-quatre heures, des nuages étaient apparus, menaçants comme le regard de Peyo, lourds comme les paroles de ce Basque, Orkatz. Et puis, et surtout, il y avait eu, sur le chantier, cette phrase violente de Maurice à son égard et enfin cette femme si inquiétante et qui prétendait être la sœur de son mari. Cependant que Cocteau expliquait aux invités que tout rentrait dans l'ordre et que les crabes arrivaient, Sophie souriait mais elle se sentait bien loin. Elle repensait à ce qui s'était passé lorsque Maurice était revenu du chantier. Quand il était rentré, comme si elle voulait gommer le souvenir et même la réalité des mots agressifs qu'il avait eus, avant de lui laisser le temps de dire quoi que ce soit au sujet de leur dispute et de son départ à pied sur la route, elle lui avait raconté cette visite étrange de cette femme qui prétendait être sa sœur. Il avait blêmi. Niant avoir la moindre sœur, il avait ensuite ri de pareille folie. Puis, il était rapidement passé à autre chose en déclarant qu'il allait vite s'habiller pour la soirée de monsieur Cocteau à l'Hôtel du Palais :

— Merveilleuse soirée, il va y avoir beaucoup de têtes couronnées, et de grands hommes d'affaires, ce sera très bon pour moi, je suis très demandé en ce moment et il faut que je signe un maximum de contrats. Tout n'a qu'un temps, c'est maintenant ou jamais. Et surtout arrange-toi pour être à la table de Stravinsky. Il sera certainement à celle de ce Cocteau qui donne le repas en son honneur. Débrouille-toi comme tu veux mais place-toi. Je veux connaître ce musicien !

Encore sa musique ! Un mystère de plus. Cependant que son mari se changeait, Sophie hésitait. Elle ne voulait pas aller à cette soirée mais elle n'osait pas le dire à Maurice. Elle avait l'intuition que cela déclencherait chez lui une vive réaction et, pour la première fois, elle éprouvait un sentiment de crainte.

— Tu comptes y aller comme ça ?

Il avait terminé de s'habiller et il était revenu dans le salon sans qu'elle l'entende approcher. Elle sursauta, il regardait sa tenue d'intérieur en souriant :

— Bien sûr que non, mon chéri, mais je voulais savoir si tu préférais que je mette ma robe de mousseline qui te plaît tant ou ma dernière folie de Chanel, si originale ?

Pourquoi ne parvenait-elle pas à lui dire qu'elle n'avait pas envie d'y aller ? Elle s'en voulait mais déjà il s'approchait. Il posa ses deux mains sur ses épaules de cet air protecteur qu'il affectionnait tant :

— Ta mousseline beige ma chérie, elle te va si bien, elle te rend si féminine.

Mais pourquoi lui avait-elle demandé son avis ? Qu'est-ce qu'elle avait ce soir ? ! Encore une fois, elle en ressentit un terrible remords car elle n'avait aucune intention de mettre la mousseline beige si terne et si classique. Et bien sûr c'est ce qu'il voulait ! Elle aurait dû s'en douter. Elle n'avait jamais aimé cette robe et c'était lui un jour qui l'avait convaincue de l'acheter. Ce qu'elle avait fait pour lui faire plaisir. Mais elle avait remarqué que lui, qui prétendait toujours être à la pointe de son temps en toutes choses et qui félicitait toujours les femmes élégantes, dès qu'il s'agissait de sa propre femme, il devenait des plus conventionnels. Bien sûr il ne disait rien quand elle mettait du Chanel et même la félicitait pour son avant-gardisme, mais il s'arrangeait toujours pour lui rappeler combien les voiles mousseux, les volants, les boucles dans les cheveux, tout cela lui allait si bien. Tout en râlant et en enfilant sa robe de mousseline avec l'aide de Faustine, Sophie se maudissait d'avoir tout accepté et même d'avoir devancé les désirs de son mari. Qu'est-ce qui lui avait pris ?

Et maintenant que la soirée battait son plein, au milieu des invités, dont la plupart des femmes étaient habillées à la dernière mode en robes Chanel de jersey souple, elle se sentait emprisonnée comme une idiote dans ce carcan léger en voile de soie si fragile. Impossible de bouger, de trop manger ou de rire trop fort au risque de voir se craquer les délicates coutures. Le repas était des plus fins et les invités des plus élégants. La soirée était exquise mais ce qui d'habitude l'enchantait ne lui faisait plus aucun effet. Elle se sentait démodée, mal à l'aise et elle aurait mille fois préféré être chez elle, seule. Elle décida d'aller prendre l'air sur la terrasse. Prétextant un mal de tête et se levant avec mille précautions, glissant le plus discrètement possible derrière les tables le long des grandes baies de la salle en rotonde, elle entrouvrit une double porte-fenêtre et, soulevant les voiles blancs des longs rideaux, elle réussit à sortir sans se faire remarquer. Maurice riait avec un invité et buvait du champagne. Il ne faisait pas attention à elle.

Sur la terrasse, elle fut tout de suite frappée par l'atmosphère inhabituelle. Il faisait lourd. Une chaleur irrespirable. On cherchait en vain dans cette nuit d'été un seul souffle de vent.

Sophie s'appuya contre la balustrade de pierre de la grande terrasse qui s'avançait sur la mer. À ses pieds, l'océan paraissait immobile. On voyait sa surface luire aux reflets de la lune et on entendait mugir dans les fonds le grondement sourd des abysses. Sophie leva les yeux instinctivement vers le ciel. Mais elle n'y vit que des bouts de nuages et elle reprit le cours de ses pensées. Pour elle, plus inquiétant que l'océan et le ciel, il y avait les événements de ces dernières heures. Quand elle avait parlé à Maurice de cette « sœur », il avait ri, mais elle avait noté que son rire sonnait bizarrement et il avait beau avoir ensuite déployé tout l'art dont il était capable pour la rassurer, le mal était fait. Elle doutait. Qui était Maurice ? Après tout, que savait-elle vraiment de lui ? Rien. Elle se disait qu'à part Marcel, qui lui avait raconté ce qui s'était passé dans l'entreprise depuis leur rencontre, elle ne connaissait personne ayant un lien avec son mari. Elle n'était jamais allée voir cette fameuse maison de famille qu'il avait revendue. Et puis, même si elle pensait qu'il était impossible que Maurice ait une sœur, cette femme et cette petite lui avaient laissé une impression très désagréable. Elle ne pouvait les éloigner de son esprit et s'attendait à les revoir un jour ou l'autre dans le salon. Rien que d'y penser, elle frissonna et se décida à dire à Faustine de ne plus jamais les laisser entrer si, par hasard, elles revenaient.

Au loin, les lumières de Fuenterrabia brillaient sur la mer. Un éclair, suivi d'une série d'autres, illumina toute la baie et, le temps d'une seconde, on y vit comme en plein jour. Puis tout retomba dans la nuit. Éblouie, Sophie se demandait si elle n'avait pas rêvé quand un grondement se fit entendre. Le tonnerre ! Elle scruta l'horizon. Très loin sur l'océan, on devinait nettement un orage. De grands rideaux noirs de pluie s'abattaient sur les eaux. Fascinée, Sophie n'entendit pas les invités arriver sur la terrasse. Le repas venait de se terminer et les serveurs avaient ouvert les doubles portes. Un orchestre se mit à jouer un air de charleston et les couples élégants, inconscients de l'orage qui tonnait au loin, se mirent à danser sous la nuit étoilée.

Sophie n'avait aucune envie de participer à la fête. Elle quittait la terrasse quand le maître d'hôtel, faisant taire l'orchestre, annonça qu'un orage arrivait. Il valait mieux rentrer immédiatement. Mais les danseurs ne voulurent rien entendre.

— De quel orage parlez-vous ? fit un monsieur. Je ne vois rien, il fait un temps de rêve. Serait-ce plutôt que vous ne voulez pas vous embêter à nous servir sur la terrasse ?

— Nous sommes très bien dehors, ajouta une jeune femme en faisant rouler son long collier de perles. Avec la chaleur qu'il fait nous danserons le chachacha ici, en plein air. Nous ne bougerons pas et s'il pleut, tant mieux ! Une bonne douche nous fera du bien !

— Voyons mon ami, on dirait que vous vous ingéniez à contrarier la soirée de monsieur Cocteau. Nous avons attendu les crabes plus d'une heure et maintenant vous nous retirez la terrasse ?

Maurice se trouvait au cœur d'un groupe en pleine conversation avec Cocteau et Stravinsky. Il s'avança vers le maître d'hôtel, une coupe de champagne à la main. Mais cette fois le maître d'hôtel n'avait aucune envie de se laisser faire. Les lubies de Monsieur Maurice passeraient après le souci de sécurité :

— Désolé monsieur, mais nous fermons la terrasse et je vous demande à tous de rentrer au plus vite.

— Vous ne fermerez rien du tout, insista Maurice d'une drôle de voix, très contrarié par le ton du maître d'hôtel. Ce n'est pas vous qui donnez les ordres, c'est votre commanditaire et, que je sache, monsieur Cocteau désire que nous restions en plein air. N'est-ce pas, mes amis ?

Voyant que Maurice intervenait, Sophie s'approcha. Elle lui trouvait un air étrange. Elle voulait lui expliquer que l'orage arrivait, qu'elle l'avait vu et entendu gronder au loin. Mais quand elle fut tout près de son mari, elle perçut son haleine et eut un haut-le-cœur. Jamais elle n'avait senti pareille odeur d'alcool sur lui. Elle eut à peine le temps de réaliser qu'il avait bu qu'il l'envoya méchamment promener devant tout le monde :

— Toi, tu as vu l'orage ? Mais tu as des visions ! Allons, contente-toi de danser et ne parle pas de ce que tu ne connais pas !

Puis, sans plus tenir aucun compte d'elle, il se mit à héler les invités qui martelèrent en chœur :

— Maurice a raison ! La terrasse ! La terrasse !

— Champagne ! Apportez du champagne, j'offre le champagne à tout le monde !

Il avait à peine réclamé le champagne que de grosses gouttes s'écrasèrent au sol, immédiatement suivies d'une pluie torrentielle qui s'abattit sur les danseurs sans que rien ne la laisse prévoir. L'orage se déplaçait à une vitesse impressionnante et en quelques secondes les coups de tonnerre devinrent assourdissants. Ils furent trempés jusqu'aux os. Affolés, les invités se mirent à crier et à se bousculer pour regagner la salle. Dans la précipitation, une dame fut projetée contre les vitres. Elle avait le visage en sang et hurlait. Maurice riait bêtement. Bouche ouverte, yeux à moitié fermés, regard hagard, il avait l'air d'un idiot. Effrayée de voir son mari dans cette posture sordide, Sophie tenta de le convaincre de s'en aller avec elle. Mais lui, pourtant si soucieux de son image, se mit à débiter toutes sortes d'inepties. Puis, comme elle insistait doucement en tentant de le faire venir, il l'injuria haut et fort, attirant vers eux tous les regards. Cette fois, il ne se tenait plus et n'importe qui pouvait voir qu'il avait trop bu. Alors, elle s'enfuit dehors par le grand hall pour rejoindre Léon afin qu'il les raccompagne tous deux à la Villa. Mais elle chercha l'Hispano en vain. Le portier, trempé, lui expliqua que Léon avait demandé à Monsieur Maurice la permission d'aller prendre un casse-croûte au port et Monsieur le lui avait accordé.

— Il va être là d'une minute à l'autre, il doit attendre que ça passe.

Mais Sophie était déjà loin. Elle courait sous la pluie le long de la grande plage, s'abritant tant bien que mal sous les toiles blanches de la promenade du casino. Bravant la pluie, elle remonta le chemin de promenade pour aller rejoindre Léon sur le port. Soudain, la pluie cessa. À la place de la tourmente, un vent doux et chaud se leva. Sophie cessa alors de courir, elle était exténuée. Tout semblait désert. L'orage avait fait fuir tous les promeneurs qui d'habitude se croisent fort tard dans la nuit sur ces petits sentiers le long de la plage et des rochers. Elle se sentit bien seule tout à coup. Que faisait-elle à courir comme ça sous la pluie en pleine nuit ? Qu'est-ce qui lui avait pris ? Épuisée, tremblante, elle s'effondra sur le petit parapet qui longeait le chemin de promenade et elle resta un moment assise à pleurer chaudement. Au bout d'un moment, ses hoquets se calmèrent. Elle releva la tête. De là où elle se trouvait, elle voyait briller l'océan. Son regard s'attarda sur le rocher de la Vierge. On l'appelait ainsi parce qu'on disait ici que par miracle la Vierge avait sauvé des baleiniers basques, un jour de mer en furie. En remerciement, la municipalité y avait installé une statue de la Vierge achetée à l'exposition espagnole de Bayonne. L'endroit était très fréquenté. Au bout du rocher, on se sentait comme en pleine mer et la vue sur Biarritz était magique. On voyait toute la côte basque et même le début des côtes landaises. Une fine passerelle y menait, mais par mauvais temps personne ne s'y risquait. C'était un endroit très dangereux. Les vagues s'y fracassaient avec une force inouïe. Une première passerelle avait déjà été emportée et on avait demandé à Gustave Eiffel d'en construire une autre, indestructible. Ce qu'il avait réussi.

Épuisée d'avoir pleuré, trempée, Sophie ne savait plus trop ce qu'elle voulait. Elle se dirigea machinalement vers le rocher. Que faire ? Où trouver Léon ? Il devait être déjà revenu à l'Hôtel du Palais et, de toute façon, le mal était fait. À cette heure, tout le monde devait avoir vu Maurice dans cet état lamentable. Sophie n'avait envie ni de revenir à l'hôtel pour retrouver tout le monde, ni de rentrer à la Villa au cas où Maurice y serait déjà. Le temps semblait s'être calmé mais la tempête grondait encore, comme si elle n'en avait pas encore fini. Sophie, pourtant d'ordinaire si craintive la nuit, vivait dans un tel désordre intérieur qu'elle semblait n'avoir plus peur de rien. Elle descendit vers le plateau qui bordait l'océan et franchit la passerelle qui menait au rocher de la Vierge. Les eaux paraissaient tranquilles mais, sous les étroits piliers de fer, on entendait monter de façon inquiétante le grondement des fonds. C'était un bruit sourd, lointain. Sophie allait rebrousser chemin quand la lune apparut, éclairant la madone. Dominant ses craintes, elle s'engagea alors sur la passerelle sans se retourner. Un étroit passage taillé dans la roche conduisait à l'extrémité du rocher jusqu'à une plate-forme. L'endroit était exposé à tous vents mais protégé du vide par une solide balustrade de fer depuis laquelle, la journée et par beau temps, on venait admirer l'océan. Sophie s'appuya à la balustrade, brisée. Voir Maurice ivre, l'entendre prononcer des phrases incohérentes et violentes, éprouver son regard vitreux, tout cela l'avait bouleversée. La lune disparut soudain, cachée par un nuage, et la nuit s'épaissit. L'atmosphère avait changé. Le bruit profond de l'océan, toujours présent, s'était curieusement atténué. Elle eut alors la certitude qu'il y avait quelqu'un d'autre qu'elle sur ce rocher. Effrayée, elle scruta l'ombre de tous les côtés. En vain. La nuit était devenue si noire qu'elle voyait à peine la balustrade à laquelle elle s'agrippait. Elle tendit l'oreille, quelqu'un bougeait. C'est à ce moment qu'une silhouette sombre se détacha du rocher. Sophie étouffa un cri de terreur et l'homme se retourna. Impossible de voir son visage tant la nuit était sombre. Saisie par une peur panique, Sophie resta pétrifiée, incapable de faire un seul geste. Elle réalisa qu'elle s'était jetée dans la gueule du loup. Elle était seule dans cet endroit isolé et personne ne l'entendrait même si elle se mettait à hurler. L'homme ne bougeait plus. Il semblait tout aussi surpris qu'elle et ne faisait pas un geste.

On dit que quelque part là-haut, les dieux décident pour certains êtres humains d'un destin incomparable à celui du commun des mortels. On dit aussi qu'ils créent pour ces êtres humains des moments exceptionnels qu'aucune science ni aucune raison ne peuvent expliquer.

Tout d'abord, le vent se leva et se fit plus léger, plus chaud. Puis la lune apparut à nouveau, juste le temps d'éclairer leurs visages d'une douce lumière bleutée. Sophie alors reconnut Orkatz, et il reconnut la femme entrevue sur le chantier. Ils étaient trempés, leurs vêtements leur collaient au corps et ils avaient tous deux des visages épuisés, marqués par la souffrance et l'inquiétude. En le voyant ainsi, elle se dit qu'il avait dû être là au moment de l'orage. Qu'attendait-il dans cet endroit ?

Et lui ne comprenait pas ce qu'une femme comme elle venait faire seule à cette heure au bout de ce rocher. Ils restèrent aussi stupéfaits l'un que l'autre quand les premiers coups de tonnerre grondèrent à nouveau. Le ciel se chargea de nuages et la lune disparut encore une fois. L'océan se souleva, une énorme houle monta d'un seul coup et, en une fraction de seconde, une vague venue des fonds, haute comme un mur, vint s'écraser sur la plate-forme, balayant tout sur son passage. Orkatz eut à peine le temps de s'agripper à la barre de fer. Sophie, elle, tomba aussitôt, écrasée par le poids de la vague. Ils n'eurent le temps de rien, la vague suivante était déjà là et l'emportait. Les eaux l'entraînèrent et la firent glisser sous la balustrade. Elle était déjà à moitié dans le vide quand la main d'Orkatz saisit son bras. De son seul bras libre, il arrêta sa chute. Puis, rassemblant ses forces, il la hissa sur la plate-forme juste avant qu'une pluie diluvienne ne s'abatte sur eux et que les vagues ne viennent à nouveau s'écraser contre le rocher. Il la poussa vers le coin le moins exposé de la plate-forme. Tout en la ceinturant d'un bras, il agrippa de sa main libre une anfractuosité de la roche, et vint se plaquer tout contre elle de façon à ne faire qu'un bloc et à se tenir le plus près possible de la roche. Fouettée par des vents de plus en plus violents, la pluie tombait en rafales désordonnées. L'eau ruisselait. L'océan était déchaîné et les vagues se fracassaient dans un bruit horrible. Impossible de démêler les eaux du ciel et celles de l'océan. Ils s'attendaient d'une seconde à l'autre à être engloutis. L'homme crispait sa main sur la roche, priant le ciel qu'elle ne cède pas. Sophie s'accrochait à lui et elle avait enfoui son visage dans son cou. Ils ne faisaient plus qu'un. Cela dura une éternité et, quand la pluie cessa, quand l'orage s'éloigna et que les vagues se calmèrent petit à petit, ils restèrent ainsi, collés l'un à l'autre, se demandant comment ils avaient fait pour sortir vivants d'un pareil cauchemar. Sophie releva alors la tête et Orkatz commençait à décrisper les doigts de sa main encore rivée au rocher quand l'impossible se produisit. Les premiers flocons se mirent à tourbillonner. De légers flocons de neige blanche. Après une telle furie, la douce neige de l'hiver tombait sur eux en plein cœur de l'été, sur ce bout d'océan. Ils ne bougeaient pas, incrédules. Les flocons devinrent plus lourds, plus nombreux et bientôt ce ne fut plus qu'une immense tempête blanche. Un silence immaculé et moelleux les enveloppa. Un silence coupé du monde et de tous les êtres vivants ici-bas.

Il n'avait pas relâché la pression de son bras et son autre main était encore accrochée à la roche. Le temps que cela dura, ni lui ni elle n'auraient pu le dire. Mais ce moment leur sembla infini. Puis, les flocons se dispersèrent petit à petit et l'océan réapparut. Ils se regardèrent, étourdis. Elle tremblait, tout son corps était saisi de peur et de froid.

La tourmente les avait malmenés à un point tel qu'ils étaient ailleurs. Comme si le monde où ils se trouvaient en cet instant n'était plus celui d'avant la tempête. Comme s'il existait une autre dimension à côté du monde réel. Du moins c'est comme ça qu'en cet instant ils éprouvaient les choses. Écartant ses doigts, lâchant la roche qu'il tenait encore, Orkatz vint poser sa main sur la nuque de Sophie et elle sentit ses doigts meurtris se déplier doucement en effleurant sa peau. Et, quand Orkatz s'écarta et s'éloigna vers la passerelle sans avoir prononcé un seul mot, quand Sophie le regarda partir sans bouger, tous deux surent qu'ils venaient de vivre ensemble quelque chose qu'ils ne vivraient avec aucun autre être humain sur cette terre.

Quand il eut tout à fait disparu au bout de la passerelle, elle l'entendit courir sur la route et elle comprit qu'il s'éloignait en direction du port.

27

Louise tournait en rond dans la cuisine et jetait régulièrement des coups d'œil à la fenêtre.

— Je me demande ce qu'ils peuvent bien faire ? À cette heure, ils devraient déjà être là.

Elle marmonnait entre ses dents en parlant à Maitena mais elle ne voulait pas que son autre belle-fille l'entende, ni la voisine. Les maris des deux jeunes femmes étaient partis en mer et, à cause de l'orage, très inquiètes de ne pas les voir revenir, elles étaient venues trouver Orkatz. Mais celui-ci ne les avait pas attendues. Il était parti bien avant le premier coup de tonnerre. Il était descendu au port de Biarritz dès qu'il avait compris. Aux filaments blancs de nuages dans le ciel il avait senti la tempête arriver depuis plusieurs jours. Le matin même il avait fortement insisté pour que son frère et Julien, le jeune voisin, ne sortent pas en mer. Mais Patxi lui avait répondu qu'avec trois gosses à la maison et les deux vieux, ses beaux-parents, il n'avait pas vraiment le choix. Et le voisin qui avait déjà quatre garçons et sa mère à demeure avait renchéri. Agacé, Orkatz n'avait pas insisté. Il n'avait pas envie de se disputer encore une fois avec son frère et toujours pour ces mêmes raisons. Patxi et Julien prenaient la mer ensemble dans le bateau qu'ils avaient acheté en commun. Ils pêchaient le thon à la ligne et ils étaient obligés de s'aventurer très loin des côtes pour rejoindre les bans. À chaque fois, Orkatz s'inquiétait. Le golfe de Gascogne abritait sous ses eaux des gouffres dont on savait seulement qu'ils étaient parmi les plus profonds du monde et quand les marins se perdaient en mer on ne retrouvait jamais ni leurs corps, ni leurs bateaux. On disait qu'ils disparaissaient dans les noires abysses et qu'aucun courant, jamais, ne pouvait les ramener aux vivants. Toute la journée Orkatz avait guetté le moindre signe du ciel. Et quand il avait vu la ligne d'horizon se noircir d'un seul coup, il avait amèrement regretté de ne pas avoir su retenir son frère et il avait précipitamment filé pour les retrouver au port.

L'inquiétude de Louise était grande. En remontant de son travail, Peyo était passé dire que la tempête avait fait de gros dégâts en ville, et qu'il était allé un moment au port avec les autres attendre les bateaux. Lorsque Louise lui demanda s'il avait vu Orkatz, il répondit que non.

— Tu es sûr ? avait dit Louise.

— Sûr de sûr, avait juré Peyo.

Mais alors où était son fils, que faisait-il ?

— Quand Peyo était au port, lui devait être allé voir ailleurs, peut-être vers les plages ou au phare. Ne nous affolons pas, dit alors Maitena qui cherchait à apaiser tout le monde. Quant à nos deux marins, ils se sont attardés en mer pour le thon et ils ont dû se laisser entraîner au large. Ils vont mettre plus de temps à revenir, c'est normal.

Louise regarda Maitena. Sa belle-fille était douce et calme, comme toujours. Pourtant, cette fois, Louise avait un mauvais pressentiment :

— Viens, prions, lui dit-elle.

Docile, Maitena s'assit à la table et prit le chapelet qu'elle gardait toujours au fond de sa poche. Tout comme le faisait sa mère, sa grand-mère et les femmes de ce pays. Recueillies, d'une même voix, Louise, et les trois jeunes mères se mirent à réciter le long chapelet des prières basques. Une douce mélopée insistante qui n'en finissait pas et qui les fit entrer dans une sorte de transe intérieure où, pour un moment, elles oublièrent qu'elles ne verraient peut-être pas rentrer leurs hommes et qu'elles se retrouveraient seules, enfermées pour la vie dans des habits de veuves noires avec le devoir exigeant d'élever seules leurs enfants jusqu'au bout. Jusqu'à leur âge d'homme. Et elles savaient l'abnégation totale qu'il fallait pour être ces veuves-là, exemplaires et fortes.

La vieille Louise priait mais son instinct l'avertissait que cette fois cela ne servirait à rien. Dans son vieux cœur une révolte montait. Contre la mer, contre l'inconnu. Louise n'aimait pas la mer, elle avait toujours vécu sur les hautes terres du Pays basque. Quand par manque de terres à cultiver pour élever deux familles, son jeune fils Patxi avait dû choisir entre aller travailler dans les hôtels ou prendre la mer, elle avait tout fait pour le convaincre de choisir la mer. Pour un Basque, c'était plus digne. Et pour un Garay, pas question d'aller servir. En ce moment précis, Louise haïssait l'orgueil de sa famille. Celui-là même qui lui avait souvent permis de garder la tête haute dans les difficultés mais celui-là aussi qui avait fait partir son fils. Aujourd'hui, elle aurait mille fois préféré le voir servir les riches étrangers, à l'abri, dans les salons des grands hôtels. Là où on ne risquait pas de périr, emporté dans des gouffres par les tempêtes violentes. Mais c'était trop tard pour pleurer et Louise n'avait pas de larmes. Maintenant, la prière finie, elles attendaient le cœur serré, assises autour de la table, silencieuses et patientes comme savent l'être les femmes basques dans les moments de gravité.

Le vieux Ramuntcho n'avait pas voulu les laisser, et il s'était endormi près de la cheminée, la tête appuyée contre le dossier de la chaise. La petite Alona était partie coucher les enfants dans la chambre qu'elle occupait avec ses grands-parents, et les sept petits s'étaient endormis, allongés tant bien que mal, tous ensemble sur les deux grands lits. On voyait la paume claire de leurs petites mains ouvertes et leurs bouches respiraient doucement. Le plus grand n'avait pas cinq ans. Ils sentaient la forte odeur des étables. L'un avait encore un long trait de morve collé le long de sa joue et leurs visages enfantins étaient marbrés de traces noirâtres. Dans leurs boucles brunes étaient accrochés, çà et là, des bouts de paille. Ces pailles que les enfants des campagnes attrapent dans leurs cheveux quand, à l'insu des parents, ils se réfugient dans les granges pour une partie de cache-cache au milieu des moutons, derrière les grandes brebis aux longs poils, entre les bottes de paille dorée.

Ils avaient bien joué et ils dormaient maintenant, ignorants de la peur des adultes, épuisés, heureux de cet orage qui les avait rassemblés. Heureux de se retrouver chez la grand-mère et de dormir sur les grands lits. Dans leur sommeil innocent, ils n'avaient aucune peur.

28

— Incroyable cette tempête de neige, tu ne trouves pas ? Tout le monde en parle.

Confortablement installé dans un fauteuil du salon, Maurice parcourait les titres du journal que Faustine lui avait apporté en même temps qu'elle lui avait servi son petit déjeuner, comme elle le faisait tous les matins. Comme Sophie ne répondait pas, Maurice continua :

— Ils expliquent que c'est un cas météorologique rarissime et ils évoquent les profondeurs abyssales du golfe de Gascogne. Ils disent qu'il y a un lien entre les profondeurs du gouffre et la force du déchaînement de l'océan. Cela aurait même provoqué une réaction comme la neige. Curieux, non, comme explication ? ! Moi, si tu veux mon avis, j'ai l'impression qu'ils n'y comprennent rien et qu'ils donnent une explication juste pour montrer qu'ils savent.

Mais Sophie ne disait toujours rien, elle buvait son café à petites gorgées et regardait fixement la baie. Maurice, pas le moins du monde dérangé par le silence de Sophie, se replongea dans l'article qu'il était en train de lire :

— Ça alors ! Je ne savais quand même pas qu'ici nous étions au bord de gouffres pareils ! Ils disent que le canyon qui arrive jusqu'à nos côtes est plus profond que le grand canyon américain ! Ben dis donc ! ! !

Il releva le nez de son journal, perplexe. Mais Sophie ne l'écoutait toujours pas, elle était ailleurs.

La nuit de la tempête, Maurice était rentré fort tard et il était reparti très tôt. Ils ne s'étaient pas croisés de la journée et, la veille, c'est elle qui était allée se coucher sans l'attendre. Toute la journée, elle avait repensé à la violence et à la force de ce moment au rocher de la Vierge. Elle sentait encore battre contre son cœur le cœur de cet inconnu et elle sentait encore la résistance de son corps puissant. Que pouvait Maurice contre un pareil moment ? Rien. Parce qu'on ne peut rien contre une rencontre quand elle vous tombe du ciel au moment où l'on s'y attend le moins.

Le fracas des vagues avait emporté les paroles de Maurice, ses violences soudaines et ses secrets permanents. Tout était parti, emporté dans la fureur des flots. Sophie ne comprenait pas ce qu'il lui arrivait. Elle aurait aimé que Maurice vienne s'excuser ou qu'il lui dise un mot et elle aurait sans doute pu lui pardonner parce qu'elle en avait, au fond, un immense besoin. Elle se disait qu'elle aimait encore son mari malgré tous ses travers et ses incohérences. Elle pensait qu'ils étaient bien ensemble, ils avaient fait tant de choses ! Mais Maurice faisait comme s'il ne s'était rien passé. Il était redevenu tendre comme si tout avait été normal. Or rien ne l'avait été. Et cette façon de nier les choses en agissant comme si elles n'avaient pas été, ça, elle ne pouvait pas le supporter.

— Ça alors !

Elle sursauta. Maurice s'était mis à lire à haute voix :

— « Deux pêcheurs ont disparu avec leur bateau dans la nuit au cours de la tempête. On n'a pu retrouver ni leurs corps ni leur bateau. Ils laissent deux veuves et sept orphelins. L'un d'eux, Patxi Garay, était le fils de Ramuntcho et de Louise Garay et le jeune frère d'Orkatz Garay d'Ainhoa… »

À la lecture de ce nom, il s'arrêta :

— Orkatz Garay d'Ainhoa ! Mais c'est le Basque qui est venu me donner des ordres sur le chantier ! Je suis sûr que c'est lui. Un nom pareil, y'en a pas deux ! Tiens, et il a perdu son frère ! Comme quoi, son esclandre au chantier, ça ne lui a pas porté chance !

Sophie n'en crut pas ses oreilles. Comment Maurice pouvait-il dire une chose pareille, comment pouvait-elle seulement lui venir à l'esprit ? Inconscient des pensées de sa femme, Maurice replia le journal méthodiquement et se leva. Il posa, comme à son habitude, un baiser rapide sur les lèvres de Sophie, puis il partit en disant :

— À ce soir ! Je vais au chantier puis je passe aux terrains de Chiberta discuter avec l'Anglais et après, on ira tous ensemble dîner à la Pergola. Fais-toi belle !

À le voir ainsi sourire avec tendresse, Sophie se demanda si elle n'avait pas fait un mauvais rêve, si les mots violents de Maurice avaient existé, si elle ne s'était pas trompée. Elle ne savait plus où elle en était. Pourtant une chose désormais semblait irréversible. Elle s'était retrouvée dans les bras d'un autre homme sans l'avoir cherché. Orkatz Garay ! Elle aimait son nom, il sonnait net et fort. Elle comprit qu'il avait dû venir au rocher en pleine nuit pour attendre le retour du bateau de son frère, et elle pensa à ce frère perdu. Elle se dit qu'il avait peut-être péri en mer au moment même où, depuis la terrasse du Grand Hôtel, elle regardait l'orage au loin. Leur bateau était alors sans doute sous cet orage, et l'océan l'avait peut-être même englouti à cet instant. Elle frissonna en y pensant et elle songea à ces enfants désormais orphelins dont parlait le journal. La différence de vie entre les hommes lui apparut alors et la heurta : qu'y avait-il de commun entre le quotidien de ceux qui partent en mer et le quotidien de ceux qui vont aux concerts et dansent sur des airs de jazz ? Ceux qui travaillaient n'occupaient que très rarement l'esprit de Sophie mais là, à cause d'Orkatz, elle pensait à eux. Il y avait si longtemps qu'elle avait quitté son pays, sa vie depuis avait été si protégée, si luxueuse. Jamais elle n'avait eu à se soucier de gagner sa vie et d'avoir à risquer quoi que ce soit pour cela. Comment vivaient les siens dans ces villages qu'elle avait quittés depuis plus d'une dizaine d'années ? Était-ce difficile de garder intactes les maisons, la beauté des paysages, la langue ? Était-ce indispensable ? Après tout, le monde est fait pour changer, rien ne reste jamais pareil, à quoi bon s'obstiner à vouloir garder les choses telles qu'elles ont toujours été ?

Elle s'avança vers la baie et regarda la mer. La Villa lui offrait cet incroyable panorama perpétuellement changeant et, chaque fois que son esprit s'évadait, Sophie, comme happée, s'en approchait.

— Madame veut que je fasse un peu plus de café ?

— Non merci, Faustine, je crois que je vais sortir… euh, au fait Faustine, de quel village êtes-vous ?

— D'Ahetze, madame.

— Et c'est loin d'Ainhoa ça. Je ne me souviens plus très bien.

— Non. Pourquoi ?

Sophie s'en voulait d'avoir questionné sa bonne.

— Oh, pour rien.

— C'est à cause des marins dont parlait Monsieur ?

— Non, non. Je demandais ça comme ça. Il y a longtemps que je suis partie et je ne me rappelle plus très bien les distances qui séparent les villages. C'est tout.

Sur ces mots, elle se leva et se dirigea vers sa chambre :

— Je sors, ne m'attendez pas pour le déjeuner et, ce soir, nous ne serons pas là pour dîner. Si vous voulez, prenez votre journée.

Faustine n'en revenait pas. C'était bien la première fois qu'on la libérait. Que de journées elle passait à attendre après avoir tout nettoyé et plusieurs fois de fond en comble. La Villa brillait de toutes parts, elle ne pouvait en faire plus. Alors, quand tout était fini, fait et refait plusieurs fois, que d'heures à patienter juste pour ouvrir une porte, servir un thé ou accueillir des invités qui arrivaient fort tard et repartaient bien plus tard encore.

— Vous êtes sûre, madame ? Vous n'aurez pas besoin, ce soir…

— Non non, allez, puisque je vous le dis. Mais soyez là tôt demain matin, pour le petit déjeuner de Monsieur. Moi je sors, vous pouvez partir tranquille.

Il devait être à peine plus de neuf heures. Sophie se changea et mit un jumper Chanel dans les tons crème, une jupe évasée toute simple et de bonnes chaussures de marche. Des derbys en cuir qui ne lui donneraient pas d'ampoules aux pieds si elle décidait de marcher plus que prévu. Puis elle s'en alla. Ces pêcheurs disparus en mer l'avaient remuée et elle avait envie de se changer les idées. Les grandes causes n'étaient pas faites pour la préoccuper longtemps.

Faustine, elle, n'en revenait pas. « Partir tranquille ! » Ça alors ! Mais que se passait-il ? Pas une seule fois, sa patronne ne s'était occupée de savoir si elle était tranquille ou pas. À part savoir si les chaussures étaient bien cirées, la robe parfaitement repassée et les blouses impeccablement amidonnées aux cols, jamais Sophie ne lui avait parlé de quoi que ce soit d'autre. Et voilà qu'elle s'occupait de sa tranquillité ! Mais Faustine ne se le fit pas dire deux fois, et dès que Sophie fut partie en promenade, elle fit la vaisselle du petit déjeuner en deux temps trois mouvements, enleva son tablier et enfila ses chaussures. Merveilleux ! La liberté, et pour toute la journée ! Mais elle n'eut pas le temps de se réjouir davantage car la sonnette de la porte d'entrée retentit.

— Zut ! fit-elle, qui ça peut-il bien être ?

Elle décida de ne pas bouger en se disant que s'il n'y avait pas de réponse, l'intrus s'en irait. Mais, au bout de quelques secondes à peine, la sonnette vibra à nouveau et plus longtemps cette fois. Faustine hésitait à ouvrir, elle se dirigea dans le hall et se rapprocha le plus doucement possible de la porte. Elle entendit des voix mais elles n'étaient pas suffisamment reconnaissables. De toute façon, si c'était Marcel, il aurait déjà appelé comme il faisait parfois lorsqu'il venait prendre quelque chose pour Monsieur et que Faustine tardait à ouvrir. La sonnette retentit à nouveau, plusieurs fois, mais cette fois avec une insistance agressive, comme si, de l'autre côté de la porte, on donnait l'ordre d'ouvrir. Inquiète, elle se retint d'ouvrir la porte. Quelque chose n'était pas normal. Elle se disait qu'on ne sonne pas comme ça chez les gens. Soudain, elle repensa à cette femme qui était venue. Elle voulut en avoir le cœur net et se rapprocha de la porte en tendant l'oreille. Et cette fois elle les reconnut. La voix sifflante de la mère et celle, craintive, de la gamine.

Elles restèrent là à sonner, à parler, à piétiner devant la porte et à sonner à nouveau. Elles n'en finissaient jamais. Faustine voyait le moment où elle ne pourrait plus partir. Et puis elle entendit une voix d'homme qui interpellait la femme, elle reconnut Marcel. Non seulement il connaissait la femme, mais elle était bien la sœur de Maurice :

— Viens, lui dit-il, ton frère te cherche partout. Ne fais pas d'esclandre, ça ne servirait qu'à aggraver les choses.

Derrière la porte, la femme insistait, elle ne voulait pas partir, mais, à force, Marcel réussit à la persuader et ils s'éloignèrent.

Faustine était stupéfaite. Monsieur Maurice avait donc une sœur et Madame ne le savait pas. Comment cela était-il possible ?

29

Biarritz, le matin, était un émerveillement.

Il suffisait de longer la mer par les plages et par ces petits chemins aménagés dans la roche et bordés d'hortensias et de tamaris. La municipalité y avait installé, à distance régulière, des bancs, pour se reposer. Il faisait un soleil splendide et à voir l'océan si tranquille on n'aurait jamais imaginé la tempête qui avait eu lieu deux jours auparavant.

Sophie portait un chapeau cloche en dentelle couleur paille qui laissait filtrer le soleil sur son visage. Dans sa main droite elle tenait négligemment par la dragonne une ombrelle blanche délicate qu'elle laissait se balancer le long de son corps. Elle s'engagea dans le chemin de roche bordé d'hortensias et croisa un couple enlacé, puis, plus loin, un monsieur d'un certain âge, assis sur un banc, et qui regardait tour à tour tranquillement la mer, les promeneurs et la ville. Biarritz était une cité éblouissante, et ses nombreux admirateurs ne se lassaient pas de l'observer et de la contempler, car la ville était un spectacle continuel, un ballet d'élégances, de luxe, d'extravagances. En observant de plus près, on s'apercevait que rien dans l'architecture ne pouvait laisser deviner dans quel pays d'Europe on se trouvait vraiment. Le chaos architectural de Biarritz faisait sa beauté. C'était une sorte de monde recréé, un entrelacs de villas et d'hôtels plus riches et plus invraisemblables les uns que les autres. On voyait çà et là des tourelles, des corniches, des colonnades, des arcades, et des baies.

Tout le monde ne pouvait pas se payer le luxe de vivre à Biarritz. De celle qu'on appelait la plage des rois s'éloignaient ceux qui ne l'étaient pas. Restaient les princes et les flambeurs. Et les reines, même celles d'un jour. Restaient ceux que l'argent protégeait de tout et qui se déplaçaient toujours dans de splendides limousines noires qui venaient s'aligner en bord de plage et qui, selon l'heure de la journée, attendaient la fin du bain de mer, la fin des jeux aux casinos, la fin des concerts, la fin des soirées et des fêtes, la fin des grands bals.

Mais ce matin aucune de ces limousines ne pouvait faire rêver Sophie, pas plus que les hommes élégants qu'elle croisa sans les voir sur les petits sentiers bordés d'hortensias roses, et en ville. Seuls, à la terrasse des cafés, dans les limousines, en famille ou en couple, ils déambulaient dans les rues. Ils appartenaient tous au même univers et ils étaient parfaitement mis, soignés, habillés de clair. Ils étaient parfaits et avaient tous un petit détail qui les distinguait les uns des autres. Une bague, une canne tressée, un foulard noué, une pochette assortie à la veste, une paire de chaussures originale, une posture particulière... Enfin, tous à leur façon, avaient mis un grand soin à devenir unique. Mais ce matin-là, pour Sophie, cruellement, ils se ressemblaient tous.

De l'esplanade du grand casino où elle se trouvait, on avait une vue imprenable sur la mer.

Elle porta son regard vers le rocher de la Vierge et elle se dit qu'il n'y avait que dans les romans qu'on vivait ce qu'elle y avait vécu. Pourtant ce moment inoubliable avait existé, et la force de l'homme qui l'avait sauvée aussi avait existé. Qui était cet Orkatz Garay ?

Les promeneurs vaquaient à leurs occupations habituelles : cafés, boutiques... En contrebas, elle voyait le défilé des limousines qui déposaient les premiers baigneurs du matin près de la grande plage. À cette heure où l'eau était encore fraîche, seuls les plus téméraires s'aventuraient. Ils arrivaient déjà prêts, enveloppés dans de grands peignoirs blancs et ils se dirigeaient vers de petites tentes aux rayures rouge et blanche qu'ils louaient à la saison ou à l'année. Certains possédaient la même depuis très longtemps, l'ayant héritée des parents qui eux-mêmes l'avaient héritée de leurs parents avant eux. Ainsi, sur la grande plage, les grandes familles se reconstituaient. Il y avait le coin des tentes de propriétaires et celui, moins valorisant, des tentes saisonnières. Posséder sa tente était une marque d'appartenance à la ville et pour rien au monde ceux qui en avaient une n'auraient cédé leur place. Sophie les observait entrer dans les tentes, conscients de leur privilège. Ils en ressortaient débarrassés de leurs peignoirs, vêtus de shorts boxers qui remontaient en forme de maillots moulants sur leurs torses bronzés.

Sophie respira profondément. Comme les eaux étaient calmes ! Désespérément calmes. Et il faisait si beau, bien trop beau ! Rien à l'horizon, pas même une seule vague qui puisse laisser espérer une autre tempête. Rien. Une tristesse confuse l'envahit. Comme une étreinte qui serrait sa poitrine. Elle ne pensait pas aux baigneurs, ni aux robes dernier cri des élégantes qui déambulaient le long de l'esplanade en riant aux éclats, elle ne voyait même plus la beauté des limousines noires aux chromes étincelants. Depuis qu'elle avait réalisé que sans l'argent de Maurice elle était exclue de cet univers du luxe auquel elle pensait pourtant appartenir, Sophie ne pouvait plus voir la vie de la même façon. Curieux comme en quelques jours sa vie avait pris une autre couleur. Et puis il y avait eu cette nuit de tempête et les bras solides de cet homme. Cet Orkatz dont le frère était mort. Hier encore elle ne le connaissait même pas et maintenant voilà qu'elle pensait à lui.

Là-bas, sur la plage, dans l'écume des vagues, les nageurs éclaboussés semblaient de petites taches sombres. Mais sous le ciel bleu de cet été invraisemblable, dans cette matinée de plein soleil où il n'y avait pour elle que du bonheur à prendre, Sophie ne pouvait trouver la sérénité. D'un côté elle venait de découvrir chez son mari d'étranges failles qui lui faisaient peur et de l'autre, si elle repensait à sa rencontre au rocher de la Vierge avec Orkatz, elle se demandait si elle n'avait pas tout simplement rêvé. Comme elle n'avait pas en cet instant le cœur optimiste, elle se dit que, dans une vie tout entière, il ne peut neiger qu'une seule fois au plein cœur de l'été, et quelque chose en elle ne pouvait se résoudre à ce que ce moment ne revienne jamais. En fait, elle avait envie de revoir ce Basque et elle espérait que cela arriverait.

30

La douleur d'avoir perdu son seul frère était très profonde dans le cœur d'Orkatz, mais on lui avait appris très tôt à contenir ses sentiments. Ce n'était pas le moment de faiblir, il était devenu l'unique capitaine d'un navire contenant trois familles. La sienne, mais aussi celle de son frère et celle de son jeune voisin, dont la femme ne possédait plus rien au monde à part ses quatre enfants et l'*etxe* des parents de son mari.

Pleurer n'était pas dans les habitudes de ce pays. Face au drame, les Basques préféraient agir. Marins et hommes de la terre s'étaient réunis, solidaires comme toujours. Efficaces et précis.

Ils avaient organisé l'enterrement en mer, entouré les veuves et leurs enfants, récolté dans toutes les *etxes* du pays l'argent pour faire face à l'urgence et aux mois à venir et maintenant ils étaient assis autour de la table, chez Orkatz. Les femmes étaient là aussi. Cette fois elles avaient accompagné leurs hommes et laissé les enfants aux grands-mères. Elles aussi avaient enfoui la souffrance, il s'agissait d'organiser concrètement l'avenir des veuves et de leurs enfants. Elles étaient toutes rassemblées à la cuisine.

Comme toujours, les discussions des Basques ne s'éternisaient pas en longues palabres. Les données du problème étaient simples et tout était déjà prêt. Il fallait du travail pour les deux femmes et davantage d'argent pour l'immédiat. Les marins avaient fait les choses de leur côté, ils donneraient tous une partie de leur pêche le temps nécessaire. Les hommes de la terre, eux, donneraient tour à tour le coup de main, les parts de cochon, les volailles.

— On a fait passer un calendrier, précisa Iñaki, chaque famille est inscrite et sait quand viendra son tour. On a prévu une année entière et on le fera plus longtemps s'il le faut. Tout le monde est d'accord.

Restait à trouver un travail. Que pouvaient faire Catherine et Xia ? Elles qui ne connaissaient que les travaux de la maison, ceux du jardin et des volailles qu'elles nourrissaient. Il n'y avait pas trente-six solutions. La seule, la plus rapide et la plus viable, c'était Biarritz. Aller servir dans les hôtels ou les restaurants.

Peyo avait fait le tour des Basques de la ville. Il ramenait des propositions mais le meilleur endroit c'était, et de loin, l'Hôtel du Palais. Seulement Peyo expliqua que les places étaient chères et que les deux jeunes femmes n'avaient aucune expérience. Elles ne pouvaient pas espérer prendre un poste intéressant. Ici même une femme de chambre gagnait un à un ses galons et ils étaient exigeants. Il fallait des années pour apprendre les codes sophistiqués de la grande hôtellerie. On ne s'improvisait pas femme de chambre ou serveur.

À cause des pourboires, excessivement généreux et qui doublaient le salaire, peu de postes se libéraient. Un seul, très prisé, était alors à pourvoir. Mais c'était un poste pour un homme : portier. Ils ne prendraient jamais une femme.

Peyo expliqua que les femmes employées à l'Hôtel du Palais s'étaient fait un point d'honneur à trouver une solution. Elles avaient fait le tour des services et avaient réussi. On pouvait caser les deux veuves, mais elles seraient soit à la plonge aux cuisines, soit aux lessives dans la grande lingerie. C'étaient des places pour les femmes, et elles étaient pourtant extrêmement dures et éreintantes : on y était toujours debout dans l'humidité et les vapeurs. Mais c'étaient les seuls emplois auxquels elles pouvaient prétendre et les horaires étaient variables. La direction du personnel avait accepté.

— On s'arrangera entre nous pour qu'elles n'aient pas de problème pour les heures, au fur et à mesure, dit Peyo. Au Palais, ils sont tous d'accord et elles seront bien accueillies. Tu le sais, Orkatz ! On fera ce qu'il faut.

Maintenant que tout avait été dit, clairement, tous se tournèrent vers Orkatz. On le laissait décider. Il s'agissait de sa belle-sœur, de ses neveux, et de la famille de son premier voisin. Et tous attendaient qu'il parle parce que tous savaient quel énorme problème il avait à affronter. Mais ce problème-là aucun ne pouvait le résoudre à sa place.

Orkatz se retrouvait au pied du mur.

Lui qui, après son père Ramuntcho, avait mis un point d'honneur à ne jamais aller servir à

Biarritz, voilà que la veuve de son frère, en plus du drame qu'elle vivait, devrait aller laver la vaisselle sale dans les arrière-cuisines du plus beau palace de la ville. Orkatz ne pouvait l'accepter sans avoir le sentiment de trahir son frère mort, de se trahir lui-même et de trahir la très haute idée qu'il se faisait d'être Basque.

Seulement, il n'avait pas de solution. Et ce n'était pas faute d'y avoir pensé. Depuis le drame, il tournait et retournait la chose dans sa tête sans arrêt. Il avait pensé à la contrebande, mais le gain n'était pas assez important. Il fallait pouvoir assumer onze personnes en plus de sa famille. Les deux femmes, les deux anciens et les sept enfants.

Quel choix avait-il ?

Face à ces hommes, Orkatz mesurait le poids de sa responsabilité. Il représentait pour eux tous la liberté et l'indépendance.

31

Dans la cuisine, les femmes avaient suivi toute la conversation des hommes par la porte entrouverte. Elles étaient concernées en premier lieu et elles voulaient savoir ce qu'ils décidaient.

Ils avaient pensé faire les choses au mieux. Pourtant elles ne comprenaient pas comment ils pouvaient envisager une seule seconde que les deux jeunes femmes, avec des enfants dans les langes et qu'elles allaitaient encore, pourraient partir tous les matins à Biarritz et n'en revenir qu'à la nuit tombée. Qui s'occuperait des petits et des bébés ? Parce qu'ils savaient que la vie était dure et qu'il ne fallait pas laisser de prise à l'émotion qui pourrait affaiblir, la rigueur des Basques avait quelque chose de violent. Trop pour les deux jeunes veuves éprouvées par la perte des hommes qu'elles aimaient et qui avaient ravalé leurs larmes. Elles avaient tenu bon mais là, elles s'effondrèrent.

— Ce n'est pas le travail, avait expliqué Catherine, je suis dure à la tâche. Ce n'est pas ça, c'est... les petits. Qui va les garder ? Mon beau-père est vieux et il ne sait pas faire. La petite n'a pas quatre mois et elle n'est pas sevrée. Et Xia comment elle va faire elle aussi ? Ses quatre petits, qui va les garder ? Le dernier aussi est dans les langes.

— Et nous alors, à quoi on sert ? fit Maitena, agacée par sa belle-sœur et la voisine qui, au lieu d'être soulagées de voir qu'on avait trouvé des solutions, ne parlaient que des problèmes. Tu sais, les petits, on peut les garder ici. C'est déjà bien d'avoir trouvé un travail, et à l'Hôtel du Palais en plus, continua-t-elle d'un ton un peu moralisateur. C'est un très bel hôtel, prestigieux et si vous vous y prenez bien, d'ici quelque temps, vous pourrez devenir femmes de chambres ou aller au service. On dit que la paye est bonne.

— Quoi ? ! s'exclama Catherine qui avait trop longtemps contenu sa douleur et sa colère. C'est toi qui viens me dire ça aujourd'hui ? ! Quand Patxi voulait aller travailler dans les hôtels, vous n'avez pas voulu. C'est vous qui l'avez envoyé en mer et, maintenant que ça arrange tout le monde, tu viens me faire la morale, m'expliquer qu'il faut que moi j'y aille et que c'est très bien. Et qu'en plus je dois laisser mes petits ? !

Catherine était hors d'elle. Maitena, devenue blême, ne s'attendait pas à une telle colère :

— Mais enfin, Catherine, c'est pour t'aider, je...

Louise lui coupa la parole :

— Tais-toi, Maitena. Catherine a raison.

Blessée par l'intervention de sa belle-mère qui la désavouait, Maitena se redressa et ne dit plus un mot. Louise ne pouvait faire moins vis-à-vis de Catherine. Elle se sentait terriblement coupable et elle comprenait qu'elle allait devoir payer l'erreur qu'elle avait faite il y a plus de dix ans. L'histoire remontait au mariage de ses fils. Orkatz était l'aîné et, naturellement, il avait pris la succession dans l'*etxe*, à charge de tenir la propriété et de la transmettre. À charge aussi de garder Patxi et Catherine tant qu'ils n'avaient pas de travail. Pour se libérer au plus vite, Patxi avait voulu partir travailler dans les hôtels avec Peyo, mais son père avait mis son veto :

— Pas question que tu ailles là-bas. Tu prendras la mer. Pour nous les Basques, il n'y a que deux territoires possibles et tu le sais : la terre et la mer.

Orkatz était intervenu :

— Si Patxi préfère aller travailler à Biarritz, avait-il dit à son père, c'est lui que ça regarde, il doit pouvoir choisir.

Et c'est alors que Louise, remplie d'orgueil pour ces fils qu'elle avait mis au monde et qui étaient beaux comme des dieux, avait dit :

— Pas question ! Mes fils ne deviendront jamais des employés et des serviteurs !

Et pour clore la discussion, ils avaient aidé Patxi à acheter un petit bateau et elle avait convaincu son fils de prendre la mer.

Et la veille, quand elle avait compris que son benjamin ne reviendrait plus, que la mer l'avait emporté, Louise s'était effondrée, rongée par le remords. Elle s'entendait encore lui dire que la mer, c'était après la terre ce qu'il y avait de plus noble pour un garçon comme lui.

— Quelle folie ! se dit-elle à haute voix. Qu'est-ce que je ne donnerais pas pour que mon Patxi soit là aujourd'hui ? Je donnerais toute sa noblesse et la mienne aussi, et celle de nous tous. Qu'est-ce que ça peut faire tout ça…

Catherine, émue, essuya ses larmes et s'approcha de Louise. Elle aimait sa belle-mère qui avait toujours été généreuse avec eux.

— Personne n'y peut rien, Louise, personne, c'est comme ça. Patxi avait appris à aimer la mer, je vous jure que c'est vrai. Il était content sur le bateau. Ça n'est la faute de personne, c'est moi qui ai trop mal, je dis n'importe quoi.

Louise lui prit la main. Elle se sentait plus que jamais un immense devoir envers la femme et les enfants de Patxi, et envers ceux de Xia. Deux veuves et sept enfants, sans compter les deux anciens, il y avait du monde à nourrir. Louise essuya ses yeux. À quoi bon pleurer, il fallait trouver une issue à cette situation.

Elle réfléchit. Les hommes semblaient n'avoir aucune idée réelle de ce que leurs femmes accomplissaient comme charge tous les jours dans l'*etxe*. Ils ne réalisaient pas qu'en sortant les deux jeunes femmes de la maison, c'est la maison tout entière qu'ils abandonnaient. Qui ferait le feu, qui ferait les repas ? Qui s'occuperait des petits, des anciens qui avaient toujours besoin qu'on les aide et ne pouvaient plus se déplacer seuls ? Qui tiendrait la maison, ferait les conserves, le jardin, les lits, la lessive ? Qui ferait vivre l'*etxe* si les deux femmes n'étaient plus là ?

— Les hommes ont fait ce qu'ils avaient à faire, dit-elle au bout d'un moment. C'est à nous de voir maintenant. J'ai une solution à vous proposer et je n'en vois pas cinquante.

Les femmes, secouées par le désarroi de Catherine, restaient silencieuses, attendant la proposition de Louise :

— Maitena, combien sommes-nous au village en dehors des mères qui allaitent et en comptant les grandes filles et les vieilles comme moi qui sont encore alertes ?

Maitena avait appris à dominer ses sentiments profonds. Bien que blessée de s'être fait rabrouer par Louise devant les autres, elle réfléchit et recompta avec une autre :

— Une quarantaine environ.

— Ça devrait aller. Écoutez-moi.

Elle parla peu, expliqua son idée qui était très simple. Chacune d'elles ferait à son tour une semaine à la plonge et à la lessive, et le salaire serait pour les deux jeunes veuves.

— Il faut tenir deux années, dit Louise. C'est un effort pour chacune, mais il nous faut le faire. Après les petits pourront se débrouiller. Quand ils trottent déjà, ça n'est plus pareil. Leurs mères pourront partir travailler à Biarritz, mais là c'est trop tôt. Les sept enfants ne peuvent pas se retrouver en même temps orphelins de père et de mère. Ils ont même besoin d'elles plus que jamais.

Les femmes décidèrent rapidement, tout comme leurs hommes. Elles étaient quarante. À raison d'une semaine chacune, en comptant les deux postes, celui de Catherine et de Xia, ça ferait deux semaines par an. C'était tout à fait faisable, chacune arriverait à s'organiser pour deux semaines d'absence. Il n'y eut pas l'ombre d'une réticence. Ce fut oui à l'unanimité.

— Allons le dire aux hommes, fit Louise. On va leur expliquer pourquoi on a décidé de faire comme ça.

Toutes portaient l'habit du deuil.

Surpris de les voir arriver toutes ensemble, si graves, les hommes les écoutèrent. Et quand elles eurent parlé, quand Catherine et Xia eurent tout bien expliqué, ils furent sans voix. Ils n'avaient pas pensé à tout ça. Les enfants, et les anciens, et les repas dans l'*etxe* et le feu l'hiver ! Maintenant, ils réalisaient.

Mais, au fur et à mesure qu'elles parlaient, quand il comprit que toutes les femmes du village quitteraient leurs maisons pour aller prendre leur tour à la vaisselle et au linge sale, Orkatz sut qu'il ne pourrait laisser faire. Il ne pouvait pas d'un côté protéger les siens et de l'autre envoyer les femmes du village faire le travail pour sa famille.

— Non ! dit-il fermement. Ça, ça n'est pas possible !

Louise, debout près de lui, se redressa :

— Et pourquoi ? fit-elle, prête cette fois à tenir tête à son fils dont elle sentait venir le réflexe d'orgueil. S'il n'y avait pas eu ce fichu orgueil de leur famille, Patxi serait là, comme Peyo.

Orkatz regarda sa mère droit dans les yeux :

— Je sais ce que tu penses, mais tu te trompes. Patxi ne voulait pas être marin, c'est vrai, mais il ne voulait pas davantage travailler dans les hôtels et tu le sais. Il aimait la terre. J'ai eu la responsabilité de notre terre, et lui, il devait prendre la mer. Les choses sont comme ça chez nous et dans toutes les familles. Nous devons tous l'accepter. Patxi l'a accepté comme moi et il est mort à cause d'une tempête, comme cela peut arriver à tous les marins du monde.

— Ce n'est pas vrai, dit Louise, les yeux remplis de larmes. Il voulait aller à Biarritz avec Peyo, il avait une place et je le savais, il me l'avait dit. Mais il n'osait pas vous en parler et moi j'ai soutenu ton père contre lui. Si ton père et moi n'avions pas été si fiers, si on ne vous avait pas dit et redit que jamais vous n'iriez servir dans les hôtels, Patxi serait allé avec Peyo. Et peut-être qu'il y aurait été heureux. Il serait encore avec nous. Regarde, Peyo est là, lui.

Pris à partie, ne sachant que dire devant Orkatz qu'il admirait plus que tout autre homme dans ce pays, Peyo baissa la tête.

Que dire à Louise ? Que dire à cette mère qui venait de perdre son fils et qui se retrouvait avec trois petits orphelins et une veuve ? Comment lui dire que même si ce qu'elle disait était vrai, si Patxi rêvait d'aller avec son copain Peyo sur cette côte qui le fascinait, c'est Orkatz qui avait raison. Comment lui expliquer que là-bas, dans les cuisines à Biarritz, dans les lingeries, partout où les Basques exécutaient les travaux des petites mains, l'image d'Orkatz était devenue quelque chose de sacré. Savoir que l'un d'eux restait intouchable et gardait intacte leur fierté à tous. Parce qu'à travers lui quelque chose en eux restait aussi inatteignable. Orkatz était de ceux qui avaient eu la force de ne pas se laisser emporter par cette nouvelle économie balnéaire qui, certes, était venue apporter sur le bord de leurs côtes des richesses réelles, mais aussi des mirages. Peyo frémissait de joie à l'idée de se lever à l'aube pour aller avec les copains pêcher les pibales, il rayonnait au fronton quand ils faisaient les parties de pelote à s'en faire claquer la paume des mains, il n'attendait que de chanter en chœur avec les copains et de lever la gourde pour boire le vin du pays en renversant la tête mais jamais il ne rêvait à la perspective de rester des heures à parlementer en habit de lin blanc dans de grands fauteuils face à la mer tout en sirotant un cocktail. Peyo se disait qu'il y avait sûrement du bon à se faire servir, mais il ne lui serait pas venu à l'idée d'échanger sa place contre celle d'un seul de ces hommes. Parce qu'aucune identité au monde ne pouvait être plus forte ni plus belle pour lui que celle des siens.

Alors comment dire à Louise qu'Orkatz était un symbole et que les symboles, dans la vie des hommes, c'était puissant ?

Peyo était incapable d'expliquer tout ça en un pareil moment, alors il se tut. Et c'est Imanol qui se leva. Imanol n'avait pas dix-huit ans. Sa famille était sur ces terres depuis la nuit des temps. Avec ses larges épaules et ses cheveux épais, il paraissait immense.

— Vous n'avez pas le droit de dire ce que vous venez de dire ! Ça se voit que vous n'avez jamais servi dans les grands hôtels !

Louise avait toujours aimé ces garçons indomptables. Un autre n'aurait jamais osé lui parler comme ça. On dirait Orkatz quand il était tout jeune, se dit-elle, la même fougue, le même débordement.

— Tu as raison Imanol, dit-elle. Je n'ai jamais servi dans les grands hôtels, mais j'ai servi ici. Et tous les jours.

— Ça n'a rien à voir !

— Qu'en sais-tu ? Tu ne l'as jamais fait. C'est ta mère qui sert chez toi, et ta sœur. Toi tu restes assis.

— Je suis rarement assis et je travaille toute la journée.

— Et tu crois qu'elles ne font rien ?

— Non, mais...

— Je veux juste te dire une chose et tu t'en souviendras parce que tu me dois le respect et que je sais plus de choses que toi. Dans la vie, on se retrouve toujours au service de quelqu'un ou de quelque idéal. On y échappe rarement. Je le sais aujourd'hui. Et moi qui ai perdu Patxi, je voudrais bien qu'il soit encore en vie. Peu m'importerait qu'il lave la vaisselle des riches, parce qu'il serait vivant ! Aujourd'hui, nous toutes, et moi la première, on va aller la faire cette vaisselle et, crois-moi, ça ne nous coûtera pas. Parce qu'il y a les petits et que notre orgueil, quand il s'agit d'eux, on n'en a plus, Imanol.

Orkatz et tous autour de la table comprenaient que ce discours s'adressait à eux au moins autant qu'au jeune homme. Ils se turent. Mais Louise et les femmes n'avaient pas mesuré toutes les conséquences de leur décision. Elles venaient de les mettre devant une situation à laquelle ils n'auraient jamais songé. Car aucun n'avait envie de voir sa propre femme déserter la maison.

Il est très difficile de résister à la pression du monde, même si on s'en tient le plus possible éloigné, même si on a réussi à force d'exigence à se bâtir une vie loin des compromis. Parce que la vie s'arrange toujours pour faire plier les héros en les mettant face à des choix violents.

Ils regardaient Orkatz.

Lui sentait peser le poids de la décision qu'il allait devoir prendre. Et il savait que cette décision serait terrible pour lui mais qu'elle serait encore plus terrible pour ces femmes et ces hommes qui l'entouraient et pour lesquels il représentait tant de choses. En face de cette image intouchable qui était la sienne, il y avait l'avenir de sept enfants et de leurs mères. Et quand il faut nourrir des mères et des enfants, ce sont les hommes qui partent.

C'est ainsi en tout cas que l'avait appris Orkatz et que tous les hommes de ce pays l'avaient appris comme lui. Il devait tenir son rôle d'homme. Et ce rôle aujourd'hui n'était pas compatible avec celui du héros libre de toute servitude. Il parla d'une voix claire :

— Le travail de portier sera très bien pour moi. Je viens demain avec toi, dit-il en se tournant vers Peyo, on arrangera l'affaire.

Les plus meurtries par la décision d'Orkatz furent les femmes.

Dans l'arrière-cuisine où elles étaient revenues, elles n'y croyaient pas.

— Orkatz portier ! s'exclama l'une.

— C'est impossible ! fit une autre. Tu le vois en train d'ouvrir la porte des grandes limousines et s'incliner devant les riches propriétaires…

Elles avaient bien essayé de le faire renoncer, mais Orkatz les avaient arrêtées. C'était trop tard.

Louise n'avait pas prévu un tel retournement de situation. Elle était comme pétrifiée. Jamais elle n'avait voulu ça pour Orkatz.

Car s'il représentait beaucoup pour les hommes, Orkatz signifiait encore plus de choses pour les femmes du village. Toutes l'idéalisaient et bien qu'elles s'en défendent, il les faisait rêver. Il était celui qui n'existe que dans les contes du pays que racontaient les grands-mères et, comme dans tous les contes de fées, il était beau, fort et surtout mystérieux. Curieusement, lui qui revendiquait une forte appartenance à son pays, il semblait n'appartenir à personne. Il avait beau être là, quelque chose en lui était ailleurs.

Il n'avait rien dit de ce qu'il s'était passé avec Sophie lors de la tempête au rocher de la Vierge.

Pas même à sa femme. Il avait gardé ça comme un secret, au fond de lui. Et ces dernières heures, bien que plongé dans la douleur d'avoir perdu son frère, il y avait repensé plus d'une fois. Orkatz était sans doute un héros mais il était aussi un homme comme tous les autres, et les femmes ne pouvaient imaginer qu'il ait aussi ses défaillances.

Elles se sentirent coupables. À cause d'elles, Orkatz avait été obligé de plier. Mille fois, toutes, elles auraient préféré, et de loin, s'en aller faire la vaisselle et elles auraient même volontiers lessivé et frotté tous les sols de l'hôtel à genoux pour que leur héros reste intact.

32

Comme tous les soirs, Orkatz sortit pour regarder la nuit.

Mais, cette fois, il contemplait les étincelantes lumières de Biarritz. Au fond de lui, il ne se l'avouait pas encore mais, comme un enfant qu'on emmène en voyage, comme un marin qui s'en va vers un port inconnu, il était heureux. Comment c'était là-bas ? Lui qui avait si souvent imaginé des mondes qu'il ne connaissait pas et qui s'en était fait une sorte de géographie personnelle avec pour seuls repères ceux de son propre univers, il allait vers une autre réalité. Celle de ces lumières trop fortes.

Maitena vint le rejoindre. Elle passa son bras autour de sa taille et se colla tout contre lui. Il maîtrisa un léger raidissement. Maitena l'attribua à ce qui venait de se passer.

— Ce que tu fais est bien, lui dit-elle pour le réconforter. C'est juste et je suis à tes côtés. On s'arrangera ici. Peyo a dit que tu travaillerais le soir et que ta journée serait libre. Tu verras, ça va bien se passer.

Maitena était toujours ainsi. Quand elle sentait que les pensées de son mari lui échappaient, elle s'arrangeait pour s'y introduire. Il y avait chez elle quelque chose de dévoué et de tentaculaire. Elle s'ingéniait à avoir un rôle positif. Elle faisait au mieux pour son mari, elle était là, elle le comprenait, elle le soutenait. Enfin elle avait toutes les qualités et il fallait qu'il en prenne conscience de façon à ne jamais s'aventurer hors de leur territoire commun. Qu'y aurait-il gagné ? Voilà ce qu'elle voulait qu'il ait toujours à l'esprit. Mais Orkatz n'avait ce soir aucune envie d'entendre ces mots-là. Pour lui, en cet instant, ils étaient pesants. Pire, exaspérants.

— Pourquoi viens-tu me dire ça ? Parce que tu me sens ailleurs ?

C'était si direct qu'elle en resta sans voix. Orkatz avait ouvert une brèche et il s'y engouffrait :

— Tu es ma femme, tu fais tout pour moi, je sais. Mais je vais te dire : je ne le sais que trop.

Son ton était tendu. Il se sentit injuste, encore une fois ! Il se sentait toujours coupable vis-à-vis de tout le monde. De son frère, de sa belle-sœur et de ses petits, des siens qui l'admiraient tant, et bien sûr vis-à-vis de sa femme. Et il trouvait que ça faisait beaucoup de monde. Alors il n'avait pas envie que Maitena soit collée à lui et vienne encore une fois lui prouver qu'elle était la femme idéale. Il aurait préféré rester seul et tenter de comprendre comment un homme qui n'a jamais fait de mal pouvait se sentir coupable de tant de choses et envers tant de monde. D'où venait cette infernale culpabilité ?

— Je rentre, dit-il à Maitena sans lui prendre la main.

Elle le suivit, déstabilisée. Maitena éprouvait de l'orgueil à être la femme d'Orkatz mais la place était éprouvante. Pour s'échapper de ce rôle d'homme parfait, de fils parfait, de Basque parfait, Orkatz avait fait appel à l'imaginaire. Et sur ce terrain-là, il ne supportait aucune intrusion. Surtout pas celle de Maitena.

33

— Où sont-elles ?

Maurice tournait en rond sur le chantier. Il avait envoyé Marcel régler l'affaire et quand il l'aperçut qui revenait de sa mission, il lui sauta dessus.

— Ne t'inquiète pas, je les ai eues à temps. Ta sœur sonnait à la Villa comme une malade. Heureusement, il n'y avait personne, Faustine devait être en bas à la lingerie, elle ne les a pas entendues.

— Il n'aurait plus manqué que ça ! Qu'est-ce que tu en as fait ?

— Ce que tu m'as dit. Je les ai mises à l'hôtel près de la gare et je leur ai donné les billets pour Paris. Mais…

— Mais quoi, qu'est-ce qu'il y a encore, elle en a pas assez ? !

— Tu connais ta sœur, Maurice, elle n'en a jamais assez quand il s'agit de toi. Je crois que tu te fourres le doigt dans l'œil si tu penses qu'elle va partir bien sagement. Maintenant qu'elle t'a retrouvé et qu'elle a vu la Villa, je ne te dis pas l'état dans lequel elle est.

Maurice était à bout de nerfs. Il faisait une grosse chaleur. Il s'épongea le front et s'assit sur une pierre du chantier.

— Bon Dieu ! lâcha-t-il. Il manquait plus qu'elle !

— Patron !

Maurice se retourna brusquement, son jeune grutier venait lui annoncer que les camions de gravier qu'ils attendaient depuis trois jours étaient enfin arrivés :

— Pas trop tôt, fit Maurice, on les a jamais attendus aussi longtemps ceux-là. Et que faisaient-ils, ils te l'ont dit ?

— Non, mais il y a un gros problème, on avait demandé du quinze et ils nous ont livré du calibre trente.

Maurice se leva d'un bond, prêt à tout casser :

— Quoi ? ! Mais ils sont devenus malades à la sablière ! Et qu'est-ce qu'ils veulent qu'on fasse avec ça ? ! Des routes ? ! On fait pas du génie civil, nom de Dieu, on construit une maison ! Mais qu'est-ce qu'ils ont, ces temps-ci ? Renvoyez les camions, je vais aller voir ça et régler le problème sur place.

— C'est pas la peine patron, les gars ils disent qu'il a dû y avoir une inversion dans les livraisons. Ils repartent et ils seront là ce soir ou demain matin avec la bonne charge.

Quand le jeune grutier fut reparti, Marcel, qui n'avait pas bronché, donna son point de vue :

— Je crois qu'il y a un lien entre l'avertissement des Basques et les retards de la sablière.

Les affaires ne tournaient pas toujours comme Maurice le voulait, mais c'était bien la première fois qu'il avait autant d'ennuis en même temps. Pourtant ce qui le préoccupait pour l'heure, ce n'était ni les Basques ni la sablière parce qu'il estimait pouvoir régler ça sans trop de mal. Non, ce qui inquiétait Maurice, c'était sa sœur.

— Qu'est-ce qu'elle t'a dit ?

Marcel poussa un long soupir :

— Écoute, Maurice, tu n'as pas l'air de bien te rendre compte. On a de sérieux problèmes sur le chantier et toi, tu t'empoisonnes la vie avec ta sœur.

— Oui, mais…

Il avait soudain cet air que Marcel n'aimait pas.

— Mais quoi ? ! fit-il, très contrarié. Qu'est-ce que tu veux qu'elle dise ta sœur, hein ? ! Toujours la même chose. Elle dit « qu'elle mérite pas ça, qu'elle a toujours tout fait pour toi, qu'elle ne comprend pas pourquoi tu la fuis, et la petite qui a tant besoin de toi », et bla bla bla. Mais cette fois-ci, elle a poussé beaucoup plus loin. Elle est allée directement voir ta femme.

— Mais comment a-t-elle pu me trouver ? Cette fois on a pourtant tout fait pour que rien ne filtre. Je ne comprends pas, elle doit me filer jour et nuit, c'est pas possible autrement. Et elle a dû me voir quand je prenais le train pour Biarritz à l'époque où je cherchais le terrain de la Villa.

Marcel non plus n'y comprenait rien et se demandait lui aussi comment Berthe les avait retrouvés. Mais il en avait plus qu'assez de ces histoires de femmes qui venaient les faire suer et les empêcher de se concentrer sur le travail. Comme s'il n'y en avait pas assez de Sophie qui se baladait toute la journée et dépensait l'argent de Maurice, voilà que l'autre arrivait. Et celle-là Marcel l'aimait encore moins que « la Sophie ». Elle lui avait fait quelques coups tordus et il s'en souvenait. C'était au tout début. Quand Marcel avait rencontré

Maurice, ce dernier l'avait pris sur la route, emmené sur le chantier et après ils étaient rentrés ensemble chez lui, dans la maison du Nord. Une grande et belle maison bourgeoise en pierre au milieu d'un parc très soigné. Marcel s'en souvenait comme si c'était hier. Maurice l'avait fait entrer. On lui avait donné une chambre, des affaires de Maurice, et, le soir même, il dînait à la table familiale. Malgré le confort de l'endroit, l'ambiance était glaciale. Il y avait une vieille domestique et une femme de chambre qui s'occupaient de tout, un jardinier et un chauffeur, Léon. Ceux-là mangeaient dans la cuisine, ensemble. À la table de la salle à manger, qui était une pièce très austère, le cercle était restreint. Ils étaient trois. Marcel, Maurice, et Berthe la sœur, qu'il lui présenta et qui jeta à Marcel dès leur première rencontre un regard méchant. Visiblement très contrariée quand Maurice lui avait annoncé que désormais Marcel habiterait avec eux et qu'il serait son bras droit, elle avait prétexté un mal de ventre et elle était allée se coucher. Marcel ne découvrit que Berthe avait un bébé que le surlendemain. Il était rentré avec Léon, sur ordre de Maurice, chercher un document, quand il était tombé sur Berthe qui promenait l'enfant dans le parc. C'est Léon qui lui expliqua que Maurice avait une nièce « pompeusement prénommée par sa mère Ambroisine ». Ce furent les mots que prononça Léon et ce fut bien la seule fois qu'il ouvrit la bouche pour parler de la famille et de la maison du Nord. À part demander « Où on va ? » et « Quand je viens vous chercher ? », Léon ne disait jamais rien. Il devait avoir ses raisons, Marcel s'y était très bien habitué. Lui non plus n'avait pas envie de raconter sa vie.

Un autre que Marcel se serait posé des questions ou en aurait posé. À qui était ce bébé, pourquoi Berthe avait cet air méchant, pourquoi Léon était muet, pourquoi les deux servantes ne disaient jamais rien non plus et pourquoi cette maison était-elle si lugubre ? Mais rien de tout cela n'intéressait Marcel.

Il partait le matin à l'aube sur les chantiers avec Maurice et revenait avec lui tous les soirs. Berthe avait tenté de casser l'amitié de Maurice pour Marcel en montant de petits coups sordides pleins de perfidie. Faire croire qu'« on » avait volé une bonbonnière, cassé et caché les débris d'un vase en baccarat, une autre fois qu'« on » avait déchiré une belle veste de Maurice. Et derrière ce « on », elle laissait à chaque fois peser toutes les méfiances possibles sur Marcel. Mais Maurice n'y avait jamais cru. Pas une seconde il n'avait soupçonné Marcel qui, se sentant indirectement et injustement accusé, se défendait chaque fois comme un beau diable.

— Laisse tomber, lui avait dit Maurice quand ils s'étaient retrouvés seuls sur le chantier. Si elle savait comme je m'en moque des vases de baccarat et des bonbonnières ! Elle va tout faire pour t'enfoncer, mais elle peut tout casser, ça ne marchera pas. J'ai confiance en toi Marcel, tu es mon seul ami.

Marcel en aurait pleuré.

Les choses avaient duré une année comme ça. Berthe avait continué ses perfides accusations en vain, et Maurice et Marcel, conduits par le fidèle et silencieux Léon avaient, grâce à l'utilisation forcenée du béton, doublé les contrats et le chiffre d'affaire de l'entreprise familiale. Et puis un jour, à Paris, Maurice avait rencontré Sophie. C'est à partir de ce moment-là que les choses s'étaient gâtées.

— Je vends, avait dit Maurice à Marcel en le prenant à part.

Ce dernier en était resté abasourdi.

— Tu vends ? Mais tu vends quoi ?

— Tout. La maison, le parc, les meubles, tout. Sauf l'entreprise.

Il avait fallu un certain temps à Marcel pour réaliser.

— Mais, où on va aller ? Et les autres, ta sœur et...

— C'est réglé. J'ai déjà acheté une autre maison dans le secteur pour Berthe, c'est elle qui l'a choisie. Je lui laisse la jeune employée et les deux autres arrêtent, ils sont trop âgés. Moi, je garde Léon.

Ça s'était fait comme ça. Très vite. Berthe avait pris certains meubles et souvenirs, Maurice rien. Pas même une photographie de ses parents, pas un livre, pas un objet. En même pas un mois tout était fini, vendu et déménagé.

Comme toujours, et bien que n'en comprenant pas toutes les raisons, Marcel s'était plié à la volonté de Maurice avec cette indéfectible fidélité qui caractérisait leurs liens. Quand Maurice avait épousé Sophie, il avait appris par cœur la version qu'il fallait donner : Maurice était fils unique et ses parents étaient morts dans un accident. Il avait vendu la maison familiale car ses affaires ne lui permettaient plus de s'y rendre. Quant à Berthe, elle n'existait pas et sa fille encore moins. Maurice avait voulu rayer sa sœur de sa vie tout comme il avait rayé la maison et tout ce qui s'y rattachait.

Alors, avec Berthe, c'était devenu l'enfer, la fuite permanente.

Elle n'était pas du genre à se faire oublier. Maurice lui envoyait régulièrement de l'argent et, de ce côté-là, elle n'avait aucun problème. Mais elle, ce qu'elle voulait, c'était avoir son frère à demeure. Au début, elle avait pensé qu'il reviendrait, qu'il allait à Paris pour les affaires, quelque temps, et c'est pour ça qu'elle avait accepté la vente de la maison familiale sans problème. Au contraire, trop heureuse de voir que son frère s'occupait autant d'elle, qu'il l'installait. Et d'ailleurs, elle avait réservé dans la nouvelle maison une chambre pour lui. Elle l'avait meublée avec le lit des parents, et le fauteuil du salon, puis elle avait orné les murs de cadres et de photographies de leur ancienne maison. Elle avait même été jusqu'à récupérer le rideau de sa chambre de jeune fille et elle l'avait fait accrocher à la fenêtre. Berthe se complaisait dans les souvenirs. Lors du déménagement, elle avait pris beaucoup de choses dans le dos de Maurice et, petit à petit, dans la nouvelle maison, elle avait reconstitué l'ancienne.

Seulement Maurice ne venait toujours pas et elle s'inquiéta.

Comment elle apprit que son frère s'était marié, ni Maurice ni Marcel ne purent le savoir, mais depuis, où que Maurice aille pour la fuir, Berthe le retrouvait. Elle n'avait qu'un seul but : revenir à tout prix vivre près de lui.

— Mais pourquoi tu ne la présentes pas à ta femme une bonne fois pour toutes, et pourquoi tu ne lui dis pas qu'elle ne vivra jamais chez vous ? !

Ça serait plus simple, non ? Je trouve que tu la ménages beaucoup.

— C'est normal, c'est ma sœur.

— Justement, ça n'est « que » ta sœur. Qu'est-ce que ça serait si c'était ta femme !

Maurice se murait dans le silence et ne répondait rien. Il préférait déménager et fuir à nouveau. Marcel n'y comprenait rien.

Heureusement, jusqu'ici, Sophie l'avait suivi sans problème. Mais, cette fois, Maurice ne voyait pas comment il allait se sortir de cette situation. Berthe ne lâcherait pas et il sentait le drame proche. Sa terreur, c'était que Sophie apprenne la vérité.

Marcel voyait bien que Maurice était de plus en plus tendu. Il s'était mis à fumer plus que jamais et, depuis qu'il avait appris la présence de Berthe et de la petite Ambroisine, il avalait facilement plusieurs verres de whisky par jour.

34

Imanol était content de lui.

Pantalon et polo blanc, ceinture rouge nouée autour de la taille, il était magnifique dans son habit de *pelotari* et il le savait.

Tous les soirs après le travail, le jeune Basque retrouvait les copains au fronton. L'été avait été brûlant et, pendant deux longs mois, les jeunes garçons avaient dû attendre très tard dans la soirée pour pouvoir jouer sans souffrir de la chaleur. Mais ce mois de septembre qui commençait à peine s'annonçait plus doux et, dès huit heures, ils frappaient la pelote jusque très tard dans la nuit. Pour tous les jeunes du village d'Ainhoa, ce moment était le meilleur de la journée parce qu'ils se retrouvaient et surtout parce que les filles étaient là, venues pour bavarder entre elles et pour les admirer.

Imanol arriva le premier, en même temps que son ami, Etor. Ils avaient un tas de choses à se raconter :

— Alors, dit Imanol sur un ton de connivence malicieuse, tu t'en es sorti ?

— Comme un chef, répondit Etor en riant. On a envoyé le gravier de quinze sur Bayonne et on a mis la caillasse de trente sur le palais mauresque. Ça va lui mettre une semaine de retard au

Maurice. Et c'est pas fini, parce que des cailloux pour son béton, il en a encore besoin d'un sacré paquet. Une semaine de retard par-ci, quelques jours par-là et on sera en hiver. Et là avec le gel, il va ramer pour le finir son palais !

Avec ses camarades de pelote qui tous travaillaient dans les entreprises du pays, Imanol avait décidé de perturber l'avancée du chantier de Maurice sans rien dire aux anciens. Il ne comprenait pas ce qu'ils attendaient pour réagir et il ne voyait pas pourquoi il fallait respecter la parole donnée de cet entrepreneur qui se moquait d'eux. Imanol et ses amis avaient décidé de contrer Maurice à leur façon. Pour l'instant, ça n'allait pas plus loin que ce qu'ils considéraient comme des avertissements :

— À force de se ramasser des retards, il va comprendre le Maurice, ça va doubler la note de son palais et il va arrêter de nous prendre pour des imbéciles !

Presque plus encore que la construction du palais mauresque, ce que les jeunes Basques ne supportaient pas c'était le mépris affiché par Maurice et par ceux qui, comme lui, arrivaient au Pays basque en pays conquis. En quelques années, le tourisme avait changé de nature.

— Depuis qu'ils ont des voitures, disait son grand-père à Imanol, ils ne s'arrêtent jamais. Avec les chevaux, c'était pas le même rythme, de mon temps les voyageurs nous saluaient, ils demandaient un renseignement. Ceux-là, ils filent à toute allure et il vaut mieux se pousser quand ils arrivent.

Ah ! ces luxueuses voitures noires qui les obligeaient à plonger vers le bas-côté de la route et leur jetaient de lourdes volutes de fumée noire à la figure ! Il y en avait de plus en plus et les jeunes

Basques les exécraient. Imanol se souviendrait longtemps de l'humiliation qu'il avait subie une fin d'après-midi et de la leçon qu'il en avait tirée. Il ramenait les brebis du pâturage à la grange par la route, et il était dans un sale état, tout crotté parce qu'il avait mis un temps fou à les rassembler, quand deux magnifiques voitures décapotables étaient arrivées, remplies d'une jeunesse élégante et gaie. Dérangés dans leur promenade par ce troupeau de brebis qui leur barrait la route, les conducteurs s'étaient mis à klaxonner furieusement tout en continuant à avancer, quitte à blesser les bêtes affolées. Paniquées par le bruit assourdissant des klaxons, les brebis s'étaient mises à courir de tous côtés, à bêler, à uriner et à déféquer dans tous les sens.

— Quelle horreur ! criaient les jeunes femmes en se bouchant le nez. C'est atroce. Vite, les garçons, sortez-nous de là, c'est immonde !

Pendant ce temps, Imanol tentait de rassembler les bêtes et de les pousser sur le côté pour éviter que les voitures ne leur fassent mal. Dans l'une des voitures, la rousse Madeleine jouait les effarouchées :

— Mon Dieu, fit-elle, ce troupeau est d'une saleté repoussante !

— Et le berger n'en parlons pas ! reprit le conducteur. Il pue le bouc, je le sens jusqu'ici.

Entre les moteurs pétaradant des voitures et les cris des bêtes, le bruit était tel que les jeunes gens criaient pour s'entendre eux-mêmes. Visiblement, la présence d'Imanol ne les gênait pas le moins du monde.

— Tu mesures la chance que tu as, Madeleine ? ! hurla alors un des conducteurs à l'adresse de la jeune femme. Tu te vois dans les bras d'un individu qui sent le bouc ?

— Ça la changerait et peut-être même que ça lui plairait ! hurla le deuxième conducteur.

À cette répartie, qu'ils devaient considérer comme un trait d'esprit des plus extravagants, les jeunes gens hurlèrent de rire.

Puis, ayant enfin réussi à faire traverser tout le troupeau, ils s'en allèrent, laissant derrière eux un affreux et sale nuage de fumée noire.

Le hasard voulut que ce furent les mêmes jeunes gens, recroisés dans les mêmes circonstances, qui firent les premiers les frais de la colère absolue d'Imanol. Quand il vit arriver leurs voitures, au lieu de s'écarter comme la fois précédente, il se plaça en plein milieu de la route. Stupéfaits, les conducteurs freinèrent si brusquement que la deuxième voiture vint s'encastrer dans la première, créant de sérieux dommages. Mais personne n'eut le temps de réagir. Imanol se penchait déjà sur le conducteur de la première voiture.

— *Orai*, lui dit-il tout en le regardant droit dans les yeux, *egon zizte hor ! Ene ardiak lehenik, gero ziek* ![1]

Impressionné par la stature d'Imanol qui se tenait à quelques centimètres de lui, intimidé par cette mise en demeure qu'il ne comprenait pas puisqu'il ne parlait pas le basque mais dont il évaluait le ton, le conducteur esquissa de la tête un mouvement qui pouvait passer pour une approbation.

— Qu'est-ce qu'il dit ? hurla le conducteur de la deuxième voiture tout en s'extirpant de son véhicule cabossé. Qu'est-ce que c'est que ce charabia ? !

— Laisse, fit le premier conducteur inquiet en regardant s'éloigner Imanol. On n'a qu'à faire

1. Maintenant, vous restez là ! Mes brebis d'abord, vous après !

marche arrière et passer de l'autre côté. On perdra moins de temps.

— Quoi ! Tu rigoles, non ? Ça se voit que ce n'est pas ta voiture qui est emboutie, j'ai les deux phares cassés, moi, et le pare-chocs tout tordu ! Il va payer les réparations, c'est sa faute !

— Eh bien, tu vas le lui dire, fit le premier conducteur, moi je fais marche arrière, je crois que ça vaut mieux. À quoi bon insister, tu veux te battre avec lui ? Moi pas.

Imanol était déjà reparti derrière son troupeau et le conducteur furieux n'osa pas le suivre. Quelque chose lui suggérait qu'il ne valait mieux pas et les élégantes passagères qui les accompagnaient l'en dissuadèrent.

Depuis ce jour, Imanol adoptait toujours la même attitude et plus jamais une seule voiture ne tenta de lui forcer le passage quand il rentrait ses bêtes. Cette expérience le confirma dans l'idée que la meilleure option pour se faire entendre était celle du rapport de force.

Mais ce soir, au fronton, Imanol ne pensait plus qu'au jeu.

Etor et lui se chamaillaient toujours un peu au départ et toujours pour les mêmes raisons. Comme Orkatz avant lui, Etor aimait le jeu de pelote à main nue. Imanol préférait la chistera :

— La chistera c'est mieux pour les filles, disait Imanol pour convaincre Etor. Ça leur en met plein la vue. La main nue c'est pour les vieux. On fait de belles figures avec la grande chistera et je te dis qu'elles sont éblouies.

Etor trouvait qu'Imanol était un flambeur.

— Chacun sa technique, moi je joue la qualité. Sûr, on ne voit que toi avec ta chistera, tu cours de tous les côtés, mais tu es tellement occupé à plaire que tu rates tes coups autant que tu les réussis. Je suis moins spectaculaire mais, à chaque fois, j'assure.

Imanol riait des certitudes d'Etor. Il se savait magnifique et inégalé.

Il passa le gant de cuir de sa chistera et noua lentement les longues cordelettes de coton rouge autour de son poignet. Puis, ayant testé l'attache en faisant de grands cercles, il envoya la première balle sur le mur en calculant ses effets. Ses gestes étaient élégants et précis et, surtout, il savait jeter des coups d'œil de velours en direction des filles qui pour l'admirer venaient s'asseoir sur le petit muret de pierre rose.

Les garçons du village arrivaient au fur et à mesure, tous impeccables dans leurs tenues blanches et rouges de *pelotaris*. Chacun avait son point de vue sur la question du jeu et chacun choisissait en fonction de ses goûts, main nue, petit gant ou chistera. Et tous les soirs, sur le mur du fronton, ce n'était qu'une succession de styles divers où les jeunes garçons donnaient le meilleur d'eux-mêmes pour éblouir les jeunes filles qui n'en revenaient pas de les voir si agiles et si conquérants.

Comme eux, elles avaient entre seize et vingt ans et, pendant la journée, sur leur lieu de travail, toutes leurs pensées consistaient à savoir comment elles s'habilleraient le soir pour aller voir les garçons jouer au fronton. Quelle robe, quel foulard, quelle coiffure ?

Chacune en secret avait son héros. Celui de Faustine, c'était Imanol.

35

Le mois d'août avait emporté avec lui les premiers déserteurs. Ils avaient regagné Londres, Paris, New York ou Madrid. Les affaires toujours !

Cependant, la plupart des touristes de Biarritz avaient tout leur temps. Il était rare que quelque chose les presse. Jusqu'à la mi-octobre, la ville restait encore bouillonnante d'activités. Mais, comme l'air se faisait plus léger et la lumière moins forte, on avait le sentiment que la ville s'était libérée. En général, c'était la saison la plus appréciée.

Sophie prenait son petit déjeuner seule dans la cuisine cependant que Faustine s'affairait. Maurice était de plus en plus occupé sur le chantier. Il partait tôt et rentrait si tard le soir qu'elle ne le voyait quasiment plus. Le matin, c'est à peine si elle l'apercevait au petit déjeuner, il filait quand elle arrivait et, le soir, il ne dînait plus ni à la Villa ni au restaurant avec Sophie. Livrée à elle-même, Sophie commençait à s'ennuyer profondément. Les concerts au casino étaient plus rares et Maurice ne voulait plus y aller. Sophie avait bien tenté de le convaincre de se rendre encore à quelques dîners, lui qui les aimait tant. Mais il lui avait répondu sèchement qu'il avait autre chose à faire et elle avait bien senti qu'il ne fallait pas insister. Il était de plus en plus nerveux, contrarié. Quelques jours plus tôt, elle l'avait surpris en train de sermonner Faustine pour une histoire de cols de chemise. D'habitude, Maurice ne se mettait pas en colère pour si peu. Sophie avait cherché à se faire plus douce pour l'apaiser. Elle ne comprenait pas comment cela était arrivé, comment expliquer le brusque changement d'attitude de Maurice. En quelques semaines, il était presque devenu un inconnu. Lui auparavant si prévenant, si présent, voilà qu'il la rabrouait à la moindre occasion. Et surtout il n'était plus là. Au début Sophie s'était inquiétée et avait pensé à cette femme étrange qui prétendait être sa sœur. Mais cette idée lui avait semblé si idiote qu'elle l'avait oubliée, d'ailleurs elle ne l'avait plus revue, elle et son étrange gamine. Bien que Sophie n'en connaisse pas tous les détails, elle savait que les ennuis avec le palais mauresque avaient pris de l'ampleur et elle avait fini par mettre l'anxiété de son mari sur le compte des difficultés de ce chantier.

En quelques semaines, Maurice avait perdu plusieurs kilos. Il semblait s'être asséché et flottait dans certains de ses costumes. Ses traits étaient tirés en permanence, son teint virait au bistre et il se mordait constamment l'intérieur de la bouche.

Tout en faisant ses allers-retours de la cuisine au grand salon d'où elle débarrassait la table du petit déjeuner, laissé intact par Maurice qui voulait pourtant que tout soit prêt dès l'aube comme s'il mangeait de tout, Faustine observait Sophie. Depuis que Maurice n'était plus là, de nouveaux rapports s'étaient créés entre les deux femmes. De plus en plus souvent Sophie prenait son petit déjeuner et son dîner à la cuisine et, dans ces moments-là, elles discutaient de choses et d'autres. Sophie aimait questionner Faustine sur son village, sur les gens, sur la famille d'Orkatz, « qui avait eu un si grand malheur ». Faustine était ravie et racontait sans se faire prier. Au fil des matins, les questions de Sophie s'étaient même faites plus précises et, pour y répondre, Faustine s'était renseignée davantage sur la famille Garay. À l'occasion, elle avait questionné sa grand-mère qui était la voisine et l'amie de la vieille Louise.

— La femme d'Orkatz Garay ? Ah, mais ça, madame, tout le monde le sait !

Sophie reposa son bol de café, attentive.

— C'est Maitena, une fille Mondigoburru, continua la jeune bonne. Ce sont des gens très bien, il a fait un bon mariage comme on dit au pays. Ma grand-mère dit qu'elle est sérieuse et très vaillante, comme l'était sa mère.

— Ah, c'est bien, fit Sophie négligemment. Heureusement que c'est une famille unie, parce qu'avec le malheur qui les frappe...

— Oh ça, vous ne croyez pas si bien dire ! Justement leur famille ne va pas bien, ils vivent une chose épouvantable. Orkatz Garay...

Faustine s'arrêta à temps. Elle n'avait aucune envie de dire que leur héros allait devenir portier.

— Oui, qu'a-t-il fait ? insista Sophie soudain très intriguée par cet arrêt brutal.

— Euh... eh bien la vieille Louise a dit à ma grand-mère qu'il n'était plus le même. Il paraît qu'elle et sa femme ne peuvent rien en tirer. Déjà qu'il n'était pas des plus causants, là il s'est complètement renfermé. Maitena en a même pleuré en cachette et Louise est obligée de consoler ses deux belles-filles. Ma grand-mère dit que l'ambiance dans la maison Garay est devenue lourde, à cause de la mort de Patxi, à cause de tout ça.

Sophie ne savait rien de ce qui s'était vraiment passé là-haut, dans l'*etxe*, le lendemain du drame. Elle terminait son déjeuner, perdue dans ses pensées quand la sonnette retentit. Faustine alla ouvrir. Toujours un peu bizarrement fagoté, un peu trop serré dans son costume clair qui le faisait paraître encore plus fort qu'il ne l'était déjà, le journaliste Henri de Léez s'avança, sourire aux lèvres.

— Ma chère Sophie, dit-il d'une voix tonitruante, c'est le moment ou jamais, si vous voulez voir mon céramiste. Je pars dans l'après-midi avec des amis américains qui veulent admirer ses dernières pièces. Il y a un bon bout de route puisqu'on va jusqu'à La Varenne, en Bretagne, où il a son atelier. On ne sera pas rentré avant demain soir. Mais si ça vous dit toujours, je vous emmène.

Il avait dit tout ça d'une seule traite, sans reprendre son souffle et Sophie mit un petit moment à réaliser de quoi il pouvait bien parler. Puis elle se souvint de leur dernière conversation au café Royalty. C'était le café le plus en vue de la ville. Et le plus chic. On y croisait toutes les élégantes, les hommes riches qu'il fallait connaître, les écrivains, les musiciens et les journalistes en vue qui descendaient sur la côte. On venait au Royalty déguster l'apéritif avant les déjeuners et les dîners. On pouvait y prendre le pouls de la ville, savoir qui était arrivé, où aurait lieu la prochaine fête. Mais le rendez-vous le plus prisé était celui du matin. On s'offrait le petit déjeuner en terrasse et on lisait ostensiblement *La Gazette* et la presse internationale.

Sophie y passait régulièrement depuis que Maurice vivait sur son chantier. Elle avait souvent croisé Henri et ils avaient fait plus ample connaissance. Elle avait appris à l'apprécier. Elle avait dépassé son aversion première pour sa corpulence et elle avait honte lorsqu'elle réalisait à quel point elle s'était montrée injuste en ne voyant en lui qu'un homme fort et qui mangeait mal. Henri de Léez était un homme cultivé et généreux. Il partageait volontiers son savoir. En confiance, elle lui avait dit qu'à cause de Maurice et de tout son travail, elle sortait moins et du coup s'ennuyait. Parfois à mourir. Henri lui avait alors spontanément proposé de faire quelques articles pour *La Gazette*. Surprise par cette proposition inattendue, elle avait répondu qu'elle ne voyait pas ce qu'elle pourrait bien écrire, et elle avait même ajouté qu'elle n'était pas sûre d'y arriver. Il avait ri aux éclats et il lui avait rétorqué qu'il avait justement un sujet parfait pour elle. Un céramiste du pays du nom d'Édouard Cazaux. Si, dans son enfance, il venait vendre avec sa mère des poteries utilitaires en terre vernissée au marché de Biarritz, aujourd'hui il était devenu l'un des céramistes les plus recherchés des grands collectionneurs.

— Mon Dieu ! Henri ! s'exclama-t-elle. Mais comment vais-je faire ? Maurice est sur le chantier, je ne lui ai parlé de rien. Je ne peux pas partir sans lui dire.

— Et pourquoi ? répliqua le journaliste. Vous ne partez pas dans l'inconnu que je sache. Vous serez avec moi et le couple d'Américains. Mais si vous y tenez, on passe avant au chantier pour informer votre mari. Comme ça, vous serez tranquille.

Sophie n'avait jamais imaginé pouvoir partir en promenade pour deux jours sans Maurice. En tout cas, elle ne l'avait jamais fait. Sans doute n'en avait-elle jamais eu envie et les circonstances ne s'étaient jamais présentées non plus. Mais là, elle voyait les choses autrement. Une longue balade en voiture pour aller visiter l'atelier d'un céramiste, ça lui paraissait follement passionnant. Après tout, Maurice ne se souciait pas de savoir comment elle passait ses journées, elle ne voyait pas pourquoi elle devrait s'inquiéter de partir juste deux jours. Elle accepta l'invitation et, sous les yeux ébahis de la jeune bonne, courut préparer son bagage.

— Je serai là demain soir, Faustine, ne t'inquiète pas, lui dit-elle en partant. Et si tu veux, demain, quand Monsieur sera parti, tu pourras prendre ta journée.

Prendre sa journée ! Sophie avait des élans de générosité aussi brouillons que spontanés et Faustine ne se voyait pas en train de laisser la pile de linge. Toutes les chemises de Monsieur étaient sales et mieux vaudrait ne pas être dans les parages le lendemain s'il n'en avait pas une seule à se mettre.

Aussi, quand la porte se fut refermée derrière Sophie, Faustine eut le vague pressentiment que ce voyage précipité n'était pas une bonne chose. Elle ne voyait pas comment Monsieur Maurice pourrait accepter que sa femme s'en aille comme ça en voyage avec un journaliste et des Américains.

36

Faustine se trompait.

Maurice accepta que sa femme parte pour ce voyage avec le sourire et il se montra sous son meilleur jour, celui que Sophie lui avait toujours connu. Il remercia même Henri de Léez :

— C'est très aimable à vous, j'ai toujours encouragé ma femme à sortir, à voir du monde. Ce voyage lui fera le plus grand bien.

Émue, Sophie se jeta à son cou en se reprochant de l'avoir maudit ces derniers temps.

— Mon amour, et pendant que je me promène, toi tu te démènes avec ce chantier ! Savez-vous, Henri, que Maurice travaille sans arrêt, du soir au matin !

— Allons, allons, ma chérie, fit Maurice, grand seigneur comme il savait l'être, c'est tout à fait normal de travailler autant sur un chantier de cette envergure. Ne t'inquiète pas, tout va bien.

— Vous avez pris du retard ? questionna alors Henri de Léez qui, retrouvant son œil de journaliste, promenait son regard circulaire sur l'ensemble du chantier.

Au-dessus des fondations qui paraissaient terminées, s'élevait le mur extérieur et on devinait à des bouts de maçonnerie le début d'une architecture intérieure. Le palais mauresque était à peine ébauché après trois mois de travaux.

— Rien de grave, trancha Maurice qui ne souhaitait pas engager la conversation sur ce sujet avec le reporter.

Mais Henri de Léez aimait beaucoup trop la polémique pour s'arrêter là. Il releva que sur un camion figurait l'adresse d'une entreprise de Bordeaux et il en conclut que Maurice était obligé de traiter hors du Pays basque s'il voulait avoir des matériaux. Et, comme il était cabotin, il voulait se faire confirmer par Maurice lui-même qu'il avait eu raison de penser que les Basques s'en mêleraient et que les choses tourneraient mal.

— Je parie que vous avez eu des problèmes dans les livraisons, non ? insista-t-il, fouineur.

Le sourire que Maurice affichait jusqu'alors s'effaça. Il ne supportait pas d'être pris en position de faiblesse, ou du moins dans ce qu'il estimait en être une. Se faire « balader » par des Basques et que cela se sache dans les milieux avertis de Biarritz lui était totalement insupportable. Et il n'avait qu'une envie, envoyer promener ce journaliste. Mais c'est avec des mots policés bien que prononcés d'une voix subitement plus dure qu'il répondit :

— Je n'ai pas de problèmes, cher ami et, quand j'en ai, je les résous.

— Avec les Basques, je ne sais pas si l'expression « résoudre les problèmes » est celle qui convient, ajouta Henri de Léez qui adorait le tour que prenait la conversation. Parce qu'en général, pour des problèmes qui les concernent, c'est eux qui trouvent la solution.

Sophie vit le visage de Maurice changer de couleur et ses yeux fusillèrent le journaliste. Elle se hâta d'intervenir :

— Maurice n'a pas besoin des Basques, Henri. Il a fait des chantiers gigantesques sans eux, des chantiers bien plus compliqués que celui-là et, croyez-moi, il va continuer.

De loin Marcel observait la scène. Quand il les avait vus arriver dans la limousine des Américains, qui, maintenant adossés à leur luxueuse voiture, attendaient Sophie et Henri en fumant une longue cigarette, il s'était méfié. Marcel, qui avait pour seule culture son instinct auquel il se fiait aveuglément, avait développé une méfiance excessive. Et les énormes problèmes qui s'accumulaient sur le chantier n'avaient fait que la décupler. Il voyait l'embrouille partout et il trouvait que cette conversation se prolongeait anormalement.

— Maurice ! hurla-t-il. Qu'est-ce qu'on fait avec la dernière benne, on la coule où ?

Sophie sauta sur l'occasion. Elle remercia encore une fois son mari, l'embrassa, lui chuchota à l'oreille qu'elle avait hâte de le retrouver le lendemain et, tirant Henri de Léez, s'engouffra avec lui dans la limousine.

Dans la lunette arrière de la voiture qui s'éloignait sur la petite route, Marcel devina le visage du journaliste tourné vers eux et qui regardait encore une dernière fois le chantier, comme pour bien s'assurer de la validité de ses suppositions.

— Celui-là, dit-il à Maurice, évite de lui parler. Il te fera dire n'importe quoi et il aura toujours raison.

— T'inquiète pas, Marcel, répliqua Maurice en se redressant, geste habituel qui, ces derniers temps, devenait une manie quasi obsessionnelle. Je sais ce que je lui dis et ce que je lui cache. Il croit m'embobiner avec ses questions, mais je suis plus malin que lui. C'est moi qui le balade. Je ne sais pas ce qu'il veut mais je suis sûr qu'il me cherche. En attendant, il s'occupe de Sophie et il l'éloigne de Biarritz, ça n'est pas plus mal. Il peut même le faire tous les jours s'il veut.

Marcel approuva, un sourire narquois au coin de ses lèvres. Décidément ça commençait à tourner mal pour cette Sophie. Il n'en était pas mécontent mais le changement d'attitude de Maurice le surprenait. Passer d'un amour possessif et passionnel pour Sophie à un début de rejet n'était pas bon signe. Depuis le retour de Berthe, il fallait mentir, cacher des choses en permanence. C'était épuisant. Un esprit de manipulation reprenait le dessus chez Maurice et Marcel notait que le mental de son ami s'en trouvait sérieusement troublé.

37

Bien loin des supputations de Maurice et de Marcel, Henri de Léez, qui avait déjà oublié le chantier et ses problèmes et qui se préoccupait déjà du reportage suivant, racontait à ses amis le parcours de ce céramiste unique qu'était Édouard Cazaux.

Il avait le don du récit, de l'anecdote et avec lui tout devenait passionnant. À l'écouter parler, si gai, si vivant, on ne pouvait deviner, car il prenait grand soin de le cacher, que derrière tant d'aisance il y avait de profondes souffrances. Henri de Léez avait depuis longtemps l'âge d'aimer les jeunes filles, mais on le voyait toujours seul. Au fil des ans, il avait développé une boulimie excessive et il semblait que ses seuls bonheurs se résument à son métier et à la nourriture. Quand il avait le dos tourné, on disait qu'il aimait les hommes et même, chuchotaient les amateurs de ragots, les très jeunes hommes. Henri de Léez n'était pas dupe, il savait ce qu'on disait de lui et en souffrait beaucoup car sa vie sexuelle était totalement inexistante. Il ne faisait rien, rien que se passionner pour les passions des autres et son seul défaut réel était d'être devenu trop curieux.

L'enquête approfondie n'étant pas son genre, en général il ne s'attardait pas. Paradoxalement à son poids qui était si lourd, il abordait toutes choses avec légèreté. Et plus son poids prenait de l'ampleur, plus sa plume devenait insouciante. Et précise. Il égratignait, grattait là où ça faisait mal et il se faisait parfois haïr.

La seule chose qui réconciliait Henri de Léez avec l'humanité, c'était ceux que dans son paysage intime il appelait « les purs ». Édouard Cazaux appartenait à cette catégorie :

— Voilà un homme, dit-il comme s'il se parlait à lui-même, qui a toujours suivi la ligne qu'il s'est fixée sans jamais trahir personne. Et il est arrivé au sommet de son art, lui, le fils d'un potier de Cauneilles, un petit bourg du pays landais. Il est l'un des plus grands céramistes de notre temps. Un parcours comme le sien est un noble parcours !

Sophie et les Américains l'écoutaient. Ils le sentaient de plus en plus ému au fur et à mesure qu'il parlait et, à leur tour, ils étaient gagnés par cette émotion surprenante à laquelle ils ne s'attendaient pas mais qui, dans le cœur du journaliste, semblait venir de loin.

— ... il y a quelques êtres humains, continua-t-il, qui ne vous déçoivent jamais. Au contraire, plus vous connaissez leur vie et leur histoire, plus vous vous émerveillez. Les choses à travers eux paraissent simples et le plus beau c'est qu'elles le sont. Ils ont tout bonnement travaillé, rêvé et gardé les pieds sur terre. C'est cette merveilleuse alchimie qui les mène si loin. Mais il faut beaucoup de rigueur et de discipline pour y parvenir et je les envie, moi qui suis si fainéant !

Il y avait chez Henri de Léez cette capacité à l'exaltation romanesque qui, notamment sur le terrain politique où ses compétences de journaliste auraient dû le rendre distant et observateur, lui avait fait si souvent confondre les combats et leurs enjeux. Il donnait volontiers sa préférence à ce qui lui semblait le plus flamboyant et, du coup, il se trompait souvent. En revanche, pour ce qui concernait les êtres humains, son analyse était des plus justes. D'une part parce que Henri aimait profondément les êtres en général et qu'il en côtoyait beaucoup, mais aussi parce qu'il avait eu, de par son métier, l'occasion de « fouiner » derrière l'apparence. On pouvait toujours essayer de se dissimuler, de se camoufler, le journaliste devinait la vraie nature des gens au moindre détail de leur comportement, à leur façon de parler, de se présenter. Et dès leur première rencontre, Henri de Léez s'était méfié de Maurice. Il soupçonnait que derrière sa grande générosité et son goût prononcé des grandes tables, cet homme cachait des choses troubles. Et il n'avait pas été étonné plus que ça de constater qu'au repas de Cocteau, juste parce qu'il avait trop bu, Maurice avait dévoilé une face si éloignée de sa personnalité. Lui qui se tenait si droit, lui, le gentleman qui se voulait si chic, le séducteur de ces dames, il s'était révélé veule, mou, vulgaire et, pire, violent. Ce n'est pas parce qu'un homme a trop bu qu'il change autant de nature, et, depuis ce soir-là, Henri de Léez trouvait même Maurice carrément inquiétant. Il avait deviné en lui un homme faible et il savait par expérience que les faibles qui se prétendent forts sont des êtres excessivement dangereux dès qu'ils se sentent percés à jour. Tout à l'heure, au chantier, il l'avait en fait testé. Le changement glacial d'attitude de Maurice quand il lui avait répondu à propos des Basques et de leur solution ne lui avait pas échappé.

Par contre, il aimait bien Sophie. La femme de Maurice avait certes un caractère bien trempé mais sain. Dans ce milieu où les cancans étaient pléthores, jamais il ne l'avait entendue dire du mal de qui que ce soit. Elle n'avait pas un cercle d'amies pépiantes, comme la plupart de ces femmes qui traînaient de bals de casino en terrasses de cafés, soirées et concerts, et qui adoraient s'échanger des potins salaces mais jamais vérifiés. Elle était l'inverse de son mari, l'air autour d'elle était limpide. C'est pour cela qu'il avait décidé de l'aider en lui confiant un article. Certes, elle ne lui avait pas tout dit des problèmes récents de sa vie, mais il avait deviné. Et, à son avis, vu comme elle avait naïvement embrassé son mari au chantier, Henri de Léez se disait que Sophie n'était pas au bout de ses désillusions.

Aussi était-il heureux de lui faire partager cette rencontre. Quand ses amis américains lui avaient annoncé qu'ils allaient à La Varenne, Henri n'avait pas hésité une seconde. Il savait qu'elle comprendrait l'univers profondément humain de ce céramiste et il ne doutait pas qu'elle soit parfaitement capable d'écrire un article à ce sujet.

L'atelier, ouvert sur le jardin, sentait d'étranges bonnes odeurs de terre et de produits mêlés. Une alchimie inhabituelle qui réveillait les sens. Sophie aima tout de suite cette senteur nouvelle. Elle était toujours attirée par les mondes qu'elle ne connaissait pas.

Souriants, les yeux pleins de lumière et les mains pleines de glaise, deux hommes et trois femmes regardèrent les visiteurs entrer dans l'atelier. L'un dessinait, l'autre était assis devant un tour de potier et moulait une forme, une femme était penchée sur une masse de glaise ébauchée, et les deux autres surveillaient le four rougeoyant dans lequel elles venaient d'enfourner les dernières créations du céramiste. L'atelier d'Édouard Cazaux était à la hauteur de l'éloge touchant qu'en avait fait Henri tout au long du chemin. Il respirait cette ambiance studieuse et rassurante qu'on trouve dans les lieux où la création fait battre le cœur des hommes. Parce qu'on sent qu'il s'y produit une alchimie unique qui relie les êtres humains à un monde qui dépasse la simple réalité et s'approche du divin. De la terre, des outils et, au bout, un rêve. Celui d'Édouard Cazaux avait, comme tous les rêves d'artiste, quelque chose de touchant et d'enfantin. Il voulait retrouver les secrets des céramiques chinoises et coréennes. Leur finesse, leur grâce. C'était sa quête du graal et, quelques mois auparavant, il avait abouti. La presse avait encensé ses exploits.

Il s'avança, béret sur le crâne, lunettes rondes cerclées et grand tablier maculé de taches de pigments divers noué dans le dos. Il avait un beau visage net, et il accueillit les visiteurs très chaleureusement. Lui qui voyait les plus grands collectionneurs se déplacer depuis Paris jusque chez lui, lui dont les plus belles pièces étaient exposées chez Goldscheider, rue de Paradis, il semblait tout particulièrement heureux de voir arriver à La Varenne des visiteurs de Biarritz. Son pays, là où était sa famille et où il avait passé sa jeunesse.

Sa femme Sylvie se présenta et leur offrit à boire sans façon. Elle dégagea un coin sur une grande table encombrée d'outils de toutes sortes et de papiers divers où se mélangeaient notes et croquis. Sophie remarqua que malgré son fort embonpoint, Henri se déplaçait pourtant au milieu de ces fragiles céramiques avec aisance et assurance. Elle repensa alors à ce dîner où elle l'avait comparé à Maurice. Elle avait été aveugle. L'érudit journaliste possédait une grâce que Maurice, si raide dans sa volonté de maintenir les apparences, n'avait pas.

Enthousiaste, verre à la main, le céramiste les entraîna vers un des deux grands fours à bois dont l'un servait à cuire la faïence et l'autre le grès :

— On l'a construit sur le modèle de celui de Sèvres, mais en plus petit bien sûr, leur expliqua le céramiste. Et, venez voir là, suivez-moi…

Tous se rangèrent derrière lui, sur le côté du four. Une date y était inscrite en toutes lettres : mai 1923.

— C'est dans ce four que vous avez réussi à sortir le rouge ? ne put retenir un Henri exalté.

— Oui oui, c'est là, s'cxcita le céramiste tout content de voir qu'Henri de Léez était au courant de son exploit. Le tout premier rouge de cuivre ! C'est de ce four que nous l'avons sorti. Ah mais j'ai souffert pour ça, on a tous souffert. (Il se tourna vers sa femme :) Hein Sylvie, on en a éclaté des pièces avant d'y arriver ! Mais on l'a eu.

Elle acquiesça, souriante, heureuse de le voir si heureux. Et lui continuait, plongé dans son univers, encore émerveillé d'avoir réussi. Les Américains buvaient ses paroles. Amateurs éclairés, parfaitement francophones, ils étaient eux aussi au paradis.

— Parce que c'est une magie d'obtenir du rouge, expliqua Édouard. Les oxydes de cobalt deviennent bleus à la cuisson, les uranes virent au jaune, le manganèse au violet. Et les oxydes cuivriques au vert, ou au bleu vert. Mais, à force de travailler, de varier les doses, la cuisson, les mélanges, j'ai trouvé, je l'ai sorti mon rouge, sur un vase de grès de grand feu ! J'en aurais pleuré, on en a tous pleuré ici. C'est un miracle ! J'ai obtenu le rouge de mes rêves !

Sophie, troublée par tant de joie, le regardait s'enthousiasmer, encore sous le choc de l'émotion qu'il avait dû avoir le jour où il avait sorti son rouge, et elle observait cet énorme four de briques réfractaires, ceinturé de fer, d'où ces hommes avaient tiré ce qu'ils appelaient un miracle. Dans l'atelier, tous s'étaient arrêtés et écoutaient Édouard Cazaux raconter encore une fois cette histoire qu'ils connaissaient par cœur, et ils riaient comme des enfants, émus. Chacun y allait de sa précision :

— Ah ! là, là ! oui, qu'est-ce qu'on a souffert.

— Et tu te souviens, je disais qu'il fallait plus de cuivre...

— Tatata, je savais qu'il fallait jouer de la cuisson...

Dans leur immense gaieté fraternelle, dans les yeux d'Édouard Cazaux, Sophie découvrit quelle intensité pouvait atteindre le bonheur des hommes quand il naît du travail accompli. Elle ne devait plus jamais oublier ce moment et il allait marquer pour elle un changement profond.

Elle fit alors ce qu'Henri lui avait conseillé de faire. Elle ouvrit le petit carnet à spirale qu'il venait de lui offrir et le stylo qui allait avec et se mit à noter le plus discrètement possible tout ce qu'elle pouvait pour ne rien oublier.

— Alors Madame, c'est vous qui allez parler de notre atelier dans *La Gazette de Biarritz* ? lui demanda Édouard. Henri me dit que ce sera votre premier article, j'espère que le sujet vous convient parce que tout ce qui s'écrit dans la presse de mon pays me tient particulièrement à cœur.

Sophie n'était pas timide mais elle se sentit soudain très désemparée. Elle ne connaissait rien à la céramique et depuis qu'ils étaient arrivés, tout en regardant de merveilleuses pièces avec Édouard Cazaux, les deux Américains et Henri n'avaient cessé d'employer des termes techniques dont elle ignorait totalement le sens et qu'elle n'avait jamais entendu prononcer.

— Ne vous inquiétez pas Sophie, lui glissa Henri, on ne vous demandera pas un papier de spécialiste. Vous raconterez l'ambiance, vous parlerez des artistes qui travaillent avec lui, allez les interroger, ils vont vous dire ce qu'ils font auprès d'Édouard Cazaux, pourquoi ils y sont venus.

— Mais je ne sais pas si je saurais…

— Jetez-vous à l'eau, il n'y a pas meilleure méthode.

38

Sophie avait une confiance absolue dans la limpidité du ciel.

Elle n'imaginait pas d'autres mondes que ceux qu'elle avait connus. Des mondes heureux.

Sophie n'avait jamais rencontré le mal et elle ne pouvait savoir que, comme toute maladie violente, il se propage à une vitesse fulgurante surtout dans le cœur des êtres faibles. Elle ne savait pas que la quantité de drogues et d'alcool dont il avait abusé pendant sa jeunesse avait rongé le cerveau de Maurice et que, dans les périodes difficiles, son mental le lâchait.

Berthe Caron, elle, avait retrouvé son frère.

Et elle avait réussi à rester à Biarritz. Il avait bien tenté de la renvoyer à Paris en train et son « affreux Marcel s'était chargé de la tâche ». Mais, dès que Marcel avait eu le dos tourné, elle était redescendue du train. Elle était alors retournée dans cet hôtel minable qu'elle avait volontairement choisi pour émouvoir Maurice. Quand il avait su, grâce au mot qu'elle lui avait fait passer, qu'elle était toujours là, il avait bien été obligé de venir l'y retrouver. Il avait eu trop peur qu'elle ne revienne une troisième fois à la Villa et qu'elle parle encore à sa chère Sophie.

« Ah çà ! songeait-elle, il a dû frémir quand il a su que j'étais allée me présenter à la Villa. Il ne m'en croyait pas capable, hein ? Mais je l'ai fait. Deux fois ! Si son Marcel n'était pas venu, j'aurais attendu devant la porte et là, on aurait vu. Qu'est-ce qu'il croyait, qu'il pourrait nous abandonner comme ça ? ! Jamais ! Quant à son andouille de Marcel qui le vénère comme un dieu, qu'il se tienne à carreau parce que celui-là aussi je pourrais lui en apprendre sur son cher Maurice ! Ah çà ! Il tomberait de haut ! »

Depuis que Berthe et la petite étaient arrivées à Biarritz, elles sortaient très peu. Berthe haïssait ces femmes élégantes qu'elle croisait dans les rues. Quant à la plage, elle n'y allait que pour la gamine et elles ne s'attardaient pas. Maintenant qu'elle avait bien effrayé Maurice, Berthe ne voulait plus rencontrer ni Sophie ni personne. Elle avait compris qu'il valait mieux opérer autrement et elle préférait rester dans l'ombre, ne doutant pas d'arriver un jour à ses fins. Avoir Maurice auprès d'elle comme avant, comme quand ils étaient enfants dans la grande maison du Nord et que leurs parents aussi étaient là. Qu'est-ce qu'il avait eu besoin de se marier, cet imbécile ? ! Ils n'étaient pas heureux tous ensemble ? Et il avait vendu la maison, il lui avait fait croire des choses et elle, l'idiote, la naïve, elle avait marché !

Une pointe de méchanceté la traversa. Elle serra ses lèvres fines et son teint devint transparent. Comme si le sang se retirait des chairs. Le souvenir de la trahison de Maurice lui était une douleur insupportable, et elle ne pouvait y repenser sans éprouver une atroce souffrance. Berthe avait choisi de résister à la douleur par le mépris. Plus elle haïssait, mieux elle résistait. Dans ces moments-là, tout son être n'était qu'un concentré de ce sentiment qui la portait et l'anéantissait tour à tour.

Elle était assise dans la chambre de l'hôtel confortable où Maurice les avait installées. Elle avait d'ailleurs noté qu'il n'avait pas choisi pour elles l'hôtel de grand luxe. Il réservait ces faveurs à sa femme, ou alors il devait avoir peur qu'on les voie avec lui, elle et sa petite, et qu'on s'interroge. Elle n'avait rien dit. L'hôtel était d'excellent niveau et pour le reste elle attendait son heure. Elle passait des journées dans la chambre et ne bougeait pas, regardant fixement un horizon inexistant par une fenêtre qu'elle gardait fermée. Dans un coin, la gamine avait appris à se faire oublier. Rejetée par sa mère, inexistante pour cet oncle Maurice qui la regardait toujours avec un drôle d'air, elle jouait silencieusement avec une vieille poupée qu'elle avait emportée de la maison du Nord.

Petit à petit, Berthe reprit sa respiration. Elle se dit qu'après tout il ne fallait pas s'en faire, elle était sur la bonne voie. Elle aurait pu ne jamais retrouver Maurice. Heureusement, il y avait eu ce mot anonyme qui lui avait été envoyé dans une enveloppe, comme à chaque fois que Maurice déménageait. La lettre portait toujours le cachet de la poste du 1er arrondissement de Paris. Elle ne voyait pas de qui cela pouvait venir, elle ne connaissait personne là-bas. Et elle se demandait qui pouvait bien vouloir l'avertir et quel était l'intérêt de la personne qui lui envoyait ces mots. Quand elle y songeait, elle s'inquiétait. Mais, à chaque fois, la joie de retrouver Maurice était la plus forte et elle oubliait. Maurice ne lui ferait jamais plus un tel affront. D'ailleurs, il l'avait rassurée, il lui avait expliqué qu'à l'époque où il avait vendu la maison du Nord et l'avait laissée sans explications, il ne savait plus ou il en était. Il s'était effondré dans la chambre, presque en larmes, et il lui avait dit qu'il avait eu d'énormes soucis avec l'entreprise et qu'il avait mieux valu quitter le pays, qu'il avait cru bien faire pour elle et la gamine. Et elle avait fini par accepter ses explications. Pourquoi ne lui avait-il pas dit qu'il avait des ennuis avec l'entreprise ? Elle aurait compris, elle l'aurait aidé. Mais, là, il était resté silencieux, il avait plongé dans cette hébétude qu'elle connaissait si bien. Et ces silences étranges de son frère qui duraient et qui auraient inquiété toute personne normale, elle, elle les aimait. Dans ces instants, il semblait partir dans une sorte de coma intérieur et elle ne le sentait jamais aussi vulnérable. À sa portée. Elle adorait le voir dans cet état, dépendant. Et elle revivait. Elle lui avait parlé, doucement, elle l'avait aidé à revenir à lui et elle l'avait aidé à quitter la chambre et à retourner au chantier. Il était fragile et elle le savait et elle avait lu dans son regard ce sentiment de bête soumise qui remercie la main qui le protège. Quel bonheur ! Son frère était là, faible à nouveau. Comme avant. Il n'avait rien oublié. Sa Sophie n'y avait rien changé !

Berthe se sentit sauvée, il lui faudrait juste de la patience comme quand ils étaient enfants et qu'elle le sermonnait. Elle lui faisait faire tant de choses en ce temps-là. Ils étaient plus jeunes, elle était l'aînée et lui le plus petit. Mais elle devra être prudente, ne pas aller trop vite parce qu'il était encore capable de se rebiffer et de lui échapper à nouveau, et ça, elle ne voulait plus le vivre. Cette fois, elle tiendrait bon. Il lui avait dit qu'elle ne devait s'inquiéter de rien, il la prenait entièrement en charge et ils aviseraient au fur et à mesure. Il devait d'abord finir ce chantier. Depuis qu'ils s'étaient expliqués, Berthe avait retrouvé un certain calme. Elle avait senti la faille chez Maurice, elle avait réussi à le faire douter de Sophie. Elle pouvait à nouveau jouer son rôle protecteur. Mais il faudrait lui faire quitter sa femme, or il lui était très attaché. Alors, pour cela, il allait falloir changer le regard qu'il lui portait. La salir, la lui montrer telle qu'elle était vraiment, prétentieuse, profiteuse de ses forces, de sa faiblesse, de son argent. Il fallait qu'il arrive à la haïr comme elle, Berthe, la haïssait et, alors seulement, elle serait définitivement débarrassée de cette Sophie. Alors seulement elle aurait gagné. Tout son être se consacrait à cette tâche. Petit à petit, à chaque fois qu'elle réussissait à voir Maurice, ce qui arrivait de plus en plus souvent car elle y consacrait toute son énergie et tout son temps, elle insinuait en lui le venin du mal. Et elle le faisait avec efficacité parce qu'elle était convaincue que c'était pour le bien de son frère chéri, pour leur bien à tous les deux.

Comprenant qu'il ne servait à rien de se mesurer directement à Sophie et d'aller frapper à sa porte, elle avait opté pour une solution sournoise qui lui convenait parfaitement et dans laquelle elle excellait. Jamais elle n'attaquerait l'image de Sophie de front, elle biaiserait. Elle plaindrait Maurice, elle le trouverait fatigué, pas heureux. Elle le comprendrait.

Et elle jouerait auprès de lui la sœur dévouée, martyre effacée qui ne veut déranger personne mais qui est remplie d'amour et d'espoir. Et qui n'est là que pour son bien à lui. Et elle allait mettre en avant cette petite fouine qui était sortie de son ventre et qu'elle utilisait pour toutes sortes de raisons. Quand elle pensait au père de l'enfant, Berthe ne pouvait se retenir d'éprouver pour la petite un rejet violent, bref mais violent tout de même. L'enfant lui permettait de retenir Maurice. Elle jouait avec un art parfaitement maîtrisé du mystère paternel de la petite dont elle dévoilait des bribes qu'elle changeait tour à tour selon l'opportunité du moment. Quand Maurice avait su qu'elle était enceinte, il n'avait rien demandé et elle savait qu'il ne s'y aventurerait pas. Elle le tenait.

39

L'article était paru.

Avec son nom en bas du papier, écrit en toutes lettres : Sophie Etcheverry. Henri lui avait conseillé de signer avec son nom de jeune fille pour ne pas créer de problème ni de confusion avec le nom de son mari qui était un homme connu et dirigeait une entreprise en vue. À sa grande surprise, car elle s'attendait à des difficultés, Maurice n'en avait fait aucune. Il avait été d'accord. Et maintenant elle l'attendait, fière de lui montrer *La Gazette de Biarritz*. Pour fêter ça, Henri les avait invités au restaurant de l'Hôtel du Palais avec les Américains. Maurice n'avait pu refuser. Les Américains en question, ceux qui étaient à La Varenne, avaient appris que le mari de Sophie n'était autre que l'entrepreneur de la Villa sur la mer. Et Maurice négociait maintenant un contrat avec eux pour une villa à construire l'année suivante.

Dès que Maurice eut franchi le pas de la porte, Sophie lui sauta dessus, enthousiaste, et elle lui mit *La Gazette* entre les mains :

— Regarde Maurice, c'est mon article ! Le premier ! Il est en première page. À la une ! Si tu savais comme je suis contente !

Maurice prit le journal. La photo d'Édouard Cazaux, signée par Henri de Léez, faisait la couverture. La légende disait : « Un reportage de Sophie Etcheverry dans l'atelier du célèbre céramiste de Biarritz. » Il l'ouvrit et découvrit qu'à l'intérieur il y avait deux pleines pages de texte et de photographies. Le nom de Sophie était bien lisible, en caractères gras. Toute à sa joie, Sophie ne vit pas le rictus de son mari, elle crut au contraire qu'il souriait, heureux comme elle de voir qu'elle avait réussi et que son papier avait de l'importance.

— Pour une première, c'est magnifique, tu ne trouves pas ? !

Il ne put acquiescer, c'était au-dessus de ses forces. Sa conversation du matin avec Berthe lui revenait en mémoire. Quand il lui avait appris que Sophie faisait un article dans le journal de Biarritz, Berthe avait cru s'étrangler. Elle avait avalé sa salive, bien pris son temps avant de parler et elle avait laissé tomber d'un ton plein de sous-entendus :

— Ah ! Je ne pensais pas qu'elle irait jusque-là.

— Qu'est-ce que tu veux dire ? avait-il répondu.

— Mais mon pauvre Maurice, tu ne vois donc rien ?

— Mais quoi, que veux-tu que je voie ? Elle fait un article c'est plutôt bien, non, au lieu de courir les boutiques. Tu me dis toujours qu'elle dépense mon argent, là au moins elle ne le dépense pas, et même elle en gagne.

— Justement ! Comme tu es naïf. Je savais bien moi qu'un jour elle chercherait à t'éclipser. En fait, elle est jalouse de toi, de ton succès. Et tu l'as laissée faire ! Mon pauvre Maurice, tu es trop gentil, tu ne vois pas le mal. Maintenant, c'est elle qui va être dans le journal, c'est elle qui va jouer les stars. C'est elle dont on parlera dans les dîners. D'ailleurs, ça commence avec ce repas en son honneur. Tu ne trouves pas ça excessif ? ! Un repas pour Madame la grande journaliste ! Et au restaurant de l'Hôtel du Palais en plus. Tu t'éreintes et elle parade. Méfie-toi Maurice, bientôt tu ne serviras qu'à lui porter les bagages et à lui avancer la voiture !

Il n'avait rien répondu. Il savait que sa sœur haïssait Sophie et il pensait que là, elle exagérait. Il connaissait sa femme. Bien sûr, Berthe l'aidait à la découvrir sous un autre jour et il réalisait qu'elle n'était peut-être pas la femme qu'il avait idéalisée, mais il était sûr d'une chose : elle n'était pas orgueilleuse. Seulement, quand il eut le journal dans les mains, quand il réalisa que pour son premier papier elle faisait la une et que son nom s'étalait en toutes lettres, il eut un choc. Berthe n'avait peut-être pas tort. Il songea à des écrivains comme ce Cocteau qui était l'étoile de son temps et avait l'air, ma foi, de bien gagner sa vie. Peut-être que, avec la complicité de cet Henri de Leez, Sophie cherchait, comme lui, la gloire. Et si elle cherchait la gloire c'est qu'elle voulait aussi l'argent qui va avec. Il ne pouvait y croire mais Berthe avait insisté : « Tu verras, un jour tu n'y prendras pas garde et elle gagnera plus que toi. » Il avait éclaté de rire, Sophie, gagner plus que lui ! Ça, il ne pouvait l'imaginer, ça lui semblait tout bonnement impossible. Mais par contre, qu'elle obtienne une certaine indépendance, ça oui. À quoi servirait-il alors si elle se débrouillait seule ? À avancer la voiture ? Il blêmit à cette pensée. Lui qui aimait tant la protéger, il ne serait plus qu'un vulgaire chauffeur. C'est Berthe qui voyait clair.

Sans que personne ne le sache, Maurice avait repris le chemin des drogues. Il prenait, pensait-il, peu de chose, et il était sûr de maîtriser. Mais son cerveau avait gardé en mémoire les excès d'autrefois. Et la paranoïa le reprenait. Encouragé par Berthe, il voyait le mal partout.

Il pensa que Sophie venait de moins en moins souvent se blottir contre lui dans leur lit. Et si elle avait un amant ? ! Mais qui cela pourrait-il être ? Henri de Léez ? Non, ce gros homme ne saurait rien faire d'une femme, ça ne pouvait être lui. Mais alors, qui ? Dans l'environnement masculin qui était le leur, il ne voyait personne.

Bien loin de se douter des pensées sombres de son mari, Sophie le regardait, inquiète. Elle voyait que son visage avait changé d'expression et elle se demandait ce qui pouvait bien le contrarier ainsi. Elle s'en voulut de l'avoir ennuyé avec son article, lui qui avait tant de soucis avec le chantier. Elle se reprocha de ne penser qu'à elle. Sa mère lui disait toujours qu'elle était égoïste et sans doute avait-elle raison. Elle eut un geste de tendresse et s'approcha de son mari :

— Qu'est-ce qu'il y a Maurice ? C'est le chantier, c'est ça ? Dis-moi si je peux t'aider…

Elle avait dit le mot qu'il ne fallait surtout pas prononcer. L'aider ! Il sursauta, horrifié.

— Toi ! M'aider ! lui répondit-il froidement. Mais tu te prends pour qui ? Parce que tu écris trois misérables lignes, tu t'imagines que tu peux aider quelqu'un comme moi ? Mais reviens sur terre ma pauvre Sophie. Si j'ai accepté de venir à l'invitation d'Henri de Léez ce soir, sache que c'est uniquement parce qu'il y a mes clients américains. Et puis je ne peux refuser l'invitation d'un journaliste. Mais toi tu as l'air de te monter la tête, tu te crois en pleine gloire. Ma pauvre Sophie, ne te fais aucune idée à ce sujet. Parce que s'il fallait faire un repas à chaque fois que quelqu'un fait quelque chose d'aussi insignifiant qu'un article sur un potier, crois-moi, les restaurants ne désempliraient pas.

Chaque mot de Maurice avait violemment percuté Sophie. Sa joie retomba d'un coup. Il jeta le journal sur la table du salon d'un geste rageur et partit se changer. Elle resta seule, ne sachant que faire, incapable de réagir. L'instant d'avant elle était heureuse, elle l'aimait à nouveau, elle croyait que les mauvais moments étaient passés. Elle rayonnait à l'idée de ce repas qui les réunissait tous et elle espérait lui raconter, enfin à table, la merveilleuse rencontre avec Édouard Cazaux car elle n'avait eu aucune occasion de le faire avant. Maintenant, les larmes aux yeux, elle se sentait ridicule, avec son article dérisoire dans un journal qu'il avait jeté sur la table comme une vulgaire feuille de rien. Faustine était dans la cuisine, à côté, et elle avait tout entendu. Elle n'en croyait pas ses oreilles ! Comment Monsieur Maurice pouvait-il dire des choses pareilles ? ! Ne sachant que faire en voyant Sophie si ébranlée, elle s'avança, les mains encore pleines de la pâte qu'elle préparait pour le repas du lendemain. Quand elle vit son visage stupéfait, Sophie, qui tenait à peine debout, s'effondra en larmes dans ses bras.

— Ne pleurez pas Madame, votre article est très beau. Et vous pouvez être fière. C'est bien d'écrire dans un journal. Tout le monde ne peut pas le faire. Et ce monsieur Cazaux dont vous parlez, ce n'est pas un potier comme l'a dit votre mari. Il l'était mais il est devenu un grand céramiste, un artiste. C'est très beau d'avoir écrit un papier sur lui. Pour une fois qu'on ne parle pas des bals et de l'arrivée des rois dans *La Gazette*, ça change. Ces pages, il les mérite et moi je suis fière que ce soit vous qui les ayez écrites.

Sophie se redressa, calme. Incrédule, elle regardait Faustine. Comment cette toute jeune fille avait-elle trouvé des mots aussi justes et aussi simples ? Elle essuya ses larmes. Faustine avait raison. Ce papier n'était pas rien, et Édouard Cazaux était bien plus qu'un « potier » comme l'avait dit Maurice si méchamment. Elle serra très fort les mains de Faustine entre les siennes :

— Merci Faustine, lui dit-elle. Je n'oublierai jamais les mots que tu viens de me dire.

Elles n'eurent pas le temps d'en dire plus, Maurice sortait de la chambre. Il était prêt.

— Essuie ta robe, dit-il d'un ton froid en arrivant dans le salon. Tu as plein de farine sur ton épaule. Vu ce qu'elle a coûté, il ne manquerait plus qu'elle soit tachée.

Gênée, Faustine se confondit en excuses mais Sophie la rassura aussitôt. La farine s'enleva d'un simple geste.

— Allons-y, dit Maurice en se dirigeant vers la porte, Léon nous attend.

Il avait mis son costume sombre et sa chemise blanche, noué sa cravate. Il se tenait bien droit. Sophie nota la raideur de son attitude et elle repensa à l'aisance d'Henri de Léez au milieu des céramiques. Jamais elle n'avait vu la raideur de Maurice sous cet angle. Elle le découvrait inquiétant et, même, ridicule.

Quand la porte se fut refermée sur eux, Faustine poussa un soupir de soulagement. Il n'aurait plus manqué qu'elle tache la robe. Que se serait-il passé ? Jamais Monsieur Maurice ne s'était montré radin avec elle. Au contraire, question argent, il était plutôt large. Mais là, elle avait senti qu'elle n'était pas passée loin de la faute et, sans vraiment savoir pourquoi, elle était sûre qu'il ne l'aurait pas ratée. Elle repensa à l'histoire de cette sœur et à l'épisode avec Marcel. Jamais elle n'en avait parlé à Madame mais elle savait que Monsieur Maurice mentait. Elle l'avait bien entendu quand Marcel avait parlé à cette femme derrière la porte. La femme était bien la sœur de Monsieur. Pourquoi madame n'en savait rien et comment peut-on cacher une sœur à sa propre femme ? Ce secret commençait à lui peser et, vu l'attitude de Monsieur, Faustine se disait que tout ça, ce n'était pas bon pour sa patronne. Mais elle ne voyait pas ce qu'il fallait faire. Parler à Madame ? Et si ça faisait des histoires terribles et qu'on la renvoyait ? Ou pire ? Très choquée par la méchanceté des mots de Maurice, Faustine sentait pourtant qu'il fallait agir. Elle ne pouvait plus se taire. Elle décida de se confier à Imanol. Il travaillait à l'hôtel, il connaissait Maurice et sa femme, il lui dirait ce qu'il convenait de faire. Et puis ça serait une bonne occasion de faire davantage connaissance avec lui. Après tout, c'était même une excellente idée. Elle en aurait presque remercié Maurice.

40

Illuminé dans la nuit, l'Hôtel du Palais découpait sur les longues façades ses hautes fenêtres éclairées et on devinait l'ombre des grands rideaux relevés par de lourdes embrases.

L'Hispano noire franchit la grande grille de l'entrée et s'engagea dans l'allée qui menait à l'hôtel. D'ordinaire, Sophie goûtait le moindre détail de ce moment-là parce qu'elle le trouvait toujours magique. Éternellement renouvelé. La pratique régulière du luxe n'avait pas émoussé sa capacité à l'émerveillement. Au contraire, elle mesurait de plus en plus la force et la paix que pouvait donner un contact permanent avec la beauté des objets et des lieux. Tout était sublimé dans le monde du luxe. Les directions des grands palaces faisaient tout pour que le personnel soit entièrement au service des clients dans la plus grande discrétion et la plus parfaite soumission à leurs volontés. Dans ces lieux exceptionnels, tel que l'était l'Hôtel du Palais, le client était véritablement un roi.

L'Hispano amorça en douceur le virage qui longeait la façade avant d'arriver sous le grand porche. Près de l'entrée, sous la haute verrière qui protégeait les riches clients de la pluie ou du soleil trop fort, la silhouette du portier se détacha. Voyant arriver la limousine, il s'avança pour les accueillir et leur ouvrir la porte.

Léon tira vers lui le levier de vitesse et décéléra juste ce qu'il fallait. Il conduisait à la perfection et l'Hispano noire s'immobilisa.

L'homme ouvrit la portière et, tout en s'inclinant, il se déplaça sur le côté pour laisser descendre Sophie :

— Madame, Monsieur, bonsoir. Soyez les bienvenus.

Elle manqua d'en tomber de stupéfaction. C'était lui : c'était Orkatz Garay !

Il n'eut pas le temps de dire quoi que soit, déjà Maurice s'avançait. Il avait lui aussi reconnu le Basque qui était venu au chantier et il était stupéfait de le retrouver dans cet uniforme de portier. L'occasion était trop belle de prendre une revanche, d'autant que les ennuis qu'il avait eus au chantier avec les livraisons avaient été extrêmement sérieux et qu'il avait cru devoir abandonner le palais mauresque à plusieurs reprises. Mais il avait tenu bon et contre tous ces Basques il avait mis les choses en ordre. Désormais il traitait avec Bordeaux. C'était moins rapide, mais sa satisfaction d'avoir doublé les Basques valait bien ça. Il savait qu'il finirait son palais mauresque. Mais il était persuadé que tous les problèmes qu'il avait eus venaient directement de cet Orkatz Garay que le destin mettait sur sa route en uniforme de portier. Il jubilait !

— Tiens, tiens, fit-il en s'avançant avec ce rictus qu'il avait désormais en toutes circonstances, je ne m'attendais pas à vous revoir ici. La vie est vraiment très surprenante. Je vous reconnais, Monsieur Orkatz Garay.

Quelle jouissance ! Maurice s'adressait à lui comme à quelqu'un qui vous a voulu du mal mais qui a raté son affaire et envers qui, du coup, on peut éprouver une sorte de commisération.

— Savez-vous, continua-t-il, que mon chantier se porte très bien. Grâce à vous...

Le visage d'Orkatz marqua une évidente perplexité. Et pour cause, il ne savait rien des manipulations d'Imanol contre le chantier.

— Sans vos interventions répétées pour empêcher les livraisons des matériaux, poursuivit Maurice, je serais toujours à traiter avec les Basques. Mais ça ne sert à rien de mettre des bâtons dans les roues à des hommes comme moi. J'ai découvert les entreprises bordelaises. Elles sont très efficaces et moins chères. Du coup, voyez, grâce à vous, je gagne de l'argent.

Jamais de toute sa vie Orkatz ne s'était retrouvé dans une position pareille. Dans son nouvel uniforme à boutons dorés, sa main tenant encore la poignée de la portière, il était encore sous le coup de l'émotion qu'il éprouvait à se retrouver face à cette femme qu'il avait tenue dans ses bras au cœur d'une tempête et qu'il n'avait jamais pu oublier. Et voilà que son mari déblatérait sur des histoires de livraison. Mais de quoi ce Maurice Caron parlait-il ? Qu'est-ce que c'était que ces bâtons dans les roues, ces livraisons retardées ?

Maurice n'attendait pas de réponse. Il avait appris que les Basques restaient volontiers silencieux. Alors, en cet instant précis, face à Orkatz déguisé en portier qui avait voulu lui donner des leçons, devant Sophie qu'il avait démasquée derrière ses grands airs, Maurice se sentit tout puissant. Galvanisé par la confiance aveugle de sa sœur qui alimentait quotidiennement sa paranoïa, il ne doutait plus d'arriver à tout. Les drogues dans son cerveau faisaient leur atroce chemin. Il était sûr désormais de pouvoir déjouer les pièges de tous ceux qui essaieraient de se poser en travers de sa route. On croyait pouvoir le manipuler, mais c'est lui qui tenait les ficelles. Tous ces idiots n'y voyaient rien. Depuis le temps qu'il ne laissait derrière lui que de la terre brûlée sans que jamais personne ne s'en aperçoive, pas même ses proches, il se sentait inatteignable. Il esquissa ce rictus qui lui collait aux lèvres et plongea sa main dans la poche intérieure de sa veste. Il en extirpa une pièce d'or qu'il déposa dans la casquette qu'Orkatz tenait à la main.

Et, sans attendre, il poussa Sophie devant lui et entra dans l'hôtel.

41

Orkatz regarda la pièce briller dans la casquette et, d'un geste large, il l'envoya promener au loin.

Puis calmement, songeur, il referma lentement la portière de l'Hispano. Léon l'observait. Orkatz croisa son regard. Ça ne doit pas être simple d'être au service d'un Maurice Caron, se dit-il, et il pensa que peut-être l'homme lui manifestait une certaine solidarité. Ou alors c'était à cause de la pièce d'or qu'il avait jetée. Chez les petites gens, on ne « jette pas l'argent par les fenêtres ». L'expression disait bien ce qu'elle voulait dire. En y réfléchissant, Orkatz regretta son geste. Il se dit qu'il aurait mieux fait de donner la pièce d'or au chauffeur.

Maurice se trompait lourdement quand il croyait Orkatz humilié dans sa position de portier. À partir du moment où le Basque avait été contraint de faire ce choix, il ne l'avait plus remis en question. Orkatz savait qui il était. L'uniforme de portier n'y changeait rien.

Ce qu'il n'avait pas prévu, en revanche, c'était son émotion face à Sophie. La revoir si élégante l'avait beaucoup troublé. Jamais il n'aurait pensé tenir un jour une femme comme celle-là dans ses bras. Et pourtant, cela avait eu lieu, une nuit de tempête. Il se demanda si elle en avait parlé à son mari. De son côté, lui n'avait rien dit à Maitena. Rien de ce qui s'était passé entre cette femme et lui au rocher de la Vierge. De toute façon, à côté du drame qui avait eu lieu avec la disparition de Patxi, il n'aurait pas su quoi raconter. Il avait tenu cette femme dans ses bras, c'est tout.

Pourtant il avait repensé à ce moment plus souvent qu'il ne voulait l'admettre. Cette pluie si violente, cette neige ! Il sentait encore contre son corps celui de cette femme agrippée à lui de toutes ses forces et ce seul souvenir lui donnait des frissons. Ça avait été un moment d'une totale irréalité mais d'une si grande puissance ! Comment l'oublier ?

Pas un instant il ne s'était senti humilié d'avoir eu à lui ouvrir la porte. Mais, par contre, il regrettait beaucoup de ne pas être celui qui entrait à ses côtés dans ce splendide palace.

À partir du moment où il avait passé l'uniforme, Orkatz avait accompli sans état d'âme ce pour quoi il était payé. Depuis une dizaine de jours qu'il était à l'Hôtel du Palais, Orkatz découvrait une autre beauté que celle des grandes collines basques et il n'y était pas insensible. La vieille Louise avait raison, Orkatz était un contemplatif. Il aimait les lointains horizons. De la même façon qu'enfant il avait longtemps écouté le bruit que faisaient en tombant les kakis lourds dans la terre de l'automne, aujourd'hui il écoutait ce bruit incessant de l'océan si proche tout en regardant autour de lui le va-et-vient de ces hommes et de ces femmes qui venaient de l'autre bout du monde.

Orkatz aimait le soir. C'était si différent de voir les lumières briller ici et non de loin, quand il était là-bas sur la colline et qu'il les trouvait si agressives ! Quand les lumières de Biarritz s'allumaient, naissait un autre monde.

Il regardait Léon qui rangeait l'Hispano aux côtés des autres limousines noires dont les chromes par endroits luisaient aux reflets de la lune. À son poste, il avait eu tout le temps d'observer la confrérie particulière des chauffeurs de maître.

Curieuse confrérie.

Au début, il avait été intrigué par leur manège. La journée, quand ils se retrouvaient ensemble à attendre sur le grand parking de l'hôtel qui leur était réservé, avec leurs limousines impeccablement rangées le long des hautes grilles de ferronnerie qui protégeaient l'enceinte, les chauffeurs occupaient le plus clair de leur temps à ouvrir et fermer les capots. Plongés sur les moteurs, ils passaient d'un véhicule à l'autre, s'invitant à observer des choses apparemment passionnantes. À les voir ainsi, soucieux de leurs véhicules, toujours à lustrer d'un revers de chiffon une carrosserie, Orkatz les trouvait cocasses. Mais le soir, quand ils se regroupaient pour discuter tout en fumant une cigarette au milieu des belles limousines, appuyés négligemment contre leurs carrosseries, Orkatz les trouvait fascinants.

Pour le Basque, il y avait dans le décor que créaient la présence des chauffeurs et leurs mouvements permanents une indéniable beauté que relevaient les pelouses vertes impeccablement tondues et les massifs d'hortensias roses.

S'ils n'avaient porté eux aussi cette fameuse casquette à brandebourg doré, signe reconnaissable de tout serviteur de palace et de haut rang, les chauffeurs étaient si élégants dans leurs livrées noires à cols blancs qu'on aurait pu les prendre pour les riches propriétaires des belles limousines. Car il arrivait que ces derniers, par goût de la conduite, conduisent eux-mêmes leur voiture. Mais le plaisir qu'Orkatz prenait à regarder le ballet des limousines et des chauffeurs fut gâché le jour où il apprit incidemment une anecdote. Le bruit courait que parmi les chauffeurs certains n'hésitaient pas à jouer de la confusion avec leurs patrons, avec bien sûr l'accord tacite de ces derniers qui les laissaient faire. Et même qui les encourageaient. Les chauffeurs séduisaient des jeunes filles éblouies et naïves qui pensaient avoir affaire à l'homme riche et puissant, propriétaire de la limousine et tombaient dans leurs filets. Et quand il fallait déchanter, le patron jouait le rôle inverse et faisait le chauffeur. Il ramenait à son point de départ la jeune fille en larmes, qu'il consolait à sa façon. Ce petit jeu les amusait beaucoup, ils n'y voyaient aucun mal.

— Ça leur apprendra à vouloir séduire des riches, avait même dit devant Orkatz l'un de ces chauffeurs indélicats. La prochaine fois, elles feront attention. Au fond, on leur rend service, on leur apprend qu'il faut se méfier des apparences !

Et il avait éclaté d'un rire gras, entraînant tous ceux qui autour de lui trouvaient que ma foi, ce n'était pas si faux. Sans doute pensait-il évacuer, par ce trait d'esprit, la saleté de son âme.

Orkatz ne riait pas.

Il condamnait cette attitude et ne comprenait pas qu'on puisse trouver quoi que ce soit de satisfaisant à faire pleurer des jeunes filles, même si on estimait que leurs rêves étaient des plus dérisoires. Jamais dans sa vie d'homme, il n'avait eu ce comportement. Jamais, lui, il n'avait utilisé sa beauté et séduit pour rien. Comme en toutes choses, Orkatz se faisait une très haute idée des sentiments humains.

De ce jour, il ne regarda plus jamais les chauffeurs de la même façon. Quelque chose dans le paysage idyllique des limousines noires s'était sali. Plongé au cœur de ce monde du luxe, Orkatz en découvrait tout ensemble et la beauté, et la laideur. L'apprentissage allait vite. Tant qu'il était resté là-haut dans l'*etxe* sur sa colline, loin de ce monde tourbillonnant, loin de ces soirées fastueuses pour privilégiés, il n'avait aucune idée de ce qu'était cet univers. D'une part parce qu'il ne l'avait jamais côtoyé, mais aussi et surtout parce que ce monde ne l'avait jamais jusqu'alors intéressé.

Comme Sophie, qui avait passé sa jeunesse dans le même contexte que lui, il avait hérité d'une culture si forte et sur une terre si belle, qu'une harmonie profonde avait été le socle de sa vie. Entre les jeux de pelote, la pêche à la pibale et les chants qu'il entonnait aux repas de famille, entre les matchs de rugby et les fêtes de village, entre l'amitié d'Iñaki et l'amour de Maitena, avec les virées dans les bodegas de l'autre côté de la frontière avec les copains et le vent d'Espagne qui le faisait rêver, avec le travail qui changeait au rythme des saisons, il n'y avait jamais eu dans la vie d'Orkatz aucune place pour le doute ou l'ennui. La perte de son frère était son premier drame, sa première douleur. Et voilà que, suite à cet évènement tragique, il se retrouvait portier. Lui, Orkatz le pur, Orkatz l'orgueilleux !

42

— Alors, tu l'as vu ?

Imanol s'impatientait. Depuis qu'Orkatz avait pris son service, tous les employés du palace venaient aux nouvelles auprès de Peyo qui, dans l'environnement de l'hôtel, était son ami le plus proche. Comme Imanol, tous ici, dans les cuisines, dans les étages, dans les escaliers de service, ils s'étaient interrogés. Comment allait réagir aux ordres celui que l'on disait si indépendant, si fier et si libre ? Celui qui n'avait jamais fait une seule compromission.

Le jour de son arrivée, ils avaient tous demandé à être de la brigade du soir, comme lui. Et à l'heure où tous savaient qu'il allait commencer, sous un prétexte quelconque, ils s'étaient arrangés pour le croiser. Quand ils avaient appris qu'Orkatz venait à l'hôtel travailler parmi eux, ils n'y avaient pas cru. Et puis quand ça n'avait plus rien eu d'une rumeur, ils en avaient parlé entre eux, perplexes. Certains étaient déçus. D'autres au contraire avaient estimé qu'il avait du cran et qu'il avait su passer par-dessus son orgueil pour éviter aux femmes de quitter les maisons à sa place. Peyo avait tranché :

— C'est déjà beau que jusqu'à ce jour les Garay n'aient jamais fait de compromis. Maintenant que Patxi est mort, Orkatz est le seul de sa famille à pouvoir faire face. Son salaire de portier est le triple de ce qu'auraient gagné les femmes en travaillant toutes les deux. Il a agi en homme responsable et il est passé outre sa fierté. C'est tout à son honneur !

Plus personne n'avait rien dit. Ils ne savaient pas exactement ce qu'ils attendaient, mais Orkatz Garay était quelqu'un dont on espérait beaucoup. Il en avait presque toujours été ainsi, c'était dû à ce qu'on appelait son charisme naturel. À cause de sa stature, de son regard droit, de ce sourire qu'il avait et qui illuminait son visage, ils rêvaient de quelque chose qui viendrait de lui. Et puis il y avait cette part de mystère en lui qui échappait à tous. Un acte, une parole, une attitude, ils attendaient. Quand il était arrivé, Orkatz avait fait comme n'importe lequel des employés de l'hôtel. Il avait rempli les papiers, noté le travail qu'il devait faire, pris la clef de son casier et endossé l'uniforme. Une discipline totale qui mettait sa différence en valeur. Ni le port de l'uniforme, ni sa docilité apparente ne changeaient rien à cette force qui se dégageait de lui. Tous sentaient bien qu'il ne serait jamais un exécutant. Il y avait en lui quelque chose de profondément paisible et serein qui laissait penser que chacun de ses actes était clairement assumé.

Un temps inquiet de ce recrutement auquel il avait été contraint en raison de la solidarité de tous les employés, le directeur du palace avait attendu les premiers comptes rendus avec impatience. Maintenant, il était rassuré. Orkatz Garay ne posait aucun problème. Il faisait son travail.

— L'admiration dont il bénéficie parmi les membres du personnel nous est très utile, avait expliqué le directeur du personnel qui gérait nombre de conflits internes. Avec l'aura qui est la sienne, jamais personne n'ira lui chercher des noises. Et comme d'autre part il fait bien son boulot, pour nous c'est l'idéal.

— Bien bien, avait noté, perplexe, le directeur du palace. Les clientes en sont déjà folles, je n'ai que des félicitations pour l'avoir embauché. Décidément, il nous faudrait un peu plus souvent des employés comme lui.

— Je n'irais pas jusque-là, crut bon de rectifier le directeur du personnel.

— Pourquoi dites-vous ça ? s'inquiéta le directeur.

— Rien de précis. Disons que je sens qu'à la conciergerie on hésite à lui donner des ordres. Ne me demandez pas pourquoi, je n'en sais rien. Heureusement, à son poste, il se gère tout seul.

— Il a déjà refusé de faire quelque chose, il s'est montré réticent ? fit le directeur, soudain moins enthousiaste.

— Non. Seulement, comme vous disiez qu'il faudrait plus d'employés comme lui, je voulais juste vous dire que je n'en étais pas si sûr. Même moi, si je peux éviter de lui demander de faire quelque chose qui n'est pas dans ses attributions, je n'hésite pas. Vous voyez ce que je veux dire ?

— Non, je ne vois pas, trancha le directeur qui n'aimait pas qu'un employé suscite une telle déférence. Mais bon, puisque vous me dites que tout va bien, restons-en là.

De la direction jusqu'aux services, Orkatz était au cœur des conversations.

— Alors, tu l'as vu ?

Comme Peyo semblait ne pas avoir entendu, Imanol répéta sa question et posa la pile d'assiettes qu'il devait aller mettre sur les tables du déjeuner.

— Oui je l'ai vu, répondit Peyo qui lui aussi dressait les tables et prenait soin de mettre sur son plateau les verres en cristal à distance suffisante les uns des autres pour ne pas qu'ils se touchent et se fendent au moindre coup.

— Alors… qu'est-ce qu'il fait ? insista Imanol.

— Et qu'est-ce que tu veux qu'il fasse, pardi ? ! Il ouvre les portes des voitures et celles de l'entrée, il fait comme tous les portiers de France et de Navarre.

— Et ça ne lui pose pas de problème ? Il t'a rien dit ?

— Si. Il m'a dit quelque chose.

Les yeux d'Imanol pétillèrent :

— Ah ! Et qu'est-ce qu'il t'a dit ?

— Il m'a demandé de me renseigner pour savoir qui avait eu la bonne idée de jouer au cow-boy et de retarder les livraisons sur le chantier de Maurice Caron.

Pris au dépourvu, Imanol resta coi.

— Ça ne serait pas toi par hasard ? questionna Peyo qui avait tout de suite deviné d'où pouvait venir pareille initiative.

Il n'y avait que les jeunes pour désobéir aux règles que les anciens avaient fixées sur cette affaire. Et Imanol, avec son tempérament fougueux et sa rage contre Maurice était, avec ses copains de pelote, tout désigné.

Imanol assuma. Mentir n'était pas son genre.

— Oui, c'est moi. J'ai parlé aux copains.

Peyo explosa :

— Et vous vous croyez malins ? Tu t'imagines que c'est comme ça qu'on règle les problèmes ? Tu ne fais que les envenimer au contraire, et tu sais à quoi on arrive avec des comportements pareils ?

Imanol resta silencieux.

— À la guérilla ! Et la guérilla c'est l'escalade de la violence. On va droit dans le mur !

— Et vous, qu'est-ce que vous attendez ? répliqua Imanol énervé de se faire sermonner par ces anciens qu'il trouvait décidément bien mous. Que le Maurice finisse de construire son palais mauresque ? Alors là, on sera bien avancé, oui ! Et vous ferez quoi ?

Peyo se retint.

— Tu es trop fougueux, Imanol. C'est mauvais pour régler des problèmes délicats. On fera ce qu'il faut et suffisamment bien pour que cela ne se reproduise pas. Rien n'est plus dangereux que la guéguerre que tu fais. Tu vas m'arrêter ça tout de suite et qu'on ne vous y revoie pas. Tu crois que le patron des sablières, il est content que le Maurice aille se fournir à Bordeaux ? Pour l'instant je te signale que c'est tout ce que vous avez gagné à votre petit jeu. Maintenant, file faire ton boulot en salle et, ce soir, avertis tes copains.

La voix de Peyo était montée d'un ton et Imanol s'exécuta.

Rageur, le jeune Basque prit sa pile d'assiettes et tourna les talons. Il devait se plier à la règle et cette fois il était persuadé que les anciens se trompaient. Pour Imanol, des types sans foi ni loi comme ce Maurice, des types qui vous regardent dans les yeux et vous disent le contraire de ce qu'ils font, il fallait les arrêter tout de suite. Avant qu'ils aient le temps de faire quoi que ce soit, avant seulement qu'ils aient eu le temps de dire « ouf ». Comment Orkatz ne comprenait-il pas une chose aussi évidente ? Imanol ne voulait pas se l'avouer, mais il était déçu par son héros. Pourquoi était-il venu travailler à l'hôtel ? S'il y en avait un qui n'avait pas le droit de venir servir tous ces nantis, c'était bien lui. À quoi bon toutes ces années à donner un tel exemple pour finir portier ? ! Imanol l'avait en travers. Énervé, il balançait les assiettes sur les tables au lieu de les poser délicatement comme on le lui avait appris.

Le chef de rang, qui le voyait gesticuler de loin, le rappela sévèrement à l'ordre

— Oh ! Calme-toi, Imanol, sinon tu repars à la plonge. Je n'ai pas envie d'avoir de la casse sur un service de ce prix ! Tu te crois où ? À l'auberge du coin ? Je te signale que chacune de ces assiettes vaut la moitié de ton salaire, alors attention.

Imanol savait obéir. Il respira un bon coup, ralentit le rythme, et posa les assiettes suivantes avec soin.

Une heure après, les tables étaient prêtes, le service de la manufacture de Sèvres à filets d'or et les verres en cristal de baccarat étaient parfaitement disposés, les grandes serviettes blanches en métis pliées dans les assiettes et, dans de petits vases boule en cristal taillé, les filles de salle avaient disposé de magnifiques roses blanches. L'argenterie brillait. Les grandes fenêtres étaient ouvertes sur l'océan, et les voiles légers des hauts rideaux se soulevaient doucement. Les clients pouvaient arriver.

43

Sophie tournait en rond dans le grand salon et rien ne pouvait la distraire de ce qui était devenu une obsession. Elle devait revoir Orkatz et lui parler à tout prix !

— Madame ! Vous entendez ?

Une chemise qu'elle était en train de repasser dans les mains, Faustine venait voir ce qu'il se passait. Un bruit venu des profondeurs l'avait inquiétée. Sophie tendit l'oreille et elles attendirent. Rien, silence. Puis un coup sourd, étrange, résonna. Quelques minutes après, un second, et ainsi de suite, d'autres encore à intervalles réguliers. Sur la table du salon le vase de cristal vibra très légèrement. Il y avait bien longtemps que Sophie n'avait pas entendu ce bruit sous la Villa qui la faisait frémir et qui l'avait tellement inquiétée à leur arrivée. L'été était bien fini. Avec les marées d'automne, le grand océan reprenait sa place. Les vagues étaient plus envahissantes et elles venaient s'écraser contre les gros rochers qui entouraient la Villa. Parfois, il arrivait même qu'elles éclaboussent les vitres de la grande baie. Bien qu'inquiète elle-même, Sophie rassura Faustine. Elle répéta la leçon de Maurice.

— Ce n'est rien, n'aie pas peur. C'est juste la houle qui cogne contre les grands piliers d'acier. Il y en a cent, alors forcément ça fait un peu de bruit.

Pas vraiment rassurée par cette histoire de piliers que Sophie lui avait montrés sur le plan d'architecte lors de son premier jour de travail à la Villa, Faustine voulut tout de même retourner à son repassage. Mais Sophie la retint :

— Au fait, Faustine, je voulais te demander... Sais-tu si c'est bien le frère du marin disparu en mer qui est le nouveau portier de l'Hôtel du Palais ?

— Oui madame, c'est lui. Pourquoi, vous le connaissez ?

— Non non, s'empressa de dire Sophie, pas du tout, mais on m'a dit que c'était lui alors voilà. C'est comme ça, par curiosité. Je croyais, enfin, il me semble que tu m'avais dit que sa famille était très particulière. Qu'ils restaient à l'intérieur du pays et qu'ils ne venaient jamais sur la côte.

— Oui, mais cette fois Orkatz Garay n'a pas eu le choix. Il a la veuve et les enfants de son frère à nourrir là-haut. Ça fait du monde d'un seul coup.

— Ah oui, bien sûr. Je comprends...

Faustine ne voyait pas bien en quoi la vie d'Orkatz et de sa famille pouvait intéresser Sophie. Et elle commençait à se demander si sa patronne n'était pas tombée sous le charme du Basque. En tout cas, ce n'était pas la première fois qu'elle posait des questions sur lui.

— Vous voulez savoir autre chose ?

— Non non, merci Faustine, je sors et je ne serai pas là pour déjeuner.

— Vous allez au journal ? Vous allez écrire un autre papier ?

Tiens, Sophie n'y avait pas pensé. Maurice avait si mal réagi lors de la parution de son premier article et il avait été si distant avec Henri de Léez lors du repas en son honneur qu'elle avait jugé inopportun d'écrire autre chose dans le journal. Du moins dans l'immédiat. Or, visiblement, cette idée faisait plaisir à sa jeune bonne et Sophie en fut ragaillardie. Elle se demanda pourquoi elle n'y avait pas pensé avant et pourquoi elle se laissait tellement influencer par les réactions de Maurice. Depuis quelque temps, elle s'était mise à la merci des changements d'humeur de son mari et elle s'aperçut que c'était une attitude très dangereuse.

— Au nom de quoi je supporte ses crises ? se demanda-t-elle.

Sophie, qui, dans sa jeunesse, avait toujours conduit sa vie avec énergie et indépendance, était sans s'en rendre vraiment compte devenue prisonnière d'un seul homme, Maurice. Elle avait glissé dans le confort rassurant de ses bras et s'y était endormie. Elle regarda ce qu'avait été sa vie ces dernières années auprès de lui et elle fut bien obligée de constater qu'elle s'était tout bonnement contentée d'être l'épouse aimante d'un seul homme, elle qui avait rêvé de faire mille choses. Ce rôle aurait d'ailleurs pu lui convenir toujours. Elle était juste la femme à ses côtés, celle qui le câline et l'accompagne. Elle aurait pu vivre ainsi, mais il y avait ce je-ne-sais-quoi en lui qui l'avait toujours dérangée. Cette instabilité, cette course, ces excès l'avaient séduite et paradoxalement laissée sur ses gardes. Et voilà, qu'aujourd'hui, l'homme qu'elle avait tant aimé devenait un autre.

Il était de plus en plus imprévisible. Il pouvait l'étouffer d'amour ou au contraire rester distant et l'agresser pour la moindre chose. Ces derniers temps, il était totalement absent et les rares moments où il était là, il arrivait qu'il lui fasse peur. Sans qu'elle le veuille, les sentiments qu'elle lui portait auparavant parce qu'elle l'admirait s'étaient beaucoup modifiés. Le nouveau visage que laissait entrevoir Maurice était parfois effrayant. Elle se raisonnait, se disait que ce n'était sans doute que passager, dû à toutes ses contrariétés au chantier. Et comment ne pas repenser aux traits si calmes du visage d'Orkatz, comment ne pas sentir la douce et forte pression de ses bras autour d'elle ? Sophie s'en voulait de penser à un autre homme que Maurice mais les choses étaient ainsi. Elle voulait lui parler, savoir qui il était, et elle estima qu'il n'y avait rien de mal à ça. Après ce qui s'était passé, c'était même la moindre des choses. Il avait grandi comme elle sous le ciel de ce pays. Lors de leur rencontre il s'était passé quelque chose d'inoubliable. Pourquoi feraient-ils tous deux semblant que ça n'avait pas existé ? Forte de ces arguments, elle se décida. C'est Faustine qui voyait juste et elle allait de ce pas proposer à Henri de Léez un papier sur les coulisses de l'Hôtel du Palais. Pour avoir un territoire à elle où Maurice n'interviendrait pas. C'était un début de solution. Et puis, elle verrait Orkatz.

Faustine sauta de joie, comme une gamine qu'elle était encore :

— Vous allez écrire un article sur les gens qui travaillent à l'hôtel ! Ce sera bien la première fois qu'on parle d'eux ! Qu'est-ce qu'ils vont être fiers ! Et vous commencez quand ? Aujourd'hui ?

L'enthousiasme de Faustine était un cadeau merveilleux pour Sophie. Si elle avait su à quel point sa présence encourageait sa patronne, Faustine en aurait été très surprise.

— Mais surtout, précisa Sophie, n'en dis rien à personne. Tu sais que mon mari n'aime pas beaucoup que je vois Henri et que j'écrive à *La Gazette*.

— Motus et bouche cousue ! Je ne dirai rien mais… vous me raconterez parce que… je connais quelqu'un qui travaille à l'hôtel et peut-être le verrez-vous ?

— Ah ah, fit Sophie, déjà dans l'action. Et comment s'appelle ce jeune homme ?

Faustine rougit, mais répondit franchement :

— Imanol. Il est dans la brigade de Peyo. Au service.

Sophie sourit. Elle aimait de plus en plus cette jeune bonne toujours si positive !

— Bon, dit-elle. Je te promets d'aller le voir, de l'interroger et même, si je peux, de parler de lui.

Faustine n'en revenait pas, Imanol serait dans le journal ! Et sous la plume de sa patronne. Elle en était toute contente.

— Mais attention, ajouta Sophie, rien n'est fait. Je dois aller voir Henri, c'est lui qui décide. Enfin lui et son directeur.

Mais Faustine n'avait aucun doute. Si bien qu'une heure plus tard, lorsque Sophie arriva aux bureaux de *La Gazette*, en plein cœur de Biarritz, elle était portée par la conviction de la jeune fille et était déjà sûre qu'Henri accepterait.

En fait, ce ne fut pas si simple. Henri fut très content de voir arriver Sophie avec une proposition, mais quand il l'eut écoutée, il déchanta.

— Un papier sur les coulisses de l'hôtel ! Quelle curieuse idée, je ne vois pas qui ça va intéresser. Votre article précédent sur l'atelier a plu parce que vous parliez d'un artiste prestigieux. Toute la côte rêve d'avoir une céramique signée Cazaux. Mais là, je me demande bien ce qui a pu vous passer par la tête. Parler des femmes de chambre, du portier et des serveurs ! Et vous croyez qu'il y a quelque chose à en dire ?

Heureusement, Sophie était déterminée. Sa conversation avec Faustine l'avait galvanisée. Elle se sentait la force de soulever des montagnes. Ce n'étaient ni les réticences de Maurice ni celles d'Henri qui l'arrêteraient.

— Mais il y a plein de choses à dire ! s'exclama-t-elle comme s'il s'était agi d'une évidence. Vous n'imaginez pas les questions qu'on se pose sur les coulisses de l'hôtel. Surtout les femmes. Quand on reste des après-midi entières au salon de thé, il s'en passe des choses...

Henri de Léez dressa l'oreille comme à chaque fois qu'il sentait poindre du mystère. Que pouvait-il bien se passer à l'Hôtel du Palais ? Certains après-midi, il lui était arrivé de fréquenter le bar ou le salon de thé mais il ne s'était jamais aperçu de rien. Pourtant Sophie paraissait informée et, après tout, elle qui passait des heures à discuter avec ses amies devait sans doute avoir des informations qu'il ignorait. Avec ces femmes, se dit-il, on ne sait jamais et comme, en bon journaliste, il restait curieux, il se mit à réfléchir à l'idée de Sophie. Le roi Alphonse XIII allait arriver prochainement et sa venue provoquait chaque fois des dispositions particulières dans l'hôtel. Après tout, parler des coulisses à cette occasion serait un angle nouveau et, ma foi, le prestige des brigades du palace valait bien ça. Ce serait même un excellent moyen de mettre en valeur tout ce personnel qui leur rendait régulièrement beaucoup de services. Vu sous cet angle, il se dit qu'il avait eu du nez et que cette Sophie pourrait s'avérer une excellente recrue, d'autant qu'il la trouvait bien ragaillardie. Jamais il ne l'avait connue aussi offensive et aussi déterminée. C'était bon signe et le directeur de *La Gazette*, qui avait eu des retours très positifs de ses lecteurs sur le premier article, serait enchanté.

— Bon, c'est oui, dit-il à Sophie qui attendait sa réponse.

Elle ne put retenir sa joie et l'embrassa avec enthousiasme.

— Et votre mari ? questionna Henri en la raccompagnant. Où en est-il de ses travaux ?

— Ça avance bien maintenant. Ses problèmes de livraisons se sont résolus et je sais qu'ils en sont à la plomberie et à l'électricité.

Henri trouva curieux que les problèmes de livraison se soient résolus aussi facilement. Il se demanda ce que tout cela cachait.

— Vous n'allez jamais sur le chantier voir un peu ? insista-t-il, retrouvant son caractère fouineur. Ce sera quand même votre maison.

— Oh ça non ! sursauta Sophie. Ma maison c'est la Villa et je ne suis pas prête d'en bouger. On louera le palais mauresque ou Maurice le vendra, il l'a construit dans ce but.

Henri de Léez n'y comprenait plus rien. Maurice Caron avait laissé entendre l'inverse à son directeur : Sophie et lui iraient habiter le palais et revendraient la Villa. Henri savait que des tractations étaient déjà en cours avec plusieurs acheteurs. À commencer par le propre frère de Stravinsky et une dizaine au moins de richissimes étrangers qui rêvaient tous de devenir les propriétaires privilégiés de cette fabuleuse vue qu'avait la Villa et de son emplacement exceptionnel. On avait beau s'inquiéter et douter de la sécurité de la construction qui défiait les lois de l'équilibre, les enchères montaient. Ils se voyaient tous à la proue du navire défiant le grand océan.

Or manifestement, Sophie n'était pas au courant que Maurice vendait sa propre maison et Henri, stupéfait, se demandait ce qu'il fallait faire. La situation était très délicate. S'il donnait des informations à Sophie dans le dos de son mari, ça pourrait tourner mal. Le journal, pour vivre, avait besoin d'appuis et dans le milieu somme toute restreint des grands investisseurs, on saurait vite qu'Henri s'était mêlé d'une affaire privée. Aucun de ces investisseurs, tous très jaloux de leurs territoires secrets, ne verrait la chose sous un jour positif. Impossible de mettre le journal en péril. Henri se retint de dire quoi que ce soit. Mais ça lui coûtait car il aurait aimé avertir Sophie. Il trouvait impensable qu'un homme puisse faire une chose pareille à sa femme.

Ce Maurice est décidément une ordure ! pensa-t-il, contrarié et confirmé dans ses soupçons sur cet homme qu'il avait toujours jugé peu clair. Mais que faire ? Il ne pouvait pas jouer le sauveur toutes les deux minutes, après tout Sophie était assez grande, il l'aidait pour son travail, c'était déjà beaucoup.

44

Il décida donc de faire les présentations et de mettre lui-même Maurice au courant de la collaboration de Sophie. Il savait que cela couperait court aux objections que l'entrepreneur ne manquerait pas d'avancer si c'était elle qui lui annonçait la nouvelle. Il avait vu juste.

Que dire ? Devant ce journaliste, Maurice se sentit piégé. Une fois de plus.

— J'espère que vous ne m'en voulez pas d'accaparer ainsi votre compagne ? crut bon de dire Henri. Mais le point de vue d'une femme est une très bonne chose pour notre journal. Cela manquait. Vous savez, nous autres journalistes hommes nous nous intéressons toujours aux mêmes choses. Les femmes sont surprenantes, elles ont des idées qui ne nous viendraient même pas à l'esprit.

Maurice avait un mal fou à se retenir. Une colère sourde montait en lui et il aurait bien volontiers laissé éclater sa rage. Ainsi Sophie irait se promener de gauche à droite et parler avec toutes sortes d'individus sans qu'il ait, lui, son mot à dire ? Décidément, ce journaliste avait le don de lui faire avaler des couleuvres et elle, elle l'avait bien eu. Avec ce travail, manigancé dans son dos, elle se libérait et derrière les paroles apparemment anodines du journaliste, il vit une conspiration. Sophie le trahissait. Berthe avait vu clair encore une fois. Mais il réussit à se contenir :

— Vous avez raison, monsieur de Léez. Ma femme sera parfaite, elle a une très grande disponibilité. Comme vous le savez, je prends en charge tous ses besoins, elle a donc tout loisir de jouer à la journaliste, ce n'est pas moi qui l'en empêcherai.

Henri aurait pu ne rien relever, mais son esprit polémique reprit le dessus.

— Détrompez-vous, elle ne jouera pas. Elle va travailler et elle aura un salaire pour ça. Bien sûr, ajouta-t-il un brin narquois, c'est incomparable avec son niveau de vie actuel et avec vos moyens, mais… c'est quand même un salaire.

Maurice serra les dents. Son visage se contracta et il tourna les talons après avoir très rapidement salué Henri.

— Décidément, pensait Henri en rentrant à Biarritz, cet homme, je ne m'y fais pas. Il aurait tout pour me plaire, il est entreprenant, audacieux, et pourtant il y a quelque chose qui ne passe pas.

Ensuite, il passa prendre Sophie qu'il rassura sur sa mission auprès de Maurice et ils allèrent ensemble voir le directeur du palace qu'il connaissait parfaitement bien. Celui-ci les reçut dans son magnifique bureau, les bras grands ouverts. Il était ravi :

— La presse ! Il n'y a que ça de vrai, s'enthousiasma-t-il. Tenez, asseyez-vous.

Et cependant qu'ils prenaient place, il continua :

— … Au Royal de Deauville, mon ami Cornuché reçoit vos confrères du *Herald Tribune* et du *Figaro* quasiment toute la saison, de juin à septembre. Et il ne s'en plaint pas. Au contraire. Pour justifier de leur longue présence, ils produisent quantité de brèves sur les extravagances des célébrités et ils citent sans cesse le nom de son établissement. Les lecteurs adorent les potins et toutes les célébrités veulent qu'on parle d'elles. Vous voyez, c'est simple.

— Mais je ne parlerai pas de potins, s'empressa de dire Sophie. Je veux juste…

— Tatata, je vous connais, fit le directeur tout en offrant un cigare à Henri qui prit le temps de le choisir et de le renifler en le tournant dans tous les sens. Tous les mêmes, les journalistes, et vous n'échapperez pas au syndrome, madame Caron. Vous serez comme les autres. Tenez ! Voyez le succès de l'affreuse commère américaine Elsa Maxwell. Plus elle colporte des horreurs sur la clientèle, plus la clientèle est ravie. Allez expliquer ça, et pourtant…

— Ne vous inquiétez pas, Georges, intervint Henri tout en allumant son cigare. Elsa Maxwell a des comptes à régler avec tout le monde, ce n'est pas le cas de Sophie.

Le directeur de l'Hôtel du Palais était un homme qui, avec toute la faune qu'il voyait défiler dans son palace, avait une grande expérience de la nature humaine. Autant prévenir.

— Vous savez ce que disait Maupassant à propos des grands hôtels ?

— ???

— … que ce sont les « seuls endroits de féerie qui subsistent sur terre ». Un hôtel comme le nôtre est un phare, madame Caron. Il donne à la ville une aura qu'elle n'aurait pas sans lui. Quand on le voit tout illuminé dans la nuit, on rêve. Et créer du rêve est une chose très difficile. Je m'y emploie tous les jours avec tous ceux qui travaillent à mes côtés. Notre clientèle célèbre et riche à millions entretient la légende, mais nous n'avons pas que des princes. Parmi nos brillants invités se glissent des aventuriers de tous poils. Et vous voulez que je vous dise ?

Comme Sophie restait silencieuse, étonnée de ce discours qu'elle entendait pour la première fois, il continua :

— J'aime ces aventuriers, leurs extravagances. Pour voir que brille la lumière, il faut des ombres. Si nos palaces sont faits pour le repos des riches clients, ceux-ci ne peuvent se passer des autres. Ceux qui prennent le risque de sortir de la norme. Et contrairement à ce qu'on croit, ceux-là sont rares. Il faut savoir garder les bons, ceux qui amènent du piment. Parce que sinon la plupart de nos clients sont très raisonnables, vous savez. Leurs frasques restent anodines. Vous n'aurez aucun mal à tirer les vers du nez à un jeune groom. Pour une pièce, ils vous raconteront qu'ils passent leur temps à courir pour porter des courriers intimes aux maîtresses de nos clients qui ont une chambre dans un autre hôtel en ville, pendant que ces messieurs logent ici avec leurs femmes. Voyez, de ce côté-là, il n'y a rien d'exceptionnel.

Sophie était décontenancée. Elle se demandait ce qu'il fallait penser de ce discours. Elle se tourna vers Henri, mais il fumait son cigare et semblait attendre que ce soit elle qui parle.

— Vous savez, se lança-t-elle, tenant à préciser et clarifier sa position, ce qui m'intéresse, ce ne sont pas les potins, c'est la vie de votre hôtel. Comment on fait pour arriver à recevoir au mieux des clients si exigeants et si divers ?

— Mais ce n'est pas incompatible, fit le directeur en tirant une longue bouffée de cigare. C'est même lié. De toute façon, je vous fais une totale confiance.

Certain de l'impact positif que ne manquerait pas d'avoir sur son personnel un article qui parlerait d'eux dans *La Gazette de Biarritz*, le directeur organisa une réunion improvisée. Il exposa le projet à son maître d'hôtel et à son concierge en leur demandant de bien vouloir se mettre à la disposition de Sophie pour lui faciliter les choses.

Pour la première fois de sa vie, Sophie se trouvait dans une position centrale. Ils se tournèrent vers elle, attendant de savoir comment elle désirait procéder. Jusqu'à ce jour, dès qu'il s'agissait d'une question d'ordre professionnel, c'était à Maurice que l'on s'adressait, en toute logique. Elle n'était que la femme de l'entrepreneur, et quand elle était accueillie dans les soirées, c'était toujours comme l'épouse de Maurice Caron. Pour la première fois de sa vie, Sophie découvrait l'intense jouissance que donne le fait d'être considérée pour soi-même à travers un travail et un projet personnel.

La journée fut merveilleuse. Henri la laissa faire et retourna au journal. Elle demanda à suivre le travail des employés de l'hôtel dans les conditions normales et ça lui fut accordé. Le maître d'hôtel et le concierge étaient à ses petits soins mais ils lui laissèrent l'entière liberté d'organiser ses contacts selon ses besoins. Le métier de journaliste apparut à Sophie sous un jour extraordinaire. Ce fut véritablement son premier contact avec le monde du reportage. Elle qui ne fréquentait jamais l'Hôtel du Palais avant l'heure du thé, ou, plus souvent encore, pas avant vingt et une heures, pour les dîners, elle découvrit, en consultant le planning, que, dès l'aube, toute l'armada des employés était sur le pied de guerre. Elle accéda à tout avec une incroyable facilité, personne ne la surveillait et personne ne l'empêcha de se renseigner sur tout ce qui lui paraissait intéressant.

Elle n'en revenait pas. Tout ce sur quoi elle ne s'était jamais interrogée auparavant devenait passionnant. Elle parla à des femmes de chambre, à des grooms, des chasseurs, aux lingères, au personnel des cuisines. Un autre monde s'ouvrait derrière les ors du palais. Et dans ce monde, fourmillait une vie intense qu'elle n'avait jamais imaginée. Du dessous des toits jusqu'au fond des caves, partout des employées couraient, montaient et descendaient des étages à toute vitesse, les bras chargés de plateaux ou de linge lourd.

— Pour le portier, avait dit le concierge à Sophie, je vous laisse voir ça avec lui. Il sera là toute la soirée puisque, après le dîner, il y a le grand concert du casino. Vous aurez tout votre temps, s'il accepte.

— Pourquoi ne voudrait-il pas ? avait questionné Sophie intriguée par cette fin de phrase laissée en suspens.

— Eh bien, je ne sais pas, il vous le dira.

— Et si vous le lui ordonniez. Vous êtes bien son supérieur, non ?

Le concierge avait eu un petit rire.

— Je vais vous expliquer quelque chose. J'ai été formé au Ritz, à Paris. Mais quand je suis venu ici, j'ai vite compris une chose. Avec un Basque comme employé, on n'est son supérieur que dans un périmètre très précis et très réduit. Et quand on tombe sur un Orkatz Garay, on évite de vérifier si même dans ce périmètre, on peut lui donner ne serait-ce qu'un seul ordre.

Sophie intriguée, insista.

— Mais comment faites-vous quand vous avez quelque chose à lui faire faire ?

— Je le lui demande comme on demande un service à quelqu'un qui est en droit de vous le refuser.

— Et il vous a déjà refusé quelque chose ?

— Jamais.

— Ah, vous voyez bien…

— Je ne lui ai jamais rien demandé.

— Mais, cette fois, pour moi, vous…

— Non, désolé. Comme mon directeur l'a voulu, je vous ai ouvert toutes les portes. Mais celle-là, je ne m'y aventurerai pas. Débrouillez-vous. Il sera là à dix-neuf heures. Vous le verrez passer dans le grand hall. Parlez-lui à ce moment-là.

Contrariée mais plus déterminée que jamais, Sophie décida qu'elle se débrouillerait sans le concierge. Elle irait parler à Orkatz.

45

Mais elle n'osa pas.

Elle s'était installée dans un fauteuil confortable du grand hall, stratégiquement situé puisqu'elle pourrait le voir dès qu'il ouvrirait la porte de service, dissimulée près du bureau d'accueil, au fond derrière un rideau. Porte qu'elle connaissait pour l'avoir découverte et pratiquée le matin même lors de sa visite. Mais dès qu'elle vit arriver Orkatz, se sentant soudain étrangement déplacée à l'attendre dans ce hall sous le prétexte de l'interviewer, elle se cacha précipitamment derrière un journal. Il passa et alla prendre son service devant la grande porte vitrée. Elle pouvait le voir de dos, qui discutait avec un jeune chasseur et un bagagiste. Elle était en train de se demander comment elle allait opérer, quand elle surprit le regard amusé et interrogatif du concierge qui l'observait depuis le grand bureau d'accueil. Ne voulant pas paraître intimidée, elle se leva et se dirigea d'un pas ferme vers Orkatz.

Mais les choses ne se passèrent pas du tout comme elle l'avait imaginé. Plus de dix fois, elle s'était répété la scène et elle avait quantité de phrases en tête pour présenter la chose. Elle n'eut pas le temps d'ouvrir la bouche que le jeune chasseur l'avait devancée :

— Ah ! C'est vous la journaliste qui interrogez tout le le monde dans l'hôtel depuis ce matin ? ! J'étais en train de raconter que vous alliez faire un article sur nous. Et il y aura des photos ? Parce que, des fois, ils mettent des photos, je le sais, à la conciergerie, on reçoit *La Gazette*.

Elle répondit quelque chose et la conversation s'enchaîna, le bagagiste ayant lui aussi plein de choses à raconter et à demander. Mais Sophie n'était plus du tout à son interview. Elle arrivait à la fin de la journée et finalement le seul pour qui elle avait fait tout ça était le seul qui ne disait rien. Il la regardait fixement et sous ce regard qu'elle jugea plutôt froid, elle se sentit défaillir. Orkatz avait eu du mal à maîtriser sa surprise quand il avait vu arriver Sophie. Comment la journaliste, dont le chasseur leur rebattait les oreilles, pouvait-elle être la femme de Maurice Caron ? Il ne savait pas qu'elle travaillait. Il l'imaginait oisive, passant son temps comme les autres, ces femmes riches et élégantes qu'il voyait depuis qu'il était ici et dont, grâce aux confidences de ses collègues, il avait vite compris l'emploi du temps. Déjeuners, tennis, excursions en voiture, compagnie de play-boys à l'heure du thé, dîners, spectacles et boutiques. Pourquoi celle-là justement était-elle journaliste ? Et par quel miracle ? Comment une femme comme elle pouvait-elle faire ce métier qu'Orkatz croyait réservé aux hommes ?

Il ne faisait pas de lien entre cette femme qui parlait avec le bagagiste et celle qui le faisait rêver depuis qu'elle avait fièrement défilé devant lui le soir où il avait ouvert pour elle la porte de l'Hispano.

Sophie écoutait le bagagiste sans l'entendre et elle prenait des notes au hasard. Elle aurait voulu n'avoir jamais eu cette idée d'article et ne jamais se retrouver dans cette position. Orkatz ne disait rien. Pas un seul mot. Il faisait comme s'ils ne s'étaient jamais rencontrés. Elle repartit sans même lui poser une seule question.

Elle qui s'était imaginé passer une longue partie de la nuit devant l'hôtel près de lui, à parler de son métier et de tant d'autres choses, elle ne lui avait même pas adressé la parole et elle avait en tout et pour tout passé une quinzaine de minutes avec les deux autres.

— Déjà ! lui fit remarquer non sans malice le concierge quand il la vit revenir. Orkatz Garay vous a tout raconté ? Je n'aurais jamais cru qu'il se livre aussi facilement, ni surtout aussi vite. Mais je sous-estime toujours le charme des femmes et, après tout, face à une journaliste aussi séduisante, même un Basque bourru reste avant tout un homme.

Le compliment était ambigu et Sophie ne s'y trompa pas. Piquée au vif, elle passa à autre chose. Elle remercia pour l'accueil qui lui avait été fait et dit qu'elle pensait avoir ce qu'il lui fallait pour faire un article vivant et très informatif pour ceux qui, comme elle auparavant, n'avaient aucune idée du travail colossal qu'accomplissaient les employés pour les satisfaire.

— Mais, s'étonna le concierge, je croyais que vous restiez bien plus tard. Ou que vous reviendriez demain. Vous avez vraiment fini ?

— Oui oui, confirma Sophie soudain très pressée. Le photographe passera dès que monsieur de Léez aura lu le papier et décidé de ce qu'il faut illustrer.

— Ah ! ce n'est pas vous qui choisissez ? glissa le concierge non sans une certaine perfidie.

— Euh, oui, bien sûr mais c'est juste pour qu'on soit d'accord avec monsieur de Léez.

— Bien. Alors, ravi de vous avoir reçu dans votre nouvelle fonction, madame Sophie Etcheverry et je serais très heureux de vous revoir en temps que madame Caron dès que vous reviendrez dîner chez nous, comme vous l'avez toujours fait. Au bras de votre mari.

Le concierge avait un ton légèrement insolent. Avait-il compris ? Sophie ne chercha pas davantage, elle s'enfuit comme une voleuse, sans avoir salué personne et priant le concierge de le faire à sa place.

En fait, ce dernier n'avait pas deviné l'intérêt particulier que Sophie avait pour Orkatz. Il se demandait simplement ce qu'elle était venue faire très exactement.

— Elle n'a rien demandé à Garay, j'en suis sûr, fit-il à son collègue de l'accueil. Elle n'a pas osé.

— Tu vois, répondit l'homme, cette femme-là, je ne comprends pas ce qu'elle est venue faire. Des journalistes qui sous le prétexte de faire un article passent un séjour ici tous frais payés, on connaît. Mais là, qu'est-ce qu'elle cherche ?

— Celle-là, elle veut tout, expliqua le concierge soudain méprisant. Elle veut plein d'argent à dépenser et du travail pour se rendre intéressante. Mais ce qu'elle n'a pas l'air de savoir c'est que ce n'est pas avec son malheureux article dans

La Gazette qu'elle pourrait s'offrir nos services. Heureusement qu'elle a son mari. Et crois-moi, si j'étais lui, je ne la laisserais pas faire. Pour qui elle se prend ? Elle vient fouiner dans nos affaires, et après, quand elle reviendra comme cliente, il faudra la traiter comme une reine ! Elle fait semblant de s'intéresser à nous mais elle tient à peine une journée. C'est tellement mieux de se faire servir ! Si je demandais à faire un reportage sur les coulisses de ces dames, tu verrais comment on me recevrait ! Monsieur le rédacteur en chef Henri de Léez m'enverrait tout simplement promener en me demandant pour qui je me prends.

L'autre opina du chef. Jusqu'alors, comme tous les autres employés de l'hôtel, il était plutôt content que cette journaliste s'intéresse à leur travail. Mais il changea d'avis pour se rallier à celui du concierge. Ce n'est pas à eux qu'on permettrait d'aller fouiller dans l'univers de cette Sophie. Du coup, la sympathie qu'il avait à son encontre disparut et il la vit, ni plus ni moins, comme « une capricieuse ».

Ils en étaient là de leur conversation quand Orkatz franchit la grande porte d'entrée et se dirigea vers eux. Le concierge s'avança, heureux, prêt à répondre à celui qui n'avait jamais daigné leur faire le moindre brin de conversation. Mais son sourire se crispa quand il sut pourquoi Orkatz venait les voir :

— La journaliste, vous savez où elle est ?

— Euh, non. Enfin si. Elle est repartie chez elle.

Il nota l'air contrarié d'Orkatz et se hâta de poursuivre :

— Vous vouliez lui dire quelque chose ? Sur votre travail peut-être ?

— Non, répondit Orkatz. Ça n'a pas d'importance.

Le concierge aurait bien eu envie d'en savoir davantage, mais il n'alla pas plus loin. Il n'osa pas. Allez savoir pourquoi !

46

Le soir tombait.

Les limousines commencèrent leur ballet nocturne mais Orkatz les voyait à peine. Maintenant que Sophie avait disparu, il ne pensait plus qu'à elle. Voilà presque un mois qu'il ne l'avait plus revue. L'article était paru et tout l'hôtel en avait parlé. Pour la première fois Orkatz avait lu des lignes écrites par Sophie. Il en avait été étonné et curieusement ému. Aussi attendait-il de la revoir pour lui parler. Il se reprochait d'avoir marqué une telle distance quand elle était venue. Mais il avait été si surpris.

Quand il vit au bout de la longue allée l'Hispano noire de Maurice Caron franchir les hautes grilles de la grande entrée, il bénit le ciel. Enfin, il allait la voir !

Hélas, Maurice descendit seul de la voiture et il ne lui jeta pas un seul regard. Il avait un visage fermé. Brr ! Quelle curieuse face ! se dit Orkatz.

C'est à ce moment-là qu'il découvrit à ses côtés la présence de Léon. Orkatz fut très étonné. Il ne connaissait de lui que son torse dans la voiture et il n'avait même jamais bien vu son visage. Le chauffeur de Maurice avait la réputation d'être un taciturne qui ne se mélangeait jamais avec ceux de la confrérie. En général, il quittait l'enceinte de l'hôtel après y avoir déposé son patron et revenait le chercher à l'heure convenue.

— Vous devriez vous arranger pour aller voir Madame.

Orkatz se demanda s'il avait bien entendu.

— À part vous, continua Léon, je ne vois personne capable de la sortir de là où elle est allée se fourrer.

— Mais, que voulez-vous dire ?

— Je vous ai vus tous les deux, le soir de la tempête. J'étais dans la voiture que j'avais garée précipitamment pour la protéger. Je vous ai vu quitter le rocher.

— Et alors ? s'insurgea Orkatz. Il ne s'est rien passé entre madame Caron et moi.

— Quittez vos grands airs, Orkatz Garay ! Je ne vous parle ni de vous ni de votre réputation que je ne songe pas à ternir.

Le timbre de la voix était si brutal et si autoritaire qu'Orkatz en fut déstabilisé. Il n'avait pas souvenir que quiconque ait un jour employé ce ton avec lui. Que voulait le chauffeur ?

— Je vous parle de Sophie Etcheverry, continua Léon d'une voix redevenue sereine. Un nom de jeune fille qu'elle n'aurait jamais dû échanger pour celui de Caron. Occupez-vous d'elle !

Orkatz était suffoqué, jamais il n'avait vécu pareille situation.

— Mais qu'est ce que j'ai à voir avec elle, dit-il, et de quoi parlez-vous ?

— Elle est Basque, non ? Je crois que quand il s'agit des vôtres, vous les Basques êtes très efficaces. Alors pour une femme qui risque le pire, parce que sans le savoir elle vit avec un fou, montrez ce que vous avez dans le ventre.

Léon employait des mots précis dont il maîtrisait parfaitement le sens. Orkatz comprenait ce langage et savait par expérience qu'on ne le rencontrait pas souvent.

L'Hispano noire s'enfonça dans la nuit et Orkatz resta stupéfait. Jamais il n'aurait pensé que ce chauffeur a priori réservé et soumis ait en lui une telle force et un tel aplomb.

Mais Orkatz n'était pas du genre qu'on interpelle. Il n'allait pas se contenter de ce genre d'avertissements lancés à la volée. Dès le lendemain soir, il se fit remplacer et chercha Léon. Il le trouva dans un bar près du vieux port. Le chauffeur de Maurice Caron y avait ses habitudes. Les autres n'y venaient jamais et on lui fichait la paix.

Il prenait son repas. Orkatz s'assit à sa table, juste en face de lui.

— Vous ne m'en avez pas assez dit hier soir. Je viens chercher la suite.

Léon leva le nez de son assiette :

— Il n'y en a pas.

— Bien sûr que si. Quand on parle d'un danger pour une personne, on nomme ce danger, ou tout au moins on lui donne une forme.

Léon cessa de manger.

— Mais je l'ai nommé.

— Dire que monsieur Caron est un danger pour sa femme, c'est vague. Et je ne suis pas obligé de vous croire.

— Non, et pourtant vous me croyez sinon vous ne seriez pas là. Regardez et écoutez-moi bien. Je vais essayer de vous faire comprendre quelque chose.

Il montra du doigt une bande rouge sur le tissu de la nappe.

— Vous voyez cette bande, elle est rouge, n'est ce pas ?

— Oui, fit Orkatz qui ne voyait pas où l'autre voulait en venir.

— Comment continuez-vous une conversation normale avec quelqu'un qui vous dit qu'elle est bleue ?

Orkatz ne comprenait toujours pas.

— Je vous sens perplexe, dit Léon. C'est normal. Maurice Caron, lui, n'est pas normal. Devant du rouge, il vous dit que c'est du bleu et, devant une carafe d'eau, il vous dit que c'est un pot de peinture. Vous répondez quoi ? Vous allez vous lancer dans l'analyse des molécules, convoquer tout le monde pour constater une évidence ? Vous allez le faire une fois peut-être, au début, mais quand ça se répète, vous ne pouvez plus et ça devient l'enfer. Maurice Caron est un malade, un fou. Vous êtes face à un être humain qui, pour sauver sa peau, va jusqu'à nier le sens des mots communément admis. Et quand les mots n'ont plus de sens, c'est la civilisation des hommes qui disparaît. Maurice Caron utilise deux choses. Les drogues et la non-signification des mots. Sans repères pour échanger, son interlocuteur est totalement perdu et Caron pense qu'il est très fort puisqu'il a réussi à le déstabiliser avec si peu de chose. Il se croit donc invincible et il ose tout. C'est parce qu'il se surévalue qu'il est si dangereux. Écoutez-moi bien et retenez ce que je vous dis. Maurice Caron est un faible. Quand les choses vont bien, il est le plus merveilleux des maris et des hommes, mais quand il se croit repéré, il devient la pire des ordures. Il est capable d'envoyer tout le monde dans le mur, sciemment. Même les siens.

Devant un tel déluge de paroles délivrées avec une telle assurance et une telle conviction, Orkatz était abasourdi. Que penser ?

— Je ne comprends pas, dit-il. Je suppose que vous avez des raisons pour me dire tout ça à moi, mais je ne vois pas lesquelles. Et comment se fait-il que Maurice Caron soit toujours en liberté et que personne ne l'ait condamné pour ce qu'il a fait, s'il a fait quelque chose de répréhensible.

— Qui vous dit qu'il a fait quelque chose de répréhensible ?

Orkatz était perdu. C'était la première fois qu'il éprouvait un sentiment aussi confus. Il avait en face de lui un homme qui lui inspirait confiance, mais il ne pouvait s'empêcher de se méfier. On pouvait accuser n'importe qui de n'importe quoi dans ce cas-là.

— Et vous, qu'est-ce que vous faites alors avec lui ? dit-il. On m'a dit que vous le suiviez depuis très longtemps. Pourquoi restez-vous à son service ?

— Parce que j'ai un compte à régler avec lui.

— Je me méfie des comportements sournois, dit alors Orkatz, presque soulagé de trouver un angle d'attaque. Ce n'est pas dans ma culture. Quand on a un compte à régler avec une personne, on y va franchement. On ne perd pas des années à le balader en voiture.

Mais Léon était sûr de lui :

— Et vous, vous faites quoi à attendre qu'il finisse son palais mauresque ?

— Je respecte la parole qu'il m'a donnée de ne pas le faire. Je verrai après.

— Voyez, vous aussi vous jouez sur les mots. Sachez qu'il n'y a pas que vos méthodes radicales pour régler les problèmes.

— Sûr. Mais les nôtres ont une qualité dont je me passerais difficilement.

— Laquelle ?

— Elles sont terriblement efficaces.

— Je sais. Mais moi je suis seul. Vous êtes nombreux. Chacun fait avec ses armes. Alors ? Vous vous occuperez de Sophie Etcheverry ?

Le chauffeur revenait à son point de départ, Sophie. Il ne voyait pas l'utilité de s'expliquer plus clairement et il misait sur la solidarité basque. Mais Orkatz ne pouvait ni accepter ni refuser une telle requête. Ça voulait dire quoi « Vous vous en occuperez ? » ? Et puis Sophie était assez grande pour se débrouiller seule.

— Écoutez, dit-il à Léon, si ce Maurice Caron est fou, je pense que sa femme, qui ne l'est pas, a eu tout le temps de s'en apercevoir. Pourquoi n'allez-vous pas la voir pour lui faire comprendre tout ça ? Il me semble qu'elle est en mesure d'entendre et d'agir…

— Si vous parlez comme ça, l'interrompit Léon, c'est que vous n'avez pas mesuré ce que je viens de vous dire. Maurice Caron a l'air normal. Mais s'il y a un grain de sable qui se coince un jour dans sa machine cérébrale, à mon avis, il peut devenir un meurtrier. Et je pèse mes mots. Surtout avec les drogues qu'il prend. Comment dire ça à une femme qui l'a beaucoup aimé ? Si je vous ai choisi, c'est parce que vous êtes le premier que je croise sur cette route qui peut la sortir de là.

Orkatz se leva, éprouvé. Il n'en savait pas beaucoup plus que quand il était arrivé et il ne voyait pas pourquoi cette mission lui était confiée. Affirmer que Maurice Caron était un malade, c'était vite dit. Orkatz savait que c'était un entrepreneur de renom. Peut-être qu'il avait un grain de folie comme tous les mégalomanes. Mais de là à faire de lui un meurtrier !

Pourtant, en croisant le regard de Léon avant de quitter le bar, il ne put s'empêcher d'avoir un énorme doute. Orkatz avait l'instinct des êtres humains et il ne voyait pas pourquoi cet homme-là inventerait une pareille histoire. C'était terriblement difficile de se faire une idée claire sur la question.

47

Orkatz quitta le port et retourna à pied vers l'Hôtel du Palais.

Il s'arrêta un moment en haut du plateau de l'Atalaye. De là, il avait une vue sur toute la côte. Sur sa droite, tout au fond, le phare, plus à droite encore les lumières de l'hôtel, celles du casino et de la ville et, juste au-dessous de lui, en contrebas, il y avait la fameuse Villa.

La Villa de Maurice Caron ! Celle qui avait fait tant de bruit, celle dont on avait prédit que l'océan l'engloutirait dans ses eaux froides un jour de tempête. On avait dit qu'elle sombrerait aux premières marées d'équinoxe quand la houle viendrait des fonds. Mais elle avait déjà passé un hiver tourmenté et elle était encore debout. Déjà, on en parlait moins. C'était véritablement la première fois qu'Orkatz la voyait. Il prit du coup pleinement conscience du défi architectural qu'elle représentait, de la folie aussi qu'il avait fallu pour décider de la construire à un pareil endroit. Quelle raison pouvait pousser un homme à faire une chose aussi absurde ? Pour Orkatz, bâtir une maison, c'était vouloir un lieu pour abriter les siens, les protéger. Or l'édifier à cet endroit, c'était exactement l'inverse, c'était les mettre en danger. Selon ses critères, cet acte était pour Orkatz celui d'un irresponsable. Les mots de Léon étaient encore dans ses oreilles : « Maurice Caron est un malade, un fou ! » Maintenant qu'il était face à la Villa, ces mots résonnaient autrement et Orkatz se dit que, si Maurice n'était pas fou au sens premier du terme, en tout cas il avait un sacré grain. Les fenêtres de la Villa étaient éclairées. De là où se trouvait Orkatz, on les aurait crues posées sur l'océan tant le rocher sur lequel la Villa était bâtie s'avançait en équilibre sur les eaux. Le vent s'était levé et, dans la nuit bleutée, les vagues qui s'écrasaient contre la roche faisaient autour de la maison une couronne d'écume blanche qui l'isolait du reste de la côte. Fantomatique dans ce vent, avec la houle qui cognait si fort, on s'attendait effectivement à la voir basculer d'une minute à l'autre dans l'océan.

— Mon Dieu ! s'écria Orkatz horrifié. Elle est juste à l'aplomb de la faille. Devant le Trou du diable !

Cette fois, il réalisait. Pour décider de construire une Villa à cet endroit, il fallait soit être inconscient, soit véritablement fou. Un homme raisonnable ne décide pas une chose pareille. Et un entrepreneur comme Maurice se renseigne obligatoirement avant de faire un tel chantier. Mais comment a-t-il obtenu les autorisations ? Comment a-t-on pu laisser faire ? Orkatz ne saisissait pas. En revanche, ce qu'il comprenait mieux à présent, c'est le bruit phénoménal qui avait entouré sa construction. Eux-mêmes, là-haut dans l'*etxe*, ils en avaient eu des échos répétés.

Ce coin très précis du bord de côte, Orkatz et les Basques le connaissaient bien. Sous les eaux, juste au pied de la grosse roche s'ouvrait une énorme faille qui descendait vertigineusement jusque dans les grands fonds. Si l'on avait le malheur d'y tomber, on quittait définitivement le monde des vivants et de la lumière. À deux cents mètres régnait une clarté crépusculaire et, dès trois cents mètres, c'était la nuit éternelle. On atteignait les plaines abyssales les plus vastes et les plus profondes qu'on puisse trouver dans les plus grands océans du monde. Cinq mille à huit mille mètres de profondeur. Dans les étranges paradoxes qui régissent l'univers encore mystérieux des éléments naturels, alors qu'à cet endroit précis le danger était immense, à quelques dizaines de mètres il était inexistant. Par un curieux effet de compensation, parce que, justement, quand les marées étaient violentes, la faille absorbait la force des courants, les kilomètres de côte et les plages immédiates tout autour de la faille étaient les plus sûres qui soient.

Orkatz se souvint du jour où son frère Patxi était revenu rayonnant d'une conférence qu'avait donnée pour les pêcheurs qui s'aventuraient sur les eaux du golfe de Gascogne, un jeune professeur venu de la faculté des sciences de Bruxelles. Patxi rayonnait. Le savoir et la passion du chercheur l'avaient émerveillé. Il raconta à Orkatz que le mathématicien à grand front, Auguste Piccard, voulait à la fois conquérir la stratosphère et les abysses. Il projetait de fabriquer un « bathyscaphe » et avait esquissé un dessin au tableau devant les marins. Orkatz revit son frère déplier le bout de papier sur lequel il avait tenté de reproduire ce dessin et noté ce nom barbare qu'il entendait pour la première fois. Le bathyscaphe serait un engin capable d'aller sonder le fond des mers.

— Tu vois, Orkatz ! lui avait dit Patxi. Pour moi, la mer, c'était juste pour aller pêcher, point final. Et notre Trou du diable, c'était juste un trou. Maintenant, grâce à ce chercheur, je sais que c'est un océan tellement profond, que dans les mouvements des fonds, les eaux nous viennent de l'autre bout du monde. J'ai noté, vois !

Et à haute voix, comme un gosse qui récite une leçon, Patxi avait lu ses notes :

— ... « Les eaux viennent de la région des Sargasses avec le Gulf Stream, de la Méditerranée par le détroit de Gibraltar et, au-dessous de quatre mille mètres, on a les eaux glaciales de l'Antarctique. » Tu te rends compte Orkatz ? ! Je n'aurais jamais cru qu'il y ait un tel trafic là-dessous. Et tu sais quoi ? (Il était replongé dans ses notes.) Tout en bas, il y a des siphonophores, des ptéropodes, des thaliacées, des copépodes, des euphausiacées et même des ichtyoplanctons ! Bref, tellement de trucs à bouffer que les grands requins y sont tout le temps fourrés. Résultat, on ne les a pas sur le dos quand on pêche le thon. Ils ne viennent jamais près des côtes parce qu'ils ont mieux à faire en bas. Sur d'autres continents, c'est l'inverse. Comme il y a rien en bas, ils vont en haut et pour les pêcheurs et les baigneurs c'est loin d'être l'idéal ! On a une sacrée veine d'avoir ce golfe de Gascogne !

Orkatz l'avait écouté patiemment jusqu'au bout. Son petit frère aimait le savoir. À l'école il était toujours le premier et, en y repensant, Orkatz sentit son cœur se serrer.

De lourds nuages passaient devant la lune et, par intermittences, plongeaient la côte dans une nuit noire. Puis ils disparaissaient, poussés par le vent, et à nouveau on y voyait presque comme en plein jour. Paradoxalement, alors que le vent soufflait, l'océan semblait s'être calmé. Orkatz réalisa que c'était l'heure de la marée. Les eaux commençaient à se retirer. Bientôt elles seraient à une centaine de mètres de la côte.

Il allait s'engager dans le chemin des hortensias pour rejoindre l'Hôtel du Palais quand il lui sembla voir une silhouette noire qui se glissait contre le rocher de la Villa. Intrigué, prenant bien soin de ne pas se faire voir, Orkatz revint sur ses pas et attendit. Il n'avait pas rêvé. Effectivement, une forme sombre apparaissait, disparaissait et réapparaissait au fur et à mesure qu'elle s'avançait sous le rocher, du côté de l'océan. Et puis, plus rien. Orkatz patienta un peu, en vain. La silhouette avait disparu. Il essaya de s'approcher mais c'était difficile sans se montrer. Qui pouvait bien s'aventurer sur cette propriété privée à une heure pareille, et pour quelle raison ? Il hésita. S'il cherchait à s'avancer davantage, l'inconnu le verrait et il se voyait mal en train d'expliquer sa présence, en pleine nuit, sur le rocher de M. Caron. Il décida de remonter et de contourner le rocher en le prenant par l'est. Il passerait par la grande plage et longerait la route. Il devait bien avoir un moyen d'y accéder. Quelque chose le poussait. Il ne pouvait se résigner à partir sans essayer de voir qui se cachait derrière cette silhouette.

Il n'eut aucun mal à remonter le plateau et à redescendre de l'autre côté, mais une fois qu'il fut côté est, il s'aperçut que les eaux étaient encore hautes et qu'il ne pourrait pas accéder au rocher. La marée ne serait pas descendue avant une demi-heure au moins.

— Après tout tant pis, se dit-il, ça ne doit être qu'un pêcheur de crabes. Bien sûr, il est sur un rocher privé mais pour des crabes ce n'est pas du vol. Oui, ce doit être ça, tout simplement.

Les lumières qui donnaient sur l'arrière de la Villa s'étaient éteintes, sans doute pendant qu'il faisait le tour par le plateau. Seule une grande baie vitrée, qui faisait face à l'océan, était restée éclairée. De là où il se trouvait, en contrebas, l'angle de vision ne découpait qu'un coin de la pièce et Orkatz ne pouvait rien voir de ce qui se passait à l'intérieur. Mais quand Sophie s'avança et vint se placer juste derrière les vitres, il la reconnut immédiatement. Elle semblait si proche. Elle restait là, à regarder obstinément dans la direction de l'Espagne. À quoi pouvait-elle bien penser en fixant ainsi les lumières de Fuenterrabia ? On aurait dit une statue. Orkatz attendait qu'elle bouge, qu'elle fasse quelque chose, ou alors qu'elle quitte la pièce et que les lumières s'éteignent. Ainsi lui aussi serait parti. Mais comme elle ne bougeait pas, il restait. Comme s'il attendait qu'il se passe quelque chose.

Il repensa alors à la silhouette noire et la chercha du regard. Elle pouvait avoir fait le tour et s'être retrouvée de ce côté du rocher. Mais il ne vit personne. Quand il releva les yeux vers Sophie, elle n'était plus seule. Maurice était près d'elle. Il avait dû revenir avec Léon et, avec le bruit du vent, Orkatz n'avait pas entendu la voiture, d'autant que l'entrée se situait de l'autre côté. Le mari de Sophie gesticulait en faisant les cent pas. Il disparut, revint et gesticula à nouveau. Rien qu'à le voir faire, Orkatz comprit qu'il était très énervé. Sophie faisait des gestes avec ses mains, on devinait qu'elle lui parlait, pour tenter de le calmer sans doute. Soudain, il la prit aux épaules et la secoua violemment. Orkatz, surpris, laissa échapper un juron. De là où il était, il ne pouvait rien faire, pas même crier pour intervenir, Maurice n'aurait rien entendu. Les choses se passèrent très rapidement. Sophie cherchait à se débattre mais, tout d'un coup, d'un geste puissant, Maurice lui assena une gifle d'une telle force qu'elle l'envoya au sol. Après quoi, il s'éloigna de la baie vitrée et Orkatz ne vit plus rien. Sophie et lui s'évanouirent de son champ de vision. Saisi par la violence de ce bref moment, Orkatz attendit encore. Il pensait que Sophie allait se relever et que peut-être il la verrait. Mais la lumière s'éteignit et la Villa tomba dans la nuit.

Orkatz avait le sentiment d'avoir assisté à quelque chose d'intime qui ne lui était pas destiné et il se sentait bizarre. Un peu voyeur et surtout complètement inutile. Que pouvait-il faire ? Courir et sonner à la Villa ? Et que dirait-il ? Qu'il surveillait Sophie en pleine nuit depuis la plage et qu'il avait vu Maurice la frapper ? On lui demanderait aussitôt ce qu'il faisait là à une heure pareille. À quoi cela lui servait-il d'avoir assisté à la violence de Maurice ? Cela avait été si bref. Peut-être était-ce juste un moment de colère ou d'égarement, peut-être Maurice était-il fatigué, peut-être avait-il un peu bu ? Cela n'excusait rien, mais ce qu'Orkatz avait vu devant la baie vitrée ne faisait pas du mari de Sophie un tortionnaire et il semblait délicat d'intervenir, d'autant qu'il ne se passait plus rien.

Pourtant, il était chamboulé. La violence évidente avec laquelle la gifle avait été portée en disait long sur l'homme qu'était Maurice Caron. Les avertissements de Léon prenaient davantage de sens.

L'océan était maintenant à marée basse et la plage s'étendait au loin. Orkatz remonta vers la route par les rochers. Il allait passer derrière la Villa quand la silhouette noire traversa la route juste devant lui, sans le voir. C'était une femme.

— Une femme ! Ça alors ! Et qu'est-ce qu'une femme vient faire à une heure pareille, seule, et dans les rochers ? !

Orkatz était perplexe. La femme s'éloignait, tenant quelque chose à la main. Orkatz ne put voir de quoi il s'agissait. Il hésita pendant une fraction de seconde, puis il décida de la suivre. La présence de cette femme l'intriguait. Il voulut savoir où elle allait. Elle se faufila par les rues, passa le cours, remonta la rue, courut devant l'épicerie Arostéguy, puis tourna à droite au niveau de la place. Orkatz arriva juste à temps pour la voir pousser la porte d'un hôtel ordinaire dont il nota le nom : « Hôtel des Tamaris ».

48

Berthe referma précipitamment la porte derrière elle et donna un tour de clef. Maintenant elle pouvait souffler.

Ces sorties nocturnes lui demandaient toujours un gros effort car elle n'était jamais tout à fait rassurée. Jusqu'à présent, elle n'avait pas été inquiétée, les rues de Biarritz étaient tranquilles et la Villa n'était pas si loin. Mais cette fois, il lui avait semblé qu'un homme l'avait suivie et elle s'était hâtée. Avec ces Basques, elle se méfiait. Par contre, une fois dans l'hôtel, elle pouvait aller et venir à sa guise. Elle avait un passe, comme tous les clients. Le veilleur de nuit s'endormait tôt et il ne l'avait jamais vue sortir ni rentrer. Ce n'était pas plus mal. Elle passa devant la salle à manger, traversa les cuisines et se faufila par le couloir jusque dans l'arrière-cour. Après s'être assurée que personne ne la regardait depuis les fenêtres des étages, elle jeta dans les grandes poubelles des cuisines une bouteille vide qu'elle tenait cachée sous son manteau. Là, personne n'irait voir. Des bouteilles, il y en avait plein, toutes celles du restaurant de l'hôtel. Alors seulement, elle regagna sa chambre.

La gamine dormait à poings fermés. Berthe se déshabilla et s'apprêtait à se glisser dans le lit quand, par réflexe, elle alla à la fenêtre jeter un coup d'œil dehors, au cas où l'homme y serait. Elle souleva les rideaux. La place était déserte. Seul le vent soufflait entre les platanes, dispersant quelques feuilles précocement tombées.

Berthe songea que l'hiver n'était pas loin, il lui faudrait encore un peu de patience. Puisque cet imbécile de Maurice ne voulait rien entendre et qu'il continuait à rentrer à la Villa tous les soirs au lieu d'envoyer promener cette Sophie de malheur, elle avait pris les choses en main. Madame se prenait pour une grande intellectuelle depuis qu'elle faisait des papiers dans cette malheureuse feuille de chou de la ville et cet idiot de Maurice se croyait encore amoureux d'elle ! Ah ! heureusement qu'elle était là ! Elle agirait à la place de son frère et pour son bien. Pour cela, elle avait embobiné le concierge de l'hôtel des Tamaris. Il était du pays et, comme tout le monde, il ignorait qu'elle était la sœur de Maurice. Ce dernier, lorsqu'il lui rendait visite, prenait toujours soin de venir au moment où il n'y avait plus de concierge et pas encore le veilleur de nuit. Il y avait entre les deux services une bonne heure de battement et Maurice connaissait les habitudes, Marcel était venu en éclaireur. Berthe souffrait d'être ainsi cachée, mais elle ne comprenait que trop ce qui avait dû se passer dans la tête de Maurice le jour où il était tombé amoureux de Sophie. Quelle peur il avait dû avoir qu'elles ne se rencontrent et que Berthe parle ! C'est pour Sophie qu'il avait fait tout ça, pour elle qu'il l'avait oubliée. C'était trop injuste, cela ne pouvait continuer.

Ne sachant trop pourquoi, Berthe avait fait parler le concierge sur la Villa. Il avait été intarissable :

— Tout le monde dit que ce type est un dingue, avait dit l'employé en parlant de Maurice. Il paraît qu'il fait un palais mauresque ou quelque chose comme ça, à l'intérieur du pays. Il ne sait pas ce qui va lui tomber sur le coin du nez…

Berthe, effrayée, avait sursauté. Qu'est-ce que c'était encore que cette histoire ?

— Et que va-t-il lui arriver ? avait-elle demandé, inquiète.

— Oh je ne sais pas mais, vous verrez, on en reparlera. Et sa Villa ! Ça ne lui suffisait pas d'avoir une maison ! Ces gens-là n'en ont jamais assez ! Vous allez voir l'hiver prochain quand il va se prendre une *belharra* sur son bloc de béton, ça fera pas un pli. Et si c'est pas cet hiver, ce sera celui d'après.

— Une « bella… quoi » ? avait questionné Berthe.

— Une *belharra*, c'est un monstre surgi de nulle part.

— Un monstre ? avait ironisé Berthe qui se disait soudain que ce veilleur de nuit était un imbécile. Vous lisez trop de contes de fées !

— Je ne lis rien et ne me prenez pas pour une andouille ! Une *belharra*, c'est un monstre de vague qui fait entre quinze et vingt mètres de hauteur. Tous les gens ici la connaissent, sauf vous, les Parisiens, qui croyez tout savoir.

Berthe s'en voulait de l'avoir vexé, car ce veilleur lui était très utile et elle n'en savait pas encore assez. Elle avait fait assaut d'excuses. Trop tard, il avait grommelé et l'avait plantée là.

— Ah ! ces Basques ! Pires que des mules, avait-elle fulminé intérieurement.

Mais elle n'avait pas insisté. Et par la suite, elle avait été obligée de s'y reprendre à plusieurs fois, de façon à ne pas l'intriguer. Mais elle était parvenue à en savoir assez sur tout ce qui concernait la fragilité de la Villa.

Il lui avait appris que les scientifiques expliquaient que la terrible vague se formait quand la houle des fonds heurtait un sommet sous-marin à quelque deux kilomètres de la côte. Alors la vague se dressait, immense. Il y en avait au moins une ou deux par hiver. Et sa force était réellement colossale.

— Pourquoi dites-vous que la vague fera des dégâts sur la Villa l'hiver prochain ? Pourquoi pas celui-ci ?

— Parce que le type dit qu'il a mis des pieux en acier. Et si la roche calcaire se ronge un peu tous les jours avec le sel, pour l'acier c'est plus long. L'eau salée c'est pas de l'acide.

C'est ainsi que, dans la foulée, Berthe avait appris que l'acide nitrique rongeait l'acier, que la Villa ne tenait sur le rocher que grâce à des pieux d'acier et que Sophie était suspendue au-dessus d'un gouffre effrayant dont on ne revenait jamais. Il n'en avait pas fallu davantage pour soulever chez cette pauvre âme tourmentée par le mal des envies de destruction.

C'est à cause de Sophie et pour lui construire cette Villa que son frère se ridiculisait et qu'il l'avait abandonnée ! Elle détruirait la Villa, cause de leurs malheurs. Et elle avait échafaudé toute une stratégie dérisoire et terrible pour que la prédiction du veilleur de nuit devienne une réalité. Elle se procurait des acides divers, en changeant de prétextes et de fournisseurs pour ne pas éveiller les soupçons, et elle allait les vider, bouteille après bouteille, sur le rocher au pied de la Villa, à marée basse. C'est dans cette affreuse et dérisoire tâche qu'Orkatz l'avait surprise sans pour autant comprendre ce qu'elle faisait. Berthe n'avait aucune idée du degré de corrosion réel de ces acides sur de l'acier, d'autant que lorsque la mer remontait l'acide se diluait, mais sa volonté de nuire à Sophie était si grande qu'elle le faisait quand même, persuadée d'aboutir. Elle aurait pu ronger la roche avec ses ongles ensanglantés s'il l'avait fallu. Rien ne l'arrêterait. Elle avait repéré des blocs de béton coulé dans la roche et elle les attaquait, pensant que l'acier était là, enseveli sous le béton.

Que voulait-elle en accomplissant ces gestes ? Elle n'y avait pas vraiment réfléchi. Elle voulait seulement que Sophie disparaisse et quand le veilleur de nuit lui avait parlé de cette faille au pied de la Villa qui plongeait jusqu'aux abysses, elle en avait rêvé.

Jamais Sophie ne reviendrait de ces ténèbres liquides et glacées, il fallait juste l'y pousser, à la première vague monstrueuse dont avait parlé le concierge. La *belharra* les engloutirait, elle et la Villa tout entière. Pas une seule seconde elle n'imagina que Maurice qui dormait dans la Villa pourrait lui aussi être enseveli. Le cerveau de Berthe était tout aussi malade que celui de son frère. Elle avait développé un sentiment de puissance tel qu'elle ne doutait pas un seul instant que ce qu'elle avait décidé ne se réaliserait pas. Elle réussirait à faire revenir Maurice près d'elle et la

Villa serait le tombeau de Sophie. Car la *belharra* surgirait et l'engloutirait.

Si, de son propre aveu, le gardien ne lisait pas, Berthe en revanche lisait beaucoup trop. Comme ses journées se résumaient à quelques sorties furtives avec la gamine, à un repas vite avalé dans la salle du restaurant, elle projetait l'univers des romans qu'elle dévorait les uns après les autres sur sa propre vie. Berthe n'aimait que les récits terribles, des histoires de frayeurs et de rages où les êtres se déchiraient tragiquement. Les images de Gustave Doré illustrant les cercles de l'Enfer de Dante l'avaient particulièrement impressionnée. Des êtres amoncelés, brûlant dans les flammes, nus et hagards et qui tendaient des bras éperdus vers des diables effrayants qui, au lieu de les sauver, les transperçaient avec d'énormes pieux. Quelle vision d'horreur ! Pourtant, ces horribles souffrances si minutieusement détaillées par le crayon de Gustave Doré, elle y était souvent revenue. Il n'y avait jamais de paix dans les livres que choisissait Berthe. Un certain Sorley MacIntyre avait sa préférence. Dans les romans de cet écrivain écossais qui avait passé sa vie seul à errer dans son manoir des Highlands, que de tourments ! Les êtres étaient voués à l'enfer et leur vie sur terre n'était que luttes, douleurs et violences.

Pendant que la gamine restait dans un coin de la chambre à attendre sans broncher pour ne pas risquer un mauvais coup de sa mère, Berthe s'abîmait dans la lecture de ces pages sombres, et ces récits affreux étendaient leurs méandres tentaculaires dans son cerveau abîmé. Dévorée par son envie de vengeance, elle ne décelait plus très bien la limite entre mondes réels et fictifs. La douleur des êtres de papier s'imprégnait dans sa chair. Elle souffrait comme eux, se sentait trahie, humiliée, violentée comme eux. Sophie lui apparaissait alors sous un jour terrible, gangrenant la vie de son frère chéri, et sa volonté de vengeance grandissait.

Dans les moments où elle sentait sa mère hors du réel, terrée dans un coin, Ambroisine ne respirait plus. Elle pouvait rester ainsi des journées entières. Enfant, entre cinq et huit ans, quand elle s'était retrouvée seule avec Berthe, elle avait pris des coups si forts du seul fait qu'elle se manifeste que, seule, sans l'aide de quiconque, elle avait appris à se débrouiller. Elle ne disait rien. Il fallait juste ne plus être là, ne plus sembler vivante, rester comme une statue, ne pas croiser son regard, ne pas poser une seule question. Juste ne pas exister en attendant que Berthe revienne à la réalité. Alors les choses redevenaient à peu près normales. Elles descendaient manger, ou allaient un peu à la plage.

Et dans ces moments de normalité, Ambroisine redevenait pour sa mère l'enfant qui possédait toutes les qualités. Il n'y avait jamais de tendresse mais Berthe mettait la gamine en avant pour la moindre chose. Si Ambroisine nageait, elle était bien évidemment la meilleure nageuse. Si elle parlait, elle discourait comme un orateur. Du trop d'excellence au pire des états et sans jamais la moindre manifestation de tendresse ou d'amour, la gamine s'était protégée en se murant dans une forme d'apathie. Rien ne semblait l'atteindre. Une manière de ne pas sombrer dans la folie. Car les sautes d'humeurs de sa mère, qui n'avait besoin d'aucune justification pour exploser de colère ou pour tomber dans un abattement total, menaçaient de détruire cette fillette. Aucun enfant n'aurait pu survivre à un tel état de terreur, et pourtant Ambroisine résistait. Et cette résistance mentale et physique étonnait autant Maurice qui ne s'en occupait jamais que Berthe elle-même. On aurait dit que la petite trouvait quelque part un soutien, une force qui l'aidait à tenir. Mais où aurait-elle pu trouver pareille chose ? Mis à part sa mère et son oncle, elle était seule au monde.

49

Courant vers son rendez-vous, Faustine sautait de joie !

Imanol voulait la voir. Elle lui avait fait passer un message comme quoi elle désirait lui parler rapidement et il lui avait fait dire par Peyo de venir au bar Jean, avant qu'il n'aille prendre son service. Le bar Jean était un haut lieu de retrouvailles pour tous les Basques à Biarritz. Tapas, pimientos, piperade, anchoa, on n'y mangeait que de la cuisine du pays. Et de la très bonne. L'endroit ne désemplissait jamais. De longues tables de bois avec de solides bancs de chêne permettaient aux uns et aux autres de s'asseoir ensemble au fur et à mesure de leurs arrivées. On mangeait là comme en famille. Au plafond de longues guirlandes de piments rouges pendaient entre de lourds jambons que le patron décrochait d'un geste vigoureux. Il en taillait d'épaisses tranches qu'il posait ensuite sur de larges assiettes aux motifs rayés rouge et bleu. Sa femme cuisait les œufs avec juste ce qu'il faut de piment, et elle posait le tout sur la table avec de gros morceaux de pain. Ici il fallait que le client en ait pour son compte. On ne plaisantait pas avec la nourriture et les garçons regardaient arriver les assiettes en se frottant les mains. L'endroit était chaleureux, soigné, rempli d'odeurs qui donnaient envie de se mettre à table et toujours envahi de chants que les uns et les autres entonnaient entre deux gorgées d'irouleguy. Le vin du pays. Les hommes avaient des voix profondes et émouvantes, ils chantaient des airs basques debout, à capella. Depuis leur toute petite enfance, ils baignaient dans cette culture du chant polyphonique et ils l'exerçaient avec le naturel et l'aisance que donne une longue pratique.

Quand Faustine arriva, elle chercha Imanol du regard. Il était accoudé au bar avec ses copains et ils se distribuaient les places pour la rencontre de rugby contre le club de l'Aviron Bayonnais. Biarritz, Bayonne, c'étaient deux mondes opposés. Jusque dans le rugby. Faustine connaissait la plupart des jeunes mais, là, dans cet endroit où ils étaient chez eux et où les filles n'allaient presque jamais, elle se sentit tout intimidée. Les rugbymen se tournèrent vers elles avec un œil malicieux et quelques remarques fusèrent. Imanol les arrêta d'un signe et entraîna Faustine à l'écart. Il la fit asseoir à une table face à lui :

— Alors, tu veux me voir ? Qu'est-ce qu'il se passe ? demanda-t-il.

Ça n'était pas le genre de Faustine de donner des rendez-vous aux garçons. Il devait y avoir une urgence ou du moins quelque chose de sérieux.

— Tu sais que je travaille chez monsieur Caron…

— Oui, dit-il en riant, et ce n'est pas ce que tu fais de mieux, mais bon, alors…

Pas déstabilisée le moins du monde par cette réserve moqueuse, d'autant qu'il la couvait de son œil de velours par la même occasion, Faustine raconta à Imanol son inquiétude quant à l'attitude de Maurice. Il devenait violent, il avait frappé sa femme.

— Et c'est pour me dire ça que tu es venue ? fit Imanol très étonné, ne voyant pas en quoi les affaires privées de Maurice le concernaient.

Bien sûr, Imanol n'aimait pas qu'on batte les femmes, mais ça n'était pas nouveau. Des hommes qui, après avoir un peu trop bu, donnaient une « raclée » pour se soulager en rentrant, il en avait connu. Ce n'étaient pas les plus sympathiques mais, pour Imanol, ça faisait partie de la vie.

— Je ne viens pas que pour ça, ajouta Faustine contrariée et mécontente de voir qu'il n'accordait pas plus d'importance que ça à la violence de Maurice sur Sophie. Je sais que tu n'es pas en bons termes avec mon patron.

— Et comment tu sais ça toi ? demanda Imanol, ragaillardi de voir que Faustine s'intéressait de si près à ses affaires.

— Qu'est-ce que vous croyez, vous les garçons ? Avec les copines, on est au courant de tout ce que vous faites !

— Tiens tiens, et alors ?

— Alors je crois que ce Maurice ne te revient pas et à moi non plus il ne me revient pas. Il cache des choses pas claires…

Imanol, intrigué, tendit l'oreille et Faustine parla. Ainsi Maurice avait une sœur à l'hôtel des Tamaris. Une sœur dont il dissimulait soigneusement l'existence à sa femme et à tout le monde. Mais dans quel but ? Et en quoi cela pouvait-il jouer dans le conflit qui le liait aux Basques et à l'affaire du palais mauresque. Imanol ne voyait pas.

Pourtant l'information était loin d'être anodine et Imanol remercia Faustine d'avoir eu la bonne idée de venir lui en parler. Mais il ne savait pas quoi lui conseiller quant à Sophie. Lui en parler ? Ne rien dire ?

Il n'avait aucune idée de ce qu'il convenait de faire.

Le bruit dans le bar était devenu si fort avec les rires et les chants que les jeunes avaient entonnés que la conversation devint impossible. Faustine se leva pour partir et Imanol la raccompagna dehors :

— Ils ont raison, les Parisiens, dit Faustine, ça beugle ici, on ne peut plus se parler !

— Quoi ? Qu'est-ce qu'ils disent les Parisiens ?

Faustine sourit :

— Que ça « beugle » dans votre bar !

— Ah ça, c'est la meilleure, sursauta Imanol, touché. Nous, on chante, et eux, ils disent qu'on beugle !

— Oui, enfin, ils ont dit ça comme ça un soir. Ils étaient invités à la Villa. Un journaliste disait que ça vous ferait du bien d'aller écouter de la vraie musique au casino.

— Ah ah ! Et c'est quoi, la vraie musique ?

— Ils parlent toujours d'un russe, Stravinsky, et de Ravel aussi, tu sais celui de Ciboure dont la mère était kaskarotte comme ta grand-mère. Mon frère Vicente m'a dit que Stravinski donnait un concert samedi soir au casino. Vicente le sait parce qu'il est de service à l'entrée. C'est complet, il y aura toutes les têtes couronnées, les princes et toutes ces dames avec tous ces artistes. « L'élite », comme dit monsieur de Léez avec sa bouche en cul de poule !

Et Faustine imita l'air précieux qu'avait le journaliste à certains moments.

— En tout cas, ajouta-t-elle, Madame Sophie va y aller avec Monsieur Maurice. Il lui a dit que ce serait la dernière sortie de la saison.

Mais Imanol n'écoutait plus. Il avait eu un coup de sang ! Ainsi leurs chants ancestraux étaient des chants de bœufs ! Ah, ils beuglaient ! Eh bien, on allait voir ce qu'on allait voir !

— Ton frère est chez toi ce soir ? demanda-t-il nerveux.

— Oui, pourquoi ?

— Dis-lui que je vais passer le voir avec les copains. Pour ta Sophie, on en reparlera. Tiens-moi au courant si le Maurice devient plus méchant, on sait jamais.

Et, avant de la laisser repartir, il la retint par l'épaule et lui vola un baiser sur le coin des lèvres :

— Ça, dit-il, c'est parce que tu le mérites.

Faustine partit tout émue de ce baiser volé, mais se jurant toutefois de ne plus se laisser déborder par cet Imanol un peu trop sûr de son charme. Non mais, pour qui il se prenait de lui dire ce qu'elle méritait ou pas ! La prochaine fois, c'est elle qui lui volerait un baiser. Et elle ne ferait pas semblant comme lui, du bout des lèvres. Si elle méritait quelque chose, à elle de décider quoi. Cette décision la mit en joie.

50

Les journées étaient devenues très difficiles pour Sophie.

Son univers doré était devenu un dédale sombre duquel il semblait impossible de trouver la sortie. Jamais elle n'avait eu à vivre une pareille chose. Depuis son article sur l'Hôtel du Palais, elle avait fait d'autres propositions à Henri mais il les avait rejetées les unes après les autres. Elle avait bien senti que son article l'avait déçu. Il attendait du nouveau :

— Vous m'aviez laissé entendre qu'il se passait des choses dans les coulisses de l'hôtel, lui avait-il dit, mais je n'ai rien lu de tout ça dans votre article. Bien sûr vos descriptions du milieu et des occupations de tous les services sont bonnes, mais j'attendais mieux. Et puis comment voulez-vous faire un papier en une seule journée ? Il fallait enquêter, rester, revenir, retravailler. Non, Sophie ! Je vous le dis franchement, vous m'avez déçu.

Et depuis, rien. Henri ne donnait plus signe de vie. Sophie découvrait que le monde du travail n'était pas aussi simple qu'elle l'avait tout d'abord imaginé. Elle se disait qu'elle avait peut-être manqué une occasion qui ne se retrouverait pas de sitôt. Et elle était si malheureuse ! La gifle que Maurice lui avait envoyée l'autre soir résonnait encore dans sa tête et elle s'était jurée que, plus jamais, il n'aurait l'occasion de recommencer.

Elle revit la scène.

Quand il avait appris qu'elle allait faire des articles réguliers dans le journal, Maurice avait complètement changé d'attitude avec sa femme. C'était tout juste s'il répondait quand elle engageait la conversation et il laissait tomber de laconiques : « oui » ou « non » selon les cas. Il restait distant et lointain.

Sophie aimait encore Maurice. Elle regrettait de l'avoir tant contrarié avec cette histoire de journalisme. Et, pensant qu'elle l'avait blessé en l'ayant mis, avec Henri, devant le fait accompli, elle démultipliait les efforts pour le rassurer. Mais quelque chose semblait être devenu irréversible. Plus elle tentait de le comprendre, plus il prenait ses distances. Il avait un regard vide qu'elle ne lui avait jamais connu auparavant. Ils continuaient à mener ensemble une vie sociale apparemment normale, mais tout avait changé. Ce soir-là, elle avait refusé d'aller au dîner en prétextant un mal de tête. Elle en avait assez de cette comédie de Maurice qui ne lui décrochait plus un mot et qui jouait un jeu imbécile d'homme froissé. En résumé, il commençait à l'énerver sérieusement avec ses airs d'idiot qui prenait ses distances et, la veille, elle lui avait mis les points sur les *i*.

— Écoute Maurice, je t'aime et je ferai tout pour que nous retrouvions cette merveilleuse harmonie entre nous. Mais là, j'en ai assez. Je ne comprends rien à ton attitude. Alors s'il y a quelque chose qui ne va pas, dis-le. Pourquoi te comportes-tu comme ça ?

Il avait pris l'air las de celui qui ne comprend pas.

— Mais ma pauvre Sophie, tu t'égares. Si tu te voyais me questionner comme ça, tu te ferais peur. Je ne comprends pas de quoi tu parles.

C'en était trop. Elle avait explosé ! Ah il ne comprenait pas ? ! Il faisait l'imbécile et c'était elle l'égarée ! Eh bien, il allait faire son cirque tout seul désormais. Elle n'irait pas au dîner de ses clients demain à l'Hôtel du Palais. Elle n'avait plus aucune envie de jouer à la femme modèle et compréhensive. Ça tombait donc parfaitement.

Le soir du dîner, elle resta chez elle et s'y trouva fort bien. Enfin débarrassée de cette obligation idiote de sourire et de faire semblant d'être proche de son mari. Après avoir lu quelques revues, mangé avec Faustine, ri avec elle et parlé de choses ct d'autres, elle était allée à sa place favorite devant la baie. Elle regardait briller dans la nuit les petites lumières tremblantes du port de Fuenterrabia quand Maurice était rentré, ivre bien que tenant debout et d'apparence à peu près normale.

Sophie ne supportait pas de voir un homme en état d'ébriété, et son mari surtout. Cela provoquait en elle un immense dégoût. Maurice avait le regard vitreux, la lippe molle, les mots sortaient de sa bouche à moitié prononcés, il titubait tout en se redressant et en voulant se donner des airs d'homme droit et élégant, ce qui accentuait son côté grotesque. Il disait n'importe quoi et ne pouvait enchaîner les mots.

— Encore à regarder ton Espagne ! Mais... tu... vois quoi... l'Espagne ?.... et quoi...

Elle lui répondit d'aller se coucher et qu'ils verraient demain quand il serait en état.

Il explosa !

Il se mit à vociférer, à faire de grands pas et à la menacer si elle continuait à lui parler sur ce ton. Elle allait voir qui il était. Ah ! elle le croyait faible, mais il était fort et s'il le fallait, il utiliserait même sa force physique pour en finir avec ses grands airs ! Pour qui se prenait-elle ?

Sophie, effrayée, se demandait comment ils en étaient arrivés là, comment Maurice avait pu devenir cet homme titubant. Il y avait dans son changement quelque chose de vertigineux. Alors, pour ne pas trop souffrir sans doute, et sans savoir comment cette réponse lui était venue, elle lui avait dit ces simples mots :

— Je ne me prends que pour ce que je suis, Maurice, et je suis Sophie Etcheverry !

Il lui avait alors décroché une gifle si violente qu'elle était tombée de tout son long sur le parquet du salon, se blessant au visage et aux bras sur un vase en céramique magnifique qu'elle emporta dans sa chute et qui se brisa en mille morceaux.

Le plus effrayant, c'est qu'après ce geste inimaginable, il l'avait laissée là, par terre, froidement. Calmé par sa propre violence, il avait éteint la lumière du salon, et était allé se coucher comme si rien ne s'était passé.

Le lendemain matin, il avait retrouvé son air civilisé, enfilé son costume et repris tout naturellement le chemin du chantier.

Sophie l'avait regardé partir depuis les fenêtres de la cuisine pendant que Faustine préparait le café. La très grande distance entre l'image que

Maurice donnait et sa réalité glaçait Sophie. Elle voyait dans ses yeux quelque chose de fou.

Le constat était terrifiant. Il devenait urgent pour Sophie de se libérer de cette dépendance totale, il fallait qu'elle devienne plus forte. L'idéal, c'était de devenir indépendante de lui financièrement, mais ça lui semblait de l'ordre du rêve. Pourtant elle sentait que les choses ne pouvaient en passer que par là.

Prenant son courage à deux mains, dominant son orgueil, elle s'en alla revoir Henri de Léez. C'était sa seule chance, le seul fil qu'elle tenait. Elle s'y accrocha. En l'écoutant, Henri sentit son désarroi. Elle n'expliqua pas grand-chose, mais il devina. Il lui donna une seconde chance, elle l'aiderait à couvrir la soirée du grand concert de Stravinsky.

51

Le concert commencerait à l'heure.

Il y avait foule aux alentours du casino pour honorer le célèbre compositeur que la jeune génération parisienne considérait comme le chef de file de son temps. On se pressait autour de lui. Pendant qu'Henri se frayait un chemin, Sophie s'avança vers Catherine, la femme de Stravinsky, qui attendait dans un coin. Personne ne s'occupait d'elle et timide, réservée, elle se faisait toute petite. Sophie la connaissait bien car toutes deux fréquentaient la boutique de Coco Chanel et elles se croisaient parfois le matin sur la promenade des hortensias. Il était même arrivé qu'elles prennent un verre ensemble à la terrasse du bar Royalty.

— Alors Catherine, dit Sophie, vous n'avez pas amené Bijou ?

La femme de Stravinsky éclata de rire, heureuse de trouver un peu de compagnie car elle commençait à se sentir un peu idiote ainsi délaissée. Bijou était son petit chien et Sophie jouait souvent avec lui.

— Non, répondit-elle, je l'ai laissé à la maison. Mais dites-moi Sophie, je ne savais pas que vous étiez devenue journaliste, j'ai lu vos articles dans *La Gazette*.

— C'est un bien grand mot, disons que je débute, répondit Sophie, étonnée et flattée d'avoir affaire à une lectrice.

À part Henri et Faustine, Catherine était la première à lui parler de son travail. Elle expliqua que, vu le prestige de cette soirée, Henri avait décidé d'y consacrer plusieurs pages. Elle serait chargée des « à côtés ». Les toilettes, les personnalités, enfin tout ce qui lui paraîtrait intéressant, y compris prendre çà et là des notes pour sa nouvelle rubrique qu'il avait appelée : « Au creux de l'oreille ». Il avait décidé d'y mettre toutes sortes d'informations qui ne méritaient pas un très long développement mais qui étaient susceptibles d'intéresser les lecteurs. Toute l'élite de la côte était là, il y aurait des potins, des infos, et Henri les voulait.

— … Et d'ailleurs, enchaîna Sophie en profitant de la présence de Catherine, n'auriez-vous rien pour ma rubrique ?

— Moi, des informations ? ! Grands dieux ! Je crains que non, que voulez-vous que je sache d'intéressant ? C'est mon mari qu'il vous faudra interroger.

— Vous n'y pensez pas ! Henri s'en charge, moi je m'occupe des aspects secondaires. Cherchez, Catherine, je suis sûre qu'en y réfléchissant vous avez des choses passionnantes à m'apprendre sur ce qui se passe à Biarritz.

— Pensez donc !

— Mais si, vous recevez tout le gratin musical, les Casadesus, Ravel, Vincent d'Indy, Arthur Rubinstein et quand vous allez à La Mimoseraie, chez madame Errazuriz, je suppose qu'autour du thé elle vous raconte plein de choses.

Il n'était un secret pour personne qu'Eugénia Errazurriz, richissime mécène chilienne d'origine basque, était le soutien financier du compositeur russe et de sa famille. Pendant toutes ces années difficiles, quand il était arrivé à Biarritz sans le sou, elle l'avait accueilli, tout comme Picasso qui, pour la remercier, avait peint pour sa maison La Mimoseraie sept magnifiques panneaux muraux à l'encre bleue. Il était venu séjourner chez elle, à Biarritz, avec sa danseuse russe, Olga. Tout le monde passait chez Eugénia, elle était au courant de tout. Sophie insista. Catherine fit quelques efforts :

— Ah oui, j'ai quelque chose, dit-elle en prenant son temps, peut-être cela va-t-il vous intéresser. Mais ça concerne la musique.

— Dites toujours, fit Sophie, agacée parfois de la lenteur de Catherine d'autant que la foule était de plus en plus dense dans le grand hall du casino et que la sonnerie d'entrée ne tarderait pas à retentir. Or Sophie voulait cette fois être à la hauteur de la confiance d'Henri. Il lui fallait à tout prix des informations, et même des potins.

— Nous avons rencontré Ravel. Il travaille à un nouveau morceau. Vous savez qui le lui a commandé ?

— Non, bien sûr.

— Ida Rubinstein. La danseuse et chorégraphe. Elle s'est brouillée avec Diaghilev et maintenant elle commande directement ses morceaux aux compositeurs. Elle en a demandé à Igor, et aussi à Honegger. Cette fois, elle veut Ravel. Comme il est Basque, pour votre gazette du pays c'est peut-être bien, non ?

— Bien sûr. Et, c'est pour bientôt ?

— Il y travaille dans sa maison de la rue Tourasse à Saint-Jean-de-Luz, là où il y a en ce moment de merveilleuses glycines, vous voyez laquelle ?

— Bien sûr, répondit Sophie, impatiente. Et alors, qu'écrit-il ?

— Je crois savoir que ce sera un « Boléro », inspiré des fêtes de son cher Pays basque. Enfin, quelque chose comme ça.

Sophie prit note : Maurice Ravel travaille à un « Boléro ». C'était maigre. Elle persista :

— Que vous dire ? fit l'épouse. Il nous a joué son thème. C'était charmant, très enlevé, on ne se le sort pas de la tête une fois qu'on l'a entendu : « Ne trouvez-vous pas que ce thème a de l'insistance ? nous a-t-il dit. Je vais essayer de le redire un bon nombre de fois sans aucun développement en graduant de mon mieux mon orchestre. »

Et elle raconta comment le musicien leur avait expliqué qu'il s'était inspiré des fêtes basques religieuses, comme la fête « Besta herri », et des fêtes populaires, comme les passe-rues. Il leur dit avoir travaillé en plein air et mit l'accent sur la couleur arabe qu'il y avait dans la répétition obstinée du thème.

Une jeune femme s'approcha :

— Vous parlez du *Boléro* de Ravel, ah, quelle merveille !

— Kalinka ! fit la femme de Stravinski, surprise. Mais où avez-vous entendu le *Boléro* ?

— Oh ! j'ai été chez Ravel avec mon ami Tristan et il nous a fait écouter son thème. Depuis, je ne peux me le sortir de la tête et Tristan non plus. C'est un air qui ne vous quitte pas. J'ai hâte de l'entendre en concert mais Ravel veut encore travailler. En sortant, Tristan, très inspiré, m'a dit que « ce *Boléro* c'était le triomphe du don allié à une perspicace volonté. La fleur éclatante et troublante de ce Basque en qui se trouvent mêlées les sèves de France et d'Espagne ». C'est tellement juste, ce mot de Tristan, que ça m'a marquée. Il est vrai que ce Ravel a la terrible volonté des Basques. Ou de l'idée que je me fais d'eux.

— Ah mon Dieu ! J'oubliais ! s'exclama alors la femme de Stravinsky en présentant la jeune femme à Sophie. Voici la sœur de mon mari. Figurez-vous qu'elle et son mari vont ouvrir un restaurant russe ici, à Biarritz. C'est Chanel qui lui a donné l'idée, elle est sûre que ça marchera.

— Oui, renchérit, enthousiaste, la sœur du musicien. On y donnera des fêtes russes, des Zakouska, et on fera de la cuisine de chez nous. Les serveurs seront habillés en moujiks et Tolstoï viendra faire les après-midi avec sa compagnie. Chanel présentera ses collections. On a plein d'idées.

— Parfait, s'exclama Sophie. Voilà une bonne information pour ma rubrique.

— Oui, suis-je sotte de ne pas y avoir pensé, fit Catherine. En ce moment, précisa-t-elle alors, Kalinka et mon beau-frère cherchent une villa à acheter ou à louer.

— C'est presque fait ! lâcha la belle-sœur, mais c'est encore un secret. On a vu le vendeur hier et on est pratiquement d'accord sur le prix.

— Merveilleux ! s'enthousiasma Catherine. Et où est-ce ?

— Je te l'avais caché pour te faire la surprise, fit la belle-sœur ravie. Elle est idéalement placée. On n'a pas pu la visiter mais tous ceux qui y ont été invités nous en ont dit le plus grand bien. De toute façon, avec l'emplacement fabuleux qu'elle a, on ne risque rien. Elle est hors de prix mais Eugénia nous aidera à l'acheter.

Intriguée, Sophie attendait elle aussi de connaître le nom de cette mystérieuse maison.

— Dis ! mais dis ! s'écria Catherine, impatiente.

— C'est la fameuse Villa. La Villa, celle du rocher.

En entendant prononcer le nom de sa maison, Sophie eut un choc violent. Mais cela ne pouvait être qu'une monumentale erreur.

— Ma maison ! Mais ma maison n'est pas à vendre, de quoi parlez-vous ? Qui vous a dit une chose pareille ? !

La femme de Stravinsky, déstabilisée elle aussi par cette nouvelle, ne savait plus quelle contenance adopter.

— Tu dois te tromper, chère Kalinka, Sophie est la femme de monsieur Caron et si sa Villa était à vendre, elle le saurait.

Très ennuyée par ce renversement de situation, la belle-sœur ne savait plus quoi dire. Celui qui leur avait parlé de la Villa, un certain Marcel, leur avait pourtant fermement recommandé de n'en parler sous aucun prétexte à qui que ce soit avant que la chose ne soit signée. Mais elle ne pouvait savoir que cette femme était la femme de monsieur Caron et puis, comment pouvait-elle ne pas être au courant ? Tout ça n'était pas clair. Fort heureusement pour la sœur de Stravinsky, la sonnerie d'entrée se fit entendre et Henri de Léez enleva Sophie. Il devenait urgent d'entrer, tout le monde se bousculait.

Sophie était complètement retournée.

— Qu'avez-vous, dit Henri, vous êtes toute pâle, vous vous sentez mal ?

— Non, Henri, je vous expliquerai, il faut que je voie Maurice.

— Maurice, maintenant ! Mais ce n'est pas possible, il faut vite aller s'asseoir.

Mais Sophie ne l'écoutait pas, il fallait qu'elle sache. La sœur de Stravinsky avait dû se tromper, mais elle voulait être rassurée, et tout de suite. Elle chercha Maurice du regard et, par chance, le vit dans la foule. Échappant à la vigilance d'Henri, elle arriva jusqu'à lui :

— Maurice, lui chuchota-t-elle d'un ton très angoissé, la sœur de Stravinsky vient de me dire qu'elle achetait notre Villa. Qu'est-ce que c'est que cette histoire ?

Il garda le plus grand calme et la regarda comme si elle était folle. Comme si elle venait de dire une énormité. En voyant son air surpris, elle avait tellement envie d'être réconfortée qu'elle enchaîna aussitôt :

— Ah, il me semblait bien ! Toi non plus tu n'en reviens pas. Mais alors d'où vient cette histoire ?

— Enfin, Sophie, au lieu d'écouter n'importe qui te dire n'importe quoi, allons nous asseoir. Le concert commence. Tu vas encore te faire remarquer.

Un peu calmée par le ton de Maurice qui n'avait accordé aucune importance à la nouvelle, mais vaguement inquiète quand même, elle lui dit qu'elle allait au premier rang près d'Henri de Léez et des autres journalistes. Elle était très bien placée. Il y avait des sièges réservés parmi les meilleurs pour les journalistes qui assistaient au concert. Maurice blêmit. Ainsi, il allait être assis derrière et seul pendant qu'elle se pavanerait au premier rang ! Mais Sophie était déjà partie rejoindre le journaliste.

Il l'attendait, contrarié :

— Mais où étiez-vous passée ?

— Ne m'en veuillez pas, Henri, chuchota-t-elle, j'ai eu la peur de ma vie. Mais c'est arrangé. Enfin je crois.

— Qu'y a-t-il ?

— Rien, je vous raconterai.

Maurice regardait Sophie s'asseoir près du journaliste. Il lâchait prise. Dans sa tête malade, des douleurs multiples refaisaient surface. Il était bien loin du concert. Maurice sentait l'étau se refermer sur lui. Jamais il ne retrouverait l'innocence et jamais il ne serait celui qu'il avait rêvé d'être. Le destin le rattraperait toujours. Il aurait fallu nettoyer tant de choses. Comment faisaient les autres, ceux qui l'entouraient ici même dans ce concert ? Leur vie était-elle vraiment la leur ou l'avaient-ils volée pour cacher quelque secret inavouable. Maurice savait qu'il allait devoir quitter le navire sur lequel il s'était embarqué avec Sophie. Il avait cru pourtant réussir avec elle quelque chose qui échappait à tout parce que, contrairement à lui qui cachait tant de choses, elle était limpide. Elle s'avançait toujours à découvert et quand il l'avait rencontrée, cette inconscience l'avait bouleversé. Sophie ne se protégeait de rien. Elle n'imaginait même pas qu'il le faille. Et, paradoxalement, cette incroyable naïveté lui avait permis de tout traverser.

Dans la salle, les derniers arrivants se pressaient de rejoindre leurs places. Maurice sentait le sol se dérober sous lui, sa tête lui faisait affreusement mal. Au creux de son ventre, un vide profond et douloureux comme un cratère le dévorait. La violence du mal était si grande qu'il ne pourrait lui échapper qu'en sortant de lui-même. Maurice devenait un autre pour se sauver. Pour survivre, il oubliait l'homme qu'il avait été. Sans repères, il flottait. En lui, l'animal dangereux prenait la place de l'homme civilisé.

Sophie s'était retournée. Elle cherchait Maurice du regard. Il semblait seul au monde, perdu dans de sombres pensées. Tout son visage était contracté et il faisait de curieuses grimaces comme en font ces personnes qui parlent toutes seules et qui ne se savent pas observées. Mal à l'aise de le voir ainsi de loin pour la première fois, elle le regardait comme si elle avait observé un inconnu. Elle le trouva sinistre. Mais elle décida de ne plus y penser et de se concentrer sur le concert.

Derrière le rideau, on entendait des sons bizarres, les musiciens de l'orchestre des casinos de Biarritz accordaient leurs instruments. Dans moins d'une minute, Stravinsky allait les diriger.

Les lumières de la salle s'éteignirent, le silence se fit, et, sous les feux de la rampe, le grand rideau rouge de la salle de concert s'éclaira, puis s'ouvrit lentement, laissant apparaître l'ordonnancement parfait des musiciens de l'orchestre. Les cordes, premiers et seconds violons, les altos, les violoncelles et les contrebasses, les bois, les cuivres et les percussions, le piano, le saxophone, on n'attendait plus que le maître.

C'est à cet instant, dans ce silence recueilli, que les portes du fond de la salle s'ouvrirent.

Personne ne les attendait.

Ils entrèrent par la grande allée centrale, graves et disciplinés.

Ils portaient tous l'habit blanc des jours de fête, les espadrilles aux pieds et la ceinture rouge drapée autour de la taille. Imanol marchait en tête. Ils se tenaient droits, avaient des visages jeunes et des regards fiers. Ils traversèrent toute l'allée sous les regards incrédules des spectateurs ébahis et montèrent sur scène dans un ordre parfait. Ils s'installèrent en double rangée devant l'orchestre, chacun semblant connaître sa place. On aurait dit qu'ils avaient répété la scène. Or, ils venaient d'accomplir un « happening » dans la plus parfaite cohérence et la plus grande efficacité. Devant une salle médusée, Imanol s'avança et annonça en basque un nom qu'ils ne comprirent pas :

— *Agur adixkidiak, jinkoak egun hun.*

Puis, d'une voix de ténor exceptionnellement pure, il entonna un chant. Derrière lui, les jeunes Basques reprirent en chœur. La salle les écoutait, saisie. Elle attendait le compositeur de l'avant-garde musicale et voilà qu'on lui offrait un chœur basque d'une qualité polyphonique musicale et vocale exceptionnelle. L'émotion était palpable, personne n'avait bougé. Tous dans la salle étaient sous l'emprise de la puissance et de la justesse de ces jeunes voix. Et quand la dernière note du chant tomba, le silence qui suivit avait une densité impressionnante.

Les jeunes Basques descendirent de scène, calmes et disciplinés comme ils étaient entrés. Les portes au bout de l'allée s'ouvrirent pour les laisser passer et elles se refermèrent derrière eux sans se heurter à la moindre résistance. Imanol eut juste un regard en direction du frère de Faustine et de son copain qui leur avaient ouvert et fermé les portes. Ils étaient heureux. Par l'exemple, car il n'y a pas mieux, ils venaient de faire la démonstration que la force et la beauté d'un chant ou d'une musique n'est l'apanage de personne. Sur ce terrain-là, les grandes capitales n'ont le monopole de rien. Au Pays basque, comme de par le monde, des cultures se renouvellent et pratiquent depuis des millénaires l'exigence et le raffinement.

La salle de concert se retrouva face à elle-même. Personne ne bougeait.

Alors, un homme se leva. Digne et élégant, il monta sur scène. Tout le monde le connaissait. Comme Maurice Ravel, son compatriote, Pierre d'Arcangues pratiquait avec une sincérité et une aisance éblouissante la double culture. Aristocrate, fils d'une très grande famille du village d'Arcangues qui y possédait un château, mondain, brillant, cultivé, il aimait profondément son Pays basque et, avec la plus grande fierté, il avait toujours revendiqué son appartenance à cette terre. Non seulement il la revendiquait, mais il n'hésitait jamais quand l'occasion s'en présentait à la mettre en pratique.

— Chers amis, ces jeunes Basques nous ont offert un cadeau auquel nous ne nous attendions pas en ce jour, mais qui donne une dimension encore plus exceptionnelle à ce concert. L'exigence polyphonique du chant basque en ouverture de l'œuvre en perpétuelle recherche de Stravinsky, quelle soirée !

Et, seul sur scène, il se mit à applaudir le chant des jeunes Basques qui n'étaient plus là. Les spectateurs le regardaient, encore stupéfaits de cette ouverture de concert décidément très inattendue, quand un autre applaudissement vint se joindre à celui de Pierre d'Arcangues. Igor Stravinsky s'avança. Le célèbre compositeur n'avait rien perdu du concert qui venait d'avoir lieu. Comme tout grand artiste digne de ce nom, il appréciait à sa juste valeur le talent des autres et mesurait le niveau de leur art.

Dans la salle, Sophie ne put se retenir davantage. Elle se leva et applaudit, suivie par Coco Chanel puis Ravel et Cocteau et, dans la foulée, le roi Alphonse XIII, le grand duc Dimitri de Russie, tous se levèrent et se mirent aussi à applaudir. Il y eut un immense et vibrant hommage auquel se joignit enfin toute la salle.

Le concert de Stravinsky fut ce qu'on pouvait attendre d'un compositeur de génie. Mais jamais sans doute celui-ci n'eut l'occasion de vivre une autre fois ce qu'il devait expérimenter à la fin de ce concert si particulier. Quand l'ovation de la salle fut terminée, alors qu'il saluait une dernière fois, des applaudissements montèrent, étouffés mais puissants. C'étaient tous les employés basques réunis qui, depuis les coulisses, rendaient à leur tour hommage à celui qui les avait compris.

52

Orkatz avait ouvert le journal.

L'exploit d'Imanol et de ses copains s'étalait à la une. On ne parlait que de ça. Il y avait même une photographie et le chroniqueur musical Henri de Léez avait saisi l'occasion pour faire un long papier sur les Basques, certes élogieux sur leur chant, mais le journaliste en profitait également pour égratigner ce tempérament basque « excessivement fier et intransigeant ». C'étaient les mots écrits dans l'article.

Iñaki était venu voir Orkatz et ils discutaient, assis sur le haut de la colline, côte à côte comme quand ils étaient enfants. On devinait dans le lointain la ligne bleue de l'océan, plus foncée, et ils parlaient en la fixant comme si de cet immense horizon dont ils n'avaient jamais cherché à franchir la limite pouvait venir la réponse à la question qu'ils se posaient.

Que voulait Imanol ?

Que voulaient ces jeunes impatients qui ne cessaient d'enchaîner les coups d'éclats ? Jusqu'où comptaient-ils aller ? L'antique sagesse basque ne les contenait plus. Ils avaient un féroce besoin d'en découdre. Certes ils gardaient encore dans leurs actes ce calme et cette détermination appris au contact des anciens, mais Orkatz et Iñaki sentaient poindre chez les jeunes une exaspération vive qu'eux n'avaient pas connue.

— Tout va trop vite maintenant, dit Iñaki. Ils ne sont pas comme nous. Ils voient tous ces play-boys dans leurs rutilantes voitures décapotables qui sillonnent nos chemins avec à leurs côtés des femmes libres, ça leur tourne la tête.

— Libres ? Qu'est-ce que tu en sais si elles sont libres ?

— En tout cas, elles en ont l'air. Chaque fois que je les croise, elles rient aux éclats, elles ont des cheveux courts, elles ont l'air heureuses.

— C'est vite dit. On n'en sait rien si elles sont heureuses ou pas.

— Peut-être, Orkatz, mais nos jeunes, tout cet argent, toutes ces fêtes, ça les perturbe. De notre temps, on ne nous mettait pas ces richesses sous le nez toutes les cinq minutes. On avait nos règles à nous, nos fêtes, nos filles, et voilà. Les autres pouvaient faire ce qu'ils voulaient, on s'en moquait. Tandis qu'eux, quand ils voient ces femmes affranchies et élégantes, ils se disent que...

À ces mots, Orkatz se leva d'un bond.

— Quoi ! Qu'est-ce que tu veux qu'ils se disent ? ! Ils ne se disent rien ! Rien de rien ! Alors toi, tu crois que parce qu'ils voient des femmes comme celles-là, ils vont oublier celles de chez nous. Mais qu'est-ce que tu dis ? !

Iñaki n'en revenait pas. Orkatz était monté sur ses grands chevaux.

— Mais qu'est-ce qui te prend, Orkatz ? Calme-toi. Je ne t'ai jamais vu te mettre dans un état pareil. Qui te parle d'oublier les femmes de chez nous ?

Orkatz cessa immédiatement de tourner en rond. Iñaki avait raison. Qu'est-ce qui lui prenait ?

— Tu te trompes, Iñaki, reprit-il, posément cette fois. Ce n'est pas une question de filles. C'est autre chose. Les jeunes comme Imanol sont intransigeants. Ils se sentent agressés et ils ont besoin de répondre.

— Ils sont comme nous.

— Non. Ils vont plus loin. Nous, on défendait l'esprit d'un territoire, mais seulement si on venait nous chercher. On n'allait pas au-devant du conflit.

— Justement Orkatz, aujourd'hui, on vient les chercher plus souvent que cela ne se passait à notre époque. On a presque quarante ans toi et moi, ils n'en ont pas encore vingt. Le monde a changé, eux aussi. Ils nous trouvent trop mous.

— Qu'est-ce que tu en sais ?

— Peyo me l'a dit. Même lui ne comprend pas pourquoi on ne bouge pas plus vite.

Orkatz réfléchissait.

— Tiens, même Peyo pense comme ça ? Alors, dit-il, il va falloir qu'on les surveille pour ne pas qu'ils aillent trop loin. Souviens-toi de ce que nous disaient les anciens : pour que jamais il ne faille recourir à la force, il faut l'utiliser une seule fois. Mais bien.

Comme Orkatz, Iñaki sentait qu'il fallait faire quelque chose, les jeunes s'emballaient. Ils avaient détourné les camions de livraison, ils faisaient une offensive sur un concert où ils n'avaient rien à faire... Et tout ça pour une simple question de fierté. C'était dangereux, sans grand intérêt d'après lui, et ça ne devait pas durer.

— Il en est où, l'autre, de son chantier ? demanda alors Orkatz, changeant de sujet.

— Il a pratiquement terminé. Pourquoi ? répondit Iñaki.

— Parce qu'on doit montrer à Imanol et aux autres jeunes ce que ça veut dire : « Une seule fois, mais bien. » Dis à Peyo qu'il fasse venir les jeunes demain soir chez moi. Pour une fois, ils n'iront pas faire les malins au fronton.

53

Sophie étala les pages de *La Gazette* sur le bureau d'Henri.

Elle pensait recevoir le journal chez elle par coursier comme le lui avait promis Henri, mais il avait été débordé et elle était venue aux nouvelles. Le journal était sorti le matin même et avec ce qui s'était passé la veille lors du concert, ils avaient triplé les ventes. Toute la rédaction était sur les dents parce que, dès l'ouverture des kiosques, tout était parti et ils avaient été assaillis de demandes. Les lecteurs venaient même jusqu'aux bureaux espérant récupérer un dernier exemplaire, mais les journalistes n'avaient plus rien à leur vendre. Pour calmer les plus vindicatifs, ils avaient fini par donner leurs propres exemplaires et il avait fallu réimprimer dans la foulée. Le directeur et Henri de Léez se frottaient les mains. De mémoire de vendeurs de *Gazette*, ils n'avaient jamais vu ça.

— Ils devraient nous en faire tous les jours des sorties comme celle-là les jeunes Basques, fit le directeur, c'est excellent pour la presse.

Henri était surexcité :

— J'arrive du Royalty, ils ont tous le nez plongé dans la lecture de notre *Gazette* ! Les ducs, les princes et tous les aristocrates espagnols, ils ne parlent que de ça. Ils veulent savoir qui sont ces jeunes, comment ils ont pu entrer. Je vous l'ai toujours dit, les Basques, c'est bon pour nous. Il faut qu'on prépare un numéro spécial.

— Peut-être que vous vous emballez un peu trop vite, Henri. Quatre pages sur l'événement c'est bien, mais de là à faire un numéro sur les Basques, je crains qu'on ne fasse un flop.

— Je suis sûr qu'on fera un carton, au contraire ! Ça changera des soirées et des concerts.

Mais le directeur n'y croyait pas et il fit comprendre à Henri qu'il valait mieux ne pas insister. Quand il fut parti, ce dernier laissa échapper sa colère.

— Et voilà comment on rate une occasion ! Il ne va jamais sur le terrain comme moi, il n'y connaît rien. Il possède le journal mais il est incapable de réagir avec l'actualité.

— Mais *La Gazette* n'est pas un journal d'actualité, Henri, fit remarquer Sophie.

— Et alors ? ! Qu'est-ce qui nous empêche d'occuper le terrain quand l'occasion se présente ?

Sophie sentait qu'il ne fallait pas trop insister, Henri était à cran. Longtemps contraint d'exercer son métier dans les strictes colonnes de la rubrique musicale, le journaliste, qui avait accédé au poste de rédacteur en chef après de nombreuses tractations, avait eu plus d'une fois envie de sortir *La Gazette* du cadre des concerts et des mondanités. En vain. Son directeur rappelait à l'ordre le jeune homme au physique imposant dès qu'il tentait de sortir de ses attributions.

— Nous avons une clientèle qui achète notre journal pour nos potins et nos mondanités.

Et, ajouta-t-il non sans malice, pour la qualité de vos commentaires musicaux que beaucoup, à Bordeaux ou même à Paris, pourraient nous envier. Et ils ne s'en privent pas. Vous n'aurez nulle part la liberté que vous avez à *La Gazette*, Henri. En musique, vous êtes devenu incontournable. Mais si ça ne vous suffit pas, allez donc travailler à Paris. Là, vous vous en donnerez à cœur joie !

Le directeur disait cela tout en sachant très bien qu'on ne passe pas si facilement d'une gazette locale à un grand journal. Même quand on s'appelle Henri de Léez, qu'on est un excellent professionnel et qu'on a un véritable talent. Les chances sont même très minces d'y parvenir. Les confrères prennent leurs grands airs un tantinet méprisants, et vous jugent du haut de leurs milliers d'abonnés. Parfois, Henri en avait souffert.

Le téléphone sonna et il décrocha. C'était un de ses informateurs qui appelait. Quand il reposa le combiné, il prit un air contrarié et soucieux. Plongée dans le journal, Sophie souriait tout en relisant son papier. Cette fois, Henri et le directeur l'avaient félicitée. Bien sûr elle n'avait pas écrit sur l'évènement lui-même, Henri s'en était chargé. Mais de sa propre initiative, après le concert, elle avait recueilli les réactions de ses connaissances et elle avait eu quelques bons mots. L'article sur les toilettes de ces dames était aussi très bien écrit et avait plu au directeur. Et puis elle avait obtenu deux très bonnes informations. Un excellent début pour alimenter la rubrique « Au creux de l'oreille » !

— Dites, Sophie, qui vous a donné le tuyau sur le *Boléro* de Ravel ?

Elle releva le nez.

— La femme de Stravinsky.

— Ah ah ! Et pour le restaurant de sa belle-sœur, c'est elle aussi ?

— Oui.

Henri hésita à poursuivre. Sophie était si contente de son papier et du succès du journal. Il ne voulait pas abîmer ce moment de plaisir. Il serait temps pour elle de déchanter. Visiblement, elle n'avait pas l'air de savoir que c'est dans sa Villa que se ferait le fameux restaurant. L'informateur d'Henri venait à l'instant de lui confirmer qu'un accord avait été trouvé et que la vente de la Villa était signée.

— Pourquoi me posez-vous cette question, Henri ? demanda Sophie tout d'un coup méfiante. Vous savez quelque chose à propos de ce restaurant ? Où se trouvera-t-il ?

Henri l'avait bien cherché. Maintenant il était coincé et sans doute l'avait-il voulu. Il hésita encore et puis il ferma la porte de son bureau et, d'une traite, il lui avoua ce qu'il savait. Sophie s'effondra.

Les forces lui manquaient. Il lui sembla que sa tête tournait ou que tout vacillait autour d'elle. Inquiet, Henri lui tendit un verre d'eau et lui tapota les joues. Il avait l'air si malheureux de la voir ainsi. Alors, à son tour, épuisée de ces derniers jours aux côtés de Maurice, elle lui avoua tout. Le changement d'attitude de son mari, son agressivité de plus en plus fréquente et, à la moindre occasion, sa violence même, la gifle, et maintenant cette incroyable trahison.

— Il m'avait promis de vendre le palais mauresque et de garder la Villa, mais dans mon dos il fait l'inverse. Henri, je n'ai plus confiance en lui.

Parfois, j'ai même peur de lui. C'est horrible, comment en est-on arrivé là ?

Henri était retourné. Comment un homme pouvait-il cacher des choses aussi importantes à sa femme ? Et il était allé jusqu'à la gifler ! Ça n'était pas bon signe.

— Mais vous avez de la famille, Sophie, ils vous aiment. Leur en avez-vous parlé ?

— Non.

— Mais pourquoi ? Quelle folie ! Moi, je peux vous aider en vous faisant travailler plus souvent mais ça ne vous sauvera pas. Vos parents comprendront et ils vous aideront à vous sortir de là. Vous devez aller les voir, vous me le promettez ?

Sophie n'osa pas lui dire qu'elle avait été si choquée le soir où Maurice lui avait donné la gifle qu'elle était allée voir sa famille dès le lendemain. Mais ils avaient minimisé. Bien sûr, ils n'aimaient pas beaucoup leur gendre mais ils ne le voyaient pas en tyran. Il était si aimable en public, il savait tant y faire en matière de séduction qu'eux aussi étaient dupes. Et, ils connaissaient le caractère capricieux de Sophie. En résumé, ils la soupçonnaient d'être en partie responsable de l'attitude de son mari.

— Tu as dû l'énerver, avait même dit sa mère. Je sais comment tu peux être. Tu es si autoritaire, on ne peut rien te dire. Il a dû te contrarier un peu et voilà.

Sophie n'avait plus parlé. À quoi bon ? Pourtant, ses parents restaient vigilants et ils lui avaient recommandé de revenir les voir s'il y avait quoi que ce soit. Mais Sophie ne se voyait pas retourner dans la maison familiale. Qu'est-ce qu'elle y aurait fait ? Elle n'avait plus qu'une issue : gagner sa vie.

— Mais vous n'y pensez pas, Sophie ? s'exclama Henri quand elle lui eut fait part de sa décision. Qu'est-ce que vous vous imaginez ? Vous ne pourrez jamais être autonome du jour au lendemain. Vos articles vous aideront juste à vous payer une chambre de bonne et, encore, si on vous fait travailler à temps plein. Vous vous voyez dans cinq mètres carrés ? Et quand bien même vous l'accepteriez, pour faire ce métier il faut aller aux soirées, être élégante, coiffée, avoir des invitations... Vous ferez comment avec trois francs six sous ?

Sophie resta silencieuse. Le monde si joyeux en ce début de journée lui apparut soudain très sombre. C'est fou comme les choses peuvent changer en si peu de temps. « La Villa est vendue ! » Quelle violence derrière ces quelques mots. Sophie mesurait ce qu'il adviendrait ensuite. Maurice avait laissé entendre qu'ils resteraient là tout l'hiver. Pourtant le chantier n'était pas encore terminé. Alors, où comptait-il la faire habiter ? À l'hôtel ? Sans doute, il n'y avait pas trente-six solutions. Et après ? Elle devrait aller dans ce sinistre palais mauresque, à des kilomètres de Biarritz et de ses amis, loin du journal ? En plein hiver ? Seule avec Maurice...

Son mari la piégeait. C'était évident, mais elle ne pouvait y croire. Elle ne voulait pas y croire. Maurice avait sans doute prévu de garder la Villa au moins jusqu'au printemps suivant. Il ne pouvait être devenu si mauvais ! Elle entendait encore ses mots d'amour, l'immense tendresse dont il l'avait enveloppée pendant si longtemps. Il avait tout voulu d'elle, l'épouser, et, si elle l'avait écouté, ils auraient déjà deux ou trois enfants. Il en avait même pleuré, il l'avait suppliée, il voulait à tout prix un enfant d'elle. Au moins un. Sophie n'y tenait pas et, par chance pour elle, elle n'était jamais tombée enceinte. Sur l'insistance de Maurice, elle avait consulté un médecin mais ils n'avaient rien trouvé. De son côté à lui, on n'avait jamais su car il n'avait jamais voulu faire le moindre examen.

Henri l'observait. Elle était devenue toute pâle.

— Qu'allez-vous faire, Sophie ? Vous allez rentrer chez vous ? Parler à votre mari ?

Il ne savait que dire. Célibataire et peu au fait des relations de couple, il se sentait incompétent. Ce Maurice était capable du pire. Il l'avait senti depuis bien longtemps, mais maintenant que ça se vérifiait, lui aussi était désemparé. Que conseiller à Sophie ? D'aller dormir à l'hôtel ? Avec quel argent ? Ça encore, il pourrait lui en prêter, mais il faudrait bien qu'à un moment donné elle rentre chez elle et qu'elle aborde le problème de front avec Maurice. Autant y aller tout de suite.

Elle acquiesça. C'était ce qu'il y avait de mieux à faire, d'ailleurs elle ne se voyait pas du tout aller à l'hôtel.

54

Nous étions aux premiers jours d'octobre.

Dans moins de deux heures, il ferait nuit. À ce moment de l'année, la lumière tombait déjà beaucoup plus vite. Les longues soirées étaient finies et, pour les retrouver, il faudrait attendre l'été suivant. Dans les rues, les promeneurs profitaient des derniers moments de douceur. Sophie marchait lentement, des larmes plein les yeux. Un étau serrait son cœur et opprimait ses poumons. Elle croisait des gens qu'elle ne voyait pas. L'effroi l'avait envahie. Impossible de lutter. Les promeneurs semblaient les mêmes pourtant, ils se pressaient pour quelque raison inconnue, ou au contraire prenaient leur temps. Un homme tenait sa femme par les épaules en marchant et ils parlaient en souriant. Un vieux monsieur grondait son petit chien, sans doute pour une bêtise. L'animal était assis sur le trottoir et regardait son maître avec des yeux noirs et ronds comme des billes et on sentait bien que le vieil homme n'irait pas plus loin dans sa fâcherie. Les gens semblaient heureux. Sur le pas de son épicerie, monsieur Arostéguy, béret noir sur la tête, espadrilles aux pieds et tablier bleu noué dans le dos parlementait avec un client.

Il lui fit un gentil salut accompagné d'un sourire, mais elle fila rapidement. Tout comme elle évita la merveilleuse librairie Lefait, elle qui aimait tant y aller. Elle n'avait pas envie de parler, elle se serait effondrée en larmes. La vie continuait pour tout le monde sauf pour elle. Les certitudes qu'elle avait jusqu'alors sur le déroulement des choses, la logique des comportements humains, tout cela n'avait plus de sens. Une brèche venait de s'ouvrir et elle entrevoyait avec horreur qu'il existait sur cette terre un autre monde que celui dans lequel elle avait vécu jusqu'alors. Un monde dans lequel les repères qu'elle avait crus solides n'existaient plus. La douleur était si violente qu'elle ne pouvait encore y croire. Que pouvait-elle faire ? Comment Maurice allait-il se comporter ? Et que pouvait-elle attendre d'une discussion avec lui ?

Avant de rentrer elle s'accorda un moment face à la mer et passa par la promenade des hortensias. Appuyée à la balustrade en béton moulée à la façon rondins de bois selon la vogue du moment, elle se laissa bercer par le rythme des vagues. L'avantage des bords de mer était que, grâce à ce mouvement incessant des eaux, on parvenait très vite à ne penser à rien.

Sophie tourna légèrement la tête. En contrebas sur sa droite, l'Hôtel du Palais venait d'allumer ses premières lumières et, en ce début de soirée, les hautes fenêtres avaient pris une teinte bleutée soulignée du halo doré que distillait la lueur des lampes. Les teintes rosées des briques de la façade de l'hôtel, le gris des toits et ce bleuté des ouvertures sur fond de ciel, l'atmosphère à peine brumeuse due à un reste d'humidité des chaleurs dans l'air, tout cela était d'une infinie beauté.

En quoi cette harmonie du paysage joua-t-elle un rôle dans la décision qu'allait prendre Sophie ? Ce serait difficile de le dire. Ses deux mains fermement appuyées sur la balustrade, visage tourné vers l'océan, elle inspira profondément l'air du large. La merveilleuse odeur de la mer entra dans tout son corps. C'est à ce moment-là que Sophie décida de se battre.

Si la brèche noire de Maurice s'ouvrait encore devant elle, elle ferait face !

Ragaillardie par cette décision, elle reprit le chemin de la Villa.

55

Orkatz arrivait par le chemin des hortensias.

Ce n'était pas tout à fait sa route, ni le moyen le plus rapide pour aller prendre son service à l'Hôtel du Palais en venant d'Ainhoa. Mais c'est le chemin qui passait derrière la Villa de Sophie et depuis quelque temps c'est celui qu'il prenait.

Orkatz avait une longue pratique de la maîtrise de soi, mais quand il vit Sophie arriver face à lui sur l'étroite promenade, il eut une bouffée de panique. Que faisait-il là ? Rien ne justifiait qu'il se trouve à cet endroit à cette heure de la journée, et ce qui aurait pu être anodin pour tout autre personne ne l'était pas pour lui. Il y a bien longtemps qu'Orkatz ne se promenait plus. D'ailleurs l'avait-il jamais fait ? Le temps est compté quand on travaille la terre et qu'on a des animaux à nourrir. On ne se promène pas. Il y a comme ça des mots du vocabulaire qui semblent appartenir au langage commun des êtres humains et qui pourtant ne s'adressent pas à tous.

Dans les campagnes surtout, quand les terres sont petites et en terrain vallonné, que leur culture est exigeante et difficile, il ne peut y avoir de temps mort. On va aux champs, aux bêtes, vérifier si tout est normal dans la poussée des plantes... On va travailler mais on ne se promène pas. On ne va nulle part sans raison. La rentabilité du temps et des actions est totale. Aussi quand Orkatz vit Sophie arriver face à lui, sur ce chemin grâcieux réservé à ceux qui ont le temps, il éprouva un sentiment de panique. Puis de culpabilité. Coupable de se trouver là, apparemment sans but, paniqué d'être surpris par Sophie sur son territoire. Parce que, depuis le soir de la gifle, il passait tous les jours derrière la Villa en allant à son travail et en repartant tard dans la nuit. Pour surveiller, au cas où. Il ne savait pas trop quelle raison le poussait à faire ce trajet et à se mêler de ce qui au fond ne le regardait pas, mais il n'aurait pas pu ne pas le faire. Il attendait ce moment, il y pensait le matin dès l'aube et il y pensait tout au long de son service à l'hôtel. En fait, il y pensait tout le temps. Les paroles menaçantes de Léon et la scène de la gifle dans la nuit l'avaient profondément marqué. Jamais il n'avait porté la main sur Maitena, ni sur sa fille, ni même d'ailleurs sur qui ce soit. Il avait souvenir de rixes entre copains, entre villages, mais il n'était pas un bagarreur. Orkatz n'aimait pas la violence, il y avait en lui quelque chose de chevaleresque. Mais avoir assisté à la fureur de Maurice sur Sophie et n'avoir rien fait lui restait « en travers de la gorge ». Il se reprochait de n'avoir pas enfoncé la porte de la Villa, de n'avoir pas pris Maurice au collet. Il se reprochait d'avoir été trop raisonnable. Et il pensa à ce qu'aurait fait le fougueux Imanol en pareil cas. Le jeune Basque aurait enfoncé la porte sans se poser de questions. Il aurait été merveilleusement instinctif ! Un fauve ! Devant la baie, face à l'océan, il aurait effrayé Maurice et relevé Sophie. Il aurait été un seigneur ! Et qu'est-ce qu'un homme s'il n'est pas un seigneur dans des moments pareils, s'il ne sait qu'être raisonnable ? Un homme n'est qu'un homme, se disait Orkatz, et c'est quand même bien peu. Et il enviait cette inconscience si romanesque, cette ferveur si gaie d'Imanol, car il sentait dans le jeune Basque cette immaturité qui ne répond de rien. Quelle incroyable liberté !

Pourquoi les hommes perdent-ils en chemin cette seule force en eux qui échappe à la soumission, cette seule capacité à être plus lumineux que la norme ?

L'odeur de l'automne revint à la mémoire d'Orkatz, et les cris des chiens que son copain Iñaki appelait dans la plaine encore brumeuse, quand ils partaient à l'aube pour quelque chasse maladroite, lui rappelèrent que lui aussi avait rêvé d'être un seigneur, un jour.

Il était devenu un homme respecté. Mais en voyant arriver Sophie sur ce petit chemin des hortensias roses, il mesurait l'immense liberté de son rêve d'enfant et il ne savait plus s'il fallait laisser se refermer la porte d'un coup de vent qu'il n'oublierait jamais.

56

Sophie n'en croyait pas ses yeux.

Orkatz arrivait face à elle sur cette étroite promenade où il était impossible de se croiser sans se voir, sans se dire un mot, fût-il de simple politesse.

En cette fin de journée, en plein cœur de l'automne, une lumière dorée éclaboussait la mer. Il portait une chemise blanche dont il avait retourné les manches sur ses avant-bras brunis au soleil et ses mains étaient enfoncées dans les poches de son pantalon de velours brun. Il avait aux pieds de solides chaussures de montagne et, dans ce cadre léger, il était incroyablement différent. Différent de tous ceux qu'elle croisait d'habitude sur ce chemin de promenade où les chaussures n'ont aucun besoin d'être aussi conséquentes et où les hommes portent plus volontiers de fins et souples derbys noirs. Il hésita, elle aussi. Puis il s'arrêta à sa hauteur. Il y eut un court silence. Il ne trouvait pas de mots. Il se sentit stupidement muet. Quelque chose s'était passé entre eux qui était resté trop fort.

Elle esquissa un sourire et lui aussi. Ils se frôlèrent et s'éloignèrent chacun de leur côté sur le chemin des hortensias. Ils emportaient au fond de leur cœur quelque chose de pur qui les rendait heureux.

Aucune histoire d'amour ne se ressemble, il n'y a aucune règle qui vaille pour sanctifier la force d'une rencontre, aucune loi qui scelle des sentiments éternels, mais s'il existe en ce monde de grandes histoires d'amour, c'est parce qu'il y a des êtres capables de comprendre qu'ils se sont trouvés. D'autres diront que c'est le destin.

Quelque chose qui ne portait pas encore de nom unissait désormais Orkatz et Sophie.

La tempête de neige les avait réunis, eux qui ne s'étaient pas cherchés. Et rien ni personne ne pourrait empêcher cela d'exister. Ils avaient tout leur temps.

57

Quand elle arriva à la Villa, Sophie était entièrement sous le coup de l'émotion de sa rencontre avec Orkatz. Elle avait complètement oublié Maurice et aussi la vente de la Villa.

Elle posa son joli sac à main sur la table du salon, enleva son chapeau cloche d'un léger bleu ciel et jeta son manteau du même coloris sur le canapé blanc. Puis d'un geste naturel, elle brossa énergiquement ses cheveux courts entre ses doigts en prenant soin de les tirer vers l'arrière et, naturellement, comme elle le faisait toujours quand elle arrivait de l'extérieur, elle s'avança face à la baie. Le jour déclinait mais on voyait encore à cette heure les eaux de l'océan, blanches d'écume sur les bords quand les vagues s'écrasent, sombres et lourdes dès qu'on s'éloigne de la côte et qu'on regarde leur surface vers l'horizon. Sophie se demandait pourquoi elle rencontrait un homme comme Orkatz. Juste maintenant. Il portait sur lui tous les détails énigmatiques d'un monde masculin qu'elle aimait tant. Un monde qu'elle ne trouvait pas dans le comportement policé des hommes de bon goût qui l'entouraient. Ce teint bruni au grand air, ces mains solidement enfoncées sans manières dans les larges poches de son pantalon à côtes de velours. Il y a bien longtemps que Sophie n'avait pas croisé un homme qui portait un pantalon comme celui-là. Un homme qui retourne ses manches de chemise de cette façon sur ses bras. Il y avait dans l'homme qu'était Orkatz un mystère incroyablement masculin qui la touchait plus que tout. Il était tout ce qu'elle n'était pas.

Les lumières de la baie de Fuenterrabia s'allumaient une à une et quelques points lumineux bougeaient sur l'océan. Sans doute les derniers bateaux qui rentraient aux ports. Une mouette traversa le ciel en criant et le disque rouge du soleil disparut d'un seul coup derrière l'horizon. L'océan brillait encore. Des larmes montèrent aux yeux de Sophie et une immense bouffée d'amour l'envahit pour cet homme dont elle ne savait rien. Elle n'aurait pas su dire à quoi cela tenait. C'était infime et infiniment fort. Orkatz était un homme comme elle avait appris à les rêver, enfant, en lisant des contes qui parlaient de princes intrépides qui, face à des rois à l'ambition dévorante, défendaient avec ferveur leurs petits pays. Et il était aussi un homme du monde réel comme ceux qui l'impressionnaient quand elle était petite fille parce qu'ils étaient si grands, si solides et qu'on les appelait toujours pour aider quand on devait atteindre quelque chose qui était trop haut ou qui demande d'avoir de la force. Un homme entre les bras duquel on pouvait se blottir. L'idée que Sophie se faisait d'un homme était finalement aussi simple que ça.

Et, simplement parce qu'il existait au monde un homme comme Orkatz, Sophie se sentait prête à affronter désormais tous les Maurice de la terre, tous ceux qui changent de nature sans qu'on comprenne pourquoi. Tous ceux qui sont capables du pire.

Faustine arriva au salon, elle avait entendu Sophie rentrer mais elle finissait de cuire la piperade et, dans un moment de cuisine aussi délicat, elle ne quittait pas son fourneau.

— C'est prêt, dit-elle joyeusement. Vous avez passé une bonne journée ?

Sophie se retourna :

— Oh Faustine, comme je suis heureuse de t'avoir, si tu savais...

Et elle s'effondra en larmes dans les bras de la jeune fille.

— Mon Dieu, Madame, fit Faustine bouleversée, que se passe-t-il ? C'est Monsieur ? Qu'est-ce qu'il a fait ? Ne me dites pas qu'il vous a frappée sinon moi je vais lui dire ce que j'en pense. Ça n'est pas possible, ça ! Je ne le laisserai pas faire une deuxième fois ! ! !

Sophie se redressa et essuya ses larmes d'un revers de main. Elle regardait Faustine comme on regarde un miracle. Parce qu'avoir près de soi quelqu'un qui comprend quand vous avez le cœur lourd et qui accepte de vous écouter alors que les choses sont si confuses et si violentes, c'est un miracle ! Faustine vivait au contact de Sophie et de Maurice et même si elle ne savait rien d'eux ni de leur vie d'avant, elle avait suffisamment de bon sens et d'intuition pour mesurer l'attitude de chacun. Sophie n'était pas parfaite, loin de là.

— Elle veut tout et tout de suite, avait une fois dit Faustine à sa mère quand elle était rentrée au village. Elle n'a aucune patience, tu n'imagines pas ce qu'elle est capable de faire quand elle désire vraiment quelque chose. Je l'ai même vue trépigner. Moi, si j'avais fait ça, j'aurais reçu une bonne raclée. C'est une gâtée.

Sur Maurice, Faustine ne disait rien. Il n'y avait rien à dire, il était un homme normal, riche, autoritaire et qui travaillait. Pourtant, depuis le début, une chose chez son patron la gênait. Elle avait remarqué qu'il voulait plaire à tout prix, contrairement à Sophie qui ne recherchait rien de cet ordre-là. Il se contorsionnait, il glissait des œillades pour rien, il donnait le manteau aux dames, il glissait des cigares aux messieurs, il parlait aux vieilles personnes, il en faisait beaucoup. Bien plus que nécessaire. Il mettait du miel partout, et pour une fille saine comme Faustine, trop de miel, ça n'était pas bon signe. D'autant qu'elle l'avait surpris parfois dans des attitudes fuyantes dans le dos des autres et même de Sophie. Il y avait en Maurice un « petit quelque chose » qu'elle ne s'expliquait pas et qui la dérangeait beaucoup. Elle n'avait pas confiance en lui. Rien ne lui permettait d'expliquer pourquoi, c'était juste un instinct. Mais il avait suffi d'une seule fois pour que Faustine mesure combien ses intuitions étaient bonnes. Elle était là quand Maurice avait affirmé à Sophie qu'il n'avait pas de sœur, et elle était là aussi quand elle avait entendu Marcel dire à la femme « ton frère m'envoie ». L'incroyable aplomb de Maurice, son dédain face à Sophie quand il lui avait soutenu « qu'elle délirait, qu'elle croyait n'importe qui racontant n'importe quoi », cette duplicité inimaginable et si assurée, Faustine l'avait vécue. Pas besoin d'en savoir plus pour rayer définitivement Maurice de son univers. Elle s'en méfiait comme de la peste. Et si elle restait, c'était pour Sophie. Des menteurs, elle en avait vu, pour des histoires de rien, depuis l'enfance et jusqu'à l'âge adulte, et elle n'en faisait pas un plat. Mais là il s'agissait d'autre chose. C'était bien plus dangereux que du mensonge, Maurice était double et son autre personnalité, que Faustine entrevoyait, lui glaçait les sangs. Aussi, quand Sophie s'effondra sur son épaule, elle était prête à craquer et à lui avouer ce qu'elle savait de la sœur. Mais Sophie parla avant elle :

— Si tu savais, Faustine...

— Oui Madame, je sais, je...

— Non, tu ne sais rien. Écoute-moi, il a vendu la Villa sans m'en parler. Je l'ai appris aujourd'hui.

— Quoi ? ? ?

Faustine tombait des nues.

— Oui, et je vais l'attendre pour lui en parler. Il arrivera tard, tu le connais, mais j'attendrai toute la nuit s'il faut :

— Non, dit Faustine inquiète. Il vaut mieux lui parler le matin, on a les idées plus claires. Le soir, c'est pas bon, vous avez vu la dernière fois, ça s'est fini par une gifle. Ah ! Je m'en veux encore de ne pas m'être levée assez vite quand je l'ai entendu crier et tempêter. Devant moi, il n'aurait pas osé vous toucher. Alors, ce soir, si vous lui parlez, je reste à la cuisine. Pour veiller, au cas où...

— Non, surtout pas. Ça ne fera que l'énerver davantage.

Faustine ne savait plus quoi faire. Maintenant qu'il y avait cette histoire de maison, elle ne voulait pas en rajouter. Il lui semblait que ce serait trop pour Sophie d'apprendre en même temps que Maurice avait une sœur et qu'il avait menti là aussi.

— Bon, dit-elle, mais je resterai éveillée dans ma chambre et je laisserai la porte entrouverte, au cas où.

— Si tu veux, dit Sophie, mais je ne crois pas que ce sera nécessaire.

Sophie se demandait soudain si elle ne rêvait pas. Elle était là, dans la Villa où ils avaient été si heureux, et elle parlait de Maurice comme d'un inconnu dangereux dont il fallait se protéger. Peut-être qu'il avait vendu la Villa parce qu'il avait des ennuis et qu'il n'avait pas voulu lui faire de peine. Elle se sentait encore prête à tout lui pardonner. Il ne pouvait être mauvais, c'était impossible. Et dans un flot d'émotion elle oublia tout, elle revit l'homme qu'elle avait tant aimé et qui l'avait adorée. Elle entendit à nouveau sa voix dans son oreille, ses gentillesses, ses attentions si délicates. Elle eut un sursaut. Maurice ne pouvait avoir changé, elle ne voulut pas y croire.

— Il n'est pas si terrible que ça, tu sais, je pense que si je lui parle sans colère, en demandant juste à comprendre, il me dira la vérité. Peut-être que j'ai été trop capricieuse avec lui et qu'à force il en a eu assez, peut-être qu'il a de gros ennuis et qu'il ne veut pas me les dire, des fois, je ne sais plus…

Faustine était hors d'elle :

— Mais qu'est-ce que vous dites ? Reprenez-vous, ça n'est pas bon pour vous de parler comme ça. Je vous préférais tout à l'heure quand vous aviez les idées claires. Ouh là là, je crois que je vais rester en cuisine finalement.

— Ah non ! Maurice ne comprendrait pas ce que tu fais debout à cette heure et là ce serait pire. Laisse-moi faire !

58

Il nia.

C'était ahurissant mais c'était ainsi. Maurice nia l'évidence, et Sophie comprit qu'il aurait pu nier l'existence du soleil ou de la lune si cela l'avait arrangé.

Il rentra vers une heure du matin. Faustine était partie se coucher. Depuis quelque temps, Maurice arrivait de plus en plus tard et repartait fort tôt de façon à ne croiser personne, ni Sophie, ni Faustine.

Il entra sans rien allumer et il ne vit pas Sophie qui s'était assoupie sur le canapé. Mais elle l'entendit et son premier geste fut d'allumer la lampe qui se trouvait près d'elle. Il se tenait bien droit dans son costume sombre avec son col de chemise impeccablement boutonné et sa cravate bien nouée. Surpris, il fut tout de suite désagréable et elle sentit en lui une agressivité sous-jacente qui ne demandait qu'à se manifester.

— Qu'est-ce que tu fais là, encore debout ?

Mais Sophie n'avait plus peur de le décevoir. Elle lui dit qu'elle était au courant pour la vente de la Villa, elle voulait simplement savoir ce qui se passait. Et là, il fit comme il avait fait le jour où elle lui avait parlé de cette femme qui prétendait être sa sœur. Il ne manifesta rien, aucune réaction apparente. Il ne se récria pas, il ne posa pas de question pour savoir qui pouvait dire des choses pareilles, il ne chercha pas à rassurer Sophie, il se contenta de prendre un regard hautain et méprisant, et de nier vaguement. Il tentait d'être cet autre Maurice qu'il avait décidé de devenir et qui était indifférent à tout. Elle n'en revenait pas, elle n'arrivait pas à accepter que cela soit possible. Maurice allait se réveiller, lui parler normalement. Hélas, le visage de l'homme qui se tenait en face d'elle n'était plus celui de l'homme qu'elle avait aimé. Sophie voyait l'affreuse mollesse qui avait envahi tous ses traits, et surtout son regard affreusement vide. Son mari, celui dans les bras duquel elle s'était crue protégée de tout le mal du monde, était celui qui l'y confrontait. Il portait le mal en lui. Quelle angoissante découverte ! Quel homme avait-elle épousé ? Lui si fort, lui qui avait construit des routes et des barrages qui retenaient entre leurs bras de béton des millions de mètres cubes d'eau, il serait un être faible ! Qui était-il pour s'être ainsi transformé en si peu de temps ?

Il avait bu, il avait pris des drogues, il ne savait plus très bien. Mais il lut dans le regard de sa femme qu'elle avait compris.

Il avait retardé ce moment le plus longtemps possible, il s'y était usé. Il avait fait tout ce qu'il pouvait pour que sa vie avec Sophie soit un paradis, il avait tout donné, travaillé, renié d'anciennes connaissances, balayé le passé. Il l'avait voulue pour l'éternité. À travers elle, il avait cru oublier tout le reste, tous ceux et celles qu'il avait trahis, il avait cru pouvoir accéder à un monde idéal, un monde pur. Il aurait bâti n'importe quoi n'importe où pourvu qu'elle voie combien il pouvait construire de grandes choses. Mais, en cet instant, il lut dans les yeux de cette femme qu'il avait aimée plus que tout au monde et qu'il avait voulu épouser à tout prix, cette femme qu'il appelait sa « déesse », que plus jamais il ne serait le héros qu'il avait rêvé d'incarner pour elle. Le patriarche, le gardien de son univers. Elle découvrirait demain qu'il n'était que Maurice, le fils trop aimé d'un père et d'une sœur qui l'idolâtraient, lui qui n'avait jamais rien fait que mentir, réussir en biaisant, en volant çà et là des bouts d'intelligence et de vie aux autres. Comment vivra-t-il après que Sophie aura compris tout ça ? Il ne voyait qu'une solution, celle que Berthe lui répétait tous les jours. Il fallait la quitter. Il savait que c'était la seule issue mais il ne pouvait pas. Maurice ne pouvait pas laisser derrière lui une Sophie vivante et qui pourrait continuer à respirer sans lui. Il fallait la détruire pour que lui puisse respirer à nouveau. Il fallait qu'elle ne soit plus rien pour qu'à nouveau il puisse être quelqu'un. Il allait la briser.

Alors, à nouveau, il serait le plus fort.

Les alcools et les drogues avaient déréglé son cerveau malade. Il se sentait indestructible. Maurice en cet instant était un homme excessivement dangereux.

Il était prêt. Il suffisait d'ouvrir les grandes baies et de pousser Sophie. Elle glisserait dans les grands fonds et jamais on ne la retrouverait. Il dirait qu'elle était partie. C'était simple, trop peut-être. Mais Maurice avait pu vérifier au cours de sa piètre vie que les mensonges les plus grossiers sont ceux qui passent le mieux. Lui, si méthodique, si soucieux du détail, il faisait confiance à la négligence des autres. Ils chercheraient un peu et puis ils oublieraient. On le croirait, on le soupçonnerait peut-être un peu parce qu'il n'avait pas que des amis, mais il gardait une bonne image sérieuse. Il s'en sortirait, on ne douterait pas de son innocence, il serait si parfait avec tout le monde. Et on savait Sophie si capricieuse, si inconstante, ça passerait. Il posa sa veste comme le fait tout homme qui rentre chez lui et qui veut se mettre à l'aise. Puis, il contourna la table du salon pour venir prendre un cigare dans la boîte de citronnier. Il alluma tranquillement son havane et alla se placer devant la baie. Sophie l'observait, intriguée. Quelque chose dans l'attitude de Maurice était trop précis, calculé, il se dégageait de toute sa personne un malaise profond, angoissant.

— Je sais que tu n'aimes pas l'odeur du cigare, dit-il d'une voix sourde, j'ouvre, ça fera du bien un peu d'air frais.

« Comme sa voix est bizarre ! » nota Sophie.

Sans attendre, il ouvrit largement les fenêtres.

Cela se joua en quelques secondes.

C'est l'amplitude du geste qui inconsciemment alerta Sophie. C'est l'immense noirceur de l'océan soudain mis à nu. Le vent froid la saisit, elle ressentit l'affreux frisson des eaux glacées parcourir tout son corps. Maurice se rapprocha, il posa son cigare dans le cendrier qui se trouvait sur la table basse du salon, et, comme un mari aimant, il vint pour l'entourer de ses deux bras tendus.

Elle le regarda, ses yeux vitreux étaient abominables. Où trouva-t-elle la force de pousser un hurlement de terreur ? Par quel miracle comprit-elle qu'elle allait mourir, qu'il allait tout simplement la pousser dans le Trou du diable ? Toujours est-il que son cri fut si déchirant et si puissant que Faustine, qui était aux aguets, se rua dans le salon. Maurice venait juste de refermer ses bras et Sophie était blanche comme la mort.

Faustine vit la baie vitrée ouverte, l'océan noir et glacé. Elle comprit le danger. Maurice allait tuer Sophie.

Un coup de vent s'engouffra, souleva le voile des rideaux et brisa le vase du salon. Le coup de vent, le bruit du vase qui se brisait, l'irruption soudaine et totalement imprévue de Faustine qu'il croyait au village, dégrisèrent Maurice. Sa tête malade l'avait empli d'une haine froide, il estimait avoir droit de mort sur sa femme. La présence de Faustine et tout ce bruit le ramenèrent à la réalité. Il lâcha Sophie comme s'il avait été simplement surpris en train d'enlacer sa femme, et, de cet air incroyablement normal qu'il était capable de prendre à la seconde même, il remit sa veste, reprit son cigare qui se consumait dans le cendrier, et il dit à haute voix :

— Je m'en vais. Ma femme ne supporte même plus que je la touche, je ne suis pas homme à vivre avec une femme qui ne veut plus de moi.

Il ouvrit la porte et, comme un fou qui ne sait plus qui il est, ni où il va, il partit dans la nuit.

Faustine se précipita pour aller verrouiller la porte dans son dos. Puis elle se rua pour fermer les fenêtres. Sophie n'avait pas bougé, elle tremblait, elle était blême. Faustine la fit asseoir près d'elle sur le canapé blanc et elles se regardèrent sans rien dire. Ce qu'elles venaient de vivre avait été trop incroyable. Maintenant que Maurice était parti, que les fenêtres étaient refermées et que la pièce avait retrouvé son calme et sa douceur, elles reprenaient leur respiration. Elles étaient glacées, il leur fallut un moment pour prononcer le premier mot. Faustine avait réagi à vif, dans l'action, mais maintenant qu'elle réalisait ce qui avait véritablement failli se passer sous ses yeux, elle était paralysée d'effroi. C'est Sophie qui parla la première :

— J'ai peur, Faustine. Plus rien pour moi ne sera comme avant.

59

Le chantier du palais mauresque serait complètement terminé à la fin du mois de novembre. Au 1er décembre, tout serait prêt.

Marcel travaillait comme un forcené de l'aube au coucher du soleil, et même tard dans la nuit à la lueur des lampes. Depuis une semaine il dirigeait seul les équipes et mobilisait les hommes. Maurice ne tournait plus rond.

Son patron et ami était venu cogner en pleine nuit à la porte de la chambre qu'il occupait dans un hôtel près du port et il était resté jusqu'à l'aube prostré sur un fauteuil. Marcel n'avait rien pu en tirer. Dès les prémices du jour, Maurice avait réglé la note de la chambre et celle de Léon qui logeait dans le même établissement et il les avait emmenés s'installer à Bayonne dans un hôtel cossu mais discret, où personne ne connaissait l'entrepreneur. Ni Léon ni Marcel n'eurent la moindre explication quant à ce changement. Et si Léon semblait s'en accommoder avec cette indifférence habituelle qui le caractérisait, il n'en allait pas de même pour Marcel.

Maurice était sur une mauvaise pente. Il buvait de plus en plus fréquemment, et il voyait sa sœur tous les jours ou presque. Ce qui, pour Marcel, était très mauvais. Berthe instillait mille perfidies sur toutes choses. Marcel la connaissait bien, elle ne trouvait son compte que quand la vie allait mal pour son frère. Elle pouvait ainsi le consoler de tous les malheurs du monde. Quand il sut que Maurice ne vivait plus avec Sophie, il comprit que Berthe avait gagné. Et curieusement, lui qui n'aimait pas beaucoup cette capricieuse de Sophie qui faisait ce qu'elle voulait de Maurice, il n'en fut pas vraiment heureux. Au contraire. Depuis que Maurice était avec Sophie, il n'avait pas touché à l'alcool ni aux drogues. Avant elle, il était capable de se mettre dans de drôles d'états. Et Marcel haïssait les paradis artificiels. Il avait le souvenir de certains hommes qui, en remontant de la mine, finissaient la journée au bar. Il les revoyait, imbibés de vin, qui s'effondraient d'épuisement, hébétés et stupides. Ceux-là n'allaient pas loin, et leurs familles non plus. Le père de Marcel était un de ces hommes. La violence qui régnait le soir quand il rentrait à la maison après la fermeture du bar, Marcel ne pouvait l'oublier. Il avait compris très tôt que seuls le travail et la rigueur sauvent les hommes de peu. Marcel n'aimait pas les dérapages, et sa souffrance était grande. Lui qui avait fui l'alcoolisme de son père, il retrouvait l'alcoolisme chez Maurice. Ce constat était terrible. Il ne voyait pas vers qui se tourner pour en parler. Il avait eu des explications avec Maurice, il l'avait bousculé. En vain. Maurice prétendait être des plus normal. Il ne se voyait pas. C'est qu'il n'allait pas dans les bars s'accouder au comptoir ou s'affaler sur les chaises comme le faisait le père de Marcel, il ne buvait pas ces grands verres de vin lourds qui laissaient une odeur atroce et puissante. Non, Maurice avait l'alcool mondain. Avant de partir au chantier, il faisait un détour par le centre de Biarritz et il se faisait arrêter par Léon devant le très chic bar du Royalty, rendez-vous incontournable des riches Espagnols. Et, là, il commençait. Marcel n'avait pas besoin de voir la suite. Il la connaissait. Il y avait l'occasion du déjeuner avec les bons vins en compagnie d'un client dans un grand restaurant, puis, après un tour rapide au chantier, celle de l'apéritif, et à nouveau des vins au dîner. Toujours pour le travail bien sûr et avec des clients, bien évidemment. Car Maurice sombrait mais tenait par-dessus tout à garder une façade respectable. « C'est pour les affaires ! » disait-il à tout bout de champ. Ce mot était dans sa bouche un leitmotiv permanent. Il cachait derrière cet argument qu'il pensait imparable, tout ce qui aurait pu paraître trouble.

Marcel décida qu'il fallait en finir. Un matin, il confia le chantier à un de ses hommes les plus sûrs et il descendit à Biarritz.

Il trouva Berthe à l'hôtel des Tamaris, dans sa chambre avec la petite.

Elle avait l'air en pleine forme. Les changements qui s'étaient opérés chez son frère devaient lui convenir. Elle manifesta une grande surprise en voyant Marcel à cette heure et elle pensa aussitôt que c'est Maurice qui le lui envoyait pour quelque bonne nouvelle. Certainement pour la mettre à l'hôtel de Bayonne, avec eux, qui sait ? Il avait refusé quand elle lui en avait parlé mais il avait dû réfléchir et changer d'avis. Elle s'apprêtait déjà à faire sa valise quand Marcel la détrompa. Il ne venait pas la chercher. Il venait parler.

— Parler ? Et de quoi donc, grands dieux ? ! fit Berthe, désappointée, en s'asseyant sur une chaise.

— De Maurice.

Elle se leva immédiatement de la chaise. Marcel allait lui poser des questions et elle se tenait sur ses gardes. Elle choisit de prendre les devants :

— Oui, je sais ce que tu vas me dire, que Maurice s'est remis à boire, mais je t'arrête tout de suite, je n'y peux rien. Tu te souviens, quand nous vivions dans la maison du Nord, c'était déjà comme ça.

— Non, répliqua Marcel. Ça n'avait rien à voir. Maurice faisait la fête comme on la fait quand on est jeune, mais il ne se mettait pas dans des états pareils. Je le connais bien !

L'occasion était trop belle. Enfin, elle allait pouvoir moucher cet idiot. Qu'est-ce qu'il s'imaginait, qu'il connaissait Maurice mieux qu'elle ? Ah, il allait voir ! Elle se rassit et l'invita à faire de même en lui désignant une deuxième chaise près d'une petite table face à l'unique fenêtre. Puis, faisant signe à la petite, elle lui ordonna de venir saluer Marcel. La petite obéit sans broncher. Elle s'approcha pour embrasser Marcel. Elle avait sur le visage cette éternelle absence qui rendait confuse la moindre de ses expressions et quand elle posa ses lèvres sur sa joue, il ne put contenir une certaine gêne. Berthe s'en aperçut, et sa décision de le faire souffrir n'en fut que plus grande.

— Prends un livre, Ambroisine, et va attendre dans le hall.

Ambroisine ! Quel prénom ! Marcel ne s'y faisait pas. La petite s'exécuta et quitta la chambre sans un mot.

Berthe se cala bien sur sa chaise et reprit la conversation là où ils l'avaient laissée :

— Tu me disais donc que tu connaissais bien Maurice mais que sais-tu de lui, au fond ?

Elle avait pris cet air de deux airs que Marcel exécrait.

— Je sais… je le connais, je vis avec lui depuis plus de dix ans.

Elle sursauta :

— Tu vis avec lui ! Mais qu'est-ce que tu racontes ? Tu travailles à ses côtés, et ce n'est pas du tout la même chose.

— Oui oui, fit Marcel agacé. Mais je sais aussi ce que je dis, je le connais bien. Je pourrais t'apprendre des choses sur lui, sur sa vaillance au chantier. C'est un bosseur, un fonceur, l'équipe a confiance en lui.

Confiance ! le mot était prononcé. Elle allait s'en saisir.

— Tu as confiance en lui ? Es-tu sûr de bien mesurer tes paroles, et que crois-tu m'apprendre ? Je vis avec lui depuis l'enfance, figure-toi.

Où voulait en venir cette folle ?

— Comment trouves-tu Ambroisine ?

Que venait faire la gamine dans cette conversation ?

— Tu n'as pas remarqué quelque chose ?

Qu'est-ce qu'il aurait dû voir ? Marcel n'y comprenait rien, mais il sentait que Berthe voulait l'emmener quelque part.

— Tu es sûr de n'avoir rien vu ?

Elle insistait. Mais non, il n'avait rien vu. À part que la petite avait le même visage de fouine que sa mère, ce qu'il savait déjà. Berthe l'observait et se disait que décidément, les gens étaient bien innocents :

— Tu n'as pas remarqué combien Ambroisine est le portrait tout craché de Maurice ?

Il manqua de s'étrangler. De stupeur ou de rire. Il choisit le rire tant la comparaison lui paraissait le comble de l'absurdité.

— Le portrait de Maurice ! La petite Ambrisi, Ambronie...

Il n'arrivait jamais à prononcer correctement ce fichu prénom. Berthe s'énerva. Ce Marcel allait cesser d'être si arrogant.

— Ambroisine ! Elle s'appelle Ambroisine ! Ce n'est quand même pas le bout du monde à retenir. Et si elle ressemble à Maurice c'est parce qu'elle a toutes les raisons de lui ressembler.

On lui aurait cassé quelque chose sur la tête que ce n'aurait pas été pire. Berthe savourait ce moment. Marcel était défait et elle, enfin, s'était donné le droit de parler. À mots couverts bien sûr, mais assez clairement pour que Marcel comprenne sans qu'elle ait rien dit de précis. Il se leva d'un bond :

— Qu'est-ce que je dois comprendre ?

Berthe ne disait plus rien, elle jubilait. Mais Marcel était trop secoué pour la laisser porter sur Maurice de pareils soupçons. Il se leva, la prit aux épaules et la secoua, laissant se décharger une fureur trop longtemps contenue. Cette Berthe ne savait faire que le mal !

— Ma pauvre Berthe, lui dit-il, tu es une malade, tu l'as toujours été, tu ne lui as jamais fichu la paix, tu t'es accrochée à lui pour lui sucer le sang, tu n'as fait que du mal autour de lui. Tu t'imagines des choses et tu finis par y croire ! Je te préviens Berthe, si tu essaies encore une fois de le salir, c'est moi que tu auras en face ! Je te tuerai !

Elle prit peur, Marcel avait des yeux exorbités. Il la repoussa violemment sur sa chaise et s'éloigna vers la porte. Berthe était bouleversée, jamais elle n'aurait pensé que Marcel réagirait ainsi. Elle l'avait sous-estimé.

C'est en voulant quitter la chambre précipitamment qu'il fit tomber la bouteille d'acide que Berthe continuait à remplir tous les jours pour la vider sur le rocher de la Villa. La bouteille se brisa et une atroce odeur d'ammoniaque se répandit aussitôt dans l'air. Les chaussures de Marcel en étaient toutes éclaboussées.

— Qu'est-ce que c'est encore que cette saleté ? s'écria-t-il en secouant ses pieds l'un après l'autre. Ce produit piquait sacrément ! Furieux, il partit en se frottant les yeux et en lâchant un dernier juron.

La porte claqua derrière lui.

Berthe resta seule sur sa chaise, sonnée.

60

Dans les cuisines de l'hôtel où ils préparaient le service, Imanol et Peyo n'étaient toujours pas d'accord.

Pour Imanol, Orkatz avait vieilli :

— Il fait le portier sans broncher, il n'est plus dans le coup.

Pour Peyo, Orkatz était au contraire en pleine maturité et au meilleur de ses capacités de jugement. Quant à faire le portier :

— Il sait pourquoi il le fait, et il l'accepte.

— Eh bien il ne devrait pas !

— Tu es péremptoire, Imanol. Mais, à propos de ce qui va se passer pour le palais mauresque, tu as tort de ne pas suivre Orkatz.

— Tu parles ! Il ne nous a pas expliqué ce qui allait arriver mais ça m'étonnerait qu'il fasse dans la dentelle lui aussi. Alors pourquoi venir nous faire suer quand on retarde des camions et qu'on chante au casino ? Hein ?

— Parce que vous partez dans tous les sens. S'il fallait réagir à tout, on n'arrêterait pas et tu sais où ça finit ? Dans la violence, et la violence, ça ne sert à rien.

— Je crois le contraire. Parfois, il en faut.

— C'est délicat à manipuler la violence, ça te revient comme un boomerang sans que tu aies eu le temps de dire « ouf ». Crois-moi Imanol, calme-toi et viens avec nous. Tous tes copains seront là, tu ne peux pas ne pas y être.

— Eh bien, tu te trompes, Peyo, je ne viendrai pas. Moi, si on ne me dit pas ce que je vais faire, je ne bouge pas. Il ne faut pas me prendre pour un gamin. Le palais mauresque, il est sur la colline face à la maison de mon grand-père, j'ai le droit de savoir, non ! Ça me concerne ! Au nom de quoi Orkatz ne nous explique pas ce que vous avez prévu ?

— Ça a toujours été comme ça. Les anciens décident en petit comité et tout le monde suit. Voilà. Ça a toujours bien fonctionné, sans heurts, sans violence. Il faut que ça continue. Le respect des anciens, la confiance dans ce qu'ils décident, ça compte, non ?

— Non. Pour moi, en tout cas, ça ne compte pas. Pas de cette façon-là. Le monde a changé et vous ne le voyez pas. La solidarité entre Basques de tous les villages c'est bien, mais ça sera encore mieux quand elle s'organisera. Ça viendra, tu verras. On ne pourra pas faire autrement sinon ils vont nous balafrer le pays de part en part et on aura des horreurs partout. Déjà ils voulaient installer leurs pompes à essence n'importe où.

— Et alors, on a réussi à les en empêcher, non ? Et pour ce qui est d'être organisés, on ne vous a pas attendus.

— Oui, mais la pression va devenir trop importante, ça ne suffira plus.

Peyo perdait patience, avec Imanol, il n'avait jamais le dernier mot.

— Écoute, Imanol, après tout, tu fais comme tu veux. Tu m'emmerdes avec tes raisonnements ! Allez, file passer ta tenue, tu vas faire le service, ça te calmera !

— Ça me calmera rien du tout ! Et pour le palais mauresque j'attends impatiemment de voir ce que vous allez faire ! Parce que je ne sais pas si vous êtes au courant, mais il est fini son palais ! Depuis chez papy, on ne voit que lui. Des murs de béton énormes avec des arcades et des tourelles. Quel paysage !

Imanol n'avait rien d'un violent et Peyo le savait. Mais il constatait qu'il était de plus en plus difficile de tenir les gamins. Pour la première fois, Imanol se désolidarisait des anciens et ça contrariait Peyo qui y voyait le signe d'un avenir différent. Comment les jeunes Basques réagiraient-ils demain face à ce monde nouveau de plus en plus présent à leurs portes, et de plus en plus offensif ?

Une quinzaine de jours auparavant, Orkatz avait réuni tous les jeunes chez lui. Peyo était venu les chercher au fronton, sans les avertir. Ils avaient râlé parce qu'ils avaient projeté une partie de pelote et il avait fallu tout laisser en plan. Comme si le rendez-vous ne pouvait pas être repoussé d'un jour. Qu'est-ce qui pressait ?

Ils l'avaient compris quand Orkatz le leur avait expliqué. Mais, avant, il avait commencé par leur faire la leçon et ça, Imanol n'avait pas beaucoup aimé.

— Alors, avait dit Orkatz, il paraît que vous êtes les vedettes du casino de Biarritz et de *La Gazette* maintenant ? Vous faites la une du journal, c'est bien. Et la prochaine fois, c'est quoi ?

Les jeunes avaient dressé le sourcil, comme s'ils ne voyaient pas de quoi il s'agissait. Mais aucun n'avait osé répondre. Orkatz bénéficiait d'une aura puissante. Il avait alors continué. D'un ton plus appuyé, mais cette fois avec une autorité qui avait fait bouillir Imanol.

— Je préfère vous le dire tout de suite, il n'y aura pas de prochaine fois. Ce genre de manifestation fait plaisir à votre ego mais elle ne sert pas la terre basque. À quoi bon chanter dans un casino où les spectateurs n'ont pas payé pour écouter votre musique, mais où ils sont venus pour écouter celle d'un autre ? Ils sont libres de choisir leurs soirées. On n'a aucune raison de faire un esclandre pareil...

Imanol n'avait pu se retenir plus longtemps. Aussi grand qu'Orkatz, il avait fait front :

— Ce n'était pas un esclandre ! C'était un manifeste. Pour notre culture, pour notre langue, pour ce pays qui te tient tant à cœur, Orkatz, et que ces gens méprisent quand ils racontent qu'on « beugle » alors qu'on chante. Il faut savoir remettre les pendules à l'heure à temps. Maintenant, ces abrutis sauront qui on est.

Orkatz avait eu du mal à garder son calme :

— Des abrutis ? Tu es sûr ? Stravinsky, Ravel ? Des abrutis ? Attention Imanol, si tu perds la qualité de ton jugement, tu perds tout. Ne l'oublie pas.

— Mais...

Orkatz l'avait coupé d'un ton sec.

— Il n'y a rien à ajouter, Imanol. Tu dois être capable de dominer tes coups de sang. Tu ne pourras jamais prouver à la terre entière que tu ne « beugles » pas quand tu chantes. Et ça n'est pas grave. Ce qu'il ne faut pas, et c'est là que tu dois agir, c'est qu'on vienne t'obliger à beugler alors que tu sais chanter.

Les jeunes se taisaient, mal à l'aise. L'autorité des anciens est au Pays basque une chose sacrée. Ils sentaient bien qu'Orkatz avait raison. Mais il y avait chez Imanol cette incroyable énergie et cette ferveur de la jeunesse qui les emportaient. Orkatz avait conscience du charme puissant d'Imanol. Il avait eu le même et il en avait usé aussi au même âge. Iñaki et Peyo avaient raison, les temps avaient changé. La guerre de 1914 avait eu lieu et l'avenir était incertain. Il devenait urgent de recadrer les jeunes.

— Réfléchis à ce que je viens de te dire, Imanol. Mesure cette nuance. Elle est au cœur de tout.

Imanol repensait aux mots d'Orkatz tout en passant son habit de service. Il emporta une pile d'assiettes vers la grande salle de la rotonde pour le dîner du soir.

De la grande salle du restaurant, on avait, côté nord, vue sur l'océan et, côté sud, vue sur le splendide intérieur de l'hôtel et une partie du grand hall. En posant ses assiettes avec délicatesse, en les mettant bien en valeur l'une sur l'autre et en prenant soin de mettre les lettres entrelacées, marque de l'Hôtel du Palais, bien en haut, juste devant le deuxième verre de cristal, Imanol pouvait voir par les doubles portes grandes ouvertes, le concierge et son aide qui accueillaient un jeune couple élégant. Ils leur remettaient les clefs accrochées derrière eux sur un magnifique cadre de bois travaillé.

Imanol réajustait une assiette quand il vit Orkatz passer dans le hall pour rejoindre son poste. Quelle allure il avait ! C'est le premier mot qui venait à l'esprit. Et quelle liberté dans cette allure. Rien de travaillé, rien qui vienne de l'apprentissage des bonnes manières et des bonnes tenues. Simplement, dans son corps, la très longue pratique d'une liberté totale dans les paysages profonds et complexes du Pays basque, les longues marches à l'aube dès l'enfance, le nez levé à courir derrière les grands oiseaux ou à pêcher les truites sauvages à la main dans les torrents furieux. Imanol surprit le regard du concierge et son sourire respectueux, et il vit la jeune élégante se retourner sur le passage d'Orkatz et le regarder jusqu'à ce qu'il ait disparu, sous les yeux contrariés de son raffiné compagnon.

Imanol éprouva une grande fierté. Il sentait bien ce qu'il y avait d'évidence dans la personne d'Orkatz. Et celui-ci avait trop longtemps été son héros pour ne plus l'être du jour au lendemain. Mais Imanol se disait qu'Orkatz n'avait pas eu besoin jusqu'à ce jour de descendre de ses montagnes pour travailler au service des autres. Cette indépendance l'avait façonné. Certes, il avait eu la force de ne pas plier, mais Imanol savait qu'il ne pourrait pas faire le même choix. Le monde avait changé rapidement. Il pensa à ces jeunes basques morts pour rien à la guerre de 14-18 et il pensa à ceux qui étaient vivants. Ces Basques dont il avait entendu parler du côté espagnol, à Bilbao, là où les ouvriers galéraient dans les grands chantiers. Ils se réunissaient et créaient un mouvement. Imanol irait les voir. Ils étaient de son temps à lui.

Orkatz était Basque, c'était indéniable. Mais, pour Imanol, il était aussi un rêveur. Un homme d'une autre planète.

61

Quand Léon vit arriver Marcel trempé de pluie au bar du port, il comprit qu'il ne pourrait se taire plus longtemps.

Le moment de parler était venu.

Marcel était dans tous ses états et pas seulement à cause de l'orage qui avait éclaté en fin de journée et qui balayait furieusement l'océan.

— Je te cherchais ! dit Marcel en se secouant et en enlevant sa capuche grise qui le couvrait jusqu'aux mollets.

Marcel savait que Léon avait déposé Maurice à la Pergola, la très chic discothèque de la côte et que le chauffeur était libre.

Après être sorti de chez Berthe, il avait tourné et retourné les choses dans sa tête. Et quand, en début d'après-midi, Maurice était arrivé sur le chantier, il l'avait pris à part. Il lui avait raconté l'attitude de Berthe et ses sous-entendus. Mais au grand désarroi de Marcel, Maurice était resté silencieux. Lui que Marcel avait connu si énergique et si entreprenant, il n'était plus que le fantôme de lui-même. Marcel s'était acharné, il ne pouvait supporter de ne pas retrouver son Maurice. Mais ce dernier l'avait ignoré et il avait quitté le chantier sans donner aucune explication. C'était impensable ! Marcel commençait à paniquer. Depuis quelque temps les hommes ne comprenaient pas ce qui se passait. Le chantier était quasi fini et Maurice ne donnait aucune directive pour la suite. Pourtant, il y avait des projets en cours, et le golf de Chiberta. Marcel ne savait quoi leur dire, il avait usé de tout ce qu'il pouvait pour les tenir informés sans les inquiéter mais là, c'était à devenir fou. Du jour au lendemain, Maurice ne répondait plus à rien. Il passait le moins souvent possible et il fuyait dans l'alcool et le silence.

Comment cela était-il possible ? C'est alors que Marcel pensa à Léon.

Ses rapports avec le chauffeur avaient toujours été inexistants. Léon n'avait de rapport avec personne et personne ne s'en étonnait. Il était là quand on avait besoin de lui, c'est-à-dire tout le temps, nuit et jour, il nettoyait les voitures, les entretenait scrupuleusement et n'avait aucune attache. Il était l'employé idéal. Marcel ne l'avait jamais vu hésiter une seule seconde à un ordre de Maurice, de Sophie ou de lui-même. Léon s'exécutait avec une incroyable indifférence et une totale efficacité. Il était le seul qui avait connu la famille de Maurice et de Berthe, le seul qui pouvait en parler à Marcel. Léon était rentré au service de la famille de Maurice à l'âge de vingt ans, il avait conduit le père de Maurice pendant une quinzaine d'années et depuis le même temps il était au service de Maurice.

En voyant Marcel s'asseoir face à lui, Léon leva le nez. Il n'y avait pratiquement personne à cette heure du soir. Le bar du port était un tout petit endroit où ne venaient que des habitués. Ça sentait la friture et la cuisine de poissons. Il y avait une ambiance intime, enfumée. Les pêcheurs s'y retrouvaient pour jouer aux cartes et chanter en basque autour de longues tables. Le patron les connaissait tous. Il venait rarement quelqu'un d'autre ici ; Léon était accepté. Sans doute à cause de sa discrétion.

Au dehors le tonnerre grondait de plus en plus fort et les coups étaient parfois si assourdissants que, dans le bar, on s'entendait à peine.

— Ça ne va pas du tout, commença Marcel en se penchant tout près de l'oreille de Léon. Maurice est en train de tourner mal.

— Ah ! fit simplement Léon qui ne semblait pas étonné le moins du monde, ni de voir Marcel débouler trempé au bar, ni de l'entendre dire que Maurice n'allait pas bien.

— C'est tout ce que ça te fait ? cria Marcel.

— Oui, c'est tout ce que ça me fait, répondit Léon.

Léon n'était pas un bavard, mais Marcel ne s'attendait pas à une réaction aussi froide. Marcel avait toujours cru que Léon aimait bien Maurice et qu'il tenait à sa place de chauffeur. À son ton, il comprit deux choses essentielles. Qu'il s'était trompé et que Léon avait la clef de beaucoup de choses.

Au dehors, on entendait le vent siffler sur le port et la pluie battait contre les fenêtres du bar. Les vagues s'écrasaient contre la digue et faisaient en se fracassant un bruit assourdissant. L'orage grondait toujours et les coups de tonnerre étaient de plus en plus violents. Il était devenu impossible de parler normalement.

— Tu prends un verre d'*irouleguy* ? demanda Léon.

C'est bien la première fois que Léon proposait un verre à Marcel qui acquiesça précipitamment d'un mouvement de tête.

— Patron, hurla Léon, deux *irouleguy* !

Le patron du bar posa sur la table les deux verres de vin rouge et se pencha vers Léon.

— Ça va cogner toute la nuit, dit-il avec un fort accent basque. Quand l'océan est comme ça, c'est mauvais signe. Où vous avez mis la voiture ?

— Derrière, affirma Léon.

L'homme fit un signe montrant qu'il était rassuré.

Léon but une gorgée de vin et reposa son verre. Marcel retint son souffle. Le chauffeur allait parler. Pour l'entendre, il s'avança par-dessus la table, et Léon aussi se rapprocha. Leurs visages se touchaient.

— Maurice devient fou, Berthe, n'en parlons pas, et toi tu paniques, c'est ça ?

Marcel acquiesça.

— C'était prévisible, laissa tomber Léon.

Puis il parla sans discontinuer pendant plus d'une heure, il n'omit aucun détail, il n'avait pas d'état d'âme. Il racontait les choses comme il les avait vécues. Les coups de tonnerre entrecoupaient ses révélations et, parfois, Marcel avait du mal à comprendre, mais il ne l'arrêtait pas. La pluie avait à deux reprises soufflé les fenêtres qui s'étaient ouvertes sous la poussée de la tempête et le patron avait lutté pour les refermer. Léon continuait à parler comme si, après tant d'années, il ne pouvait plus rien retenir. Marcel était devenu blême. Il sortait de la bouche de Léon un flot de révélations effrayantes. Toute la dérisoire et misérable histoire d'une famille qui ne s'aimait pas et qui faisait semblant. Quand Léon eut terminé, Marcel, l'enfant de la mine, qui avait découvert la lumière des chantiers en plein ciel grâce à Maurice, pleurait.

L'orage s'était éloigné et les coups de tonnerre avaient cessé. Le vent aussi était tombé et la pluie faisait maintenant un bruit léger contre les vitres des fenêtres. Seul l'océan grondait encore, sourdement.

Les deux hommes semblaient aussi hébétés l'un que l'autre. L'un d'avoir parlé, l'autre d'avoir entendu.

— Pourquoi tu ne m'as jamais rien dit ? dit Marcel.

— Parce que tu ne me l'as jamais demandé, répondit Léon. Ni toi ni personne ne m'a jamais rien demandé. Mais, ajouta-t-il honnêtement, même si on m'avait demandé quelque chose, je n'aurais rien dit. Il faut laisser faire la loi du ciel. Elle tombe toujours, un jour où l'autre. Pour Maurice, c'est maintenant. C'est pour ça que je parle, parce que le moment est venu aussi pour moi.

62

La tempête avait balayé le port et, dans la petite rade, deux amarres avaient lâché. Les bateaux s'étaient fortement cognés les uns contre les autres et il y avait de gros dégâts. On entendait dans la nuit les cris des marins qui étaient accourus et qui s'interpellaient. Ils s'entraidaient et tentaient de colmater les brèches ouvertes dans les coques. Ils avaient allumé des fanaux que le vent faisait tournoyer et qui éclairaient par moments des bouts de scènes fantomatiques.

Orkatz se tenait debout dans la nuit.

Il était venu au port enveloppé dans une gabardine de pluie et il hésitait à rentrer dans le bar. Il avait voulu revoir Léon, le questionner encore, il avait besoin d'en savoir plus. Mais, en s'approchant, il avait vu le visage de Marcel par la fenêtre et ça l'avait refroidi. Maintenant, il ne savait plus. Toujours ce sentiment de faire fausse route, de se mêler de quelque chose qui ne le regardait pas. C'est la tempête qui avait tout déclenché. Quand l'orage avait éclaté et qu'il avait vu depuis l'Hôtel du Palais les vagues se fracasser au loin contre le rocher de la Vierge, il avait repensé à Sophie, à cette nuit où il l'avait agrippée au dernier moment, avant qu'elle ne disparaisse dans les flots. Et lui, l'homme raisonnable, l'homme qui ne trahit rien ni personne, il s'était senti prêt à tout. Il voulait la revoir. Il avait enfilé cette gabardine, quitté son poste et couru jusqu'ici. Il avait suivi le sentier de promenade, il était passé au-dessus du rocher de la Vierge, il avait contourné le plateau de l'Atalaye et rejoint la partie qui dominait la Villa. Elle était plongée dans le noir et les vagues cognaient si fort et si haut qu'elle disparaissait sous l'écume. Il en avait été effrayé. Ce Maurice était vraiment un fou ! Avoir mis sa femme dans un endroit pareil ! Juste devant le Trou du diable ! Toutes les cartes mentionnaient ce trou. Il fallait vraiment être un sacré malade, ou pire, un assassin. Et soudain il avait eu peur pour Sophie. Où était-elle ? Il avait couru au port pour trouver Léon, mais la présence de Marcel l'avait arrêté.

Un Basque qui tirait de gros cordages le reconnut et l'interpella. Il crut qu'Orkatz était venu pour les aider. Il fallait amarrer les bateaux que la tempête avait libérés et qui flottaient au hasard. Orkatz le rejoignit et ils s'éloignèrent vers le ponton de la rade en portant les lourds cordages sur leurs épaules.

63

Sophie et Faustine s'étaient endormies, serrées l'une contre l'autre dans le canapé du salon.

Quand l'orage avait commencé, elles finissaient de manger tranquillement ensemble à la cuisine. Depuis que Maurice était parti dans la nuit, Sophie ne l'avait pas revu une seule fois. Pour l'instant, elle avait demandé à Faustine de ne rien dire. Elle attendait de savoir ce qu'elle devait faire. Elles avaient beaucoup parlé toutes les deux. Personne ne les aurait crues si elles avaient voulu raconter, Sophie en avait la certitude. On chercherait à atténuer, on dirait à Sophie qu'elle exagérait, à Faustine qu'elle s'était trompée sur les intentions réelles de Maurice. Qui aurait pu croire ce qui s'était vraiment passé ce soir-là ? Personne. Seule Faustine savait. Elle avait assisté à tout et pouvait mesurer la gravité de la situation. Si Maurice ne se manifestait plus, la situation pour Sophie allait très vite devenir catastrophique. Comme la plupart des épouses, elle n'avait pas de compte personnel et tenait son argent de son mari qui lui en donnait régulièrement. Pour les achats de la maison et les siens propres. Sans l'argent de Maurice, que pouvait faire Sophie ? Rien. C'était aussi simple que ça. Maurice était parti sans lui dire où il allait et sans même officialiser une séparation, et elle ne pouvait rien obtenir. Elle n'avait accès à aucun de ses comptes et comme elle lui avait toujours fait une confiance absolue en matière d'argent, elle se retrouvait totalement démunie. La situation devenait très critique et ce serait encore pire si Maurice ne payait pas le salaire de Faustine. Parce que c'est Faustine qui, de sa poche, avait payé les courses du dîner qu'elles venaient de prendre. Sophie n'avait plus un centime en poche. Elle avait décidé d'aller voir Henri de Léez pour lui demander le compte de ses articles car, pour l'instant, elle n'avait encore rien touché. Mais cette seule idée d'aller demander de l'argent lui faisait horreur. Jamais Sophie n'avait eu à gagner sa vie, jamais elle n'avait eu à quémander quoi que ce soit et elle se demandait comment elle allait bien pouvoir s'y prendre. Elles en parlaient toutes les deux en dînant quand le bruit de la houle sous la Villa était devenu très inquiétant puis, très vite, totalement effrayant. Et ça n'avait fait qu'empirer. Elles étaient accourues au salon et le spectacle qui s'était offert à leur vue par la grande baie vitrée avait été si incroyable que, fascinées, elles étaient restées à le regarder. Mais la fascination avait fait place à la peur. Les énormes vagues étaient devenues si hautes qu'elles se fracassaient maintenant non plus sur le rocher à la base de la Villa mais contre la baie vitrée. L'eau ruisselait le long des vitres. Impossible d'y voir, le bruit des eaux était infernal. Sentant trembler sous elles les bases de la maison, elles ne bougeaient plus, n'osant ni se lever, ni tenter une sortie. Sophie avait beau se remémorer le dessin des cent piliers d'acier, elle avait le sentiment que, si elle bougeait, l'océan allait tout emporter, briser les vitres et les murs et qu'elles allaient finir englouties dans le fracas des eaux. Entre-temps, le compteur d'électricité avait disjoncté et les avait plongées dans le noir. Il fallut beaucoup de temps après que le dernier souffle de vent fut tombé pour qu'elles se remettent de leur émotion. Elles s'endormirent au creux du canapé, blotties l'une contre l'autre, épuisées.

64

Orkatz cachait quelque chose.

Il n'était pourtant pas du genre à dissimuler. Alors, ça devait être grave. La vieille Louise sentait se réveiller en elle la très lointaine méfiance qui l'avait toujours laissée sur ses gardes.

Elle sentait Maitena fébrile. Sa belle-fille, qui avait toujours eu l'habitude de voir son mari près d'elle à toute heure du jour et de la nuit, sauf quand il était aux champs, découvrait qu'un homme qui part travailler à la ville n'a plus ni les mêmes horaires ni la même régularité. Jamais jusqu'à maintenant Louise n'avait craint quoi que ce soit pour le couple de son fils, mais aujourd'hui elle était inquiète. Les affaires des deux veuves s'amélioraient plus vite que prévu. La voisine avait retrouvé un homme, un marin veuf et sans enfant qui s'était dépêché de se rapprocher, en tout bien et tout honneur encore, de cette femme et de ses petits. Et la femme de Patxi, après l'expérience de la maison, seule avec les enfants, avait de plus en plus envie de descendre travailler à la ville. C'était prévu pour la saison suivante, les petits seraient plus autonomes et Louise pourrait s'en charger. Elle obtiendrait un poste à l'accueil d'un restaurant et elle aurait un très bon salaire. De quoi nourrir toute la famille. Les choses s'arrangeaient bien. Orkatz n'en avait plus que pour quelques mois, deux ou trois, pas plus. Après, il pourrait quitter la ville et revenir à la ferme.

Ça aurait dû être une bonne nouvelle, mais il avait trop souvent l'air ailleurs quand Louise évoquait ce retour. Ce même air qu'il avait, enfant, quand elle le surprenait à rêver devant les collines lointaines. Ce n'était pas son travail de portier qui le perturbait, Louise en était sûre, elle le connaissait trop bien. Orkatz accomplissait son travail sans gravité, il savait que cela n'aurait qu'un temps. Il avait réussi à garder cette incroyable aura que son statut d'homme libre qui n'avait jamais accepté de travailler dans les hôtels de Biarritz lui avait donné. Il était même devenu mieux que ça. Il était une sorte de héros déchu. Mais un héros qui accepte de descendre de son piédestal pour protéger femmes et enfants, c'est un héros qui devient intouchable ! Orkatz avait accédé au statut de mythe sacré. Un homme puissant que rien n'arrête, c'est ainsi que tous le voyaient désormais.

Seul lui savait qu'il s'était fracturé.

Sur cette seule corde sensible que personne ne pouvait voir, qu'il n'avait jamais cherché à faire vibrer plus que de raison et qui devait peut-être s'approcher de ce qu'on appelait l'amour. Orkatz était prudent avec les mots. Les grands mots et les grands sentiments dans les familles comme la sienne, on avait appris à s'en méfier. Il fallait aux choses de la vie des raisons valables et, aux sentiments, une certaine mesure pour qu'on les prenne en considération. À défaut, les sentiments et les mots devenaient vite suspects. Orkatz avait vécu de belles, de douces et profondes émotions. Il n'était pas un séducteur et ne l'avait jamais été. Les richesses de sa vie avaient été d'ordre multiple et avaient, pensait-il, rempli leur contrat de bonheur. Seule ne le quittait jamais cette étrange mélancolie qui, depuis la toute petite enfance, le guidait tous les soirs vers le haut de la colline. Qu'attendait-il encore aujourd'hui qu'il n'avait déjà ? Rien. Il lui semblait tout avoir. Et pourtant.

Orkatz n'avait jamais connu de troubles immenses.

Les lumières de Biarritz avaient changé de couleur. Il aimait maintenant les voir briller dans la nuit et il imaginait le lent ballet des Hispano noires qui roulaient silencieusement sur la grande allée de l'hôtel. Il sentait sur son visage l'embrun des éclaboussures des vagues blanches qui retombaient sur la terrasse de pierre et il revoyait le visage de Sophie. Un autre monde vivait là-bas qu'avant il ne connaissait pas. Imanol avait raison. Orkatz était Basque, mais il était aussi d'une autre planète. De celles qui n'ont aucune frontière. Orkatz était un homme libre comme l'avaient voulu les siens. Et il sentait confusément que s'était ouverte devant lui une porte qu'il ne refermerait pas. Il allait bientôt lâcher les amarres. Les siens l'avaient voulu libre. Il l'était devenu.

Mais avant, il avait une dernière chose à faire pour sa terre basque, et il allait la faire.

65

Marcel avait séché ses larmes.

Il avait décidé d'accompagner Maurice jusqu'au bout de tout. L'amitié est un étrange territoire et, dans la vie de Marcel, il n'y en avait pas eu tant que ça. Maurice était son choix définitif.

Les vagues roulaient doucement et s'évanouissaient sur le sable. Le monde était ainsi, emporté par cet éternel mouvement des êtres humains tout comme les eaux à peine troublées à leur surface semblent si normales, si tranquilles, et qui ne le sont pas. Marcel savait maintenant la houle terrible qui peut se soulever quand on ne l'attend pas. Et il savait le fracas. Certains êtres dissimulaient, comme cet océan que Marcel, hypnotisé, regardait réellement pour la première fois, des abysses infinis de violences et de fièvres, de manques permanents, de ratages et de haines. De terribles douleurs.

Il s'accouda à la balustrade de pierre qui dominait la mer. La journée était grise, juste un vent qui faisait frissonner l'océan et qui adoucissait sa peine. Quelle importance ? ! se disait-il. Ainsi Maurice était un faible, lui qui croyait son ami si fort, il n'était donc que le jouet des siens et de lui-même. Il avait menti sur tout, il n'avait pas été le grand bâtisseur que Marcel avait cru, il n'avait pas fait les grands barrages, il n'avait fait que surveiller des chantiers entièrement mis en œuvre par son père avant qu'il ne meure : « C'est le seul qui avait de la trempe », avait dit Léon. C'est lui qui avait développé tous les gros chantiers et obtenu les contrats. Juste un an avant que Marcel ne rencontre Maurice. Juste après l'accident qui avait emporté le père et la mère de Maurice et de Berthe.

L'accident ! Léon avait tout raconté. C'est Maurice qui avait tué ses parents. Le chauffeur n'en était pas sûr à cent pour cent, mais « j'en mettrais ma main au feu » avait-il dit à Marcel en lui racontant la chose.

La mer bougeait si peu qu'on aurait dit qu'elle était tout à fait immobile, seules les inlassables vagues du bord de plage continuaient leur va-et-vient et les yeux de Marcel s'emplirent de larmes. Il fixait tout au loin la ligne bleue de l'horizon. Elle était nette et floue, impossible de savoir.

Maurice a tué son père, et alors ? Moi aussi, en l'abandonnant, j'ai tué le mien. Si j'étais resté, je les aurais peut-être aidés, lui et maman…

« Maman », à ce mot qu'il n'avait jamais prononcé de sa vie, Marcel eut un affreux hoquet. Quelque chose se serra au fond de son âme. Ses parents buvaient, tous les deux, mais jamais il n'avait voulu se souvenir de sa mère, de son visage abîmé, des cris entre son père et elle. Il avait voulu oublier et il y était parvenu. Son image à elle s'était totalement effacée. Seule celle de son père était dans sa mémoire. Il le revit avachi, abruti de vin. C'est quoi, un père ? se demandait Marcel en regardant la mer. Le sien ne l'avait pas aimé, et celui de Maurice, en adulant son fils au-delà de toute raison, l'avait brisé à jamais. En clamant partout sa fierté pour ce jeune mâle qu'il avait engendré, il était passé à côté de la complexe personnalité de son fils. Et son fils l'avait tué. Pourquoi ? Parce qu'il trompait sa mère alors qu'elle était malade et qu'elle allait mourir ? Parce qu'il savait qu'il ne serait jamais à la hauteur du rêve de son père qui l'idolâtrait ? À cause de sa sœur Berthe qui l'avait trop étouffé d'amour parce que rejetée par son père ? Elle s'en était entièrement remise à ce frère qui était devenu sa seule tendresse.

Personne ne sort indemne d'un manque d'amour. Mais personne ne sort non plus indemne d'un incontrôlable excès d'amour.

C'était la dérisoire et terrible histoire de Maurice et de Berthe. Dans la maison du Nord où ils avaient grandi, entre une mère mélomane et un père absent, ils avaient trouvé refuge dans une tendresse qui les sauvait du vide. Trop aimé par ses deux parents, Maurice était devenu le roi. Délaissée, critiquée en permanence, Berthe était celle qui encombrait. Elle avait alors à la fois développé une incapacité à l'autonomie et une adoration sans bornes pour Maurice, le seul qui lui accordait de la gentillesse. Et l'amour fraternel l'avait trompée, elle s'était mise à l'aimer à sa façon, sans bien mesurer les choses. Seulement voilà, Maurice n'était ni le frère ni le fils parfait, loin de là, et pourtant il faisait tant d'efforts pour donner le change à tous. À sa mère qui lui avait communiqué son amour pour la musique, à son père et à sa sœur desquels il était l'unique point de mire.

Ce piédestal sur lequel ils l'avaient installé sans raison était devenu sa hantise. Il n'avait qu'une hâte, en descendre dès que les siens avaient le dos tourné, ce qui arrivait souvent. Chacun dans cette famille se réfugiait dans les faux-semblants qui leur permettaient de vivre. Oublier pour le père qu'il trahissait les siens et que sa carrière n'était pas ce qu'il aurait souhaité, oublier pour la mère la maladie grandissante et les tromperies du père, oublier pour Berthe le douloureux rejet de ses parents. Oublier enfin pour Maurice ses mensonges de plus en plus sophistiqués auxquels il finissait par croire. Le fossé entre le monde réel et les chimères qu'il inventait pour tenir debout se réduisait de plus en plus et son mental s'en trouvait de plus en plus dérangé. Les siens voyaient mais ne voulaient pas voir, ni qu'il changeait, ni qu'il buvait, ni qu'il se droguait, ni qu'il menait une vie trouble. On affichait à son encontre une permanente admiration. Et pour eux, ou à cause d'eux, car dans ces cas-là on ne sait plus très bien ou commence et où finit la responsabilité de chacun, Maurice était devenu un être double.

Quels incroyables méandres se dissimulent parfois dans les vies de ceux qu'on croit connaître !

Le vent s'était levé, Marcel commençait à avoir un peu froid. Le ciel s'était à nouveau chargé de nuages comme la veille à la même heure. Ce mois de novembre était très sombre et très pluvieux. Marcel décida de rentrer seul à l'hôtel de Bayonne. Il prendrait le bus. Il marcha en direction du centre, vers la gare, de là où partaient les autobus. À cette heure Maurice devait être au Royalty avec « des clients », et Léon au bar du port ou à l'attendre dans l'Hispano.

Marcel avait des choses à mettre en route, c'est lui qui allait sortir Maurice de cette mélasse. Tout ce qui autour de lui pesait, Berthe, le palais mauresque, Sophie et la Villa. La Villa ! Qu'est-ce qu'elle lui en avait fait voir à Marcel, cette Villa ! À l'époque, Maurice aurait fait n'importe quoi pour Sophie, il aurait construit un château sur la lune s'il avait pu. Et il n'avait rien trouvé de mieux pour l'éblouir que d'aller construire une maison au bout de ce rocher. Ah ! ça en avait coûté des déboires et des difficultés ! Et quelles fortunes englouties dans les tonnes de béton pour solidifier cette roche.

Marcel accéléra le pas, il avait décidé de quitter les lieux avec Maurice et il avait des choses à faire rapidement. Liquider la Villa, convaincre Maurice de vendre le palais qui était maintenant terminé. Il ne fallait plus traîner.

66

Sophie se retrouvait seule sans avoir compris comment cela lui était arrivé.

Elle avait pris sur elle et trouvé le courage d'aller voir Henri qui lui avait payé ses articles. Mais ça n'allait pas loin. Une semaine était passée et l'argent manquait déjà. Il faudrait rapidement en trouver. Si elle en avait douté, Sophie avait bien la preuve que ce n'était pas avec des articles écrits dans une gazette qu'elle pourrait suivre son ancien train de vie, d'autant que, pour les jours à venir, Henri ne voyait rien à lui confier. Mais alors qu'elle aurait dû s'inquiéter, une seule chose l'obsédait : comprendre.

Elle n'avait toujours aucune nouvelle de Maurice. Il pleuvait sans arrêt et les orages éclataient les uns après les autres. L'océan qu'elle regardait par la baie était en perpétuelle furie. Elle n'osait plus sortir. Elle avait pensé aller au casino ou à l'Hôtel du Palais voir si Maurice y était, mais elle ne voulait en aucun cas croiser Orkatz Garay. Et puis qu'aurait-elle raconté à leurs connaissances communes s'ils l'avaient vue arriver et repartir seule ? De toute façon, elle n'avait pas l'argent pour se payer ne serait-ce qu'un seul thé, alors un repas c'était impensable. Bien sûr, il aurait suffi qu'elle demande de mettre le tout sur la note de Maurice, mais il avait peut-être donné des instructions pour que cela ne puisse se produire et, dans ce cas, elle se trouverait ridicule et humiliée. Henri avait-il croisé Maurice lors d'une soirée ? Elle se disait que le journaliste était sans doute le seul à pouvoir lui donner des nouvelles de son mari mais elle ne se décidait pas à aller le voir. Elle pensait que Maurice allait revenir, qu'il allait lui expliquer son attitude. Elle avait retourné dans sa tête toutes les raisons possibles. Après sa propre culpabilité, s'être dit qu'elle ne l'avait peut-être pas assez écouté, assez aimé, assez épaulé, elle avait cherché d'autres explications et elle était même allée jusqu'à se dire qu'il avait peut-être rencontré une autre femme. Cette pensée l'avait heurtée avec beaucoup de violence, mais ce mal était dérisoire face à ce qui lui arrivait. Elle se sentait prête à tout accepter, y compris à entendre que son mari ne l'aimait plus, à une seule condition : pouvoir mettre des mots sur ce changement.

La très grande faiblesse de Sophie était de vouloir comprendre à tout prix. Comprendre les attitudes incohérentes de Maurice et le vide affectif qui l'avait gagné. Sophie ne connaissait rien aux méandres de la psychologie et aux maladies complexes sur lesquelles on commençait à peine à mettre un nom. Elle ne savait rien de l'enfance de Maurice, de sa jeunesse. Elle ignorait les drogues, et elle ignorait qu'il puisse exister des folies pareilles. Alors elle cherchait ce qui pouvait le conduire à de telles attitudes. D'où venait cette froide indifférence que du jour au lendemain il était capable de manifester ? Ce vide dans son regard, quelle en était la cause ? Voilà ce qui l'obsédait. Elle était sûre que le jour où elle saurait ce qui avait provoqué ce changement chez son mari, elle aurait la force de l'affronter. Mais il lui fallait cette clef. Et elle savait que Maurice ne la lui donnerait pas et qu'au contraire il s'évertuerait à brouiller les pistes. Pourquoi ? Cette question hantait ses journées et même ses nuits.

Faustine était sa première confidente, celle sur laquelle elle testait la validité de ses propres conclusions. Elle lui avait tout raconté dans le détail, sa rencontre avec Maurice, leur coup de foudre, leur mariage, les merveilleuses années avec lui.

— Il m'a tout donné, Faustine. On a tout quitté ensemble et plus rien n'a compté que nous. Rien n'avait de limites pour Maurice dès qu'il s'agissait de moi. Il m'a mise au cœur de sa vie. Il disait que j'étais sa déesse et qu'il s'arrêterait de respirer si je n'étais plus à côté de lui. Il faisait pour moi des choses incroyables. Il était attentif à tout. J'aurais connu avec lui cette immensité du don de l'amour, cet infini. Il y avait quelque chose d'excessif mais c'était si beau. Comment aurais-je pu résister à cette force qui le portait vers moi ? Il voulait mon bonheur, ou plutôt comme il disait, il voulait « être mon bonheur, à jamais ».

Faustine était encore toute jeune. Elle ne connaissait de l'amour que ce sentiment pur qu'elle éprouvait pour Imanol et elle écoutait les confidences de Sophie comme on écoute un conte. Elle n'avait aucun souvenir d'une pareille forme d'amour autour d'elle. Pourtant, il y en avait eu des romances, des mariages et des bonheurs. Beaucoup même, comme partout. Mais comme ce que racontait Sophie, jamais. Qu'est-ce que c'était aimer ? Faustine pensait à son amour naissant pour Imanol. Il ne lui semblait pas pouvoir éprouver quelque chose d'aussi intense ou, en tout cas, d'aussi absolu et, du coup, elle s'interrogeait.

— Quand il voyait que mon flacon de parfum était presque fini, continuait cette dernière plongée dans ses souvenirs, il m'en glissait un sous l'oreiller et je le trouvais en me couchant. Il mettait des mots d'amour dans tous les tiroirs que je pouvais ouvrir, dans mon armoire, dans mon linge, il gravait nos noms dans la pierre des maisons que nous habitions. « Toi et moi, c'est à la vie à la mort », me disait-il en riant. Il me portait des fleurs de toutes sortes et sans raison.

Faustine écoutait, bouche bée. Elle découvrait les liens de Maurice et Sophie sous un autre jour que celui qu'elle avait connu et elle se demandait comment deux êtres qui avaient été aussi liés pouvaient se retrouver si désunis. D'où venaient des mots pareils, d'où venaient ces phrases que disait Sophie en parlant de l'amour que lui portait Maurice ? Comment était-il possible d'être aimée autant ?

L'océan grondait et rien ne semblait pouvoir l'arrêter. Des trombes d'eau tombaient, entrecoupées de brèves accalmies. L'orage menaçait en permanence. La Villa était plongée dans une sorte de nuit et les nuages paraissaient si bas qu'ils semblaient toucher la mer. Quand une bourrasque de vent les écartait d'un seul coup, ils laissaient voir derrière eux un ciel chargé. Il semblait que plus rien ne soit bleu désormais. Il semblait même impossible que ces nuages puissent s'en aller à un moment ou à un autre. Le ciel était noir pour toujours et le tonnerre ne cessait de cogner, déchirant les oreilles. Sophie ne quittait plus le salon. Elle avait délaissé sa chambre où Maurice ne dormait plus pour le canapé. Elle s'était habituée au bruit et au déchaînement des eaux juste devant ses yeux. Le luxe élégant et confortable qui régnait dans la pièce la rassurait, comme si quelque chose dans cette richesse et dans cette beauté la protégeait de cette fureur du dehors. Et puis les lumières de Fuenterrabia lui apportaient un réconfort immédiat. Dès qu'elles s'allumaient, les tourments de Sophie s'apaisaient et elle s'endormait en les regardant.

— Madame, il faut réagir. On ne doit pas continuer comme ça.

Faustine avait un ton énergique. Elle voyait bien que sa patronne remontait le temps à la recherche de quelque chose qui concernait Maurice. Mais, au bout d'une semaine, comme elle n'avait toujours rien trouvé, la jeune bonne se disait que cette situation ne pouvait plus durer. L'argent manquait. Par trois fois elle était allée chez ses parents au village et elle avait rapporté de la viande et des légumes, seulement elle n'allait pas pouvoir faire ça plus longtemps. Maurice ne donnait aucun signe de vie et, depuis trois semaines, elle ne touchait plus son salaire. Faustine ne voyait pas pourquoi ça changerait. Son frère lui avait dit que ces derniers temps il ne voyait plus monsieur Caron au casino. Faustine était sûre qu'elles ne le reverraient plus. Il n'était pas le premier à avoir quitté Biarritz du jour au lendemain. Il y avait eu un homme d'affaires avant lui. On avait découvert qu'il n'était pas aussi riche qu'il le prétendait et il était parti en laissant à gauche et à droite des ardoises astronomiques.

Sophie regarda sa jeune bonne, étonnée et gênée. Étonnée de cette remarque qu'elle ne savait pas comment prendre, et gênée d'avoir à y apporter une réponse. Que pouvait-elle dire ? Faustine pouvait partir d'une minute à l'autre, elle était libre puisqu'elle n'était plus payée. Était-ce pour cela qu'elle lui posait la question ?

— Non, répondit Faustine sincère, c'est surtout pour vous que je me fais du souci. Il faut que vous fassiez quelque chose. Allez voir votre famille. Vous ne devez plus rester toute seule comme ça, ça n'est pas bon. Plus les jours passent, pire c'est. Vous avez de moins en moins de courage je le vois bien, et je veux que ça cesse. Et moi ça fait trois semaines que je ne touche plus un sou. Je dois trouver un autre travail, je ne peux pas rester sans salaire plus longtemps. On doit réagir maintenant et vite, toutes les deux.

Sophie avait reculé le plus possible le moment d'affronter cette réalité. Souvent, ces derniers jours, elle avait pensé avec angoisse au moment où Faustine devrait partir gagner sa vie ailleurs. Alors elle se retrouverait vraiment seule. Pourtant sa jeune bonne avait raison, il était impossible de continuer ainsi.

— Et tu as déjà trouvé un travail ? demanda-t-elle à tout hasard.

— Bien sûr que non, je vous en aurais parlé, mais je sais que la dame du magasin de mode cherche une employée.

— Madame Chanel ?

— Oui. Enfin, elle repart à Paris, mais sa sœur reste ici pour tenir la boutique et elle a besoin de quelqu'un pour s'occuper du ménage et des repas. Elle l'a dit à monsieur Arosteguy qui m'a demandé si je voyais quelqu'un parmi mes amies.

Sophie hésita, elle voulait demander à Faustine d'attendre encore un peu, de lui laisser le temps, mais elle se reprit. Qu'avait-elle à lui proposer ? Rien. Elle n'avait rien en vue, aucun travail, pas la moindre rentrée d'argent.

— Écoute, lui dit-elle, va voir tout de suite Mademoiselle Chanel, je la connais. Je vais t'écrire un mot pour elle et je suis sûre que ça se passera bien. Mais dépêche-toi avant qu'une autre prenne la place.

Faustine ne savait que penser. Elle n'aurait pas osé partir si vite, ni voulu d'ailleurs. Elle aimait être avec Sophie, elles étaient si proches maintenant. Elle ne pouvait imaginer la laisser seule dans un moment pareil. Seulement voilà, l'argent manquait. Une semaine de plus et ce serait catastrophique.

— Va, insista Sophie. Il le faut pour toi mais aussi pour moi. À quoi ça servirait qu'on se retrouve toutes les deux dans de graves soucis d'argent ? Je préfère, et de loin, te savoir à l'abri. Tu seras bien chez Chanel.

En quittant la Villa, il semblait à Faustine qu'elle s'éloignait de sa propre maison et, en quittant Sophie, c'était comme si elle laissait non pas sa patronne mais une amie, ou mieux, une sœur.

— Je viendrai souvent, lui dit-elle. Je vous aiderai, je ne vous laisserai pas.

Elle décida de partir à la fin de la semaine, mais, avant, elle alla au bar Jean trouver Imanol. Il y était comme d'habitude à chanter avec tous ses copains.

— Tiens, fit l'un d'eux, on reconnaît cette demoiselle. C'est pour toi, Imanol. Quelle veine tu as.

Imanol se retourna et, quand il vit Faustine, il s'avança vers elle avec un large sourire sous les quolibets de ses camarades moqueurs.

— Qu'est-ce que tu me veux encore ? demanda-t-il de son air rieur en la dirigeant vers une table à l'écart.

Mais Faustine était grave.

— Je viens te demander des sous.

Il la regarda dans les yeux et lui fit répéter la chose deux fois pour être sûr d'avoir bien entendu.

— Je voudrais que tu me prêtes de l'argent et je voudrais que tu ne me demandes pas pourquoi. Je te rembourserai très vite. Dès la semaine prochaine et les suivantes.

Imanol ne savait plus quoi penser. Une fille qui vient demander un prêt à un garçon qui lui fait la cour c'est déjà pas banal, mais que ce soit Faustine, réputée si sérieuse, qui le fasse, là ça devenait carrément stupéfiant. Il posa la question qu'il ne fallait pas poser.

— Et pourquoi tu veux ces sous ? Je veux savoir.

Faustine se leva, contrariée. L'effort que cela lui avait coûté de venir trouver Imanol était déjà énorme. Elle ne se sentait pas d'en dire plus.

— Oh oh, rassieds-toi, qu'est-ce qui te prend ? fit Imanol décidément pris au dépourvu. Je vais te prêter les sous mais je voudrais juste savoir pourquoi tu me demandes ça à moi ? Tu as un frère, une famille et, que je sache, on est plutôt soudé chez toi. Alors ?

— Je ne veux pas leur dire pourquoi je veux cet argent. Voilà.

Elle était restée debout et Imanol la tenait toujours par le bras. Il l'obligea à se rasseoir.

— Bon, fit-il conciliant, je vais te les prêter. Dis-moi combien il te faut et je te les porte demain, ça va ?

Faustine poussa un soupir de soulagement.

— Oh merci, Imanol, s'écria-t-elle. Je savais que tu m'aiderais.

Il souriait :

— Mais attention, ajouta-t-il, je te demande une chose en échange.

Elle était sur ses gardes.

— Tu vas me faire un baiser là, tout de suite, parce que si je dis à mes copains que tu es venue juste pour me demander de l'argent, je vais y laisser ma réputation.

Elle ouvrit de grands yeux ronds.

— Mais tu ne vas pas m'obliger à t'embrasser quand même...

— Et comment que je vais t'y obliger, dit-il rieur, à nouveau. Tu veux les sous ou pas ?

Sans lui laisser le temps de réagir, elle se leva à nouveau d'un bond.

— Garde-les, je ferai autrement.

Il éclata de rire.

— Oh ! là, là, quel caractère ! Toi, je sens que je vais t'adorer de plus en plus. Allez file, je te porte les sous demain, ici à la même heure, ça te va ?

Faustine se dit que le moment était venu de lui rendre son baiser. Il avait à peine fini de parler qu'elle lui prit le visage entre les mains et lui donna un baiser fougueux.

— Ça, c'est parce que tu le mérites, dit-elle.

Elle partit en le laissant ahuri, complètement désarmé par cette volte-face.

— À demain, lui dit-elle avant de sortir. N'oublie pas les sous.

Imanol en resta bouche bée.

67

Après que Faustine fut partie, Sophie referma la porte derrière elle et se laissa glisser au sol. Elle d'habitude si apprêtée, elle ne s'était pas regardée depuis plusieurs jours dans une glace. Elle aurait dû laver ses cheveux et avait délaissé ses robes haute couture pour des vêtements confortables mais bien peu seyants. Il semblait à Sophie qu'elle n'aurait plus jamais de forces. À plusieurs reprises, depuis le début de ce drame personnel, elle avait réagi et s'était jurée de se battre. Mais à chaque fois le sort lui avait assené un coup supplémentaire et maintenant il lui enlevait Faustine, son dernier soutien. Elle regarda le hall d'entrée dans lequel elle se trouvait. Puis par les doubles portes vitrées, la mer qu'on apercevait par-delà le salon. Rien ne semblait avoir changé, la console en galuchat était toujours là et le canapé aussi, le tapis épais, les vases élégants. Pourtant rien n'était pareil et jusqu'à la valeur des choses. Le péril des grands fonds qui avait si souvent effrayé Sophie n'était pas celui qui engloutirait la Villa. Ce danger qu'elle avait tant craint à l'époque ne se trouvait pas sous la Villa, mais à l'intérieur et il portait un nom : Maurice.

Elle resta ainsi un moment, abattue et découragée, puis sur une impulsion soudaine elle se releva. Elle défroissa sa robe et passa sa main dans ses cheveux de ce même geste nerveux qu'elle avait toujours eu. Elle n'avait aucune idée de ce qu'elle allait faire. C'était le matin et elle aurait pu rester là toute la journée sans que personne ne s'inquiète, sans que rien ne vienne la distraire de son apathie. Il y a un mois à peine elle était madame Caron, respectée et accueillie partout, et maintenant elle n'était rien. Elle ne pouvait même plus sortir prendre un thé. Toutes les choses qu'elle faisait avant sans même y penser, elle n'y avait plus accès. Comment allait-elle vivre désormais, comment allait-elle gagner sa vie ? Elle ferma les yeux et se sentit vaciller. Il lui semblait qu'elle n'était plus capable de rien. Maurice avait raison. Elle s'était monté la tête avec ces articles mais ça ne la menait pas loin. La preuve : comment et avec quoi allait-elle vivre ces jours prochains ? C'est à ce moment qu'elle vit l'enveloppe. Elle était posée sur la console en galuchat, bien en vue. Son prénom était écrit dessus en toutes lettres. Elle la prit, la tourna et retourna entre ses mains, puis elle se décida à l'ouvrir. Intriguée, elle se demanda ce qu'il pouvait bien y avoir dedans et qui l'avait déposée là. Aussi, quand elle sortit les billets un à un, elle crut qu'elle rêvait. Elle compta, il y avait mille francs en billets et un mot plié.

« Je me suis arrangée, j'ai trouvé des sous. Ça vous aidera. On remboursera le prêteur quand on pourra, il est d'accord. Ne vous faites pas de soucis et prenez-vous en main comme on dit chez nous. Allez voir votre famille à Espelette. Ça compte la famille, vous ne vous en êtes pas assez occupé, toujours avec votre Maurice. Et surtout ne laissez pas tomber la gazette. Accrochez-vous, allez voir le journaliste et faites un autre article. Je viendrai vous voir samedi, après mon travail. Je dois faire mes preuves moi aussi. Il faut qu'on s'en sorte et je suis sûre qu'on va y arriver. Je ne vous laisserai jamais tomber comme votre Maurice. Oubliez-le. Ça ne sert à rien de ressasser pour lui. Qu'il parte, bon débarras !... »

Suivaient des mots de gentillesse. C'était signé Faustine. Sophie n'avait jamais eu d'amie, ou alors il y a si longtemps dans sa jeunesse qu'elle avait oublié. Ces lignes pleines d'encouragement lui arrachèrent des larmes de bonheur et de rage mêlées contre elle-même. Qu'est-ce qu'elle avait à rester comme une idiote à penser à Maurice et à ce qui s'était passé ? Quelle importance ! Les choses avaient changé, et alors ? La seule chose qui comptait, c'était de s'en sortir, de trouver un travail, de gagner sa vie. En aucune façon, il ne fallait faiblir. « Accrochez-vous ! », c'est Faustine qui avait raison. Elle fila à la salle de bains, se passa la tête sous l'eau froide et regarda son visage dans le miroir. Il dégoulinait et ses traits étaient affreusement tirés :

— Ça va sûrement être très dur, dit-elle en regardant son reflet bien en face, mais j'y arriverai.

Une heure après, elle était dans le bureau d'Henri de Léez. Elle le prit par surprise et, soulevée par la rage d'aboutir, elle obtint une rubrique à l'arraché. Elle l'avait appelée : « L'heure basque ». L'idée lui était venue en chemin, il s'agissait de parler des coutumes de ce pays au fur et à mesure des manifestations et des fêtes qui s'y déroulaient. Mais surtout il s'agissait pour elle de mettre coûte que coûte un pied dans le journal. Devant la force de sa détermination et le souvenir tout récent du succès du numéro sur les jeunes Basques, ils abdiquèrent. Un montant de pige fut établi. C'était dérisoire, mais c'était un début. Et ils convinrent qu'en plus de la rubrique, elle ferait des articles chaque fois que cela se présenterait.

Sophie avait mis pour de vrai un pied dans la maison, elle ne l'enlèverait pas de sitôt.

Quand elle rentra chez elle, elle était fière et remontée. Ce qu'elle allait gagner ou rien, c'était presque pareil, mais elle venait de mener un combat pour la première fois. Et elle l'avait gagné. Le bonheur du céramiste Édouard Cazaux lui revint en mémoire. Rien n'est plus fort que le sentiment du travail accompli, rien ne tient un homme debout comme cette fierté. Elle n'avait jamais oublié cette leçon qui lui avait rappelé celles de son enfance. Dès aujourd'hui elle l'appliquerait soir et matin, comme elle venait de le faire. Elle commença par aller à la cuisine pour se préparer un vrai repas et non pour grignoter comme elle faisait volontiers, même du temps de Faustine, ce qui avait le don d'exaspérer cette dernière. Il y avait peu de chose, mais elle fit avec. Une tomate, quelques piments, un œuf, elle coupa le tout dans un saladier, le mélangea vivement et le fit griller dans une grande poêle. Une bonne odeur se répandit aussitôt, et avec elle l'envie de manger. Elle mit une assiette, les couverts, un bout de pain, un verre d'eau et elle s'installa. Ce fut bref, mais très bon. Ses pensées redevinrent positives, elle agissait. Les choses étaient restées les mêmes qu'elles étaient la veille, aussi graves, aussi difficiles, mais son point de vue à elle s'était modifié et elle constatait que cela changeait beaucoup de choses. Elle décida que le lendemain matin elle ferait venir un antiquaire et se débarrasserait de tout ce qui ne servait pas et qui avait de la valeur. Les tableaux, les tapis, quelques sculptures. De beaux objets qui paieraient les frais de la maison jusqu'au printemps. L'électricité, l'eau et le téléphone et un minimum de chauffage. Elle avait quelques mois devant elle pour se trouver une assise, il faudrait que ce soit suffisant.

Sophie était sans illusions, elle savait qu'elle devrait surmonter beaucoup d'obstacles, du moins le devinait-elle. Elle n'en avait aucune habitude mais elle faisait confiance à ce fond d'éducation qui remontait en elle et qui venait de cette terre, des siens. Dans le fond de son cœur, elle remercia Faustine qui l'avait obligée au courage.

Quand la nuit tomba, les lumières de Fuenterrabia lui semblèrent plus gaies et plus attirantes qu'elles ne l'avaient jamais été.

Elle ne savait encore rien de ce qui allait se passer mais elle n'attendait plus de savoir. Avec ou sans Maurice, la vie serait belle. Elle le voulait.

68

Maurice apprit la détermination de Sophie par hasard. Ou plutôt il comprit que quelque chose lui échappait quand il sut par un client qu'un antiquaire était passé à la Villa pour estimer divers objets. Il eut un coup de sang. Sophie se débarrassait de lui à peine était-il parti et alors même qu'il aurait encore pu revenir. Savoir qu'elle le devançait dans des décisions dont il ne lui avait pas fait part le mit dans une colère noire. Il retrouva toute son énergie et décida d'accélérer les choses. Rien ne lui échapperait. La rumeur de leur séparation était maintenant sur toutes les lèvres, c'était allé très vite. La notoriété de Maurice qui lui avait été si utile pour ses affaires n'y était pas pour rien. Tout le monde connaissait son visage pour l'avoir vu dans la presse à de nombreuses reprises au côté de personnalités de premier plan. Le concierge des Tamaris, l'hôtel de Berthe, était tombé sur Maurice par le plus grand des hasards un soir où il n'aurait pas dû être là et il l'avait reconnu immédiatement. Fier de cette visite dans son établissement, il en avait parlé à la bouchère qui elle-même s'était empressée de le répéter à une cliente. On disait depuis que Maurice avait une maîtresse dans un hôtel de Biarritz mais qu'il logeait à Bayonne pour donner le change. Curieusement, les choses peuvent rester secrètes très longtemps, puis être exposées en pleine lumière, du jour au lendemain, de la façon la plus crue et la plus caricaturale. Personne ne savait rien de la vie réelle de Maurice mais tous croyaient avoir tout compris, et, dans la petite communauté qui passait l'hiver à Biarritz, la nouvelle fit l'effet d'une bombe. D'autant que le bruit de la vente de la Villa se répandit dans la foulée. Tout le monde se demandait ce qu'il adviendrait de Sophie, et les dames, à l'heure du thé, dans la grande salle désertée du bel hôtel, frémissaient en pensant à leur propre sort. Suzanne, Yvonne et Madeleine suivaient l'affaire de près.

— Elle a dû lui faire des reproches à cause de sa maîtresse, disait Suzanne tout en rajustant un long voile beige autour de son cou. Il ne faut jamais.

— Bien sûr, confirmait Madeleine avec ses yeux de chat. Mais c'est si difficile de ne rien dire. Elle a peut-être essayé de lui parler et il n'a rien voulu entendre. Après tout, on a quand même le droit d'avoir une opinion.

— Mais vous êtes folle, ma chère, se récria Suzanne. Vous êtes encore trop jeune et vous ne connaissez rien de la vie. Il ne faut rien dire, je vous dis, rien de rien. Il faut attendre que ça passe, et ça passe toujours, croyez-moi. J'en suis au moins à la cinquième maîtresse de Jules et, voyez, elles ont disparu et moi je suis toujours là.

— Oui mais dans quel état ? ! reprit Yvonne, agacée de sa suffisance. On se connaît assez l'une et l'autre pour savoir les souffrances endurées et le recours aux sucreries. Vous avez vu votre poids, vous savez bien à qui vous le devez, vous étiez si fine quand nous avions vingt ans. Votre Jules, vous l'avez sur les fesses et vous le savez bien. Et je suis comme vous, une idiote qui a tout accepté au lieu de réagir. Moi j'aime bien cette Sophie, elle est aimable et vive. Il n'y a aucune raison qu'elle se laisse humilier comme nous l'avons fait. Si elle a parlé à son Maurice, elle a eu raison.

— Je vous trouve bien vindicative, reprit Suzanne, ça se voit que vous n'êtes pas dans sa position. Personnellement, je ne l'envie pas, elle doit être dans un sale état. Savez-vous seulement ce qui attend une femme répudiée, ma chère ? La solitude et la misère. Voilà son lot désormais.

— Mais arrêtez de voir tout en noir ! s'énerva Madeleine. Les choses ont changé, il n'y a pas de fatalité. Je connais une amie dont le mari est parti et, qui, un an après, en a retrouvé un plus jeune, plus beau et plus riche.

— Vous divaguez, ma chère amie, se moqua la dame en éclatant de rire. Vous lisez trop de romans à l'eau de rose. Dans la vie, les histoires d'amour finissent toutes de la même façon : mal.

Madeleine n'eut pas le temps de répondre. Un homme venait d'entrer.

— Tiens, dit Suzanne, quand on parle du loup, regardez qui voilà : son Maurice.

Elles tournèrent la tête en même temps. Maurice se dirigeait vers le bar où l'attendait un homme.

— C'est l'Anglais, chuchota-t-elle soudain plus discrète, l'architecte du golf de Chiberta. Il paraît qu'ils font affaire et que ce sera très lourd. Il sait en faire de l'argent, ce Maurice, et il faut être bien naïve pour aller lui faire un esclandre à cause d'une malheureuse maîtresse qui ne passera pas l'hiver. À la place de Sophie, je l'aurais au contraire presque encouragé.

Madeleine leva les yeux au ciel. Elle se disait qu'avec les femmes de plus de quarante ans, c'était peine perdue. Passé un certain âge, elles abdiquaient de l'amour et se contentaient de sucreries. Elle appela le serveur :

— Portez-nous le chariot des pâtisseries, dit-elle, j'offre une tournée à ces dames.

Le visage de Suzanne s'éclaira mais Yvonne afficha une moue pincée. Elle ne se trompait pas sur les intentions moqueuses de Madeleine.

Maurice jeta un coup d'œil rapide autour de lui. Une table de femmes qui prenaient le thé et se gavaient de pâtisseries. Il ne reconnut même pas Madeleine qui lui tournait le dos. Deux écrivains, l'un russe et l'autre américain. Sinon, il n'y avait personne d'autre au bar mis à part lui et l'Anglais. C'était mieux ainsi, il n'aurait rien ni personne à saluer et, une fois l'affaire réglée, il pourrait partir rapidement.

— Un scotch, dit-il au jeune serveur du bar, et la même chose pour Monsieur.

Le jeune serveur obtempéra. Il connaissait les goûts de Monsieur Caron et ses habitudes.

Pendant ce temps, Marcel attendait dans l'Hispano. L'annonce de la vente des objets précieux par Sophie avait redonné un coup de fouet inattendu à son ami et il ne pouvait s'empêcher de penser qu'il allait peut-être redevenir celui qu'il avait connu, que tout ça n'était qu'une mauvaise passe. Dans son rétroviseur, Léon lisait l'espoir sur son visage.

— Ne t'y trompe pas, crut bon de l'avertir encore une fois le chauffeur. Profite vite de l'énergie que Maurice déploie à cause de sa colère pour lui faire faire ce que tu veux, parce que ça ne durera pas.

Marcel n'eut pas le loisir de lui répondre, Maurice revenait déjà, le sourire aux lèvres. C'était bon signe.

— Où sont les hommes ? demanda-t-il en refermant la portière.

— Ils attendent à Bayonne dans leur hôtel, répondit Marcel, ils ne bougent pas. J'en ai laissé trois sur le chantier pour les finitions.

— Prends l'équipe au complet, dit Maurice, fais nettoyer le palais au mieux dans la journée, et revenez tous à Bayonne ce soir. On a cinq jours pour clore toutes nos affaires sur la côte. L'Anglais est intéressé par le palais mauresque. Mercredi prochain, on l'emmène là-bas, je vends et après : à nous l'Amérique !

— Où va-t-on ? coupa Léon qui attendait, la main sur le contact.

— À Bayonne, répondit Maurice sans le regarder.

L'Hispano se mit en route. Calé dans son siège de cuir, Maurice était à nouveau plein de projets et de certitudes. Marcel riait, il avait retrouvé son ami. Il en oublia tout, les révélations de Léon et ses mises en garde, les déviances de ces derniers temps. Il ne voyait qu'une chose : son Maurice était revenu. Ils allaient à nouveau faire de grandes choses. Ailleurs.

Seul Léon ne souriait pas.

69

— On a cinq jours, pas un de plus.

Orkatz avait réuni tous les Basques du village et ceux des deux villages voisins. Le moment était venu d'agir, il avait toutes les informations qu'il fallait. Le jeune serveur du bar était d'Espelette, le village de la famille de Sophie. Il avait averti Orkatz. Maurice Caron vendait le palais mauresque et il avait donné rendez-vous à l'Anglais pour une visite le mercredi suivant. D'ici là le chantier serait vide. Le chauffeur de Maurice l'avait dit négligemment à un autre chauffeur qui lui aussi était d'Espelette. Orkatz comprit que Léon lui avait fait passer le message et il ne chercha pas à savoir pourquoi. Il était sûr d'une chose, Léon ne mentait pas.

— Il va nous falloir tous les tracteurs, tous les camions possibles, tous les chars.

— Et comment on va circuler ? Ça va en faire du trafic pendant cinq jours.

Iñaki intervint :

— C'est prévu. Aux ponts et chaussées de Bayonne, le cousin de Peyo bloque la circulation sur tout le secteur. Ça tombe bien, il doit goudronner, il commence par chez nous, à toutes les entrées. Ils mettent des panneaux et des barrières partout. Personne ne pourra venir, on sera tranquille.

— Et le matériel ?

— La première équipe a tout ce qu'il faut, poursuivit Orkatz. C'est plus délicat qu'on ne pensait, ils y passeront la nuit. Aussitôt après on commencera à déblayer. Attention, aucune initiative personnelle. On suit tous le plan qui a été décidé. Il y a trois équipes. Peyo s'occupe des véhicules, moi du déblaiement sur le chantier et Iñaki des coordinations pour les terrains de remblaiement. Les jeunes ont fait les repérages, on sait où aller.

Il n'y eut pas de questions. Chacun savait ce qu'il devait faire. Avant de se séparer, ils parlèrent d'autre chose, du prochain match entre l'Aviron Bayonnais et le Biarritz Olympique, et du tournoi de pelote au fronton de Saint-Étienne-de-Baïgorry. Les Basques ne s'attardaient jamais sur les choses à régler, ils savaient simplement qu'ils devaient les faire et s'en acquittaient. Ils avaient sur la façon de préserver l'environnement de leur pays et de transmettre à leurs enfants un patrimoine en état des certitudes qui les rendaient invulnérables. Rien sur ce terrain-là ne pouvait les faire douter. Ils s'appuyaient sur leur histoire et sur le savoir des anciens. On les aurait fait rire si on avait essayé de les émouvoir avec les ruines du palais mauresque de Maurice. Ils avaient leur propre idée de ce qu'étaient les désastres et, parmi les derniers, celui de leurs enfants morts dans les tranchées de Verdun n'avait aucune commune mesure avec la dérisoire disparition d'un palais mauresque qu'ils jugeaient indécent.

Imanol n'était pas venu. Quand ils furent tous partis, après qu'Orkatz eut salué le dernier d'entre eux, il sentit sous ses doigts, au fond de la poche de son pantalon de velours, le message que lui avait écrit le jeune Basque. C'était bref :

« À chaque génération ses combats, écrivait Imanol. Je laisse l'affaire du palais mauresque, moi je travaille avec ceux de Bilbao. Ils ont des idées et une ligne politique. Ils ont une autre vision de l'avenir, ils s'y préparent. »

La nuit emportait tous les rêves.

Le grand fleuve noir ne s'arrêterait pas, Orkatz le savait. Il suffisait de changer de colline pour changer son regard sur la mer et il y avait, loin d'ici, sur des continents inconnus, des peuples qui n'avaient pas de maisons et qui n'en avaient aucun besoin. Ils faisaient des huttes de feuilles et les abandonnaient. La nature les recouvrait alors et le cycle recommençait indéfiniment. Il y avait aussi des maisons de glace avec des Esquimaux qui y réchauffaient leurs familles et les protégeaient du froid. Le monde était immense, comment deviendrait-il quand tous ces peuples bougeraient et qu'ils vivraient à la même heure ? Orkatz avait consacré sa vie à ce petit pays, il n'avait rien vu d'autre. Juste les lumières de Biarritz, le ballet des Hispanos noires et, un soir de neige, le visage d'une femme qui s'appelait Sophie et qu'il ne parvenait pas à oublier. Il y pensait de plus en plus souvent. À dire vrai, il y pensait même tout le temps. Il avait eu vent de sa séparation d'avec Maurice et il se demandait ce qu'elle allait faire, seule et sans maison. La Villa était vendue et le palais allait disparaître. Il se sentit responsable.

Les lumières en bas brillaient sur l'océan et de lourds cargos partaient à l'autre bout du monde. Orkatz savait que l'hiver serait violent et que, sur ce fleuve qui les emporterait tous, personne ne serait épargné. Contrairement aux certitudes d'Imanol qui durcissait le propos, Orkatz doutait et souffrait de ses doutes. Quelque chose en lui enviait et admirait Imanol. Jamais il n'avait eu la fermeté inconsciente du jeune Basque, jamais il n'avait eu sa totale détermination. Il avait toujours fait son devoir mais, sans que personne le sache, il avait toujours dû lutter contre lui-même. Le problème d'Orkatz, c'était de rêver. Il suffisait d'une lumière dans la nuit plus bleutée que les autres, d'une lune dorée ou d'une neige blanche autour d'un visage de femme bouleversée pour que l'imaginaire en lui l'emporte sur le réel. Louise l'avait compris, la puissante beauté des choses de la terre avait eu, dès l'enfance, raison de l'enracinement d'Orkatz. Les frontières n'existaient pas pour lui, il était un homme de l'univers total et il venait de rencontrer une femme dont il ne pouvait imaginer maintenant qu'elle disparaisse de sa vie. Il passait tous les soirs devant sa Villa, il regardait les lumières de sa baie vitrée et il rêvait d'entrer sans demander la permission et de la prendre dans ses bras en lui disant : « Tu es à moi, je t'aime sans rien savoir de toi. Viens, on partira. »

Mais les visages des familles s'interposaient entre lui et son rêve et les faces mornes des anciens le rappelaient à son devoir. Le cœur tourmenté, il passait son chemin. L'imaginaire d'Orkatz ne connaissait aucune limite. Personne ne mesurait les efforts qu'il faisait pour garder les pieds sur terre. Il avait l'air si serein.

70

Sophie était prise d'une frénésie d'action.

L'antiquaire était venu et il avait débarrassé la Villa des choses les plus chères. À présent, elle pouvait voir venir, elle était tranquille jusqu'au printemps. Avec Faustine, elle avait entrepris d'alléger la Villa de tout ce qui encombrait et de tout mettre au garage. Il était vide puisqu'il n'y avait plus l'Hispano. L'antiquaire devait revenir prendre tout ce que Sophie ne voulait plus, et ça en faisait, des choses ! Au final, il ne restait pratiquement plus rien. Faustine s'était même inquiétée mais Sophie avait ri, et, dans le grand salon vide, elle n'avait gardé que le canapé et une table. Elle avait enlevé tous les rideaux. Dans sa chambre, il ne restait même pas de lit, ni d'armoire. Elle avait posé ses affaires à même le sol et elle avait décidé de dormir sur le canapé avec des couvertures. Elle ne voulait plus s'entourer d'un confort illusoire, elle voulait sentir autour d'elle le vide d'avant les grands départs. Elle n'avait plus rien, autant savoir tout de suite ce que cela signifiait concrètement pendant qu'elle avait encore un toit sur la tête. Sophie se préparait au changement de vie.

Au début, Faustine avait été un peu effrayée, mais en y réfléchissant elle avait trouvé la méthode enthousiasmante. Le courage de Sophie la galvanisait à son tour. Jamais elle ne l'avait vue ainsi.

Sophie avait les bras chargés de draps qu'elle descendait au garage. Sa mèche brune tombait sur son front. Elle souffla dessus en remontant le bas de ses lèvres et, d'un coup de tête, repositionna la mèche sur le haut de son crâne. Tout en faisant ce geste, elle se disait que certaines coiffures étaient bonnes pour les salons mais en aucun cas pour le travail et elle se promit d'y trouver une solution. Elle aimait l'élégance, en fait elle aimait plus que tout ce qui n'était que du superflu. Le détail des mains impeccables et des ongles soignés, les escarpins sophistiqués du soir et ces gants en peau fine qui glissent le long des bras nus. Depuis qu'elle avait été obligée de se retrousser les manches, elle avait compris qu'il ne lui serait plus possible de s'attarder sur tous ces détails qui demandaient deux choses : du temps et de l'argent. Curieusement, abandonner ce superflu, c'était abandonner ce qu'elle préférait d'elle, l'apparence. Mais elle n'avait pas le choix.

— Si vous le voulez bien, lui dit Faustine, portée par l'enthousiasme de ce moment plein d'énergie, je viens habiter avec vous, je dormirais par terre sur un matelas. J'ai besoin de vous. Je ne veux pas passer toute ma vie à servir les autres. Si je loge ici, je fais des économies parce que la couturière me prend cent francs pour la chambre. Avec cet argent de côté tous les mois jusqu'au printemps, on aura une petite cagnotte et, à ce moment-là, je suis sûre qu'on saura bien quoi en faire. Vous verrez,

Madame, si on s'y met toutes les deux, on va les étonner.

Sophie s'assit sur les marches qu'elle était en train de descendre et elle posa la pile de draps sur ses genoux. Elle regarda Faustine et lui décrocha un immense sourire. Elle réalisait le chemin parcouru. Il y a quelques jours encore elle croyait que les choses seraient toujours ce qu'elles avaient été. Elle n'avait pour tout horizon que la Villa, que Maurice et leur amour, elle ne voyait pas Faustine. Elle ne voyait pas davantage le monde autour d'elle et n'avait aucune conscience de la nécessité d'y trouver sa place. Maintenant, le destin avait tout fait chavirer, elles se retrouvaient embarquées sur le même navire et, peut-être aussi parce que la tempête s'était calmée et qu'un beau soleil d'hiver entrait dans le salon et inondait la pièce, Sophie commençait à trouver le combat passionnant.

— Tu viens habiter ici, et on va les étonner, dis-tu ? Je n'aurais jamais pu en espérer autant, répondit-elle à Faustine. Quel merveilleux défi !

La jeune fille ne put retenir un grand geste de tendresse pour manifester sa joie, et elle se remit au travail. À la fin de la soirée, quand elles eurent tout déménagé en bas et qu'il ne resta plus que le strict nécessaire, assises en tailleur devant le canapé, elles partagèrent un casse-croûte improvisé.

— Alors, ces articles dans le journal, fit Faustine entre deux bouchées, vous avez des idées ?

— Hum hum, acquiesça Sophie qui mangeait une tartine avec du fromage de brebis des Pyrénées.

— Parce que moi, je sais où vous pouvez aller pour la rubrique, j'ai au moins trois idées pour commencer.

Sophie qui ne pouvait pas parler parce qu'elle avait la bouche pleine, remua la tête en signe d'un grand intérêt.

— Mon père fabrique les sandales de corde, ça, c'est bon pour vous, il n'y a qu'ici qu'on les fabrique et on en expédie partout. Mon cousin de Buenos Aires en commande une centaine par an. Il les revend là-bas, ça marche fort.

Les liens entre les Basques du pays et ceux qui s'étaient exilés en Amérique et en Argentine étaient très forts. Tout en mâchonnant sa tartine, Sophie acquiesçait, de plus en plus intéressée. Elle aussi avait un oncle à New York et elle ne fut pas étonnée de cette information.

— Après, continua Faustine tout en étalant de la confiture de cerise sur une nouvelle tartine, il y a le frère d'Imanol. Alors lui, il ne faut pas le rater, il fabrique les meilleurs *makilas*. Les clients attendent plus de deux ans pour en avoir un qui vienne de lui. On dit que ses batons sont dotés d'un pouvoir magique parce que le buis qui sert à les fabriquer provient d'un endroit secret où les fées se réunissaient autrefois, au temps des druides.

Sophie hocha la tête tout en continuant à manger, de plus en plus intéressée et rendue perplexe par cette histoire de pouvoir du mystérieux bâton de berger de son pays, le *makila*.

— Et après, enchaîna Faustine décidément en verve, il y a le fabriquant de pelotes. J'en connais un qui habite dans le vieux Bayonne, c'est un cousin de Peyo, il sera content de vous voir.

Sophie l'écoutait qui organisait tout, entreprenante comme l'étaient les femmes de ce pays, comme l'étaient sa mère à elle, ses tantes aussi et sa sœur. Elle retrouvait le dédale infini des cousinages et des voisinages, des liens qui n'en finissaient pas de se tisser entre les uns et les autres. En ce moment précis où elle avait cru que tout s'effondrait autour d'elle, elle redécouvrait la présence des siens, de sa propre famille, et cela lui donna encore plus de courage qu'elle n'en avait déjà. Elle n'était pas allée les voir durant tout ce temps, elle ne voulait rien leur demander parce qu'elle ne savait pas ce qu'elle déciderait de sa vie et elle ne voulait pas qu'ils interviennent. Il fallait savoir faire sans eux. Mais ils étaient là, et, s'il y avait quelque chose de grave, Sophie savait qu'il lui suffisait d'aller les trouver. Elle aurait toujours un toit sous lequel s'abriter. C'était beaucoup, c'était même considérable. Elle le comprit en écoutant Faustine. Elles avaient un pays, elles avaient des familles, des amis, des *etxes* conservées au cours des siècles et où les portes pour elles ne seraient jamais fermées. Une force les soutenait et Sophie n'oubliait pas qu'elles la devaient à ceux qui avaient su garder le pays intact et maintenir la solidarité de tous. En cet instant si grave de sa vie, Sophie mesurait ce qu'elle devait de force intérieure à ceux qui étaient restés.

Un violent coup de tonnerre l'interrompit dans le cours de ses pensées.

— Oh non ! fit Faustine. Encore ! On a eu une journée magnifique, ça ne pouvait pas durer, les orages en ce moment, il n'y a que ça. Je me demande ce qui se passe, on dirait que le temps s'est déréglé.

Sophie se leva et s'approcha de la baie. La houle montait sous l'océan et les éclairs zébraient le ciel. La tempête serait violente, Sophie la sentait venir mais elle n'avait plus peur. Le vent se leva d'un coup et bientôt, sur l'horizon, il ne resta que le vent, et le vide. Rien que l'océan noir et ce vent qui soufflait de plus en plus fort. Un éclair éblouit la surface des eaux et Sophie découvrit les énormes vagues que cachait la nuit. Le tonnerre éclata et la pluie tomba par rafales. Sur ce bout de côte, la nature avait des fureurs incontrôlées. C'est alors que la porte d'entrée s'ouvrit violemment et que le bruit déchirant du vent et du tonnerre s'engouffra dans la Villa, balayant le sol, faisant claquer les doubles portes vitrées dont les verres, sous le choc, éclatèrent en mille morceaux. Sophie et Faustine poussèrent en même temps un cri de terreur. Une silhouette d'homme ruisselante de pluie se tenait debout dans l'embrasure de la porte. La tempête faisait un bruit infernal. L'homme semblait gigantesque sur ce fond de nuit et il traînait derrière lui une silhouette recroquevillée qui, à ses côtés, paraissait minuscule. Ils étaient trempés jusqu'aux os. L'homme s'avança et Faustine reconnut Imanol. Elle poussa un immense soupir de soulagement et s'avança vers lui, bouleversée.

— Imanol, c'est toi ? dit-elle en se hâtant de refermer la porte derrière lui. Mais qu'est-ce que tu fais là, qu'est-ce qui se passe ?

Une fois la porte refermée, le bruit s'atténua considérablement. On pouvait à nouveau s'entendre.

— J'ai trouvé cette femme derrière chez vous, fit Imanol en essuyant d'un revers de son bras l'eau qui dégoulinait sur son front. Je revenais du port quand je l'ai vue filer vers ici et je me suis demandé ce qu'elle pouvait aller faire dans cette direction. À part la Villa, il n'y a rien. J'ai trouvé ça louche. Je l'ai surprise qui se glissait derrière les rochers et ça ne m'a pas paru clair. Alors je l'ai suivie sans me montrer, elle vidait une bouteille juste au-dessous de vous, sous la baie vitrée. Avec le bruit, elle ne m'a pas entendu venir mais elle s'est débattue et j'ai eu du mal à l'agripper. Mais elle avait beau mordre et cogner, elle ne faisait pas le poids, la voilà. J'ai cru qu'on allait y passer, les vagues commençaient à cogner sérieusement.

Et, ce disant, encore sous le coup de la colère d'avoir eu à prendre le risque de tomber dans les eaux déchaînées à cause d'une folle qui vidait une bouteille sur des rochers à une heure pareille, il poussa Berthe devant lui. La bouteille qu'elle tenait encore dans sa main tomba sur le parquet.

— J'ai regardé, je crois que c'est de l'acide, dit Imanol. Faites attention, même quelques gouttes pourraient vous brûler.

Sophie était immobile, saisie par cette scène invraisemblable. Berthe s'avança. La pluie et les rafales avaient collé les cheveux contre son crâne. Elle regardait le visage défait de Sophie qui, au fur et à mesure, la reconnaissait enfin. Elle jubila. C'était inespéré pour elle, cette introduction dans la Villa par ce jeune Basque qui croyait faire la loi. Sans le savoir, il l'avait emmenée là où elle avait toujours voulu être et où Maurice lui avait interdit d'aller. Elle avait enfin Sophie en face et plus rien ne la retenait. Elle se sentit toute puissante.

— J'ai des choses à vous dire, lâcha-t-elle à Sophie de sa voix aiguë entre ses lèvres fines. Mais il vaudrait mieux que nous soyons seules...

— Oui, c'est ça, coupa Imanol très remonté, comptez là-dessus. Je vous attrape en train de faire n'importe quoi en pleine nuit et dans une tempête de fou, je manque de tomber à l'eau pour vous tirer des rochers et maintenant vous faites la conversation comme si de rien n'était. Vous faisiez quoi là-dessous avec de l'acide, vous croyez que ça va se passer comme ça, non mais vous êtes malade ou quoi ?

Imanol était dans une colère noire, il tempêtait et Sophie était devenue blême. Cette femme à nouveau dans son salon et dans de telles conditions, c'était à en perdre la raison. Mais qui était-elle, que voulait-elle ? Elle voulait entendre ce qu'elle avait à lui dire. C'était une occasion inespérée d'en savoir davantage, d'avoir une explication peut-être sur ce qui s'était passé avec Maurice. L'obsession de comprendre, qui avait quitté l'esprit de Sophie ces dernières heures, refit surface.

— Laissons-la parler. Je veux entendre ce qu'elle a à me dire, répondit-elle à Imanol.

— Ne vous inquiétez pas, Madame, intervint Faustine qui était la plus à même de comprendre ce qui se passait, on va à la cuisine avec Imanol, je laisse la porte ouverte. S'il y a quoi ce soit, on vient.

Imanol n'était pas du tout d'accord pour laisser Sophie seule avec cette inconnue, mais Faustine le convainquit et les deux jeunes gens disparurent dans le couloir.

Berthe parla pendant plus d'une heure, sans s'arrêter. Une fois lancée, elle déversa sur un ton monocorde coupé d'exaltations les longues années avec son cher Maurice dans la maison du Nord. C'est la première fois que Berthe racontait ainsi le fil de ses années d'enfance et de jeunesse, la vie de son frère. Elle n'omit rien. Elle éprouvait même une sorte de vertige à entrer dans les détails sordides, elle qui pourtant était loin de les connaître tous. Elle raconta Ambroisine, elle mentit, elle raconta ses parents, les déviances de son frère, les folies aussi, l'accident des parents et les freins qu'on avait coupés et les liens qui l'unissaient à son frère.

Au fur et à mesure du récit de Berthe, les mots entraient dans le corps de Sophie comme autant de lames étroites et acérées qui la déchiraient de part en part. Sa souffrance face à cette violente mise à nu avait atteint un tel paroxysme qu'à un moment elle eut comme un réflexe de survie. Une sorte d'anesthésie l'envahit. Elle regardait sans plus l'entendre Berthe qui continuait à déverser toute cette vie de contorsions multiples et affreuses et elle voyait au fur et à mesure son visage aigu se creuser de l'intérieur.

À trois reprises, Faustine était venue glisser un œil et, quand elle revint à la quatrième, Berthe avait disparu. Sophie s'en était à peine aperçue. Elle avait laissé son cerveau l'emporter très loin de ces révélations sordides, dans le souvenir de sa jeunesse à elle qui n'avait été qu'une immense prairie.

Par-delà les grandes baies, la nuit était profonde. La houle sous la Villa faisait toujours ce même grondement et Sophie entendait encore Maurice qui niait dans ce même salon. « Moi ? ! Une sœur ! » Elle l'entendait encore lui dire « qu'elle était folle, hystérique, qu'elle disait n'importe quoi et croyait n'importe qui ». Sophie pleurait. La voix, la chaleur, la confiance, tout ce qui avait été son amour pour Maurice s'était évanoui. Il ne restait que le vent qui sifflait de plus en plus fort, et le vide. Les larmes l'inondaient et les hoquets maintenant la secouaient par vagues. Imanol, qui avait quitté la cuisine pour venir aux nouvelles, restait debout, gauche et désemparé. Faustine le raccompagna en le rassurant. Elle lui expliquera tout, elles ne risquaient plus rien maintenant. Elle allait fermer la porte à double tour et elles allaient dormir. Il partit vaguement inquiet, avec l'étrange sentiment de les abandonner dans une maison vide où il n'y avait même plus de table ni de vaisselle dans les placards de la cuisine.

Imanol se trompait. Elles n'étaient pas seules. Sophie pleurait mais ses larmes étaient les dernières qu'elle sentait pouvoir verser sur ce passé avec Maurice que, déjà, elle oubliait. Faustine rassembla les restes du pique-nique improvisé qui étaient encore sur le parquet et se mit à ramasser les débris de verre qui avaient éclaté quand la porte s'était ouverte sur Imanol.

— Il faut faire attention, dit-elle en montrant un bout de vitre à Sophie, on doit enlever tout. Il manquerait plus qu'à cause de ces bêtises on se plante du verre. On a besoin de pouvoir marcher, et d'un bon pied

Et malicieuse, souriant à l'adresse de Sophie, elle se remit à enlever minutieusement les débris de verre.

Sophie la rejoignit. La même force que celle qui les avait réunies dans cette journée de travail les soutenait à nouveau, intacte. La tempête n'y avait rien changé et, quand elles eurent terminé, quand tout fut propre et bien rangé, quand Faustine fut endormie, Sophie songea avec une immense tendresse à Maurice qui n'avait plus rien derrière lui qu'un champ de ruines et qui n'avait eu pour toute maison que celle d'une famille désunie. Une émotion l'étreignit pour l'homme qu'elle avait tellement aimé et elle se prit à rêver pour lui d'une autre vie, heureuse, où le mal de vivre ne le rattraperait pas.

Enfin, elle s'endormit, blottie dans son canapé, emportant dans ses yeux qui se fermaient d'épuisement les lumières de Fuentarrabia qui brillaient comme chaque soir. Immuables.

71

Pendant ce temps, au début de cette même soirée et à quelques centaines de mètres de la Villa, au centre de Biarritz, une autre scène se jouait.

Léon attendait. Les lumières du Royalty étaient allumées depuis une bonne heure et Maurice ne sortait toujours pas. Il restait au bar avec les Espagnols. Il réglait une affaire en cours avec de jeunes et riches industriels de Bilbao et il leur racontait qu'il allait leur construire monts et merveilles en Amérique. Léon regarda sa montre. Neuf heures. Il avait le temps. Il démarra la voiture et remonta la rue Larralde, puis tourna à droite et ralentit à hauteur de l'hôtel des Tamaris. Il y avait encore de la lumière dans la chambre de Berthe. Il alla se garer plus loin et attendit. La lumière s'éteignit et Berthe sortit avec sa bouteille cachée sous son manteau, comme tous les soirs. Il la regarda s'éloigner et, quand il fut bien sûr qu'elle était loin, il alluma ses phares et les fit clignoter. Une minute après, une petite silhouette se détacha contre le mur de l'hôtel et courut vers la voiture. Ambroisine monta par la portière avant et se jeta dans les bras de Léon qui lui fit un gros et tendre bisou. Il caressa les cheveux de l'enfant tout en la regardant tendrement et, d'un air malicieux, il sortit de sa poche une friandise en sucre enrobée dans un papier brillant.

— Un sucre d'orge ! Oh papé ! Merci ! Et, de joie, la fillette jeta ses petits bras autour de son cou.

Son petit visage en était métamorphosé. Quand on ne lisait plus l'absence ou la peur, le visage d'Ambroisine se révélait des plus jolis. Elle pétillait, un sourire illuminait et animait ses traits. Elle n'était plus la même.

— Dépêche-toi, ma puce, il ne faut pas s'attarder, tu le sais.

— Je sais, papé, je sais. Mais quand est-ce qu'on va partir ? Quand vas-tu m'emmener ?

— Demain, ma reine.

Elle explosa de joie.

— Demain ! C'est sûr, papé, demain ?

Elle n'y croyait pas.

Il la serra contre lui avec une infinie tendresse.

— Sois prête demain matin, je viendrai te chercher et ta mère me laissera faire.

Elle n'en croyait pas ses oreilles.

— Tu es sûr, répétait-elle incrédule, tu es sûr ?

— Oui, je suis sûr, et maintenant file vite avant que ta mère ne revienne. À regret, il la poussa hors de la voiture et la petite repartit le cœur serré. Mais elle avait confiance, son papé l'emmènerait demain loin de tout ça. Il le lui avait promis et il ne lui avait jamais menti. Ça n'était pas comme les autres, son tonton Maurice qui faisait le gentil mais qui la laissait avec sa mère et faisait semblant de ne rien voir, sa mère qui la cognait sans raison et qui mentait tout le temps et à tout le monde.

Ambroisine se coucha, apaisée. Son papé veillait sur elle. Personne ne savait qu'il était son papé. Il lui avait tout raconté et l'enfant avait toujours gardé le secret. Très tôt, Ambroisine avait appris à se taire. Au dehors, maintenant, la tempête faisait rage mais l'enfant ne l'entendait pas.

Et quand Berthe rentra, trempée et vibrante, encore sonnée de sa confession à Sophie, la petite dormait comme un ange. À poings fermés.

72

Léon était retourné au Royalty juste à temps. Maurice sortit quelques minutes après son retour. Il avait bu et avait l'air abattu. Léon était familier des changements d'humeur permanents de Maurice. Dès sa jeunesse, il en avait été ainsi. Maurice passait de l'exaltation à la tristesse soudaine, sans raison. Léon se dit que ce n'était peut-être pas le meilleur moment pour lui de parler, mais il ne voulait plus reculer son départ. Il était temps de mettre les choses au clair et de sortir la petite des mains de Berthe. Léon attendait ce moment depuis trois ans. Il estima qu'il avait maintenant toutes les cartes en main pour que ça se passe au mieux.

Quand Maurice fut bien assis à l'arrière, Léon démarra. Depuis toutes ces années, cela avait été entre eux comme un jeu du chat et de la souris. Léon n'avait jamais su si Maurice savait qu'il savait. Léon se taisait et Maurice aussi. Et jamais Maurice n'avait eu le moindre mot ou le moindre geste déplacé vis-à-vis de Léon. Il l'avait gardé à la mort de ses parents et avait même augmenté son salaire. Et Léon avait suivi. Pourquoi ?

Par la vitre, Maurice regardait la nuit glisser le long de l'Hispano. Léon prit le chemin du phare et longea la côte. Il passa la Chambre d'Amour à Anglet et fila dans les pins en direction de Chiberta. Au bout de quelques kilomètres dans la forêt, il rejoignit le port de Bayonne à l'embouchure, là où les eaux de l'Adour se mêlent à la mer. À cet endroit que, dans le pays, on appelle « la barre ». Ce n'était pas le chemin le plus court pour rejoindre Bayonne, mais, comme Maurice, Léon aimait longer ce port quand ils rentraient tard dans la nuit. Ils aimaient voir les lumières des grands bateaux qui déchargeaient les lourdes cargaisons. Les immenses grues fouillaient le ventre des cargos éclairés et en tiraient de grandes caisses ventrues qu'ils déposaient sur le sol. Les ouvriers du port s'affairaient, on devinait leurs silhouettes noires contre les lumières. Ils allaient et venaient, vidant les navires.

Léon arrêta l'Hispano de l'autre côté du fleuve, en retrait de la route. Maurice ne demanda pas à Léon pourquoi il s'arrêtait. Il sentit le moment venu. Ce que son chauffeur savait allait enfin sortir. Pourquoi n'avait-il jamais rien dit ? Maurice pensait qu'il y avait une raison, mais il ne la connaissait pas.

La soirée au bar du Royalty avait été lourde, il avait bu comme il y a bien longtemps qu'il ne l'avait plus fait. Pendant des années qu'il avait crues éternelles, Sophie lui avait permis d'échapper à tout. Il l'avait aimée et, pour elle, il avait arrêté de fuir. Ce soir, il lui restait cette affreuse lucidité qu'aucun alcool jamais n'avait pu lui enlever. Seules les drogues lui permettaient d'oublier, et ce soir il n'en avait pas pris. Léon coupa le moteur. Puis il attendit quelques minutes. Une éternité.

— Je sais qui tu es, Maurice.

La phrase tomba, le tutoiement, lourd de sens.

Il n'y eut pas de réponse. Comme dans l'enfance, Maurice attendait que l'orage passe. Il avait développé un sens aigu du vide et, chaque fois qu'il s'était trouvé face à un interlocuteur solide, il laissait filer, il n'opposait rien, il en était incapable. Au cours de sa vie, il avait donné le change par un bagout à toute épreuve sur les chantiers, le seul territoire où il avait des repères. Le seul endroit où il trouvait de l'air. Construire n'était qu'une façade, il enchaînait les projets sans leur donner de lien. Depuis la mort de ses parents, il n'avait d'autre but que celui de fuir. Fuir ce qu'il avait fait à ce moment-là et fuir tout ce qu'il avait vécu à l'aube de sa vie. Toutes les saletés, les méandres noirs dans lesquels il avait plongé avec une faiblesse terriblement coupable. Maurice avait couru vers tout ce qui était glauque et triste. Il n'avait su expérimenter que des territoires faciles pour lesquels il ne faut aucun talent ni aucune foi, sauf celle d'abdiquer. De sa propre morale et de soi. Les civilisations se sont construites sur des règles et sur des interdits, et Maurice avait cru qu'il suffisait de transgresser des règles pour devenir quelqu'un. Il s'y était anéanti. Aucune force intérieure ne le structurait. Déjà enfant, devant Berthe, il se recroquevillait, attendant que ça passe. Et maintenant, à plus de quarante ans, il faisait encore pareil.

— Je vais partir demain à l'aube, j'emmène Ambroisine avec moi…

Maurice attendait la suite, hébété. S'il s'attendait à ça ? Ambroisine ! Qu'est-ce que diable Léon avait à faire d'Ambroisine ?

— Je vais rejoindre ma femme à Paris, continua Léon. C'est nous qui élèverons la petite. Je ne veux plus jamais entendre parler de vous ni de Berthe. Oubliez-nous, oubliez l'enfant définitivement.

Maurice attendait la suite, l'alcool se dissipait en lui sous le choc de cette nouvelle ahurissante.

— Berthe t'a toujours laissé croire que cette petite était la tienne, continua Léon. Elle t'a toujours tenu par ce mensonge effrayant et tu n'as rien vu parce que tu avais trop de choses à cacher…

Léon s'arrêta de parler, il avait la gorge nouée. L'histoire remontait à la surface. Il n'aurait pas cru qu'elle soit encore si douloureuse. Il sortit de la voiture et, à pleins poumons, respira l'air du fleuve. Puis il alluma une cigarette. Maurice n'avait pas bougé. Là-bas, de l'autre côté, les grues faisaient un bruit d'enfer. Les larmes montèrent aux yeux du chauffeur. Que ces dernières années avaient été difficiles ! Il revit les enfants qui jouaient dans la maison du Nord. Il y avait Berthe, la plus grande qui avait poussé comme un échalas, et les deux petits, Maurice et José, son propre enfant. Il avait l'air d'un poupon avec ses grands yeux naïfs. Léon n'avait pas su le protéger et pourtant il était son fils unique. Léon n'avait rien vu venir, avec sa femme qui était employée à la grande maison et travaillait sans cesse du matin au soir, ils avaient cru au contraire que la compagnie de Berthe et de Maurice était une bénédiction pour leur petit. Or, entre les mains de Berthe, José avait été un pauvre jouet docile. Elle n'avait pas eu de mal, l'enfant était seul et il était de nature fragile.

Tout en tirant nerveusement sur sa cigarette, Léon fixait les eaux sombres du fleuve qui filaient vers l'océan. Que de tourments charriaient les vies des hommes, que d'erreurs.

Délaissée par ses parents, rabrouée sans cesse par son père, Berthe s'était endurcie et elle offrait dès l'adolescence tous les signes d'un fort dérèglement mental. Mais personne n'avait voulu s'en rendre compte. Ni sa mère trop malade qui écoutait toute la journée de grands airs de musique pour oublier les mensonges de son mari. Ni ce dernier dont c'était le cadet de ses soucis, mais pas non plus Léon ni sa femme. Berthe s'occupait du petit et cela les libérait tellement. Alors, dans l'indifférence de tous, comme elle l'avait fait pour Maurice avant lui, Berthe avait fait de José sa chose. Il lui obéissait en tout et, à l'adolescence, elle l'avait utilisé pour tenter de retenir Maurice qui manifestait des envies d'évasion. En grandissant, la complicité de Maurice et de José avait changé et pris une forme à laquelle Léon ne pouvait pas s'attendre. Berthe, après avoir tout fait en vain pour que Maurice n'aille pas voir d'autres femmes, ne put supporter de voir que José prenait une place qu'elle estimait être la sienne et elle usa de tout son pouvoir pour le tirer à elle et l'éloigner de son frère. Le choc fut trop grand pour Léon. Il renia son fils et ne voulut plus jamais lui adresser la parole.

Ce que deviennent les hommes quand ils grandissent est-il déterminé par leurs années d'enfance ? Léon n'avait pas la réponse. Il s'aperçut trop tard du chaos. Pervertis par des parents qui mettaient le mensonge au cœur de leur vie familiale, les petits Caron pervertissaient à leur tour tout ce qu'ils touchaient et José s'était trouvé au mauvais endroit. Utilisé par Berthe, malmené par elle, moqué, mal aimé par Maurice, renié par son père, incompris par sa mère inconsciente du drame qui se jouait près d'elle, José s'était suicidé un jour de printemps où Maurice l'avait laissé seul.

Léon et sa femme crurent qu'ils ne s'en relèveraient jamais. Leur douleur fut terrible car ils aimaient leur fils, mais ils l'avaient abandonné. Leur culpabilité fut immense et leur couple n'y résista pas. La mère partit à Paris loin de cette maison où son petit avait tant souffert et Léon se retrouva seul. Il décida lui aussi de quitter cette famille. Mais, la veille de son départ, il se produisit quelque chose qui le fit changer d'avis.

Berthe avait laissé la petite Ambroisine seule, assise sur la pelouse, quand le chien de la maison bouscula l'enfant. Le bébé roula dans l'herbe et se mit à pleurer. Léon releva l'enfant et, c'est en la prenant dans ses bras, qu'il vit derrière son cou la tache familiale. Cette tache en forme de triangle était la même que celle de José, que la sienne et celle de sa mère avant lui. Berthe lui avait arraché l'enfant, mais c'était trop tard. Léon avait compris que cette petite était l'enfant de son fils et non pas de Maurice comme elle jouait à le laisser entendre pour culpabiliser son frère. Cela changeait tout et il avait décidé de rester. Depuis, il n'avait cessé de veiller sur Ambroisine. Il fallait qu'elle grandisse et qu'en attendant Maurice lui assure la subsistance. C'est Léon qui faisait envoyer par sa femme depuis Paris les lettres qui permettaient à Berthe de retrouver son frère chaque fois qu'il tentait de la perdre. Léon ne voulait pas rester éloigné de l'enfant. Il avait promis à sa femme qu'une fois que la petite aurait passé les six ans, il l'arracherait à Berthe et à Maurice et qu'il la lui emmènerait. Ils avaient décidé de l'élever ensemble.

Ce temps était venu.

Dans l'Hispano, Maurice n'avait toujours pas bougé. Léon jeta sa cigarette par terre et l'écrasa avec son talon. Ensuite il reprit le volant. Quand il arrêta la voiture devant l'hôtel, Maurice n'avait toujours rien dit. Et Léon se méfiait plus que tout de ses silences. Il aurait préféré ne pas avoir à en dire plus mais, puisque Maurice l'y obligeait, il allait le faire. Il ne voulait pas risquer la moindre difficulté. Tout n'était pas dit, le pire était à venir. Après quoi Maurice ne pourrait plus rien. Alors il parla :

— Je sais que l'accident de tes parents n'est pas dû au hasard. Je t'ai vu trafiquer le moteur la nuit d'avant le drame. Mais je n'avais pas compris alors ce que tu manigançais. Je l'ai su quand on m'a dit qu'ils s'étaient tués sur la route.

Maurice était totalement dégrisé. Il était blême et le bas de son visage se décomposait.

— ... Tu ne pouvais plus supporter que ton père trompe ta mère qui était si malade et qui, de toutes les façons, allait mourir. Tu lui mentais, à elle qui vous avait tous tant aimés. Tu ne pouvais plus te regarder en face et tu ne pouvais plus la regarder dans les yeux. Vous l'avez trahie. Ton père le premier, puis ta sœur et toi. Elle était la meilleure de vous quatre.

Maurice semblait une statue.

— Sais-tu pourquoi je n'ai rien dit à ce moment-là ? demanda Léon.

Et, sans attendre la réponse, il enchaîna :

— Tu savais que ton père allait quitter ta mère dans cet état et tu ne pouvais pas l'accepter. En les tuant ensemble tu les as réunis. Il y a toujours eu chez toi le pire et le meilleur, Maurice, mais hélas, depuis, tu es allé vers le pire à chaque fois.

Les mots de Léon entraient dans la chair de Maurice. Le souvenir de sa mère était pour lui d'une violence insoutenable. Pour garder quelque chose d'elle il avait développé un goût forcé pour la musique et les musiciens qu'elle adorait, mais il avait asséché sa mémoire de tout ce qui la concernait car il n'aurait pu y survivre.

— J'oublierai, fit Léon qui l'observait, et toi et Berthe, oubliez l'enfant. Si, plus tard, elle choisit de revoir sa mère, c'est elle qui en décidera. Ne cherchez jamais à la revoir.

Puis, il jeta les clefs de l'Hispano sur le siège avant, et s'enfonça dans la nuit.

Maurice ne pouvait plus faire un geste. L'abîme s'était ouvert sous ses pieds, il ne se refermerait plus.

Il n'avait pas de larmes. Il les avait perdues il y a bien longtemps. Il allait devoir repartir sur les routes, trouver un autre point d'appui, mentir à nouveau, traîner Berthe au loin derrière lui, biaiser l'histoire pour se donner le beau rôle et mettre çà et là quelques parcelles de vérité pour mieux cacher l'immonde. Sophie ne serait plus jamais à ses côtés. Il savait que bientôt elle assemblerait les différents morceaux du puzzle. Elle avait été sa déesse et elle était définitivement perdue pour lui. Il eut un hoquet de douleur et sortit de la voiture. Il faudrait partir, loin.

Il prit les clefs et ferma l'Hispano. Dans deux jours, il comptait bien vendre le palais mauresque aux amis de l'architecte anglais et pour la Villa il avait déjà touché la moitié de la somme. Il se ferait envoyer le reste dans quelques mois quand les nouveaux propriétaires emménageraient. Il avait tout organisé dans le dos de Sophie. Il ne se posa pas la question de l'avenir de celle qui avait été sa femme, il ne pensait qu'à sauver sa peau. Après, il partirait avec Marcel. Pour Berthe, il n'avait rien décidé.

Quand il rejoignit sa chambre Maurice Caron était méconnaissable.

73

Seuls les grands oiseaux qui volent dans le ciel pur savent que les hommes qui lèvent la tête vers eux n'ont pas tous le même regard.

74

Quand la Rolls de l'architecte anglais vint se garer sur le haut de la colline basque derrière l'Hispano de Maurice, il y eut comme un temps mort.

L'architecte se demandait où était ce fameux palais mauresque dont il allait devoir faire l'éloge à ses amis fortunés qui cherchaient à acquérir une maison exceptionnelle dans le pays. Ce n'est que lorsqu'il s'approcha du terrain qu'il vit au sol les marques de ce qui avait dû être un immense chantier. Les fondations étaient visibles, mais tout ce qui dépassait du sol avait entièrement disparu. Ne restait qu'un champ labouré de part en part. Perplexe, il se dirigea vers l'Hispano. Derrière le pare-brise, Maurice et Marcel regardaient sans y croire ce paysage désert. L'homme donna un petit coup sur la vitre et Maurice, abasourdi, sembla se réveiller. Il sortit de l'Hispano, suivi par Marcel. Quand ils eurent posé le pied sur le terrain où, pas moins de cinq jours avant, se dressait le palais qui leur avait coûté tant d'efforts, ils durent se rendre à l'évidence. Les murs, les colonnades, le marbre rouge… Il ne restait plus rien. Tout avait disparu. Les Basques l'avaient rayé de la carte. En cinq jours et cinq nuits.

— *So*, fit l'Anglais qui n'y comprenait rien. *What's this about ? Where's your castle ?*

Pour Marcel c'était un cauchemar dont il allait se réveiller. Il marchait le long des fondations et se baissait en permanence à la recherche d'une trace tangible. Il trouvait un bout de marbre, un morceau de bois et il s'exclamait :

— C'est pas possible. C'est pas Dieu possible.

Cela lui paraissait invraisemblable. Il avait envisagé tous les cas de figure avec les Basques, les dégradations, les ennuis successifs, mais jamais il n'aurait pensé qu'on puisse ainsi remettre à nu en cinq jours un terrain qui avait supporté une construction pareille. Maurice n'était que l'ombre de lui-même, il ne réagissait même pas. Le château de cartes s'était effondré. Il ne voulait surtout pas penser et, comme ça, spontanément, la première chose qui lui vint à l'esprit fut celle qui l'avait toujours guidé en pareil cas, quand il se sentait dépassé. Fuir. Il avait toujours laissé derrière lui de la terre brûlée, celle-là en plus ou une autre, finalement ça ne lui faisait rien. Il regardait Marcel qui tournait en rond comme s'il avait regardé quelque chose qui ne le concernait pas. Maurice voulait juste se sauver. Partir, retrouver ailleurs sa prestance, pouvoir se dresser à nouveau, être encore Maurice Caron bien droit dans son costume sombre. Cette seule idée le tenait vivant. Partir, ailleurs, toujours.

— Alors, fit l'Anglais qu'il avait oublié, *where's your castle* ?

Il eut un geste vague :

— Mais, fit l'autre contrarié avec un fort accent britannique, j'ai déjà parlé aux amis, vanté votre palais mauresque. *Where is it* ?

Maurice était incapable de trouver les mots simples qui auraient éclairé la situation. Dans ces cas-là, on ne pouvait rien en sortir, l'eusse-t-on tapé jusqu'à lui fracasser le crâne. Le malade prenait le pas sur l'homme normal. L'apparence s'effritait. Pour ceux qui avaient eu l'occasion de voir cette métamorphose de Maurice, pour ceux qui avaient vécu son dédoublement, l'expérience avait été traumatisante. Seuls les médecins avertis des maladies psychologiques savent que de pareils êtres existent. L'architecte anglais n'en revenait pas. Qui était cet homme au regard vitreux qu'il avait en face de lui ?

Il fit demi-tour sans chercher à comprendre davantage, remonta dans sa Rolls et son chauffeur l'emporta.

Marcel, qui était toujours en train de fouiller les bribes de décombres laissées au sol, leva le nez en entendant le moteur de la voiture qui partait. Il n'arrivait toujours pas à y croire.

— C'est une histoire de fou, dit-il, comment c'est possible ? Il faut faire constater ça très vite.

— Non, on laisse tout. On passe chercher Berthe et on part.

Marcel essaya de dire que ce n'était pas possible, que c'était beaucoup d'argent. Et pour aller où ?

Mais Maurice était à nouveau enfermé en lui-même. Il faisait toujours ainsi quand les choses tournaient mal.

Une fois encore, Marcel serra les dents. Il ne maîtrisait rien. Il y avait dans ce qu'il était en train de vivre quelque chose d'insensé mais il fit comme si tout allait bien. Rien ne pouvait le faire revenir sur la décision de suivre Maurice jusqu'au bout. Il prit le volant. L'Hispano démarra doucement. L'orage terrible de la veille avait laissé les chemins trempés et le ciel était encore couvert. Ils passèrent prendre Berthe à l'hôtel des Tamaris. Ils étaient restés ici un peu plus de deux années. Combien de temps durerait l'étape suivante ? Marcel pensait que désormais les étapes se succéderaient. Il avait maintenant pris la juste mesure des deux êtres avec lesquels il avait vécu et avec lesquels il allait continuer à vivre. Il ne les contrôlerait jamais et il n'évaluait pas le degré de leur dangerosité. Mais Marcel avait déjà décidé d'une chose : Berthe ne verrait pas le printemps. Il la chercha dans son rétroviseur car elle avait disparu de son champ de vision. Elle avait les yeux mi-clos, une somnolence la gagnait. Elle avait accepté le départ d'Ambroisine sans un mot, Léon était venu chercher la petite et Marcel n'avait rien compris. La nuit avait été rude. Il se concentra sur la route. Pour Berthe, il saisirait la première occasion. Quelque chose de la folie des autres l'avait gagné, lui aussi. Dans cette cellule qui les réunissait hors de la loi commune, il se sentait droit de vie et de mort. Pour lui, Maurice devait vivre et Berthe mourir, il la jugeait trop atteinte.

Ils partirent ainsi, juste pour fuir. Mais, avant de quitter Bayonne, Maurice se retourna pour regarder au loin, derrière le Pont-Saint-Esprit qu'ils venaient de passer, ce ciel qu'il devinait au-dessus de l'Espagne.

Pourquoi Sophie avait-elle toujours rêvé de ce pays ?

À cette pensée qui l'avait si souvent torturé, un poignard s'enfonça au creux de son ventre et Maurice sentit qu'il y resterait toujours.

75

La nouvelle de la disparition du palais se répandit.

À Biarritz, on n'y croyait pas. Il y eut un va-et-vient permanent autour de l'ancien chantier. On voulait voir, vérifier qu'il n'y avait plus rien. De longues limousines passaient et ralentissaient à hauteur de ce qui avait été le palais mauresque de Maurice Caron, mais elles n'osaient pas s'arrêter. Ce fut l'affaire de l'hiver.

Dans les soirées privées, du bar du Royalty à celui du Grand Hôtel et jusque dans le plus petit café de la ville, l'incroyable puissance d'action des Basques fut au centre des conversations. On parla de Maurice, on s'interrogea et on établit autour de son départ précipité toutes sortes de théories. Sophie revêtait tour à tour soit le costume d'un agent machiavélique soit celui de la victime abandonnée par un vulgaire flambeur comme il y en avait toujours dans ces villes où l'argent se dépensait dans des proportions indécentes. Désormais, on la savait seule sur ce rocher et la vision qu'on avait de cette insolente Villa se modifia.

L'hiver en bord de mer à Biarritz a quelque chose de furieusement romantique que l'on n'oublie jamais. La côte est découpée de multiples rochers qui agrippent les eaux et font d'immenses couronnes d'écume au blanc immaculé, les ciels sont immensément bleus, et puis, tout à coup, les nuages courent, des tempêtes se lèvent et cognent à vous en faire mourir de peur. Il y a dans ces paysages changeants une force de vie surprenante et inhabituelle qui vous tient aux aguets. La nature en ce pays garde quelque chose de sa sauvagerie.

L'hiver où Maurice partit fut l'un des plus violents que la ville devait connaître. Les tempêtes se succédaient et, dans la nuit de l'hiver, les lumières de la Villa Belza posées sur l'océan semblaient plus fantomatiques que jamais. Tous les habitants, de la plus petite fenêtre à la plus grande, observaient fascinés cette incroyable maison qui défiait tous les vents en surplomb du gouffre, et ils attendaient.

Ils ne savaient pas quoi exactement mais il leur était impossible de ne pas attendre quelque chose d'un endroit pareil. Comme les Basques avec Orkatz, et parce qu'il sortait de la norme, chacun projetait sur le destin de la Villa des visions héroïques qui échappaient à toute raison. Rien de ce qui y touchait désormais ne pourrait être banal. Elle était forcément exceptionnelle et Sophie, qui vivait entre ses murs, avait pris aux yeux de tous une dimension semblable. On imaginait sa vie face à l'océan.

— Que peut-elle bien faire toute seule là-dedans ?

— Et que voulez-vous qu'elle fasse, Madeleine ? Si vous voulez mon avis, elle ne fait rien.

— Elle écrit au moins des articles de presse, vous le savez, Suzanne, puisque nous les lisons toutes les semaines. À ce sujet, j'ai vu Henri de Léez qui m'a dit, à la soirée que donnaient les Lowenstein dans leur villa Bégonia, qu'il ne l'avait jamais connue aussi en forme que maintenant.

Mais Suzanne n'y croyait pas. On n'allait pas lui raconter des sornettes, à elle qui savait ce qu'était la vie.

— Henri dit n'importe quoi, fit-elle, péremptoire, en portant à ses lèvres une tasse en porcelaine de Chine qu'elle tenait du bout de ses doigts. Il ne veut pas que ce soit dit, mais comment voulez-vous qu'une femme qui a subi ce qu'elle vient de subir aille bien ? C'est impossible.

Les trois amies avaient momentanément déserté le bar de l'Hôtel du Palais qu'elles trouvaient moins animé que durant la saison d'été. Elles venaient tous les jours à la même heure de l'après-midi, aux alentours de quatre heures, dans ce ravissant salon de thé au cœur de la ville. De la table où elles se trouvaient, et qui leur était réservée, elles avaient par les hautes fenêtres une vue imprenable sur la Villa.

— Peut-être que si Sophie Caron va bien, c'est qu'il y a quelque chose de nouveau dans sa vie, lâcha alors innocemment Yvonne.

Suzanne manqua de s'étrangler et reposa la tasse de Chine si vivement qu'elle renversa le thé sur la robe Chanel qui moulait ses formes excessives. Mais elle ne s'en émut pas, la remarque d'Yvonne laissait entrevoir une information de première importance. Sophie aurait déjà remplacé Maurice ? Même Madeleine faisait des yeux tout ronds.

— Que voulez-vous dire ?

Yvonne aimait les potins qu'elle glanait en permanence tout autour d'elle. C'était son occupation favorite et, quand on ne lui disait rien, elle questionnait. Alors elle finissait par savoir beaucoup de choses.

— Je dis qu'un homme passe un peu trop souvent derrière la Villa Belza. Je l'ai surpris plus d'une fois et observé de mes fenêtres en fermant les volets le soir. Je crois avoir reconnu un Basque des mieux bâtis.

À ces derniers mots, Suzanne éclata de rire, tout en pressant la délicate petite serviette brodée du salon contre sa gorge lourde, à l'endroit où le thé avait versé. Yvonne ne s'attendait pas à pareille hilarité.

— Ma pauvre amie, fit Suzanne calmée, vous n'y êtes pas. C'est pour la jeune employée de Chanel qui dort à la Villa que le Basque vient. Je suis au courant car cette jeune fille, qui me sert gentiment un thé chaque fois que je suis en boutique, est fiancée à ce jeune homme. Je note au passage, Yvonne, que vous avez su voir qu'il est très bien bâti.

Yvonne avait horreur d'être moquée et désavouée dans ses potins. Elle le prit de haut.

— Puisque vous m'y obligez par vos remarques dont je note l'ambiguïté, je vais tout vous dire. Il ne s'agit pas du jeune Basque dont vous parlez et que je connais au moins autant que vous. Je sais même qu'il s'appelle Imanol, qu'il travaille au restaurant du Palais et qu'il fréquente des Espagnols de Bilbao qu'il retrouve dans un bar du vieux Bayonne.

— Et où allez-vous chercher des choses pareilles ? fit Suzanne, reprenant ses esprits.

— Si vous n'aviez pas toujours le nez plongé dans vos gâteaux vous en sauriez autant que moi. Au bar de l'hôtel, le serveur Peyo râle toujours après cet Imanol parce qu'il arrive en retard à cause des « Basques de Bilbao ». Vous n'entendez donc rien.

Contrariée, Suzanne enfourna un petit gâteau rose dans sa bouche avec un air de diva. Yvonne l'agaçait parfois au plus haut point avec son air de tout savoir.

— Et qui est alors ce Basque dont vous parlez ? demanda Madeleine qui voulait à tout prix savoir.

— C'est le portier de l'Hôtel du Palais, vous savez, celui qui semble ne voir personne.

— Orkatz Garay !

— Je vois qu'il n'y a pas que moi qui regarde les hommes, fit Yvonne, pincée.

La rousse Madeleine aux yeux de chat avait l'âge de les regarder tous. Elle rit en toute franchise :

— Je l'ai vu dès le premier jour où il est arrivé. Mais pour tout vous avouer, Yvonne, je lui trouve l'air un peu imperméable. Trop raisonnable. Je préfère les hommes sensibles au charme des femmes et qui le manifestent, en fait, en amour, j'ai même un faible pour les voyous. Ceux qui s'enflamment.

— Madeleine ! Vous avez de ces remarques, vous me surprendrez toujours.

— Et je crois savoir que je ne suis pas la seule à penser comme ça. Je connais bien Sophie.

Yvonne et Suzanne cessèrent immédiatement de penser à leur querelle.

— Ça alors ! firent-elles en chœur.

— Son Maurice, continua Madeleine, elle ne l'avait pas choisi par hasard. Il était complètement déraisonnable, l'inverse de votre Orkatz qui passe son temps à marcher dans les clous.

Peu au fait des dernières expressions en vogue qu'adorait son amie, Suzanne s'interrogea :

— Marcher dans les clous ?

— Oui, expliqua Madeleine agacée, ça veut dire qu'il fait tout bien comme il faut. Comme on le lui a appris.

— Mais, fit Yvonne, qu'en savez-vous s'il marche dans les clous ?

— Je me suis renseignée, avoua Madeleine en plissant ses yeux de chat inimitables. Il me plaisait bien mais il joue les incorruptibles et ça me lasserait. Trop d'efforts pour conquérir ce qui n'est après tout qu'un homme. On dit qu'il se consacre à sa famille, à sa femme, à son pays. Je trouve que ça fait bien peu de choses. Sophie aime les grands destins et les hommes qui vont avec. Je doute qu'Orkatz Garay ait assez de souffle.

Suzanne en oublia les petits fours et Yvonne sa prédominance.

76

Alors que, comme les trois amies, tout Biarritz s'interrogeait sur la Villa et sur ce qu'elle cachait entre ses murs, celle qui l'habitait ne faisait qu'une seule chose : travailler.

Faustine s'était mis en tête de louer un local à Biarritz :

— Je vais vendre les espadrilles de papa.

— Mais, fit Sophie surprise de pareille initiative, il y a déjà plein de vendeurs d'espadrilles.

— Oui, mais moi je vais faire comme Mademoiselle Chanel. Je vais créer des modèles qui ne se vendront que chez moi, je vais choisir des couleurs, mettre des motifs sur certains et surtout faire une belle boutique. Les clientes de Biarritz aiment beaucoup ça.

La capacité de Faustine à entreprendre était pour Sophie le meilleur antidote à toute mélancolie. Ensemble, le soir, autour d'une grande table qu'elles avaient installée dans le salon à la meilleure place face à l'océan, elles imaginaient des aménagements, préparaient des dessins pour des idées d'étiquettes, cherchaient un nom pour la boutique. Jamais la Villa n'avait été aussi vivante et aussi pleine d'énergie. Il y avait sur le sol des maquettes de carton faites avec des découpages et de la colle, sur la table de grandes feuilles de dessin avec des crayons de couleur, et au mur une quantité de projets affichés avec l'aide de punaises.

Mais, ce soir, Faustine était rentrée très en colère. Imanol était parti à Bayonne et Sophie tentait de la calmer.

— Qu'en sais-tu si ce que fait Imanol est dangereux ? lui disait-elle. Pourquoi ne lui fais-tu pas davantage confiance ? Il voit des Basques espagnols de Bilbao, et alors !

— Alors, il m'a emmenée avec lui une fois et ils parlementent pendant des heures. Sur le pays, sur nos sept provinces qui ne font qu'une, sur notre langue basque qui fait de nous un peuple à part entière. Je pense comme eux, mais je ne vois pas pourquoi ils se montent la tête autant. Comme dit ma mamé chaque fois que je m'emballe un peu trop, « il faut raison garder ».

— Imanol t'aime et si tu ne le prends pas de front, il t'écoutera. Au lieu de te mettre dans cet état, accompagne-le et donne ton avis. Dis-leur ce que tu me dis là.

Faustine leva les yeux au ciel

— Mais ils ne m'écouteront pas. Je suis la seule fille et, si je leur demande de se calmer, je sens que je ne serai pas longtemps la bienvenue. Vous savez ce que je crois, avec les garçons ?

Sophie aimait la vivacité de Faustine. Leur complicité était devenue totale.

— Qu'est-ce que tu crois ? demanda-t-elle.

— Qu'ils ont toujours besoin d'en découdre. Il leur faut du combat.

Elle réfléchit un instant et poursuivit :

— ... Mais vous avez sans doute raison pour Imanol. Au lieu de râler et de le braquer contre moi, je vais faire les choses en douceur et le raisonner quand je sentirai que ça peut aller trop loin. Au fait, j'allais oublier, savez-vous ce qu'il m'a demandé ce soir ?

Sophie hésita avant de répondre, puis voyant les yeux brillants de Faustine, elle eut une lueur :

— De l'épouser ?

— Oui ! C'est ça ! dit Faustine en sautant de joie. Mais après, ajouta-t-elle reprenant aussitôt une mine renfrognée, alors que j'étais si contente et lui tout ému, le voilà qui me laisse devant la porte pour filer à sa réunion de Bayonne. J'en étais soufflée.

— Mais l'important c'est cet avenir que vous aurez ensemble ! Pourquoi te fais-tu autant de souci pour si peu ?

— Pour si peu ! Aujourd'hui, c'est ça, et demain il devra courir à son entraînement. Il m'a déjà avertie que dimanche matin il avait le tournoi de pelote et, l'après-midi, son match de rugby. Et il lui semble évident que je vais le suivre partout. Je le laisse faire, je ne dis rien, pas question de râler. Mais pas question non plus de le suivre et d'attendre. Je vais plutôt profiter de ces moments-là pour aller voir ces deux commerces qui seraient à louer l'été prochain.

— Tu veux vraiment te lancer ?

— Plus que jamais ! Je vois le succès de Mademoiselle Chanel et j'apprends vite, j'observe. Vous n'allez pas me dire de reculer maintenant, après tout ce qu'on a fait ensemble.

— Surtout pas, je t'y encourage même, plutôt deux fois qu'une. Viens, on va continuer le dessin d'hier, il faut le reprendre, les couleurs ne sont pas bonnes.

De cette communion obstinée autour du travail, dans cette volonté de s'en sortir, naissait entre elles une grande confiance. Rien ne leur faisait peur.

Elles parlaient de tout. Du travail mais aussi des choses de la vie. Avec Faustine, qui était plus jeune, Sophie découvrait une autre façon de voir les choses. Alors que la jeune bonne manifestait son indépendance vis-à-vis d'Imanol, Sophie aimait l'idée de suivre un homme. Elle n'aimait même que ça. Elle aimait l'idée de marcher dans ses pas, collée à lui, juste derrière son épaule. Sophie réalisait qu'il y avait en elle quelque chose de très ancien, d'archaïque peut-être. Et elle savait que cela ne changerait jamais.

Depuis qu'au-dehors la tempête faisait rage et que les soirs d'hiver commençaient dès cinq heures de l'après-midi, après le travail et les longues discussions d'avenir avec Faustine, quand l'heure venait d'aller dormir, il était arrivé à Sophie de penser à Orkatz. Alors que, mis à part Henri, elle ne voyait plus personne parmi les gens qui l'avaient entourée dans tous ces repas mondains et ces soirées au casino et aux concerts, un seul visage était resté dans sa mémoire : le sien. Celui de Maurice avait disparu. La violence soudaine de ce qu'elle avait vécu avait balayé tout ce qui avait précédé. Elle s'était concentrée sur un seul but, s'en relever en gagnant sa vie. Elle s'y tenait, arrivant à obtenir à *La Gazette* de plus en plus d'articles à écrire. En poussant des portes différentes, à chaque fois qu'elle changeait de sujet, elle découvrait des mondes, des vies, des savoir-faire.

Elle aimait déjà beaucoup ce métier de journaliste. C'était très mal payé, mais c'était un métier fabuleux !

Ce soir-là, la tempête au-dehors soufflait par rafales. L'océan tout entier résonnait dans la roche et des lames d'eau venaient éclabousser les grandes vitres. Sophie aimait l'hiver, elle s'était habituée à la fureur de l'océan et au bruit infernal des eaux. Penchée sur l'ouvrage, près de Faustine, elle levait la tête de temps à autre et regardait la mer. Soudain, elle crut apercevoir quelque chose d'inhabituel. Intriguée, elle se leva de sa chaise et vint se coller tout contre la baie. Ce qu'elle vit la stupéfia. Un gigantesque cargo se balançait dangereusement devant elle, à quelques dizaines de mètres à peine, ballotté par les eaux déchaînées. La proue du cargo se soulevait, arrachant les eaux qui dégoulinaient le long de sa carcasse rouillée et Sophie voyait se dresser devant elle une muraille de fer. Ce fut une vision d'horreur. Faustine, qui s'était approchée, poussa un hurlement d'effroi. Elles restèrent pétrifiées, à regarder la danse incontrôlée de ce monstre de fer qui tanguait comme un fou. Le danger était colossal, d'une seconde à l'autre le gigantesque cargo pouvait se fracasser sur la Villa. Sophie eut un éclair de lucidité. Il fallait quitter la maison. Elle tira Faustine et courut vers la porte. Quand elle l'ouvrit, Orkatz était là, trempé de pluie.

— Je venais vous chercher, dit-il. Il ne faut pas rester dans la maison, c'est dangereux. Il y a un cargo en perdition.

Il portait une veste de velours noir dont il avait relevé le col pour se protéger en vain de la pluie.

L'eau du ciel tombait par rafales et le vent soufflait si fort qu'il s'engouffrait dans ses cheveux. Dans un geste de coquetterie complètement invraisemblable dans un moment pareil, il passa sa main pour tenter de les ramener vers l'arrière et de dégager son visage. Mais un incroyable fracas les fit réagir.

— Venez vite, dit Orkatz en prenant la main de Sophie et en tirant Faustine dehors, il ne faut pas rester près de la maison, c'est trop dangereux.

Ils dévalèrent le rocher par le sentier et coururent vers la plage. Sur l'océan, le monstre de fer basculait d'un flanc sur l'autre et tournoyait dans les eaux. Il surgissait puis disparaissait et passait par miracle entre les rochers. Les vagues atteignaient des hauteurs de plus de huit mètres et venaient s'écraser, entraînant le cargo dans leur course. Quelques minutes plus tard, des dizaines de personnes étaient accourues et il en arrivait sans cesse. Tout le monde criait et courait partout, c'était une vision d'apocalypse. Orkatz avait gardé la main de Sophie dans la sienne et il la tenait fermement. Faustine avait disparu dans la foule. Fascinés, les gens s'approchaient le plus possible du bord pour voir le navire en perdition et les autorités maritimes avaient un mal fou à les éloigner du danger. Orkatz savait que le navire pouvait d'une seconde à l'autre être soulevé et jeté sur la plage tel un fétu de paille. Il entraîna Sophie le plus loin possible, loin du danger. La foule avait disparu derrière les rideaux de pluie, ils étaient seuls. Il avait tellement serré sa main dans la sienne qu'il l'avait presque broyée. Elle eut un petit gémissement de douleur.

Il relâcha sa pression, ferma les yeux et, d'un geste spontané, il la serra contre lui. Si fort qu'elle n'en respirait plus. Ses épaules à lui passaient juste au-dessus des siennes et tout entre eux était parfait. Ils se regardaient, surpris de leur proximité, incapables d'aller plus loin.

Il ne suffit pas d'être ensemble pour se rejoindre, il ne suffit même pas qu'il y ait entre deux êtres ce qui est déjà de l'amour. La blessure de Sophie la gardait distante et Orkatz ne savait pas trahir.

C'est le vent qui les emporta. C'est la force de la nature qui les enveloppa, c'est la nuit qui décida de les réunir. Ils s'aimèrent sous la pluie dans la fureur de l'orage.

Quand ils revinrent à eux, la tempête hurlait toujours et la pluie tombait aussi fort. Ils coururent sur la plage rejoindre les autres. Ils arrivèrent juste à temps pour voir les marins descendre le long d'un filin d'acier tendu par les hommes venus les sauver. Les marins avaient des airs hagards et des visages creux. C'étaient des Russes. Ils étaient à bout de forces. Personne ne comprenait rien à ce qu'ils disaient et, dans l'affolement, personne ne songeait à aller chercher un de leurs compatriotes parmi tous ceux de la communauté de Biarritz. Sophie pensa soudain à Catherine, la femme de Stravinsky. Elle connaissait leur maison. Orkatz l'accompagna, ils cognèrent à la porte de toutes leurs forces et Catherine leur ouvrit. Mise au courant du drame, elle enfila à la va-vite un grand imperméable sur sa chemise de nuit et ils partirent. Grâce à son aide, les autorités purent s'expliquer avec les marins et le commandant.

La lutte entre le navire et les eaux dura jusqu'au matin. À l'aube, le fantomatique cargo de quatre mille tonnes gisait sur le flanc, immense mastodonte de rouille posé sur la plus belle plage de la ville. À quelques mètres à peine de la Villa qui se dressait toujours à la même place. Intacte.

77

Le naufrage du *Franz Hals* fut une incroyable épopée.

— Tu étais aux premières loges, tu as tout vécu. C'est grâce à toi si les marins ont pu s'expliquer. Tu vas tout raconter.

Henri de Léez ne perdait jamais l'enthousiasme. Ce fut le premier grand reportage de Sophie.

Avec le *Franz Hals*, la jeune femme qui avait été jusque-là protégée des malheurs du monde, découvrit un univers dont la dureté dépassait tout ce qu'elle avait pu imaginer. La vie de ces marins dont certains étaient encore des gosses et qui venaient du port de Mourmansk dans un cargo ukrainien pourri la stupéfia. On les avait envoyés sur les grands océans au milieu des tempêtes du Nord et ils s'étaient fait refouler au port de Bilbao pour un manque de compréhension entre un commandant russe et des autorités espagnoles. Ne pouvant aller nulle part, ils avaient mis cap au large et essuyé une tempête comme jamais leur commandant n'avait eu l'occasion d'en voir. Or cet homme parcourait les océans du monde depuis plus de vingt ans.

Orkatz accompagna Sophie partout. Il resta jusqu'au matin et toute la journée suivante. Avec elle, il découvrit cet incroyable voyage. Ces vies d'hommes venus d'ailleurs, rejetés par la mer comme de vulgaires déchets. Les visages des marins, leurs regards égarés, la façon saccadée avec laquelle ils s'exprimaient le bouleversèrent. Ils respiraient l'effroi et l'épuisement. Orkatz avait pensé à son frère et au jeune voisin. Avaient-ils connu eux aussi cette horrible peur d'avant la mort ? Cette pensée terrible le rapprocha encore davantage des marins.

Dans son article, Sophie raconta ce qu'elle avait appris de leur vie, elle recueillit leurs paroles. Elle décrivit aussi la masse du cargo sur la plage. Il faisait plus de cent mètres de long et plus de douze mètres de haut. La rouille avait attaqué toute la coque et l'étrave n'était plus qu'une lame rongée. Une sorte de linge blanc accroché rapidement par les marins pour signaler leur détresse flottait sous le vent, déchiré et dérisoire.

Il fallut plus de vingt jours pour remettre le cargo à l'eau et l'envoyer par le fond dans les abysses du golfe de Gascogne. Les marins avaient des larmes dans les yeux. L'attachement pour ce qui n'était, selon elle, que des tonnes de fer rouillé, marqua beaucoup Sophie. Elle en fut à la fois touchée et désorientée. Ainsi, pensait-elle, même des hommes endurcis comme l'étaient ceux-là pouvaient pleurer sur une carcasse de fer qui aurait pu devenir leur tombeau.

L'article qu'elle écrivit n'eut rien à voir avec les précédents. Il venait de la chair de ces hommes et de la sienne, de ces profondes solidarités qui, d'un bout à l'autre du monde, réunissent les hommes dans les difficultés et les drames. L'article parut en première page. Ceux qui le lurent y trouvèrent de profonds accents de vérité et ils se demandèrent comment cette femme, habituée au luxe des salons et aux sièges de cuir des longues Hispano, pouvait comprendre une misère qu'elle n'avait pas vécue.

78

Cette nuit-là, du Pays basque à la lointaine Russie d'où venaient ces marins, le destin voulut qu'Orkatz et Sophie fassent un voyage d'où l'on ne revient pas.

Jamais Orkatz Garay n'était descendu de ses montagnes, ou si peu. Certes, il rêvait depuis l'enfance devant l'horizon, mais sans imaginer pouvoir vivre un jour sous un autre ciel que celui des siens. Il était devenu un héros chez lui sans le vouloir vraiment même si, longtemps, il y avait pris goût. Mais, avec les années, il avait étouffé dans ce rôle pesant. Ceux qui l'avaient désigné pour être le héros libre de tout asservissement étaient ceux-là même qui l'emprisonnaient. La rousse Madeleine aux yeux de chat se trompait. Orkatz était davantage un homme qu'un héros. Il estima qu'il avait fait son devoir, que d'autres pouvaient prendre sa place. Imanol serait un magnifique héros, les siens seraient en de bonnes mains. Désormais lui n'était plus seulement le Basque d'Ainhoa, le sage fils de Louise et de Ramuntcho, le mari de Maitena et le père d'Alona. Il était l'homme qui aimait Sophie.

Quelque chose de l'ordre de l'universel fit éclater cette nuit-là les puissantes amarres du Basque d'Ainhoa. « L'hiver serait violent et sur le grand fleuve noir personne ne serait épargné. Il faut mourir pour renaître. » Orkatz se souvenait d'avoir eu cette pensée-là.

79

On dit que Sophie et Orkatz partirent un soir vers les lumières de Fuenterrabia, de l'autre côté de la première frontière. Là où il y avait l'Espagne et plus loin l'Afrique, et bien après encore tant d'autres continents. À partir de ce jour, on dit qu'ils traversèrent tout. Que plus jamais ils ne lâchèrent la main qu'ils s'étaient tendue.

On dit que Maitena et Peyo vécurent heureux ensemble, que la jeune Alona tomba amoureuse à son tour et que Léon maria sa petite-fille, Ambroisine, à un jeune homme doux, un matin de printemps.

Louise apprit qu'on ne change pas si facilement le cours du destin.

Le grand fleuve ne s'arrêtait pas.

Pour les hommes ici-bas, il y eut d'autres tempêtes, d'autres orages et d'autres ciels bleus. Mais au bord du grand océan, toujours, se dressait la Villa. Elle connut un cabaret russe, des soirées incroyables, des fêtes, puis d'autres étaient venus qui l'avaient habitée. Et un jour, elle resta ouverte à tous vents. Déserte.

Les enfants du pays rêvaient en la voyant, elle fascinait tout le monde. Elle passa les années et le siècle. Elle avait désormais un nom. On l'appelait : « La Villa Belza ». En basque, *belza*, ça veut dire « noire ». Personne ne peut dire pourquoi on l'appela comme ça.

Mais on dit aussi qu'un jour où il se promenait à Biarritz, un petit garçon au joli regard vif a dit à son père :

— Tu vois, papa, un jour, je rachèterai la Villa Belza et je lui redonnerai la vie.

Et il paraît que son père lui a répondu :

— Oui, Jean-Marc. Les rêves, ça fait grandir.

Le petit garçon a grandi et il a accompli son rêve. Grâce à lui, aujourd'hui, toujours fière et indomptée face à l'océan, la Villa Belza vit. Mais dans le souvenir de ceux qui l'ont connue déserte, subsite l'histoire du drame et de cet amour infini, qui a bouleversé le pays, entre Orkatz, le Basque, et Sophie, l'élégante de Biarritz.